图① 刚到农村插队时，激情比天高。

图② 穿着村里羊倌的皮袍子站在集体户的门口。

图③ 想起今后的出路，有迷茫也有憧憬。

图① 插队时期，借读书来排遣苦闷。

图② 1977年，紧张复习，备战高考。

图③ 多年后回村，与当年的忘年交李会庚老先生倾情交谈。

图④ 重回第二故乡，骑在马上又想起当年往事。

猪头琴

当那段经历成为一支集体话语的记忆协奏曲，
不和谐音反而是弥足珍贵的动机。

王松 著

中国知青文库
生命之歌

武汉大学出版社
WUHAN UNIVERSITY PRESS

图书在版编目(CIP)数据

猪头琴/王松著. —武汉:武汉大学出版社,2013.5
中国知青文库生命之歌
ISBN 978-7-307-10665-9

Ⅰ.猪…　Ⅱ.王…　Ⅲ.随笔—作品集—中国—当代　Ⅳ.I267.1

中国版本图书馆CIP数据核字(2013)第070035号

责任编辑:聂勇军　　责任校对:黄添生　　版式设计:马　佳

出版发行:武汉大学出版社　(430072　武昌　珞珈山)
(电子邮件:cbs22@whu.edu.cn 网址:www.wdp.com.cn)
印刷:武汉中科兴业印务有限公司
开本:880×1230　1/32　印张:14.5　字数:328千字　插页:2
版次:2013年5月第1版　　2013年5月第1次印刷
ISBN 978-7-307-10665-9　　定价:28.00元

总　序

叶　辛

40多年前，中国的大地上发生了一场波澜壮阔的知识青年上山下乡运动。“波澜壮阔”四个字，不是我特意选用的形容词，而是当年的习惯说法，广播里这么说，报纸的通栏大标题里这么写。知识青年上山下乡，当年还是毛泽东主席的伟大战略部署，是培养和造就千百万无产阶级革命事业接班人的百年大计，千年大计，万年大计。

这一说法，也不是我今天的特意强调，而是天天在我们耳边一再重复宣传的话，以至于老知青们今天聚在一起，讲起当年的话语，忆起当年的情形，唱起当年的歌，仍然会气氛热烈，情绪激烈，有说不完的话。

说“波澜壮阔”，还因为就是在“知识青年到农村去，接受贫下中农的再教育，很有必要”的指示和召唤之下，1600多万大中城市毕业的知识青年，上山下乡，奔赴农村，奔赴边疆，奔赴草原、渔村、山乡、海岛，在大山深处，在戈壁荒原，在兵团、北大荒和西双版纳，开始了这一代人艰辛、平凡而又非凡的人生。

讲完这一段话，我还要作一番解释。首先，我们习惯上讲，中国上山下乡的知识青年，有1700万，我为什么用了1600万这个数字。其实，1700万这个数字，是国务院知青办的权威统计，应该没有错。但是这个统计，是从1955年有知青下乡这件事开始算起的。研究中国知青史的中外专家都知道，从1955年到1966年“文革”初始，十多年的时间里，全国有100多万知青下乡，全国人民所熟知的一些知青先行者，都在这个阶段涌现出来，宣传开去。而发展到“文革”期间，特别是1968年12月21日夜间，毛主席的最新最高指示发表，知识青年上山下乡，掀起了一个前所未有的高潮。那个年头，毛主席的话，一句顶一万句；毛主席的指示，理解的要执行，不理解的也要执行，且落实毛主席的最新指示，要“不过夜”。于是乎全国城乡迅疾地行动起来，在随后的10年时间里，有1600万知青上山下乡。而在此之前，知识青年下乡去，习惯的说法是下乡上山。我最初到贵州山乡插队落户时，发给我们每个知青点集体户的那本小小的刊物，刊名也是《下乡上山》。在大规模的知青下乡形成波澜壮阔之势时，才逐渐规范成“上山下乡”的统一说法。

我还要说明的是，1700万知青上山下乡的数字，是国务院知青办根据大中城市上山下乡的实际数字统计的，比较准确。但是这个数字仍然是有争议的。

为什么呢？

因为国务院知青办统计的是大中城市上山下乡知青的数字，没有统计千百万回乡知青的数字。回乡知青，也被叫作本乡本土的知青，他们在县城中学读书，或者在县城下面的区、城镇、公社的中学读书，如果没有文化大革命，他们读到初中毕业，照样可以考高中；他们读到高中毕业，照样可以报考全国各地所有的大学，就像今天的情形一样，不会因为他们毕业于区级中学、县级中学不允许他们报考北大、清华、复旦、交大、武大、南大。只要成绩好，名牌大学照样录取他们。但是在上山下乡“一片红”的大形势之下，大中城市的毕业生都要汇入上山下乡的洪流，本乡本土的毕业生理所当然地也要回到自己的乡村里去。他们的回归对政府和国家来说，比较简单，就是回到自己出生的村寨上去，回到父母身边去，那里本来就是他们的家。学校和政府不需要为他们支付安置费，也不需要为他们安排交通，只要对他们说，大学停办了，你们毕业以后回到乡村，也像你们的父母一样参加农业劳动，自食其力。千千万万本乡本土的知青就这样回到了他们生于斯、长于斯的乡村里。他们的名字叫“回乡知青”，也是名副其实的知青。

而大中城市的上山下乡知青，和他们就不一样了。他们要离开从小生活的城市，迁出城市户口，注销粮油关系，而学校、政府、国家还要负责把他们送到农村这一“广阔天地”中去。离开城市去往乡村，要坐火车，要坐长途公共汽车，要坐轮船，像北京、上海、天津、广州、武汉、长沙的知青，有的往北去到“反修前哨”的黑龙江、内蒙古、新疆，有的往南到海南、西双版纳，路途相当遥远，所有知青的交通费用，都由国家和政府负担。而每一个插队到村庄、寨子里去的知青，还要为他们拨付安置费，下乡第一年的粮食和生活补贴。所有这一切必须要核对准确，做出计划和安排，国务院知青办统计离开大中城市上山下乡知青的人数，还是有其依据的。

其实我郑重其事写下的这一切，每一个回乡知青当年都是十分明白的。在我插队落户的公社里，我就经常遇到县中、区中毕业的回乡知青，他们和远方来的贵阳知青、上海知青的关系也都很好。

但是现在他们有想法了，他们说：我们也是知青呀！回乡知青怎么就不能算知青呢？不少人觉得他们的想法有道理。于是乎，关于中国知青总人数的说法，又有了新的版本，有的说是2000万，有的说是2400万，也有说3000万的。

看看，对于我们这些过来人来说，一个十分简单的统计数字，就要结合当年的时代背景、具体政策，费好多笔墨才能讲明白。而知识青年上山下乡运动中，还有多多少少类似的情形啊，诸如兵团知青、国营农场知青、插队知青、病退、顶替、老三届、工农兵大学生，等等等等，对于这些显而易见的字眼，今天的年轻一代，已经看不甚明白了。我就经常会碰到今天的中学生向我提出的种种问题：凭啥你们上山下乡一代人要称“老三届”？比你们早读书的人还多着呢，他们不是比你们更老吗？嗳，你们怎么那样笨，让你们下乡，你们完全可以不去啊，还非要争着去，那是你们活该……

有的问题我还能解答，有的问题我除了苦笑，一时间都无从答起。

从这个意义上来说，武汉大学出版社推出反映知青生活的“黄土地之歌”、“红土地之歌”和“黑土地之歌”系列作品这一大型项目，实在是一件大好事。既利于经历过那一时代的知青们回顾以往，理清脉络；又利于今天的年轻一代，懂得和理解他们的上一代人经历了一段什么样的岁月；还给历史留下了一份真切的记忆。

对于知青来说，无论你当年下放在哪个地方，无论你在乡间待过多长时间，无论你如今是取得了很大业绩还是默默无闻，从那一时期起，我们就有了一个共同的称呼：知青。这是时代给我们留下的抹不去的印记。

历史的巨轮带着我们来到了2012年，转眼间，距离那段已逝的岁月已40多年了。40多年啊，遗憾也好，感慨也罢，青春无悔也好，不堪回首也罢，我们已经无能为力了。

我们所拥有的只是我们人生的过程，40多年里的某年、某月、某一天，或将永久地铭记在我们的心中。

风雨如磐见真情，

岁月蹉跎志犹存。

正如出版者所言：1700万知青平凡而又非凡的人生，虽谈不上“感天动地”，但也是共和国同时代人的成长史。事是史之体，人是史之魂。1700万知青的成长史也是新中国历史的一部分，不可遗忘，不可断裂，亟求正确定位，给生者或者死者以安慰，给昨天、今天和明天一个交待。

是为序。

目　　录

猪 头 琴

蔡五鸡出去当兵几年，回来时就已改了名字。蔡五鸡向村人解释，名字是部队上的首长给改的，部队首长说“五鸡”这名字太奇怪，也不符合革命军人的形象，就让他改叫“武军”，武装的“武”，军人的“军”，蔡武军。但蔡庄人还是觉得“五鸡”好，叫起来顺口。刘苏则说，“武军”这两个字放到一起有些多余，既然是军人，自然有武装，武装的军人，不仅重复也牵强，倒不如蔡五鸡自然，也更具乡土气。蔡五鸡感觉到，其实刘苏这样说还隐含着另一层意思，他的意思是说，什么品种的东西就应该叫什么品种的名字，不要附庸风雅。蔡五鸡并不认识刘苏。当年他穿着军装离开蔡庄时，刘苏还没有来。但他第一眼见到这个刘苏时就吓了一跳。他没想到，在这个世界上竟然还有跟自己长得如此相像的人。刘苏与蔡五鸡简直如出一辙，不仅身形，而且五官也酷似，两人站在一起就像一对孪生兄弟。只是刘苏脸色苍白，嘴唇也发青，看上去有些瘦弱。据说刘苏是几年前和一群知青下来的，后来那些知青相继走了，只有他像捞剩的残渣一样留在了这里。蔡五鸡当然还没意识到，他见到刘苏，只是自己麻烦的开始。

蔡五鸡不喜欢刘苏。蔡五鸡在部队时就知道，城市里长大的年轻人大都华而不实，举止做派也让人不舒服。蔡五鸡刚回来几天就明显感觉到，蔡庄人太拿刘苏当一回事。蔡庄人大都没文化，见识也少，现在来了这样一个知青自然很容易被唬住。不过现在好了，他蔡五鸡回来了。蔡五鸡离开蔡庄时虽然只会放猪，但在部队几年已补习了文化，也长了见识。蔡五鸡想让村人看一看，他已不再是当年的那个蔡五鸡了。蔡五鸡心里这样想，脸上自然有些流露，这就使他跟刘苏的关系也一下变得微妙起来。刘苏却似乎并不介意，每天仍然只忙自己的事情。刘苏身体不太好，据说患有先天性心脏病，因此村里经过研究，就只让他半天下田，另外半天负责放电影。村里有一台 8.75 毫米的小型电影放映机，但不知为什么，总出故障，刘苏每天都要不停地修理，渐渐地就给人一种感觉，似乎这台放映机只有经过修理才能放电影，而每次放过电影之后也必须进行一次修理。蔡五鸡去看过两场刘苏放映的电影后，立刻就发现了问题。他对村干部说，这件事的确有些奇怪，电影放映机的原理是由光和电两部分组成，从目前情况看，这台放映机的光学部分没任何问题，只是声音时断时续，所以故障应该在电的部分，也就是功率方面出了问题。但是，蔡五鸡又说，如果是功率方面的问题无非有几种可能，第一是短路，或者电解电容器被击穿，再有就是低频晶体管被烧毁，而无论是哪一种可能，一旦查明原因都不会再反复出故障。蔡五鸡看出村干部的心里在想什么，于是说，你们应该相信我，我过去虽然只会放猪，但毕竟在部队锻炼了几年，还在舰艇上担任过“安泽涅尔”。蔡五鸡问村干部，你们知道安泽涅尔是什么吗，就是工程师的意思，我在舰艇上当过维修通信设备的工程师。所以，蔡五鸡说，这种放映机对我来说就太简单了。村干部听了还是有些不解，问蔡五鸡，可是刘苏整天这样摆弄放映机，又是为什么呢？蔡五鸡听了只是一笑，却没再说话。村干部又想一想就恍然明白了，刘苏如果修理这台放映机，那规定的半天下田劳动自然也就不用再去，坐在屋里摆弄电器总比去田里抡锄头要舒服得多。村干部意识到这一点，又考虑了一下就问蔡五鸡，如果让你修这台放映机，是否有把握？蔡五鸡当即回答，8.75 毫米的放映机是最简单的，当初部队上就有一台。

好吧，村干部说，那你就去修一下吧。

让蔡五鸡没有料到的是，检查这台放映机竟比他想象的要困难得多。刘苏倒很配合，听说蔡五鸡来帮他检修故障，立刻主动地为他拆开机箱，并详细介绍了故障情况。蔡五鸡先检查了一下线路板，并没发现有什么异常。于是就提出，想借刘苏的万用电表用一下。万用电表是检修电器设备必需的工具，一些重要参数都要靠它来测量。刘苏立刻拿出自己的万用电表。但不知为什么，这万用电表似乎有问题，测出的所有数据都不对头。刘苏无可奈何地摇摇头说，原因就在这里，如果这块表好用，问题早就解决了。这一来蔡五鸡也束手无策了，没有得手的工具，就是再有经验的电器工程师也无计可施。但就在这时，蔡五鸡的两眼突然盯到线路板上一个不起眼的地方。他发现，在那里有一根微微翘起的线头。这根线头很短，如果不注意几乎很难发现。而更重要的是它的位置。蔡五鸡注意到，它的位置刚好是在输入变压器的一个端子上。这一来这根线头的作用就很微妙了，它就如同一个开关，倘若按下去，放映机就会一切正常，而一旦翘起来则立刻就出现故障。蔡五鸡没有说话，只是看一眼刘苏后就将这根线头焊牢了。关于这个细节，蔡五鸡事后并没对村干部说起过，但这显然是不言自明的事情。这台放映机一直被刘苏修来修去，现在蔡五鸡只用了不到一支烟的时间就彻底修好了，如此看来就应该不是技术方面的问题了。于是，村干部虽然没再深究此事，却立刻让蔡五鸡接替了放映工作。刘苏在将电影放映机交给蔡五鸡时并没说任何话，只是问他，为什么对放映技术如此精通。蔡五鸡笑笑说，当初舰艇上的通信设备比这要复杂。刘苏问，听说你曾在舰艇上当过安泽涅尔？蔡五鸡点点头，说是。刘苏又问，你在什么舰艇？蔡五鸡说核潜艇。刘苏听了没再问下去，又用力看一眼蔡五鸡就转身走了。

蔡五鸡终于彻底修好了这台放映机，这让蔡庄人兴奋不已。大家白天干一天农活，晚上回来唯一的希望就是能坐在街心的空场上看一看电影。虽然演来演去总是那几部片子，大家还是看得津津有味。蔡庄的人简直无法相信，就是这个当初在村里只会放猪的蔡五鸡，只出去几年就长了这样的本事，一台如此复杂的电影放映机三下两下竟就修好了。接着又有消息传来，说公社的电话交换台正缺一个技术人员，公社领导听说了蔡五鸡，正考虑将他调上去。蔡庄人听到这个消息立刻有些担心：蔡五鸡刚将这台放映机修好，倘若重新交给刘苏，再出问题怎么办？蔡五鸡立刻安慰大家，说没关系，他就是去了公社也照样可以回来放电影。他说当初在舰艇上就是这样，他一边要保证通信设备的正常工作，一边也经常为战友放一放电影。蔡五鸡对大家说，在潜水艇的甲板上放电影可不是件容易的事，首先挂银幕就很麻烦，搞不好银幕就会被海风吹走。人们听了立刻问，那怎么办？蔡五鸡谦虚地笑笑说，当然，这个困难最终还是被他克服了，他利用潜艇上的两根桅杆来挂银幕，这样不仅充分利用了船上的条件，也很牢固。但蔡五鸡说这些话时，并没注意到刘苏一直站在旁边。刘苏正拿着一块玉米饼在专心致志地逗他的壳郎猪。刘苏的这头壳郎猪是纯白色的，头很小，身材细长，看上去就像一条狗。刘苏对这头壳郎猪很宠爱，平时无论走到哪都让它跟在身边，渐渐地这头猪也就像狗一样懂事，而且很会看刘苏的眼色。这时，刘苏逗它也像逗狗一样，他先将手里的玉米饼掰下一小块，然后抛起来，这头猪立刻竖起两条后腿向上一跳，把头一甩，就将那块玉米饼准确地叼在了嘴里。刘苏每抛一块都会变换一个角度，这头猪也就机敏地跟着跳来跳去。刘苏显然一直在听蔡五鸡说话，他这时突然回头问，你是在潜水艇的甲板上放电影吗。蔡五鸡说对，有什么问题吗？刘苏很认真地看看他问，你把银幕挂到潜水艇的桅杆上？对，就是挂在桅杆上。潜水艇有桅杆吗？当然有，什么舰艇都有桅杆。刘苏摇头笑了笑，又拍拍那头壳郎猪的头，意思是告诉它，自己的手里已经没有玉米饼了，然后就对蔡五鸡说了一句话，他说，看来你根本就没见过潜水艇。刘苏的声音并不大，却立刻让在场的所有人都愣住了。刘苏又说，潜水艇的外形设计是有严格要求的，为了在水下减少阻力，甲板面积很小，根本无法站太多的人，更不要说在上面放什么电影。而且，刘苏又问，你服役的那艘核潜艇叫什么？蔡五鸡不说话了，只是睁大眼看着刘苏。刘苏笑笑说，还是我来告诉你吧，我们国家的第一艘核潜艇叫“长征 1 号”，1974 年才正式编队，你不可能在那条船上。

蔡五鸡仍然没说话。他又盯住刘苏看了看，就转身挤出人群走了。

当天晚上，蔡五鸡决定找刘苏谈一谈。他知道刘苏去了柳村。刘苏的女朋友是柳村的知青。在此之前，由于刘苏每天都忙于修理那台电影放映机，抽不出多余时间，所以他的女朋友就只好来蔡庄看他。现在刘苏不再放电影了，晚上已无事可干，也就可以经常到那边去。蔡五鸡来到村口等了很长时间。秋夜的露水很重，打在身上有些湿凉。他就这样等到半夜时分，才借着月色看到刘苏朝村里走来。蔡五鸡立刻迎上去。但他还没有说话，跟在刘苏身边的那头壳郎猪立刻充满敌意地竖起耳朵，喉咙里也发出一阵呼呼的声音。蔡五鸡虽然放过猪，对各种猪的习性都很熟悉，但还是被这头壳郎猪吓了一跳。他立刻站住了，小心地看着它。这头猪又弓起前腿龇一龇牙，摆出一副要扑上来的架势。

刘苏立刻喝住它，然后问蔡五鸡，你找我？

蔡五鸡又提防地朝那头猪瞥一眼说，我一直在这里等你。说吧，什么事？刘苏似乎心情很好，语气也很轻松。蔡五鸡走到他面前，看着他说，你应该感谢我才对。刘苏不解，说感谢你，我为什么要感谢你。蔡五鸡说，你不明白吗？刘苏笑了，摇摇头。蔡五鸡沉思了一下，说，如果你真不明白我就告诉你，关于电影放映机那件事，我没告诉村里。哦……你是指这件事，刘苏点点头。蔡五鸡又说，如果我说出来，你会很难堪的，可是……你却在村里出我的丑。我怎么出你的丑了？你不该当着村里人说核潜艇的事。明白了，可是……你真在核潜艇上修过通信设备吗？但我确实放过电影。在什么船上？蔡五鸡迟疑了一下，说交通船，我要经常往岛上送米送菜。刘苏没再说话，回头叫了一声那头壳郎猪，就朝村里走去。但他走出几步忽然又站住，回身对蔡五鸡说，你以后不要再说自己是舰艇上的安泽涅尔了，维修通信设备的工程师不是这种叫法，英文是 electrical engineer，你这样说，人家会笑话你的。刘苏说罢，在转过身去的一瞬，蔡五鸡突然发现他的嘴角有一颗黑痣。

蔡五鸡想，尽管自己跟他长得很相像，但这颗黑痣自己却没有。

蔡五鸡直到这时还没意识到，他的麻烦才刚刚开始。几天后的一个下午，蔡五鸡突然被叫去公社。接待他的是一位很年轻的公社领导。蔡五鸡知道他姓张，是公社革委会的副主任。张副主任并没说太多的话，只是询问了一些简单情况，然后就将一台红色的拨盘式电话机放到蔡五鸡的面前，说这台话机不太好用，你修一下。蔡五鸡立刻明白了，这是张副主任想考核一下自己的技术。但电话机的构造虽然并不比电影放映机复杂，却是完全不同的两回事，况且那时的乡村电话还都是古老的手摇式话机，这种拨盘话机也极为少见。所以，蔡五鸡满头大汗地终于将它拆开，却费了很大气力也没有找到故障，到最后竟连装也无法再装上了。张副主任并没有责怪蔡五鸡，看了看摊在桌上的一堆零件，只是淡淡地说了一句话，他说，看来你真没上过船，你连一台这样简单的电话机都修不好，又怎么可能去修舰艇上的通信设备呢？蔡五鸡立刻涨红脸说，其实这些通信工具的原理应该大同小异，而且自己天生就有这方面的兴趣，可以触类旁通，只要熟悉一下应该很快就能掌握。蔡五鸡为了证实自己的话，又对张副主任说，当初在部队学习维修放映机时就是这样，别人都要一个月时间，而他只用一星期就掌握了。张副主任听了点点头说，这当然很好，可现在已经没有学习的时间，公社的电话交换台就相当于领导的眼睛和喉舌，尤其遇有紧急情况，必须保证上通下达，这不能有一点闪失。

张副主任这样说着，就将蔡五鸡送了出来。

在这个下午，蔡五鸡走在回村的路上心情很郁闷。他没有想到消息竟会传得这样快，刚几天时间，自己从没上过潜艇的事公社张副主任就知道了。蔡五鸡认为张副主任这样对待自己很不公平，无论自己是否上过舰艇，为村里修好那台8.75毫米的电影放映机总是真的，这就说明自己确实有这方面的技术，张副主任应该正视这一点，给自己一个锻炼的机会，怎么可以仅凭一台电话机就将自己一棒子打死呢？蔡五鸡想到这里就将满腹怨气都转移到刘苏的身上来。他认为这一切都是由刘苏引起的，如果刘苏不在村里当众说什么核潜艇的事，也就不会有人追究他到底上没上过船，自然更不会有后来的这些麻烦。蔡五鸡想到这里，心里突然动了一下，接着就又意识到一个问题，刘苏不过是一个普通知青，像核潜艇这样的军事机密他怎么会知道？接着，蔡五鸡就又联想到刘苏曾为自己纠正过的那一串英文，念起来好像是“伊莱可瑞克安泽涅尔”。蔡五鸡想不明白，刘苏是从哪里知道这些事儿的？蔡五鸡想着想着就走到离村口不远的地方。这时，他突然听到从前面传来一阵女人的叫声。这声音虽然不大，却传得很远。蔡五鸡从这声音中立刻听出是发生了什么特别的事情，于是连忙紧走几步来到小路的转弯处，果然看到有几个人正撕扯在一起。蔡五鸡从这几个人的装束立刻看出，应该都是知青。这几个知青显然刚喝过酒，离得很远就能闻到一股浓重的酒气，这时，他们正将一个女知青围在当中，一边嘻嘻哈哈地笑着一边将她推来推去，看上去就像是在玩一种什么游戏。蔡五鸡已经认出来，那个女知青叫徐虹，正是刘苏的女朋友。蔡五鸡知道刘苏的这个女朋友长得很漂亮，在全公社都很有名，所以附近村庄的一些男知青就经常借故到这里转来转去。在这个傍晚，徐虹大概是来找刘苏，不料在村外被这几个刚喝过酒的知青给拦住了。这时，这几个知青借着酒劲已越闹越过分，一边将徐虹来回推着，一边还趁机在她身上摸一下或抓一把。徐虹又羞又气，无意中一回头就看到了蔡五鸡。大概是在情急之下，她竟把蔡五鸡错看成了刘苏，于是立刻冲他喊，你就站在那里看着吗?！那几个知青显然也知道刘苏，回头一看竟也认错了人，于是一下都愣在了那里。但蔡五鸡却并没意识到这一点，他认为徐虹这样喊，就是在向自己求助。这时的蔡五鸡憋着一肚子气，正想找个机会发泄一下，于是就走到这几个知青的面前说，你们放开她。这几个知青已经认出来，这个身穿褪了色的旧军装的年轻人并不是刘苏，于是脸上也就都恢复了自然。其中一个还笑嘻嘻地说，你是刘苏的弟弟吧，长得还真像。另一个却摇摇头，说不对，一看他这样子就像个当地人。他们这样说笑着就又转过身去，准备继续玩刚才的游戏。这时蔡五鸡又朝前走近一步说，我再说一遍，你们放开她。几个知青相视一下，都笑了，他们看看蔡五鸡说，我们如果不放呢？蔡五鸡说，我告诉你们，今天我的心情不太好。你？心情不好？几个知青立刻又都哈哈大笑起来。蔡五鸡感觉到了，他们的酒气已喷到自己的脸上，其中还混杂着一股咸菜和大蒜的气味。蔡五鸡突然抓住其中一个知青的衣领，用力往上一提。蔡五鸡的身材本来就很高大，站在这个知青的面前更显得魁梧，所以，尽管他并没太用力，这个知青的身体还是立刻被悬起来。接着，蔡五鸡又猛地朝旁边一甩，这个知青就横着飞出去重重地摔在了地上。另几个知青一见立刻都朝各自扔在路边的自行车飞奔过去。蔡五鸡这时才发现，在这些自行车的后筐里都插着一根木棒。这几个人抄起木棒就又一起扑过来，将蔡五鸡围在当中。但他们的身材明显都比蔡五鸡矮小，手里的木棒与蔡五鸡的手腕相比也细了一些，因此，蔡五鸡没费多大气力就将他们都放倒在地上。蔡五鸡由于心情郁闷，出手很重，待村里的一些村民闻讯赶来时，他已经很专业地解下这几个人的裤带，将他们像粽子似的捆起来。

这件事让蔡庄的村民兴奋不已。他们很快就认出来，这几个被蔡五鸡捆住的知青并不是第一次来蔡庄，以往他们经常在这一带出没，或牵着狗到处打架，或喝了酒寻衅滋事，蔡庄村民早已对这伙知青深恶痛绝。现在蔡五鸡终于捉到了他们，于是大家就用木棒穿过他们被捆住的手脚，像抬着猪羊一样兴高采烈地回村来。但这时的蔡五鸡仍很理智，他对治保主任说，这件事应该交给公社去处理，因为无论怎样，蔡庄都无权处置这几个知青。蔡五鸡的话立刻提醒了治保主任，于是，村里当即派了一辆拖拉机，将这几个知青送去了公社。

这件事发生以后，蔡庄人越发大感意外。谁都没想到蔡五鸡竟还有如此身手，治服这样几个手持棍棒穷凶极恶的知青简直易如反掌。接着村干部就想起来，不久前公社刚刚下发一个通知，说是为了配合国内和国际形势的需要，县武装部准备为基层民兵组织培训一批武术搏击和擒拿格斗的人才，让各村选拔一名政治条件和身体素质过硬，并有一定武术基础的年轻人推荐上去。村里原打算推荐一个基干民兵，但现在看来就觉得蔡五鸡更合适。

于是经过商议，事情就这样定了下来。

但这里又有一个问题，村里这时还不知道公社的张副主任已找蔡五鸡谈过话，于是想，如果蔡五鸡去县里学习，也就意味着要放弃去公社交换台的机会，蔡五鸡本人会不会同意？治保主任就来找蔡五鸡谈了一次话。治保主任并没有直接说去县里学习的事，只是问蔡五鸡，在部队怎样练出的这身功夫。蔡五鸡只是一笑说，这并没有什么，他那天使出的不过是一些基本功。治保主任听了越发惊异，说你还会一些更深的功夫？蔡五鸡低头沉吟一下，然后才说，其实他在部队的真正工作回来后并没向人说起过，他去舰艇维修通信设备只是很短时间的事，后来很快就调到陆地，参加了一个秘密的特种部队，这个部队首先要训练的就是擒拿格斗。治保主任听了大吃一惊，睁大眼问，这样说，你也去执行过特殊任务？蔡五鸡淡淡一笑说，作为一名特种部队的队员，被派到执行特殊任务当然是家常便饭，不过危险经历多了，也就不觉危险了。治保主任立刻又问，你们去执行任务也有危险？蔡五鸡又略微想了一下说，有些事属于军事机密，是永远不能说的，只告诉你一件事吧，有一次我们被派到一个岛上执行任务，至于是什么岛，执行的又是什么任务，这里就不必细说了，总之一共去了 36 个人。其实从一开始，我们这 36 个人就没打算活着回来，根据当时的情况也不可能再活着回来，所以临行前，部队首长就特意为我们准备了 36 口大棺材，而且每口棺材上都贴了名字，黑压压地摆了一片。部队首长让我们每个人都看一看，问是否满意，并说如果还有什么要求可以提出来。当时为我们送行的首长都落泪了，但我们没有流泪，当初既然参加特种部队，就已做好牺牲的准备，我只是告诉部队首长，将来在我的棺材里放一副双节棍，因为我在训练时最喜欢使用这种武器。蔡五鸡说到这里，深深地舒出一口气，叹了一下才接着说，那次执行任务，整整牺牲了一半战友，18 个人没有回来。治保主任的眼睛也有些湿润了，叹了一下才问，这么说，你的功夫就是在那时练的？蔡五鸡谦虚地一笑说，也不是了，现在一早一晚还要练功，否则一荒废就更完了。治保主任立刻兴奋起来，说看来村里还是小看你了，如此说来就不是推荐你去县里学习的事了，而是应该让你去当教练。蔡五鸡听了只是笑笑，不置可否。但治保主任想一想又说，可是，你还要考虑一下，公社调你去电话交换台的事怎么办，这也是难得的机会。蔡五鸡立刻说，这不成问题，虽然去交换台的待遇要好一些，但还是要服从革命需要，个人利益再重也可以放弃。治保主任听了越发感动，用力拍拍蔡五鸡的肩膀说，好啊好啊，到底是复员军人，思想觉悟就是比普通人要高！

这件事立刻在村里引起议论。蔡庄人听说要送蔡五鸡去县里当教练，立刻都表示反对，认为村里好不容易出了这样一个素质全面的人才，怎么可以轻而易举就送到县里去？更有人提出，如果让蔡五鸡去了县里，那几个知青被公社放出来，再来蔡庄报复怎么办？村里又有谁能对付得了那伙如狼似虎的知青？但是，只有刘苏对这件事表示怀疑。刘苏起初并没在村里，他的那头壳郎猪突然病了，不知什么原因，一连几天不吃东西，只是不停地喝水。刘苏带它去公社的兽医站看过，但兽医也查不出原因。于是刘苏就又去了县里。刘苏从县里一回来就听说了蔡五鸡的事，他立刻认为蔡五鸡的话不太可信。他对村里人说，且不说海军里有没有特种部队这种编制，就算有，也不可能一次派出三十几个人去一个岛上执行什么特殊任务，更不可能一下就牺牲十几个人。当然，刘苏说，这种事也不是完全没有可能，问题是那三十几口棺材，现在连国家领导人都在以身作则带头火葬，作为军人，又是去执行如此重要的军事任务，部队怎么可能为每个战士准备棺材？这听起来不像真事，倒像是在拍电影。刘苏的这番话是在街心的井台旁边说的，大家听了想一想，也觉得有些道理。但治保主任立刻走过来，治保主任沉着脸说，你这样说话就不厚道了，人家蔡五鸡可是为你的对象打抱不平才出的这件事，你不感谢人家也就罢了，怎么反倒怀疑？刘苏听了笑笑说，他帮了徐虹我当然很感激，但事实终归是事实，这跟感激是两回事。刘苏接着又说，那天的事我已详细问过徐虹，蔡五鸡确实有些身手，这一点不容怀疑，但那几个人当时也喝了酒，连走路都有些打晃，所以无论换了谁恐怕都能把他们打倒。刘苏这样说罢，就转身带着他的壳郎猪走了。

刘苏的这番话虽然不太好听，却也提醒了治保主任。治保主任回想一下，那天从村外将那几个知青抬回来时，确实都是一身的酒气，后来送他们去公社时，有两个人还吐了一路。治保主任立刻又把几个村干部找来。大家商议了一阵一致认为，尽管刘苏和蔡五鸡的关系一直有些紧张，但刘苏的话也不是完全没道理，问题是这一次要将蔡五鸡推荐到县里的武装部去，倘若蔡五鸡说的那些事真有很大水分，一旦去当教练闹出了笑话后果将不堪设想。

于是最后决定，还是按原计划，推荐那个基干民兵去县里学习。

治保主任并没把这个决定告诉蔡五鸡，但蔡五鸡还是感觉到了。他对治保主任说，他已经想到事情会是这样一个结果。治保主任连忙向他解释，说这件事跟刘苏说的那些话没有任何关系。蔡五鸡立刻摆摆手说，请治保主任放心，他不会为此事怪刘苏，更不会再去找他。

不过，蔡五鸡又说，他已经算准了，刘苏一定会来找他的。

刘苏果然在一天中午来找蔡五鸡。当时蔡五鸡刚吃过午饭，正蹲在灶膛跟前馇一锅猪食。蔡五鸡显然知道刘苏来了，却并没回头，仍然忙着自己的事情。刘苏在蔡五鸡的身后站了一阵，又用力咳了一声，见蔡五鸡仍然没有反应就说，我今天来，只是想劝你一句话。蔡五鸡似乎没听见，只是将手里的风箱拉得呼呼地响。刘苏又说，你这人手很巧，也的确很有悟性，这我从一开始就看出来了，可是……刘苏说到这里忽然停住，似乎考虑了一下才又说，可是，你以后说话也要注意分寸。刘苏说罢就转身准备走了。但就在这时，治保主任一脚踏进来。治保主任刚送走那个去县里学习的基干民兵，担心蔡五鸡会有什么想法，就过来看一看他。治保主任一进门就笑着说，做啥好吃的呢，这样香。蔡五鸡面无表情地看看治保主任，将锅盖掀开。这猪食的确馇得很独特，虽然冒着热腾腾的蒸汽却没有太多的水，看上去就像一锅焖饭。但仔细再看才发现，不过是一些搅拌均匀的谷糠和干草粉，闻起来还有一股甜丝丝的像酒一样的香气。就在这时，刘苏的壳郎猪突然蹿过来。这头壳郎猪一直躲在刘苏身后，由于长时间没吃东西已经很虚弱。这时，它竟然竖起两条腿扒着灶台，嘴里发出一阵呜呜的叫声。蔡五鸡看看它忽然笑了，对刘苏说，其实你来我这里，是它要进来的对不对？刘苏一听脸立刻涨红起来。刚才确实如此，刘苏经过蔡五鸡的门口时，这头壳郎猪闻到里面的气味突然就一头钻进来，刘苏是为了追它才不得不进来的。刘苏感到很意外。这段时间，他为了让这头壳郎猪吃东西已经想尽一切办法。他搞不明白，它这时怎么会突然对蔡五鸡的这锅猪食发生了兴趣。蔡五鸡却似乎并不意外，随手从锅里舀了一瓢猪食放到地上。这头壳郎猪立刻扑过来，一边吃着嘴里还发出一阵呱唧呱唧的声音。治保主任在一旁饶有兴趣地看着，忽然笑着说，这可怪了，这头猪已经瘦成一把骨头，怎么到了你这里就这样爱吃？蔡五鸡扒开它的鬃毛看了看，抬起头问刘苏，是否给它吃过什么药。刘苏想想说，也没吃过什么特殊的药。蔡五鸡摇头说不对，你再仔细想一想。刘苏又想了一下才说，对了，给它喂过“发展1号”。蔡五鸡嗯一声说，这种药是不能随便给猪吃的。刘苏问为什么？蔡五鸡说，“发展1号”不过是用来虚报产量的，从表面看它可以刺激猪的生长，在很短时间内让猪迅速上膘，而其实对猪的健康危害极大，这种药的主要成分是盐，猪吃多了就会口渴，而一旦喝水多了体量自然也就会增加，所以猪长的其实只是水膘，而不是肉膘，更危险的是这种药会影响猪的食欲，严重的还会导致死亡，所以，专业饲养员一般都不用这种药。治保主任听了立刻笑起来，对蔡五鸡说，你去参军前虽然也在村里放过猪，可不像现在这样说得头头是道，你是从哪知道的这些事，难道在部队也喂过猪？蔡五鸡立刻红起脸，想了一下才说，嗯，喂猪……当然喂过，可是喂猪跟喂猪也不一样。他说着朝锅里的猪食指了指，比如这种猪食，就是一种发酵饲料，猪吃了不仅能增加食欲，还可以提高免疫力。蔡五鸡说，我在部队时，用这种饲料曾创造过一头猪每天长膘4公斤的纪录，最高还达到过5公斤甚至6公斤，后来全军都推行过我这种饲养法。治保主任一听立刻高兴起来。他正在为去县里学习的事感到歉疚，这时一听立刻就说，这可太好了，最近村里正为发展养猪事业的事发愁，不仅各户的生猪存栏数低，上膘率也总上不去，我这就去村里商量一下，干脆给大家办个学习班，就让你来当教员，给大家讲一讲这种发酵饲料，再传授一下科学养猪的知识。蔡五鸡一听也兴奋起来，说养猪确实需要科学知识，这跟种地是一个道理。但这时，刘苏却若有所思地看看蔡五鸡问，你刚才说，曾创过一头猪每天长膘6公斤的纪录？蔡五鸡迟疑了一下，说是啊，有什么问题吗？刘苏说，你计算过如果一头猪一天长6公斤是什么概念吗？

你说……是什么概念？

你的猪，一般要多长时间出栏？

9 个月到 10 个月，最多 11 个月……

好吧，就算 10 个月，如果一头猪一天长 6 公斤，也就是 12 市斤，那么一个月就可以长 360 斤，10 个月后出栏时就是 3600 斤，一头重 3600 斤的猪会是什么样？刘苏盯住蔡五鸡问，这样的庞然大物你见过吗？蔡五鸡张张嘴，一下愣住了。治保主任一听哈哈大笑起来，说 3600 斤？就是 600 斤的猪也没人见过啊，上一次全公社搞生猪存栏比赛，张村喂了一头 580 斤的猪，就已经快有一人高了，像个小牛犊子！

他这样说着，就转身走了。

后来的事没有人能说出具体细节。蔡庄人只知道，在出事的那个晚上蔡五鸡曾和刘苏一起去田里放水。这时已是深秋，田里的庄稼都已收割完毕，村里就开始灌溉秋水，为来年春耕作准备。据上一班的两个村民回忆，他们在交班时并没发现两人的情绪有什么异常，只是蔡五鸡说话很少，刘苏的脸色也不太好看。他两人接班之后，就各自扛着铁锹去田里巡视了。大约是在下半夜，他两人不知为什么突然争吵起来。由于他们争吵得很激烈，又是站在离村边很近的一块田里，所以很多村民都听到了。据听到的人说，当时从田里传来的主要是蔡五鸡的声音，蔡五鸡似乎很生气，一直在指责刘苏什么，后来好像还提到了刘苏的父亲。刘苏自从来蔡庄，从没向人提起过他的父亲。蔡庄人只听说，刘苏的父亲是一个什么研究所里的工程师，后来不知为什么突然投河自尽了，连尸体都没有找到。蔡五鸡好像是说刘苏不要学他的父亲，如果总在别人面前摆出一副居高临下无所不知的样子，将来恐怕也不会有什么好结果。这时刘苏就突然愤怒地吼起来。刘苏的吼声大而嘹亮，几乎响彻整个田野，引得村里的狗也跟着一起狂吠起来。有人预感到要出事，就连忙从家里走出来。但不知为什么，却并没有看到蔡五鸡，只见刘苏在黯淡的月色里踉踉跄跄地朝着田野深处走去。

刘苏的尸体是第二天下午才在河边被发现的。两个放水的村民突然发觉抽水机被什么东西堵住了，于是一起来到河边，发现是一团烂布一样的东西，就在他二人齐心协力地将这团烂布扯出来时，才看清竟是一具尸体。两个惊魂未定的村民认出这尸体是刘苏，连忙跑回村里去报告。刘苏的尸体就这样被抬回来。公社的办案人员在对尸体进行勘验时，并未发现有打斗过的痕迹。不过刘苏在前一晚曾和蔡五鸡一起放水，而且两人还发生过激烈的争吵，这一点立刻引起办案人员的注意。但据蔡五鸡说，当时他跟刘苏争吵之后，就赌气回家去了，至于刘苏后来去了哪里他并不清楚。关于这一点，曾目睹他二人争吵的几个村民也都给予了证实。就这样，刘苏的死因最后被认为有两种可能，一是因为心脏病突发，跌进河里溺水身亡；二是像他的父亲一样，投河自尽了。但是，连蔡五鸡也不相信刘苏会投河自尽。

刘苏的后事办得很简单。治保主任带着人将刘苏的尸体冲洗了一下，然后为他换上一身干净衣服。刘苏的嘴微微张着，似乎还有什么话没有说出来，唇角的那颗黑痣也仍然栩栩如生。他的女朋友，那个叫徐虹的女知青来看过之后没说任何话，只是默默地在他手里塞了一个口琴。蔡庄人认出来，这个口琴是刘苏的。刘苏吹口琴很好听，尤其到了晚上，他的口琴就像是灌了水，呜呜咽咽的声音轻轻抖动着能传出很远。治保主任走过来对徐虹说，口琴就不要让他带了，这东西是铁的，就是到了火化场人家也要给拿出来。徐虹仍然没说话，只是一下一下地看着刘苏。治保主任无奈地摇摇头，做了一个手势，人们就将刘苏的尸体抬上车拉走了。蔡五鸡一直在旁边看着徐虹。刘苏的尸体被拉走之后，他犹豫了一下，就走过来说，他送徐虹回去。徐虹并没有反对。柳村离蔡庄只有半里路，两村几乎连到了一起。蔡五鸡跟在徐虹的身后走了一阵，很想对她解释什么，但想了想却又不知该怎样说。来到柳村的村口时，徐虹突然站住了，转身看着蔡五鸡问，他的那头壳郎猪呢？蔡五鸡立刻愣了一下，他这时才意识到，刘苏死后确实一直没有见过这头猪。他说，也许……也被淹……

这句话一出口，他立刻看了徐虹一眼。

徐虹没再说什么，就转身回村去了。

蔡五鸡在这个中午独自往回走，心里还一直在想着那头壳郎猪的事情。他觉得这头猪确实有些奇怪，平时和刘苏几乎形影不离，但这时却不知为什么，突然不见了踪影。这时村外的小路很安静，路边的灌木虽然仍很茂盛，叶子却已开始有些发黄。就在蔡五鸡来到河边，刚要走上石桥时，突然听到身边的灌木丛里发出一阵稀稀哗哗的声音。他一回头，就看到了那头壳郎猪，或者更确切一点，是看到了那头猪的面孔。它显然知道蔡五鸡要经过这里，所以正在等他。这时，它正从一丛灌木里伸头向外张望，就在蔡五鸡看到它的一瞬间，目光刚好和它碰到一起。事后蔡五鸡对村里人说，在这个中午，他一看到这头猪的目光就预感到要出事了。他虽然从十几岁就开始放猪，后来在部队也喂过猪，应该说对各种性格的猪都很了解，却还从没见过像这头猪这样的目光。它的目光就像秋天的河水，清冷得深不见底。蔡五鸡立刻站住了，本能地向后退了一步，但是已经晚了，就在蔡五鸡要躲到一棵杨树的后面时，这头猪突然蹿出来。它的速度快得令人难以置信，只是一闪就来到了蔡五鸡的面前，接着又用力一跳，一口咬住了蔡五鸡的肩膀。蔡五鸡顿时感到肩头一阵剧痛。猪的牙齿与狗不同，由于是用来咀嚼粗食，所以并不锋利。但这时，蔡五鸡觉得这头猪的牙齿就像几根坚硬的木楔，正深深地钉进自己的肩胛。他忍着剧痛伸手去扯猪的耳朵，试图将它拽下来，但这样做显然不行，这头猪死活不肯松口，倘若真拽下它只能从肩上撕下一块肉来。蔡五鸡只好改变了策略，站在原地用力地晃动上身，想将这头猪从自己身上甩下去。但如此一来这头猪反而咬得更紧了，蔡五鸡甚至听到自己的肩胛里正发出一阵嘎吱嘎吱的声音。他立刻不敢再轻举妄动，倚到身后的杨树上一边喘息，一边歪过头来朝这头猪看着。他发现，它这时一边咬住自己，也正两眼一眨一眨地朝自己看着。蔡五鸡对它说，你松口。

这头猪瞪着他，竟然摇摇头。

蔡五鸡又说，你先松口，咱们有话好说。

这头猪又摇摇头，嘴里还发出呜的一声。

蔡五鸡感到奇怪，他不明白这头猪冲自己摇头是什么意思。于是，他又喘息了一下就只好朝村里走去。这时的蔡五鸡样子很奇怪，一头像狗一样的猪吊在肩膀上，远远看去就像是一个猎人背着自己的猎物。蔡五鸡走了几步又站住了。他突然意识到，倘若自己这样回去肯定会招来村人的取笑。他又朝四周看了看，只好来到河边，在岸坡上坐下来。

蔡五鸡一直等到天黑才悄悄回到村里。这时这头壳郎猪仍然死死地咬在他肩上。他觉得自己的这个肩膀已经麻木得失去了知觉。他想尽快把它从身上弄下来，于是就来找治保主任。治保主任一见他这样子也吓了一跳，连忙问是怎么回事。蔡五鸡连说话的力气都没有了，只是用手指了指，意思是让治保主任赶快帮他想一想办法，但治保主任这时也有些不知所措。他凑到跟前试着用手掰了一下猪嘴，纹丝不动，蔡五鸡却立刻疼得又吸了一口冷气。治保主任连连摇摇头说，这样可不行，再让它这样咬下去这个肩膀就要废了。于是当即带着蔡五鸡来到生产队。几个村干部一见这情形也都大吃一惊。他们不明白，这头猪怎么会这样咬住蔡五鸡。立刻有人提议说，找一根铁棍来，把它的嘴撬开。但这个方法显然不具有可操作性，这头猪的牙齿紧紧咬住蔡五鸡，铁棍根本无法插进去。又有人说，干脆去村里把蔡老三叫来，把这东西一刀杀掉，然后再弄下来就容易了。

于是，当即有人去叫来蔡老三。

但蔡老三看过之后，也摇着头说不行。

蔡老三说，猪这东西咬劲太大，倘若一刀捅进去，它临死之前会咬得更紧，这样弄不好就会将整个肩膀都咬下来。不过蔡老三提出一个更大胆的设想，他说，除非将它的头干净利落地一刀砍掉。但是，这头壳郎猪这样咬着蔡五鸡，要想一刀砍下它的头也并非易事。蔡老三想想说，看来只有用铡刀了。

众人立刻觉得，用铡刀倒是一个好主意。

于是当即从马棚搬来一口特大号的铡刀，摆到生产队的院子里。

蔡老三在杀猪方面确实很有经验。他并不急于动手，而是耐心地在这头壳郎猪的面前做着各种准备工作，先将刀槽里的草屑清除干净，再紧一紧顶端的扣环，然后又拿起一块磨刀石将刀片磨得霍霍作响。大家明白，蔡老三这样做是在向这头壳郎猪示威，倘若它惧怕了，主动松开嘴，大家自然也就都省事了。但是，这头猪却似乎无动于衷，只用眼角冷冷地朝这边瞥一眼，鼻孔里还轻轻地哼出一声。蔡老三无奈地摇摇头，只好向蔡五鸡做了一个手势。蔡五鸡就走过来，按着蔡老三的要求躺到地上。蔡老三搬过铡刀，选好角度，就将猪头塞到铡刀下面。这时，蔡五鸡发现，这头猪正眯起两眼看着自己，目光里有一丝轻蔑，甚至还眨了眨眼。接着，它又把目光转向了手持铡刀的蔡老三，一片月光落下来，将它身上白色的鬃毛映得似乎更白，像荧光一样微微发亮。蔡五鸡突然感到心里一颤，他简直无法相信，这头猪面对这样一把寒光闪闪的铡刀怎么会如此视死如归？也就在这时，蔡五鸡突然感到一阵风扑面而来，接着只听咔嚓一声，一股滚烫的热血就喷到了他的脸上。他觉得眼前的一切立刻变得猩红起来，连清澈的月色也似乎弥漫起一片血雾。借着这片血雾，他看到蔡老三正拎起这头猪的尸体朝院子的外面走去，一股血水还在他身后不停地淌着，落到地上汩汩有声。

治保主任走过来说，起来吧，总算没事了。

蔡五鸡看到，治保主任的手里正拎着猪头。此时，这颗猪头的表情更加冷傲，眯着双眼，撇着嘴角，隐约可见还叼着一块衣服的残片。治保主任低头看了一眼自己手里的这颗猪头，说，这东西，你不想要了吧？我……不想要了……蔡五鸡从地上慢慢爬起来，虚弱地说。接着，他又挥一挥手，你……快把它拿走吧，我不想……再看见它。

事后治保主任对蔡五鸡说，在那个晚上，他真后悔把这颗猪头拎回去。这颗猪头并没有太多的肉，更要命的是他还犯了一个关键性的错误，在炖这只猪头时没有把它剁碎，而是整个地放进锅里去煮，这一来也就注定要发生后来的事了。治保主任是在几天后的一个早晨来找蔡五鸡的。他一见蔡五鸡就问，猪这东西死了，是不是和人一样，也会闹出一些奇奇怪怪的事情。蔡五鸡被这句没头没脑的话问得有些莫名其妙，接着才发现，治保主任的脸色很难看。

于是他问，出了什么事？

治保主任迟疑了一下才说，那颗猪头……好像有些不对劲。

治保主任告诉蔡五鸡，事情是发生在三天前。他的女人在炖这只猪头时先是发现有些奇怪，不知为什么，它始终牙关紧咬，无论怎样用力都无法掰开它。当时他女人也没在意，索性就将它整个地扔到锅里。那天晚上，他们一家人在吃这只炖猪头时也没发现有什么异常，只是感觉它的头骨很硬，而且上下颌仍然紧紧地咬在一起。于是吃过之后，就将这颗头骨扔到外面的窗台上。大约是到后半夜，治保主任说，他忽然被一阵奇怪的声音惊醒了。这声音很轻，又时断时续，似乎是上下牙齿在轻轻地抖动，每次响起来都是一串咯咯咯的声音，在夜里显得格外清晰。治保主任听了一阵，发现这声音是从外面的窗台上传来的，接着就意识到，那颗猪头骨就放在那里。治保主任十分肯定地对蔡五鸡说，那个声音就是从那颗猪头骨发出来的，不会有错，它的牙齿不仅会抖动，有时还会来回地磨，磨得咯吱咯吱地响。治保主任无可奈何地摇头说，一连三天了，每天夜里都是这样，那声音听了真是吓人啊！蔡五鸡一听就笑了，对治保主任说，你是村干部，要顾及一下影响，这样的话可不能随便乱讲。治保主任立刻说，好吧，我不乱讲，如果你不怕，就还是把那个东西拿到你这里来吧。

拿到我这里?

蔡五鸡觉得治保主任说的话有些可笑。这样一颗猪头骨，随便扔掉也就是了。

治保主任却连连摇着头说不行不行，随便扔掉恐怕还要生出别的事。

治保主任说，你还是……把它拿到你这里来吧。

蔡五鸡笑了笑，只好来到治保主任的家里取回这颗猪头骨。

在这个早晨，蔡五鸡站在自己家的院子里，将这颗猪头骨托在手上很认真地看了看，却并没看出哪里有什么不对劲。它显得很薄，在早晨的阳光照射下几乎通体透明，看上去就像一盏精致的灯笼，连骨质里的一些纹路都纤毫毕现。就在这时，蔡五鸡突然惊奇地发现，在它的嘴角上竟然也有一颗黑痣。这颗黑痣很圆，有一枚硬币那样大，在阳光的映射下似乎还有些透明。

蔡五鸡想不明白，这颗猪头骨怎么也会长出这样一颗黑痣?

蔡五鸡正捧着这颗猪头骨发愣，忽听到院子的大门在响。抬起头一看，竟是徐虹来找自己。他这时才想起来，徐虹在几天前曾经说过，要来为刘苏收拾遗物。刘苏的遗体火化之后，骨灰已被他家里的人取回去。但他的家人临走时说，刘苏的遗物就不来收拾了，一个知青也不会有什么值钱的东西，看了只会更难过，所以，就请徐虹帮忙整理一下。徐虹在这个早晨来找蔡五鸡，是想跟他商议，刘苏的遗物已经收拾好了，她想为他在村外的小河边立一个衣冠冢。蔡五鸡从没听说过衣冠冢，就问徐虹，衣冠冢是怎么回事?徐虹告诉他，冢是坟墓的意思，衣冠冢就是将死者生前用过的衣物埋起来，做一个坟墓。蔡五鸡想了想还是不明白，将死者的衣物埋进坟里能有什么用处?但他还是对徐虹说，衣冠冢就衣冠冢，你说怎样做吧，我帮你就是。徐虹听了感激地说，从你那一次帮我起，我就发现你是个好人，所以，这次的事我并不怪你，虽然刘苏死前曾跟你吵过架，但我知道，他的死跟你没有一点关系。

蔡五鸡轻轻叹息一声说，那天晚上……我真没想到会出这样的事。

徐虹说你不要再想了，这件事不怨你，真的不能怨你。

蔡五鸡听了也有些感动，点点头说，你真这样想就好了。

徐虹淡然一笑说，我，就是这样想的。

蔡五鸡在和徐虹说话时，手里还一直拿着那颗猪头骨。但他故意将它放到自己身体的另一侧，并没有让徐虹看到。这时，他趁徐虹不注意就将它放到一个箩筐的后面，然后从窗前拎起一把铁锹。

他问徐虹，现在就去？

徐虹说，现在就去吧。

于是，他二人就一起朝村外走来。

蔡五鸡和徐虹来到村外的小河边。

冬天的土已经冻得很硬，挖起来有些吃力。但蔡五鸡的体格很健壮，铁锹一下一下地铲进土里，看上去似乎很轻松。徐虹站在一旁看着，忽然情不自禁地说，你跟他……长得真像啊。蔡五鸡抬起头，想问她自己跟谁长得很像，但立刻就明白了，于是又埋下头去继续挖土。墓穴很快就挖好了，像一个斗的形状，上宽下窄，约有半米深。徐虹走过来，伏下身去，将一只棕色的小皮箱放进墓穴。这只皮箱显然已用过很多年，箱角的地方已磨得有些发黄。但是看得出来，皮箱的主人很细心，所以皮子保养得很好，至今仍还闪闪发亮。接着，徐虹又从衣兜里掏出那把口琴，放进小皮箱。

蔡五鸡这时才知道，原来这把口琴并没让刘苏带走。

口琴被阳光映得一闪，就在皮箱里消失了。徐虹将这只皮箱在墓穴里小心摆正，又盯了一阵，就掬起一把土轻轻撒下去。土落到皮箱上，发出哗的一声。徐虹立刻转过身去，抹了一下眼睛。蔡五鸡想安慰她一下，但想了想，却又不知该说些什么，于是就挥起手里的铁锹用力将土铲进墓穴。

一个崭新的坟包渐渐堆起来。土里掺杂着一些草根，散发出新鲜泥土的湿气。徐虹在小河边坐下来，呆呆地看着这个坟堆。冬天的太阳亮得刺骨，有一股逼人的寒气。蔡五鸡想了一下，也在徐虹的身边坐下来。也就在这时，蔡五鸡突然听到了一个声音。这声音像一股烟气似的飘飘袅袅，又好像离得很近。蔡五鸡渐渐听清了，好像是口琴的声音，悠扬中隐隐地有一丝伤感。他抬头朝那个坟堆看了看，这声音好像是从那里传出来的。他怀疑是自己的耳朵出了问题，于是回过头去看了看徐虹。徐虹这时显然也已经听到了，正大睁着两眼发愣。又过了一阵，这声音就渐渐熄灭下去，然后很快消失了。徐虹突然转身抱住蔡五鸡，伏在他的肩上轻轻地抽泣起来。蔡五鸡顿时有些不知所措。

徐虹又抽泣了一阵才稍稍平静下来。她直起身，不好意思地擦了一下眼睛说，对不起，我……刚才是把你当成……她这样说着，声音就又有些哽咽。

蔡五鸡迟疑了一下，看看徐虹。

我长的，真的很像他？

徐虹看着他，点点头，真的……很像。

蔡五鸡就把头转开了。

没有人，告诉过你吗？

村里，也有人这样说。

你自己觉得呢？

不知道……我没想过。

蔡五鸡说着，又用力地朝那个坟堆看了一眼。徐虹忽然伸出手，在蔡五鸡的头上抚摸了一下。蔡五鸡的头发很浓密，而且微微卷曲，只是发式不太好看，像在头顶上扣着一只碗。蔡五鸡感觉到，徐虹的这只手就像一阵风，若有若无地在自己的头上轻轻拂过。他的心里一阵狂跳，突然抓住了这只手。但只是一瞬，这只手立刻就像一条鱼似的从他的手里钻出去了。

徐虹轻轻叹息一声说，回去吧。

蔡五鸡将徐虹送回去，回来时已是下午。他突然感到很疲惫，浑身上下已经没有了一点气力，于是往炕上一躺就昏昏沉沉地睡着了。就这样不知睡了多久，他忽然觉得自己正和徐虹坐在一列火车上，车窗的外面很亮，景色也很美，蓝天的下面一片片开满鲜花的草地在飞驰而过，还有一些不知名的鸟在飞。徐虹不时地伏在他的耳边轻声说着话，但说的什么他却听不清楚。他只是觉得徐虹的身体很软，偎在他的身边有一种说不出的舒服，他感觉这舒服既陌生又让人心跳，似乎浑身上下都膨胀起来。

就在这时，他突然被一阵奇怪的声音惊醒了。

已经是深夜，一泓月光从窗口泼洒进来，像一汪清水在炕上静静地流淌着。接着，蔡五鸡就又听到了那个奇怪的声音。他突然想起治保主任说过的话，他发现，这声音像是上下牙齿抖动时发出来的，咯咯，咯咯咯……蔡五鸡揉揉眼，慢慢坐起来。他怀疑自己仍在做梦，但立刻又意识到，这显然不是梦，他在坐起来时下意识地用左手撑了一下，肩膀又狠狠地一疼。这是那头壳郎猪咬过的伤口。

也就在这时，蔡五鸡突然睁大两眼瞪着窗外。

在外面的窗台上，正放着那颗猪头骨。蔡五鸡清楚记得，这天上午，他明明将它放在了一只箩筐的后面。现在，它怎么会自己跑到窗台上去了？蔡五鸡想了一下就从炕上翻身下来，趿着鞋轻轻来到院子里。他并没有贸然走过去，而是站在一个稍远的地方朝那边看着。这时，这个猪头骨在月光下悄无声息地趴在那里，似乎并没有什么异常。但就在蔡五鸡要转身进屋时，那个声音就又响起来。这一次不仅真实，也很清脆。蔡五鸡在回头的一瞬间还发现，不知是被风吹动还是别的什么缘故，这个猪头骨竟然还随着这声音在微微地跳动。蔡五鸡立刻大着胆子走过去，拿起它看了看。这个猪头骨已经干透，掂在手里轻飘飘的。蔡五鸡想了一下，就朝院墙那边走过去，然后踮起脚，将它放到墙头上。一阵夜风吹来，这个猪头骨立刻晃了晃。蔡五鸡为防止它被吹下来，连忙用两块土坯夹住了。

他做完这一切，又看了看，就拍拍手上的土回到屋里。

但是，就在他刚刚躺回到炕上，那个轻微的声音就又从外面传来。这一次不再咯咯地响，而是幽细悠长，时隐时现。蔡五鸡觉得应该是风，他想，大概是夜风吹到那颗头骨上发出的声音，但立刻又感觉不对，这声音似乎有些熟悉，好像在哪里听到过。他终于想起来了，下午在村外的河边，听到的就是这个声音。接着，他就听得更清晰了，这好像是一首什么乐曲，有一丝淡淡的忧伤。蔡五鸡重新来到院子里，走到院墙下，抬起头朝那颗猪头骨看着。这时，这个猪头骨就像是一个奇怪的动物，正趴在那里望着黑漆漆的夜空，那曾经是两只眼睛的地方已是两个圆圆的黑洞，它们就像两个风哨，在夜风里发出呜呜咽咽的声响。蔡五鸡觉得这声音虽然不大，却让人听了一阵阵发冷。

蔡五鸡突发灵感，他决定用这颗猪头骨做一件乐器。

事后蔡五鸡想一想，连自己也不明白为什么要这样做。其实人在做事情时往往是没有什么动机的，或者动机隐藏得太深，连自己也说不清楚。蔡五鸡只是觉得这颗猪头骨应该有一定的用处。刘苏当初没有说错，蔡五鸡的确很聪明，不仅心灵手巧也有很高的悟性。他过去在部队时，经常用战友吃剩的猪骨制作一些精致的小玩意儿，一般是先将这些猪骨在干松的土里埋一阵，让蚂蚁将骨上的肉屑和杂质啃吃干净，这样再挖出来时，猪骨就会焕然一新，看上去洁净光滑如同玉石一样。除此之外，蔡五鸡每到节假日也经常参加连队的业余文艺演出。他那时还不会玩什么乐器，只是跟着打一打鼓或敲一敲锣，但渐渐也学会了拉几下二胡，再后来还能拉几首完整的乐曲。更重要的是蔡五鸡学会了修理乐器，尤其是胡琴，不仅会修理还可以制作。蔡五鸡发现，这颗猪头骨的共鸣很好，他预感到，用它做出的一定是一件很独特的乐器。他立刻为自己这个突然冒出的想法兴奋起来。

直到很多年后，蔡五鸡再想起这件事时仍感到痛悔不已。他想，在这个冬天他完全可以将这颗奇怪的猪头骨随便找一个地方扔掉，或者干脆和刘苏的那个小皮箱一起埋进那个衣冠冢，如果真是那样，也就不会发生后来的事了。但不知为什么，他在当时竟然鬼使神差地一定要将它制作成一件乐器，而且还做得如此精致，如此的栩栩如生，这就好像是天生注定的事了。

蔡五鸡知道，注定的事情是任何人都无法改变的。

蔡五鸡制作的这把猪头琴构思确实很巧妙。头骨刚好做共鸣箱，两只眼睛的地方则是两个泛音孔，如此一来它所发出的声音不仅具有一种骨质的高亢，很像板胡，同时又由于头骨的骨腔较大，听上去有些低沉。这种高亢与低沉的音质混合在一起，就形成了一种特有的稍带忧郁的韵味，听起来很像口琴声。蔡五鸡第一次到村里向人们展示这把琴，就把自己搞得狼狈不堪。人们看了先是都感到惊奇，没有人会想到，蔡五鸡竟然用这颗猪头骨做出这样一件乐器。立刻有人问他，既然能做这样一把琴，是否也能拉一段什么乐曲。蔡五鸡回答，他在部队时曾经参加过文工团，主要演奏京胡二胡和板胡，尤其是二胡，会拉很多曲目，他演奏的《赛马》和《喜送公粮》在全军都获过一等奖，后来还代表部队去军区为首长演出。人们听了立刻都鼓动他，说来一个那就来一个。蔡五鸡也不推辞，当即就坐到井台上，稍稍调试了一下琴弦就拉起来。蔡五鸡在出来之前已经反复试过，猪头琴没有任何问题，但这时却不知为什么，这把猪头琴突然不肯发出一点声音了。蔡五鸡满头大汗地摆弄了一阵，最后只好面红耳赤地向人们解释，说大概是松香的问题，刚制作的乐器经常会出现这种情况，要在琴弓的马尾上多抹一些松香，否则摩擦力不够，它自然就不会发出声音。立刻有人找来了松香，但是，无论蔡五鸡如何在琴弓上涂抹松香，这把琴却似乎打定了主意，就是闷声不响。

有人忍不住问，你当初给首长拉的，也是这种没声音的乐曲儿？

周围的人们听了立刻大笑，然后就都一哄而散。

蔡五鸡回到家里，气得要将这把猪头琴砸掉。他怎么也想不明白，这把琴本来好好的，为什么一拿到街上就出问题？于是，他决定再试一试。但这一次却不知为什么，只是轻轻地一拉琴弓琴立刻就发出了声音，而且由于涂抹了太多的松香，琴声也更加优美，听上去浅吟低唱。蔡五鸡收起琴弓，朝这颗猪头骨很认真地看了看。此时，这颗猪头骨似乎若无其事，嘴角还露起一丝难以察觉的得意洋洋的样子。他盯住它又看了一阵，然后问，这究竟是为什么？

猪头骨瞪着两只黑洞洞的大眼，似乎不屑回答。

好吧，蔡五鸡点点头说，我倒要看一看，你还想弄出什么名堂。

蔡五鸡渐渐发现，这把猪头琴确实是故意在跟自己作对。它只有在他一个人时才会响，而且听觉也异常灵敏，街上只要有人从门前经过，它立刻就会默不做声。蔡五鸡从此就接受了教训，再不去街上拉琴，只有到夜深人静时，才独自坐在家里拉给自己听一听。他的琴声开始流畅起来，不仅低回婉转，听上去也真的有了一些悠扬的味道。也就从这时开始，蔡五鸡的心里萌生出一个念头，他很想让徐虹听一听自己拉琴。他甚至能想象出徐虹听他拉琴时的神情，她一定先是静静地听，然后就会坐到他身边，像他在梦境里见到的那样将头慢慢靠在他的肩上。蔡五鸡每想到这里就会感到浑身燥热，这种燥热的感觉让他坐立不安。但是，蔡五鸡知道，徐虹已经回家过春节去了。

徐虹临走前曾给蔡五鸡打来一个电话，但她在电话里什么也没说，只是轻轻地叹息了一下，说了一声再见就将电话挂断了。蔡五鸡被这个电话弄得有些摸不着头脑。他不明白，柳村这样近，徐虹有事为什么不能过来，而是只打这样一个电话？他感觉到徐虹似乎有话要对自己说，于是立刻赶来柳村，但徐虹已经走了。据柳村的人说，她刚走，不过已经追不上了，有人看见她上了一辆开往县城的拖拉机，到火车站去了。蔡五鸡过了一个很郁闷的春节，他始终想不出，徐虹究竟要对自己说什么。

徐虹直到开春后才从城里回来。蔡五鸡是从柳村人的口中得知的。于是，他也给徐虹去了一个电话。他在电话里同样也没说什么，只是告诉徐虹，方便的时候来一下，他有件东西想给她看一看。徐虹没问是什么东西，淡淡地答应一声就将电话挂掉了。蔡五鸡立刻就忙碌起来。他先去村里的剃头匠那里，将自己特意蓄起的长发剪成一个很像刘苏的发式，然后又将胡须彻底刮干净。徐虹是几天后的一个晚上来的，她似乎并没注意蔡五鸡的样子，只是淡淡地问他，要给自己看什么。

蔡五鸡发现，徐虹回城过了一个春节，肤色更白，人也更漂亮了。

于是，他立刻从墙上摘下那把猪头琴，递给她。

徐虹一看这颗白花花的猪头骨，立刻吓了一跳。

她问，这……这是什么？

蔡五鸡说琴，一把琴。

我是说……这东西。

徐虹伸出手，朝猪头骨指了指。

这时，那颗猪头骨正龇着牙，瞪着两只黑洞洞的大眼，像要对徐虹诉说什么。

头骨，蔡五鸡故意轻描淡写地说，是猪的头骨。

徐虹似乎明白了，立刻问，你把它……杀了？

蔡五鸡不想告诉徐虹那头壳郎猪咬住自己肩膀的事，于是说，没有人杀它，它只是自己死了。徐虹听了沉默一下，叹口气说，也好，这样……也好。蔡五鸡立刻把话岔开了，说，这把琴的声音很好听。蔡五鸡知道，徐虹很喜欢音乐，据说当初刘苏就是经常坐在村外的河边吹口琴，才把徐虹吹过来的。这时，徐虹又仔细地看了看这把琴，有些意外地问，这琴，是你做的？

蔡五鸡点头说，我做的。

这么说，你也会拉琴？

蔡五鸡羞涩地一笑说，拉不好。他本来想说，不如刘苏吹口琴好，但话到嘴边又咽了回去。他不想拿自己去跟那个已经死了的刘苏比。徐虹用力看了一眼蔡五鸡，轻轻地说，你……真的很像他。

蔡五鸡故意问，像谁？

徐虹摇摇头，你……还是拉个曲子吧。

蔡五鸡就坐下来，将这把猪头琴架到腿上，先调试了一下琴弦，然后就轻轻地拉起来。他没有想到，这把琴在这个晚上竟然这样好用，拉出的琴声也似乎比平时更加动听。更让蔡五鸡暗暗吃惊的是，不知为什么，他发现自己拉出的竟然是一支很陌生的曲子，这支曲子舒缓而又低沉，似乎在向什么人倾诉着什么。蔡五鸡觉得自己的手指似乎是被冥冥之中的什么人牵引着，就那样不自觉地来回轻舞，于是，这支曲子就从琴弦传到那颗猪头骨，又从猪头骨的嘴里倾吐出来。徐虹原本已经走过来，坐到蔡五鸡的身边，慢慢将头靠在他的肩上，这时，她却突然又坐直了身子，接着就霍地站起来。

她看着他问，你……怎么也会拉这支曲子？

蔡五鸡感到茫然，立刻有些不知所措。

徐虹又问，这曲子，你是从哪听来的?

蔡五鸡迟疑了一下，是在……部队上。

不可能，徐虹立刻断然摇头，不可能。

蔡五鸡说，真的……是在部队上。

徐虹的眼泪已经流下来，哽咽着说，这个曲子……叫《雨后彩虹》，是刘苏……为我写的……她这样说着，就转身朝门外走去。蔡五鸡连忙追出来，但徐虹已经踉踉跄跄地走了。

蔡五鸡没有想到，这竟然是他最后一次见到徐虹。

几天以后，蔡五鸡去柳村看徐虹，才听说她已经走了。没有人知道她去了哪里。她住过的那间小土屋里已经空空荡荡，只在地上留下一堆烧过的灰烬。蔡五鸡想在这灰烬里寻找到什么，用手轻轻一拨，灰片立刻像一群黑色的蝴蝶飞起来。这天晚上，蔡五鸡回到家里，觉得自己只剩了一个空壳，似乎一切都已经没有了内容。他躺到炕上，呆呆地看着窗外的月色。春天的月色是淡蓝的，蓝得有些耀眼。就在这时，蔡五鸡忽然又听到了那个奇怪的声音。这声音似乎是来自他的体内。他竖起耳朵听了听，好像又是那支曲子。但他很快就意识到，这声音并不是从自己身体里发出来的，而是对面的墙上。在对面的墙壁上，正挂着那把猪头琴。这时，这把猪头琴在淡蓝色的月光下正发出一阵轻微的像吟唱一样的声音。它的心情似乎很好，声音也很欢快，其间还夹杂着咯咯咯和唧唧唧的声音，就像是在为自己打着拍子。蔡五鸡盯住这把琴看了一阵，突然走过去，从墙上摘下它。

他来到院子里，坐在一张木凳上，就又开始用力地拉起来。

蔡五鸡刚拉开琴弓就把自己吓了一跳。他没有想到这把琴会突然变得这样响亮，呜啊的一声，把他的双腿都震得有些发麻。这声音立刻刺激了他，使他的情绪也亢奋起来。于是，他便开始用力地拉起琴弓。这根琴弓是用紫红色的细竹竿制作的，拴了一缕白色的马尾。这时，这缕马尾横在琴弦上，就像一根白色的绸带。蔡五鸡发觉自己已能熟练地拉这支《雨后彩虹》，手指灵活地快慢有序地在琴弦上来回跳动着，一串嘹亮的音符就随之倾泻下来。蔡五鸡感到这琴声正在迅速地膨胀着，升腾着，这个小院已经快要盛不下。它就像一股烟雾升上夜空，随着细微的春风向村里飘散开去。村里的各种牲畜突然也都跟着亢奋地大叫起来，这叫声此起彼伏，一直传出很远。

几天以后，又发生了一件奇怪的事情。

治保主任在一个傍晚来找蔡五鸡。当时蔡五鸡正抱着这把琴，用一柄短刀用力刮着那颗猪头骨。治保主任走过来，才发现蔡五鸡是在刮这头骨的嘴角，他是想将那颗黑痣刮下去。但这显然不太可能。这颗黑痣就像一滴黑色的血迹一样已经渗进骨质，要想把它除干净，除非将这一块彻底挖掉。治保主任笑着说，你不要再摆弄它了，兴许它值钱的地方就在这里。

蔡五鸡觉得治保主任的话有些古怪，就抬起头看着他。

治保主任又说，你不用看我，你的这把猪头琴现在可要值大钱咧。

治保主任告诉蔡五鸡，这几天村里发生了一连串奇怪的事情。按以往规律，每年的这个季节还不到牲畜发情的时候，但这几天不知为什么，村里的各种家畜好像一下都提前来了情绪，到处都在热火朝天地交配，全村上下一片繁忙景象，就连一头多年不育的老母猪，也主动跳进一头公猪的圈里死活不肯再出来。治保主任说，这件事我仔细想过了，肯定跟你的猪头琴有关，你在那天夜里拉这个琴，全村都听到了，家畜们就是从那个晚上开始闹圈的。接着，治保主任又问，你拉的到底是个啥曲儿？怎么会比配种的春药都管用？蔡五鸡没吱声，继续埋着头刮那颗黑痣。治保主任又说，现在事情已经闹大了，公社配种站听说了这件事，也要请你过去呢，他们那里的种猪今年不知为什么，都打不起精神，公社正为这件事着急呢。

治保主任见蔡五鸡仍不说话，就又说，这可是公社张主任的指示。

其实蔡五鸡的心里已有预感。无论治保主任怎样说，他并不相信这把猪头琴会有如此神奇的作用。家畜春天交配，这不过是一种自然规律，跟这把猪头琴不会有任何关系。所以，蔡五鸡来到公社，一见到张主任就先把这个道理讲出来。但张主任对蔡五鸡的这些话却并不在意，只是拍着他的肩膀笑着说，公社过去真是小看你了，以为你这个人出去锻炼几年，只学会了吹牛，现在看来，你除去吹牛还确实有些真本事呢。张主任又说，好啊好啊，你这次就去配种站，给他们那里的种猪帮帮忙，我也一起去听一听。张主任说罢又低声告诉蔡五鸡，其实他也很喜欢音乐，尤其爱听胡琴，只是这种用猪头做的琴还从来没有听过。蔡五鸡听了低下头，就不再说话了。

蔡五鸡的预感果然没有错。他这一次去公社配种站，险些将那里的种猪全都杀死。配种站听说蔡五鸡要带着那把著名的猪头琴来，事先就已作好了充分的准备，在每一头种猪的圈里都安排了一到两头育龄母猪，体格强健 些的甚至还安排了三四头。这些种猪都不知发生了什么事，搞不清自己的圈里怎么会突然来了这么多的母猪。但它们对身边的事似乎并不关心，仍然趴在角落里睡自己的大觉。配种站长苦着脸对蔡五鸡说，你看你看，它们每天就是这样，好像都被劁掉似的，你就是弄一头天仙猪来它们也照样不理不睬！这时治保主任就为蔡五鸡搬来一张木凳。张主任笑着说，这一次就有办法了，只要咱们的小蔡把他的这个猪头琴一拉，不怕这些懒东西不动心。然后，张主任又对蔡五鸡说，咱们公社今年的发展养猪事业工作可就全看你了，一定要拿出真功夫，拉它个惊天动地！

蔡五鸡这一次果然拉得惊天动地。他从一开始就发现，这把琴有些不对，不知为什么声音突然大起来，渐渐就大得失去了控制，已经不是响亮，简直是震耳欲聋，就像一头猪在拼命地嚎叫，让人听了毛骨悚然。而更奇怪的是，蔡五鸡虽然拉的还是那支叫《雨后彩虹》的曲子，却不知为什么突然高亢激越起来，蔡五鸡努力想放慢手指的速度却怎么也慢不下来。接着就发生了更令人意想不到的事情。先是一头黑色的种猪突然嗷儿地狂叫一声就开始在圈里四处乱窜，接着纵身一跃就从圈里跳出来。这头猪大约有四百斤，就像一个庞然大物，因此在配种站的院子里跑起来不仅动静很大，也搅得烟尘四起。接着其他圈里的种猪也都开始躁动了，嗷嗷儿叫着纷纷从圈里窜到外面，那些母猪也都跟着跳出来紧随其后，配种站里顿时乱成一团。这些种猪和母猪们显然都受了惊吓，浑身的鬃毛都直挺挺地奓起来，看上去就像一头头豪猪，尤其是它们的耳朵。猪的耳朵平时都是耷拉在头上，所以并不显眼，但这时却都直直地竖起来，每头猪的头上都像是顶着两把小蒲扇，看上去非常怪异。配种站长已经慌了手脚，连忙冲蔡五鸡喊着不要拉了不要拉了。他本想将这些猪拦住，但刚到猪群里就被一头威猛的白猪撞倒在地上，接着后面的猪就嗷嗷叫着从他的身上踩踏过去。这些猪在配种站的院子里横冲直撞地跑了一阵，最后无意中闯进一个大圈，配种站长这才赶紧扑过去把圈门插上了。配种站长连滚带爬地来到治保主任面前，瞪着他问，这是……怎么回事？这就是你说的那把猪头琴吗?!

治保主任也已被一头母猪撞破了鼻子，这时他擦着血，不知该怎样回答。张主任却哈哈大笑地走过来，拍着蔡五鸡的肩膀连声说好，好好，真是太好了，没想到你这把猪头琴这样厉害，你拉得也很好，真有点儿专业水平！张主任想了一下又问，你除了刚才这个曲子，还会拉什么？蔡五鸡没想到这把琴竟闯出这样大的祸，这时还惊魂未定，他看着张主任，一时没有说出话来。

张主任就又说，我听说，你还会拉《喜送公粮》?

蔡五鸡点点头，但立刻又摇摇头。

张主任看看他的脸色就明白了，回头朝身后看一眼说，这件事你不用放在心上，没关系，这不是你的错，猪毕竟不是人，它们听不懂你拉琴也是正常的，我现在是想问你，还会不会拉别的曲子？蔡五鸡这才说，应该……还会一些。好，张主任立刻说，这就好，过几天县里正要召开一个布置春耕工作的动员大会，刚刚下来通知，说是为了给大家鼓劲，不仅要会餐，还要演一演文艺节目，咱们公社就把你报上去！张主任见蔡五鸡心有余悸，就笑着说，不用担心，就凭你这把琴，肯定会让他们大吃一惊！

蔡五鸡这次去县里演出，果然又让所有人都大吃一惊。县里的领导一听说有蔡五鸡这样一个人，竟然还用猪头做了一把很奇怪的琴，立刻都感到新奇，于是动员大会一结束，第一个就让他上台去演出。蔡五鸡在部队敲鼓时也见过一些大场面，所以这次倒并不紧张。他在上台之前找了一个没人的角落，将这把猪头琴拿在手里很认真地看了一阵，然后，耐下心来对它说，咱们应该谈一谈了。这颗猪头骨并不吭声，只是瞪着两个黑洞洞的大眼，似乎在很认真地听，又似乎故意做出一副夸张的表情。

蔡五鸡又说，你把事情弄成了这样，已经够麻烦了，现在，应该闹够了。

这颗猪头骨仍然默不做声。

蔡五鸡无奈地摇摇头，就拎着它走上台去。

这一次，这把猪头琴果然没再弄出什么奇怪的事来。它的声音第一次这样低沉，音质也很浑厚，似乎有一种说不出的味道。蔡五鸡坐在台上拉着琴，心刚刚放下一些，但立刻就又提起来。他发觉这又是一支很陌生的曲子，不仅节奏很奇怪，听上去也不太对劲。这时台下就已经开始骚动起来，有人在交头接耳，还有人甚至用手朝台上指指点点。蔡五鸡立刻意识到，一定又出了什么问题，而且问题很可能是出在这支曲子上。果然，公社张主任满脸煞白地走到台前，连连向他做着立刻结束的手势。蔡五鸡赶紧停下来，起身回到后台。这时，一个陌生人已经等在这里。陌生人对蔡五鸡说，你跟我来一下。蔡五鸡就跟着这个陌生人来到一间办公室。一个身穿褪色军装的中年男人沉着脸走过来，他上下打量了蔡五鸡一下，然后问，你就是蔡五鸡？

蔡五鸡稍微迟疑了一下，说，我叫蔡武军。

嗯，好吧，蔡武军。中年男人点点头，问，你刚才拉的是什么曲子？

这曲子……怎么了？

你不知道吗？

我，不知道。

你是从哪学的？

……不知道。

也不知道？

我……确实不知道。

好吧，那我来告诉你，中年男人说，这是一支新中国成立前的曲子，是靡靡之音，知道了吗？

蔡五鸡一下子愣住了。他搞不清楚，自己怎么会拉出这种靡靡之音。中年男人说着就走过来，从蔡五鸡的手里拿过这把猪头琴，很认真地看了看，然后抬起头问，听说，这是你做的？

蔡五鸡说是，是我做的。

中年男人的脸色似乎缓和了一些，轻轻嗯了一声。

这样吧，你找个时间，到县里的梆子剧团来一下。

蔡五鸡又是一愣，想不出让自己去梆子剧团干什么。

于是，他小心地试探着问，有……什么事？

到了那里，你自然就会知道了。

蔡五鸡的心里立刻猜到了，一定又与这把猪头琴有关。但他已经下定决心不再要这把琴，更不想再搅进与这把琴有关的任何事情，他觉得自己已被这把琴搞得疲惫不堪。中年男人似乎看出了他的心思，沉吟一下说，你自己考虑吧，如果不去，今天的事……恐怕就还要追究。

蔡五鸡听了想一想，只好点头说，好吧。

蔡五鸡果然没有猜错，让他去县里的梆子剧团是为了修理乐器。事后他才知道，这个身穿旧军装的中年男人是县里一个专管宣传工作的领导，被称为杨部长。杨部长刚刚将县里的河北梆子剧团成立起来，正急于排演《红灯记》，但各方面的人才又一时凑不齐，所以，这次看了蔡五鸡的表演和他手里的这把猪头琴立刻就选中了他。蔡五鸡是在一天上午来到梆子剧团的，当时杨部长也在，坐在他旁边的还有几个浓眉大眼的人，显然都是剧团里的什么角色。蔡五鸡一走进这间办公室就觉出异样，似乎预感到将要发生什么意外。但他知道，自己已经没有别的选择，只能听之任之。这是一间很普通的平房，由于年久失修，显得有些破旧，白色的墙皮已经泛起碱花，看上去肮脏斑驳。杨部长向蔡五鸡解释，说这里不过是剧团的临时办公地点，新址一收拾出来立刻就会搬过去。然后又为蔡五鸡介绍，这里在座的都是剧团的主创人员，其中有唱腔设计，还有乐队指挥。杨部长说，蔡五鸡可以先用他的这把猪头琴为大家演奏一下，当然不是考他的演奏水平，只是让大家看看这把琴，也听一听它的音色。

蔡五鸡听了点点头，就在这些人的面前坐下来。

接下来果然就发生了意想不到的事情。其实客观地说，蔡五鸡这一次的琴声很舒缓，听起来也并不刺耳，但事后连他自己也很清楚，这场突然发生的意外还是与这把猪头琴有着直接的关系。当时蔡五鸡正拉着琴，突然听到一阵奇怪的声音。这声音先是嘎嘎吱吱的，接着就变成咔咔的断裂声。他立刻听出这声音是从头顶传来的，但就在他抬起头的一瞬，只听轰的一声，眼前突然一黑就什么都看不见了。待他回过神来，才发现竟是一块巨大的灰片从屋顶脱落下来。屋顶掉下一块灰片原本也不是太大的事情，但这块灰片实在太大了，又有几寸厚，给人的感觉就像是掉下一块石板，这一来问题就严重了。

这块灰片不偏不倚，刚好落到了杨部长的头上。

屋里顿时灰尘四起，几乎呛得人喘不过气来。过了好一阵，待尘埃稍稍落定，大家才发现，杨部长已经头破血流地躺在了地上。乐队指挥连忙扑过来，伸手在杨部长的鼻子底下试了试，才发现已经没有了气息。这时再叫救护车显然已经来不及，大家立刻找来一辆平板车，拉起杨部长就送去医院。但是已经没有意义了，据县医院的医生说，杨部长的头骨在当时就已被那块灰片砸碎了。

蔡五鸡对此事没作任何解释。蔡五鸡知道，尽管这块肇事的灰片从表面看应该跟自己没任何关系，但它毕竟是在自己拉琴时掉下来的，这就不言而喻又不容辩驳地形成了一种因果关系，否则它为什么早不掉晚不掉，偏偏在自己把琴拉响时掉下来呢？但是，不知为什么，当时在场的所有人似乎都已经把他忘记了，而县里赶来处理此事的其他领导又并不知道还有他这样一个人。于是，蔡五鸡一下就被冷落在一边，反而成了一个多余的人。直到杨部长的治丧委员会正式成立起来，并对外宣布了召开追悼会的时间，蔡五鸡才意识到，自己已经没必要再去参加这个追悼会了。

蔡五鸡走在回蔡庄的路上，才有了一种彻底解脱的感觉。

这时，太阳已经沉到西边的地平线处，喷出最后一抹余晖，田野弥漫起一片雾一样的迷黄。蔡五鸡走到小河边，来到刘苏的坟前。刘苏的坟堆经过几场春雨已变得浑圆起来，土里钻出一些嫩草，看上去就像他脸颊上的胡茬。蔡五鸡在坟前站了一阵，拿过背在身后的这把猪头琴。他先是用力地拔掉琴杆，然后就将这颗猪的头骨轻轻放到坟顶上。夕阳照射过来，这颗头骨通体透亮，头顶上的那个圆洞就像一眼泉，从里面喷射出一股耀眼的金黄。这时，蔡五鸡突然发现，它的眼眶里正有两行泪水流出来……

飞 啊 飞

李丁直到临近高中毕业，才告诉我他为什么叫李丁。那时李丁在我们班里说话很少，对有关自己的事情就更是绝口不提。所以，除去我们的班主任老师，班里同学对他的情况就几乎一无所知。李丁对我说，他父亲最早为他取的名字并不叫李丁，而是叫李申。那时他还在母亲的肚子里。他父亲认为，在中国人的价值观念里，如果按甲乙丙丁划分等级，甲应该是最好的。那么，他希望自己的儿子将来比甲更好，甲字出头，于是就叫申。此外还有一层含意，如果把申这个字想象成一个人，从形态看就应该非常魁梧健壮，这也寄托了父亲对他的美好期望。但让他父亲没有想到的是，他出生以后的形状却并非如事先想象的那样。他当时是脚先出来的，接生的医生拽着他的两只脚向外拉，发现两根细腿越拉越长，直到最后出来一个圆圆的肚子，又出来一颗圆圆的头，医生才稍稍松了一口气。据说当时几个助产的护上在一旁看了也都感到很惊讶，她们觉得这个刚生出的孩子好像哪里看着有些别扭，接着就发现，是比例问题，这孩子的两根细腿几乎占去整个身长的四分之三。待将他从产房里抱出来，他父亲看了也有些失望，连连摇着头喃喃地说，这哪里是申啊，分明像一个丁么。

就这样，李丁说，他父亲从此就为他取名叫李丁。

这时的李丁已经更加骨瘦如柴，两条细腿也长得有些夸张，整个身形看上去真的像一个“丁”字。他的两根细腿也曾引起我们班主任老师的担忧。我们的班主任老师同时还兼任化学课。那时正搞教育革命，上级要求书本上的知识与实践相结合，将课堂办到生产第一线去。我们的老师在讲到土壤这一节时，就带领我们全班同学来到郊外人民公社的农田，要挖一个深坑，然后分土层取样，再化验土质的成分和酸碱度。当时正是酷热的夏季，大家来到农田时已经走得口干舌燥，谁也不愿再去挖坑，于是就将一个破铁锹扔给李丁。李丁虽然不太情愿，却也不敢吭声，只好抄起铁锹闷头来挖。但他只挖了几锹，我们的班主任老师就觉出了问题。李丁每挖一下，都会发出一阵嘎吱嘎吱的声音。我们的班主任老师又仔细观察了一阵，才发现，这嘎嘎吱吱的声音竟是从李丁身上发出来的。李丁每挖一下，他那两根长长的细腿就和铁锹柄一起像竹竿一样地弯曲起来，声音也就是这样发出来的。班主任老师看出问题之后连忙叫他停住手，换了几个班干部轮流来挖。班主任老师拍拍李丁的肩膀，叹口气说，我倒不是担心这把铁锹折了，而是担心你的两条腿啊。

我们读高中时，是恢复高中教育的第二届。当时学制还是两年，到毕业时，原则上都要下乡插队。李丁原本是不够下乡条件的。这时上山下乡的工作已经规范化，高中毕业生在插队之前都要通过体检。

虽然只是走一走形式，但也有具体要求，比如男生的肺活量要达到3700毫升以上，两手的握力也要在30公斤以上等。但李丁去体检时，肺活量却只有1200毫升，勉强是正常人的三分之一，两手的握力也不到5公斤。当时的体检医生无奈地摇摇头说，你可真是手无缚鸡之力啊。而最让体检医生感到意外的，还是李丁的体重。按当时要求的标准，一个人的合格体重应该是身高减去体重系数，体重系数应该是105，李丁当时的身高是1.64米，也就是164厘米，如果减去体重系数105应该是59公斤，但李丁却只有25公斤，还不到正常体重的一半。体检医生先是以为自己看错了，接着就感到困惑，一个身高1.64米的年轻人，体重怎么会只有25公斤呢？体检医生用手捏一捏李丁像木棒一样干瘦的胳膊，又拍了拍他嶙峋的胸脯，无奈地笑笑说，你简直就像一盏灯啊，如果吞下一个灯泡大概浑身都是亮的。体检医生的话让李丁很尴尬，也越发感到自卑。他偷偷告诉我，其实他在这次体检之前体重还要轻，他自己曾经称过，只有24公斤多一点，他还是强迫自己多吃了几天玉米面窝头，而且每顿饭喝一大碗菜粥，才勉强吃成现在这个样子。李丁有些难为情地告诉体检医生，据他父亲说，他家几代人都是这样干瘦，再远的已经不清楚，当年他祖父一辈的体重就比他曾祖父轻，而他父亲的体重又比他祖父轻，现在到他这里，他的体重又比他父亲轻，好像一辈不如一辈。体检医生听了想一想，很严肃地点点头说，这很可能是遗传问题，你以后要注意了，如果照这样轻下去，将来到你的下一代就很危险了。其实李丁对我说过，他父亲是搞生物学的，类似的话也曾对他说过。但他这时听了这个医生的话还是有些紧张起来，他连忙问医生，应该怎样注意。医生又稍稍想了想，然后说，当然，现在说这些还为时尚早，比如你将来选择配偶就要谨慎了，像那种……嗯……体检医生说到这里只是嗯了一声，就没再说下去，但李丁却已经明白了医生的意思。

体检医生的这几句话对李丁产生了很大的影响。

李丁当时确实正在跟一个邻居的女孩来往。这女孩叫田宁，比李丁大两岁。李丁跟她虽还没有正式明确恋爱关系，却正在朝这个方向发展。李丁当即决定跟这个女孩断绝来往。李丁做出这样的决定是出于两方面的考虑，首先，这个叫田宁的女孩体重也很轻，虽然身高有1.6米却还不到20公斤，看上去薄得像一张照片。可以想象，如果李丁真的跟这样一个女孩走到一起，将来生出的孩子会是什么样子。此外更重要的一点是，这女孩的家里还有很严重的政治问题，据说她父亲当年曾是国民党军队的上校军医，已经被打成“历史反革命”。而李丁自己的家里也有很复杂的历史问题和政治问题，他的父母都在大学里的生物研究所工作，而他父亲在新中国成立前还曾担任过国民党政府部门的卫生检疫官，因此，他父母在被定为“资产阶级反动学术权威”和“历史反革命”之后，就都被送去“五七干校”劳动改造了。李丁突然意识到，自己之所以跟这个叫田宁的女孩来往不过是因为与她同病相怜，惺惺相惜，而如果真的谈婚论嫁，理智地想一想，无论从哪个角度讲，自己都不应该也不可能再找一个这种家庭这样条件的女孩了。李丁曾偷偷对我说，其实他心里一直在暗暗地喜欢那些女红卫兵，从很小的时候起就喜欢，尤其是那些身体结实的女孩，穿上紧绷绷的绿军装，戴上绿军帽，再配上鲜艳的红袖章，让人看了总有一种说不出的感觉。但我知道，李丁只能把这种感觉深深地压在心底。他每当看到那些女红卫兵，再低头看一看自己就会感到自惭形秽。

李丁这一次最终还是下乡插队去了。

他这时已经别无选择。学校明确表示，不能为他分配工作，而他又已经没有任何生活来源，他只有插队这一条路了。那个体检医生最后在填写体检表格时为李丁帮了很大的忙，将他的肺活量由1200毫升改为2500毫升，这样虽然还没有达到标准要求，也算勉强及格了，两手的握力也由5公斤改为15公斤。最关键的还是体重，体检医生将他的体重由25公斤提升为50公斤。但体检医生将改过的体检表交给李丁时还是叮嘱他说，我虽然为你改过了，你自己也要当心，前两项还好说，最重要的是体重，你要记住，你的实际体重并不是50公斤，而只有25公斤，所以，将来到农村一定要注意安全。李丁听了不解，眨眨眼问医生注意什么安全。医生说当然是人身安全。医生正色说，你的体重这样轻，农村很空旷，风又大，千万当心不要被风吹跑了。李丁一听就笑了，觉得这个医生说话有些夸张。医生却很认真地说，这可不是夸张，物体在风中的稳定性与风力成反比，而与自身重量却是成正比的，你的体重这样轻，如果风力稍大一点，很可能一阵风就把你吹到河里去。

让李丁没有想到的是，这个体检医生的话并没有夸张。

李丁到农村不久，竟然就真的发生了这样的事情。李丁去的村庄叫芦花村。这是一片很深的洼地，有许多沼泽，到处长满茂密的芦苇。或许是因为地势的缘故，芦花村一带的风也很大，几乎一年四季都在刮风。事后据芦花村里看见的人说，这件事发生得很突然，也很离奇，几乎让所有在场的人都看得目瞪口呆。那是在一个初夏的上午，当时李丁抱着一片苇笆去村外的大堤上。这片苇笆并不很大，只有四尺见方，但李丁毕竟很瘦，个子也不高，所以乍开两根胳膊搬着它还是显得有些吃力。李丁将这片苇笆搬到村外的大堤上是准备修补一个泵房，可是就在他艰难地走到村口，刚刚爬上大堤时，突然一阵风吹来。李丁先是摇晃着踉跄了几步，接着就被吹得抱着这片苇笆奔跑起来。他竭力想收住脚步，又想控制住这片苇笆，但他这时显然已经做不到。这阵风似乎越刮越大，于是李丁也就不得不越跑越快，到后来两只脚就离开地面，渐渐地随着这片苇笆飞翔起来。据当时看到的人说，这片苇笆就像是一个放飞的风筝，被风吹得忽上忽下，而李丁也只好将自己单薄的身体紧贴着这片苇笆随之上下翻飞，就这样被吹得一直朝远处飞去。事后人们沿着瘦龙河堤找了很久，才在下游一个河湾里发现了李丁。这时的李丁已经奄奄一息，他漂浮在水面上，仍然紧紧抱着那片苇笆，看上去就像是一片苇笆抱着另一片苇笆。

这件事让芦花村的马大头大感意外。

马大头是芦花村的大队书记。那时我插队在柳村，离芦花村很近，去看李丁时曾见过这个叫马大头的男人。他身高体壮，皮肤粗黑，而且生着一张马脸。由于头颅很大很长，走路时就不得不将脖颈向前弯曲，远远看去一点一点的。据芦花村的人评价，马大头在全公社所有的生产大队里是数得上的好书记，他真正是爱社如家。曾有一年的秋天，芦花村北的瘦龙河河水泛滥，冲垮大堤直泻下来。当时村里的人们都忙着将自己家里的东西抢搬出来，只有马大头，扔下自己的家不顾，却跑到生产队的猪棚里抢着向外扛猪，就这样将所有的猪都扛出来，而他自己的家却已经完全泡在了水里。事后公社为了表彰他这种一心为集体的精神，特意给他颁发了一张奖状，同时还奖给他一面很大的锦旗。在全公社的颁奖大会上，马大头却只说了一句很简单的话，他说，作为芦花村的大队书记，决不能让集体经济吃一分钱的亏。

这一次，马大头不相信一个大男人抱着一片苇笆竟然会被一阵风吹起来，而且还吹到了河里去。他在出事的当天下午就来集体户看李丁。马大头推门进来时，李丁正脱得赤条条地蹲在灶膛边烤衣服，身上只穿了一件皱巴巴的内裤。他回头看见马大头就慢慢站起来，但低头看一看自己的身上，迟疑了一下又连忙蹲下去。马大头一看李丁的样子越发感到意外。李丁自从来到芦花村一直都是穿着衣服，马大头还从没有见过他身上的样子。马大头打了一个手势说，你站起来。李丁又犹豫了一下，脸上微微有些发红。马大头说没关系，你站起来吧。李丁又迟疑了一下，才慢慢站起来。马大头倒退了几步，朝李丁的身体上上下下看了一阵。他简直不敢相信自己的眼睛，他没有想到，在这个世界上竟然还有这样精瘦的男人，浑身上下几乎没有一块像样的肉，只是一层薄得透明的皮肤包着几根干巴巴的骨头，而且这些骨头也很精细，看上去就像一些巨大的鱼刺。

马大头皱一皱眉问，你……有多重？

李丁愣一下问，什么……有多重？

马大头说，体重，当然是你的体重。

李丁说，大概……有 50 公斤。

50 公斤？

也就是……100 市斤。

100 斤？你有 100 斤？

马大头走过来，伸手捏了捏李丁身上的骨头。李丁的骨头立刻发出一阵嘎巴嘎巴的声响。马大头哼一声说，你这身上是没长羽毛，长了羽毛真能飞起来。

他这样说罢就转身走了。

马大头的心里立刻感到愤愤然，他觉得是公社革委会的陈主任骗了自己。芦花村生产大队在全公社算是穷队，每年的粮食产量和经济收入都是倒数的，所以，马大头认为公社的陈主任不该将这样一个瘦得像鸟一样的知青派到自己这里来。马大头考虑了两天，决定去找陈主任谈一谈，他觉得有必要把这件事当面跟陈主任讲清楚。他在一天上午来到公社。公社的陈主任正召开紧急会议，研究麦收以后的虫害防治工作。在我插队的这个地方每年初夏都会发生虫害，而且害情一年比一年严重。这一年县里的有关部门又下发灾情预报，说是这一年的麦收之后，很可能会在全县境内爆发大规模的农作物虫害，而且是一种罕见的害虫，所以要求各公社提前做好充分的防治准备工作。陈主任正在主持会议，一见马大头在窗外探头探脑，立刻从会议室里出来。陈主任曾担任过农业学大寨工作组的组长，在芦花村长期蹲点，所以跟马大头的关系很好。当初马大头的女人还是陈主任给撮合的。她是瘦龙河下游南马集的一个女孩，生得眉清目秀，性情也很温顺，但嫁给马大头不到一年就病死了。陈主任为此事一直感到很内疚，再见到马大头就总觉得有些对不住他。马大头一见陈主任从会议室里出来，立刻大着嗓门说，你怎么可以这样骗我？

陈主任听了感到奇怪，问，我怎样骗你了？

马大头说，当初这批知青刚下来时，我芦花村原本是不想要的，可你一定要分给我一个，当时说好，给我分一个身体结实的，你也答应过我。

陈主任说，是啊，我是答应过你啊！

马大头说，可是，你怎么给我分来一个鸟人？

陈主任一时没有听懂，鸟人，什么鸟人？

马大头哼一声说，那个叫李丁的知青，说他是鸟人都抬举他了，他浑身上下还没有几根鸟毛重呢。陈主任这才听明白是怎么回事，笑一笑说原来是这点事，我那里正开会，有很重要的事要研究，这件事等以后有时间再说吧。陈主任说罢就准备回会议室去，马大头却上前一把拉住他，说，我知道，你们领导正在商量防治病虫害的事，可我的事也很重要，这个李丁瘦得比屁还轻，说不准哪天就会出什么大事，我芦花村可担不起这个责任。

陈主任笑笑说，没这样严重吧，我看那个叫李丁的知青挺正常。

马大头立刻问，你看他哪样正常了？

陈主任说，他的身体挺周正么。

身体周正？

是啊，看上去不像是有病的样子。

马大头哼一声，就把李丁被风吹到河里的事情告诉了陈主任。马大头瞪起眼说，一个正常的大男人，能被一阵风就吹到河里去吗？陈主任听了也感到有些惊异，立刻问，有这样的事？马大头说你不相信可以去我们村里问一问，现在芦花村的大人孩子都已知道了这件事，你问那个李丁也可以。马大头这样说罢又哼一声，不管怎样说，这个叫李丁的知青我是不要了，你把他领回来吧。陈主任听了笑笑说，这可不是买东西，不合适了说退还可以退。马大头说我不管你能退不能退，我可以告诉你，我们芦花村的几个村干部已经商量过了，这个人我们是坚决不能要了。这个李丁毕竟是知青，我们芦花村庙小，担不起这样的责任。哪天再来一阵风把这个李丁像片树叶似的吹走，我们没法向公社交代。

马大头这样说罢，不等陈主任再说什么就转身气哼哼地走了。

陈主任被马大头这一番没头没脑的话也说得有些糊涂。当初这个叫李丁的知青刚下来时，陈主任是看过他的个人材料的，在体检表上好像并没看出有什么不正常。其实陈主任将李丁分去芦花村也是为马大头着想。这时的知青已经越来越难管理，这些从城市里来的中学生一到农村没了管束就都肆无忌惮，打架斗殴偷鸡摸狗胡作非为。就在去年的冬天，陈主任还让公社武装部会同县里的知青办一起处理了一起知青群殴事件。事件是发生在瘦龙河清淤工程的工地上。当时杨树村的工地在河段东面，槐树村的工地在河段西面，这样杨树村的知青每次去上工就要经过槐树村的工地。槐树村有一个女知青很漂亮，在工地上负责为自己的村里烧水，于是杨树村的知青每次经过这里就起哄吹口哨，渐渐地还说一些不三不四的话。就这样，槐树村的知青终于有一天忍无可忍了，于是两个村的知青就打起来。知青打架向来是非常凶狠的，当时槐树村的一个知青抄起一把铁锹就朝杨树村的知青铲过去。这是一把专门用来挖泥的铁锹，磨得很锋利，铁锹挥过去刚好铲在那个知青的嘴角上，立刻铲开一个三寸多长的血口子，几乎到了耳朵。但事后据槐树村的人说，幸好这个知青当时没有抓到他自己的铁锹，他那把铁锹经常磨，像刀一样飞快，如果用了这把铁锹那个杨树村的知青肯定会被铲去半个脑袋。但即使这样，事态也很严重，两个村的知青立刻打成了一片，经过一场混战，双方都有人受伤。公社陈主任得知这个情况后立刻派武装部的人赶去现场，将这些知青都带回公社来，然后通报县里的知识青年办公室，对这几个知青进行了严肃处理。所以，我们这一批知青下来时，陈主任就还是动了一下脑筋。陈主任当然不想在安置知青这件事上再给马大头村里的工作带来什么麻烦，但如果不给芦花村分去一个知青又说不过去，恐怕别的村庄会攀比，于是就只好选择了李丁这样一个人。陈主任从李丁的档案材料中得知，他的父母都有很严重的政治问题，而且正在干校劳改，这样的知青一般都比较听话，而且，陈主任觉得李丁这个人也比较老实，估计到芦花村不会生出什么事来，所以才将他分去马大头那里。但让陈主任没有想到的是，李丁的身体竟然会有什么问题。陈主任立刻又找出李丁的个人材料，从中抽出体检表很仔细地看了看，但陈主任还是没看出有什么问题。陈主任并不知道一个人的肺活量正常标准应该是多少，只觉得李丁两手的握力是 15 公斤，似乎确实少了一点，再有就是体重。陈主任看到，在李丁的体检表上体重一栏填写的是 50 公斤。陈主任想，应该说，一个正常男人的体重只有 50 公斤显然不算多，不过也还勉强说得过去。可是陈主任怎么也想不明白，一个体重 50 公斤的人，怎么会被一阵风就吹到河里去呢?

陈主任考虑了几天，决定将李丁叫来公社问一问，看究竟是怎么回事。

这时李丁已经知道，自己被一阵风吹到河里去的事已在芦花村里传开了，也听说马大头去公社找过陈主任，所以估计到自己要有麻烦了。就这样惴惴不安地过了几天，果然接到公社的电话，说陈主任要他去一下。李丁听了顿时紧张起来。他自从下来插队，还从没跟公社的领导打过交道，他想不出公社的陈主任突然找自己会有什么事。

李丁在这个上午匆匆赶来公社，但到公社的院子时并没有立刻进去，而是先在一棵槐树的底下站了一会儿。他想让自己平静一下，也想一想，一会儿见了陈主任该说些什么。这时陈主任隔着办公室的窗子已经看见了他，立刻出来招招手，示意他进去。李丁犹豫了一下就来到陈主任的办公室。陈主任的态度还算和蔼，先让李丁坐下来，然后问他，在芦花村干得怎样？李丁说，还可以。陈主任一听就笑了，还可以是什么意思，是你自己感觉还可以，还是村里的贫下中农也认为你还可以？

李丁迟疑了一下，一时竟无言以对。

这时，陈主任一边说着话，一直在上上下下地观察李丁。陈主任发现，这个李丁的样子确实很干瘦，身上的衣服松松垮垮的，脸色也不太好，看上去有些苍白，眼窝深陷进去，使两个眼睛大得有些夸张。陈主任又朝李丁看了一阵，突然问，你的体重……究竟是多少？

李丁没有心理准备，被陈主任这样突然一问，一时竟不知该怎样回答。他先让自己镇定了一下，接着就意识到不能再继续撒谎了。他刚才在院子里看到，有几个人正在用一个地秤称粮食，如果自己再咬着牙坚持说是50公斤，陈主任只要让他出去当场称一称立刻就会明白了。于是，他低头想了一下，然后慢慢抬起头问，你问的是从前，还是……来农村以后？

陈主任不解，看看他问，怎么，这还有什么区别吗？

李丁说有区别，来农村以后，好像比过去轻了一些。

陈主任问，你来这里以前体重是多少？

李丁答，50公斤。

陈主任问，现在呢？

李丁答，25公斤。

陈主任一听就笑了，说，怎么来农村，体重反而轻了一半呢？

李丁点点头，说是，他自己也搞不明白，这究竟是怎么回事。

这时陈主任就突然收起笑容，用两眼盯住李丁说，你们知青都是有文化的人，一般的加减法应该还会计算，你算一下，50 公斤减去 25 公斤应该是多少，25 公斤对不对？25 公斤也就是 50 市斤，你知道 50 市斤是一个什么概念吗？如果是一头四等的生猪，应该就是半扇猪肉的重量，你来农村这样短的时间，又没有生过什么大病，怎么会一下就瘦下去半扇猪肉的重量呢？陈主任稍稍沉吟了一下，又说，应该只有两种可能，要么是你在下来之前体检时，医生出于什么原因帮你撒了谎，要么是现在，你出于什么原因对我撒了谎。

李丁看着陈主任，立刻说不出话了。

陈主任又问，你是不是，一直就是 25 公斤？

李丁瞥一眼陈主任，点一下头，只好承认了。

陈主任嗯一声说，好吧，那就说说吧，究竟是怎么回事？

李丁慢慢抬起头，嗫嚅了一下说，什么……怎么回事？

陈主任看一看李丁，耐心地说，你个人材料里的这张体检表上明明填写的是 50 公斤，而你实际却只有 25 公斤，这究竟是怎么回事？

李丁又低头沉默了一阵。李丁当然不能说出那个体检医生，于是又想了想，对陈主任说，不管怎样说，我当初这样做……也是因为下乡插队的愿望迫切。

而且……而且……

他说了两个而且，又看一眼陈主任就没再说下去。

陈主任问，而且什么？

李丁又嗫嚅了一下，说，您刚才说……猪的重量，现在有记载的，最重的猪是 19 世纪 60 年代，厄瓜多尔一个农民养的一头猪，据说达到1800公斤，也就是3600斤，可是猪越重，反而越没用处，最后还是要被宰掉吃肉，况且超出重量的猪肉也已经没有食用价值，可是……李丁这样说着慢慢抬起头，朝办公室的窗外看一眼。外面的窗台上正落着一只羽毛鲜艳的小鸟，正蹦蹦跳跳地在啄食窗缝里的蚂蚁。李丁对陈主任说，这种鸟叫鸥，属于鸟纲，雀科，它比麻雀还要小，体重只有三十几克，还不到一两，可是却能吃掉许多对农作物有害的昆虫。陈主任听了立刻惊讶地睁大两眼，看一看李丁，又看一看李丁。陈主任当然听懂了，李丁这样吞吞吐吐的其实是在说明一个道理，无论动物还是人，体形和重量并不是衡量其价值的标准，至少不应该是唯一的标准。陈主任曾在县里的农林局工作过，对一些常见的鸟类多少有一点了解，他没有想到，面前这个干瘦木讷的李丁竟然能说出这样一番话来。

陈主任嗯一声，点点头说，到底是知识青年啊，真懂不少知识。

李丁说，这是……听我父亲说的。

你父亲，你父亲是干什么的？

他在，生物研究所……工作。

陈主任立刻想起来，曾在李丁的个人材料中看到过他的家庭情况，李丁的父母确实都在大学里的生物研究所工作。陈主任哦了一声点点头，就没再问下去，然后沉吟了一下，将口气缓和下来说，你说的这些关于猪和鸟的事当然都很有道理，但有些道理只给我一个人讲是没用的。陈主任说着看一眼李丁，恐怕你还不知道，你现在已经有麻烦了。

李丁听了连忙问，什么……麻烦？

陈主任说，你们芦花村的马书记来找过我，他要把你退回公社来。

李丁听了一愣，退……退回公社？

是啊，陈主任点点头，也就是说，芦花村已经不想要你了。

李丁一下子有些不知所措了，盯住陈主任呆呆地看着。李丁的心里当然明白，凭自己现在这个样子，如果真被芦花村退回公社，别的村肯定也不会再要。他想一想，问陈主任，是不是……还有什么办法？陈主任无奈地摇摇头说，你们芦花村的那个马大头，他的脾气你应该是知道的，如果他说了不肯要你，就是我这个公社革委会主任再说也没用。

陈主任又想了想，说，不过……现在，也许还有一个办法。

李丁连忙问，什么办法？

陈主任说，咱们毕竟是社会主义国家，社会主义国家的分配原则是按劳取酬，你回去先对马大头说，根据你现在的身体条件，如果干不动重体力农活也可以做一些力所能及的事情，然后再主动提出，可以少记一些工分，比如别人一天记10分工，你可以记6分，甚至记5分。陈主任说，马大头对你们村里的集体经济一向很算计，无论什么事，唯恐让生产队吃亏，你这样对他说了也许能起一定作用。陈主任拍一拍李丁的肩膀，又对他说，眼下先解决问题要紧，事情到了这一步，你也就不能再计较这些了。

李丁连忙表示，他当然不会计较这些。

但想一想，又有些迟疑。

他问陈主任，这样说……能行吗？

陈主任说，能行不能行，你也只好试一试了。

李丁沮丧地点点头，就从陈主任的办公室里出来了。

李丁回到芦花村时已经是将近吃午饭的时候。他想了一下，就径直来到村里的大队办公室找马大头。大队办公室在牲口棚的院子里。李丁走进牲口棚的院子时，看到马大头正在马厩里修马槽。这是一条用青石凿成的马槽，由于牲口吃草的时候经常用头拱，天长日久马槽就被拱得松动了。这样很危险，马槽一旦掉下来会将牲口的腿砸伤。马大头搬下石槽，将底下的土坯拆掉重新垒起来，又在表面抹了一层厚厚的草泥。李丁走过来，先是站在马大头的身后看了一阵，然后才叫了一声马书记。马大头显然知道李丁一直站在自己的身后，他忙着手里的事情，头也不回地嗯一声，问有什么事？

李丁立刻有些紧张起来，想了想，一时竟不知该怎样开口。

他又嗫嚅了一下，才说，我……刚从公社回来。

马大头回头看他一眼问，是陈主任叫你去的？

李丁说是，是陈主任……叫我去的。

马大头又哦了一声问，你啥时候走？

李丁眨眨眼问，走……去哪？

马大头说，当然是回公社去。马大头又慢慢回过头来，看一眼李丁问，怎么，陈主任没叫你回去吗？

李丁当然知道马大头这样问是什么意思。他张张嘴，又不知该怎样回答了。

马大头直截了当地说，我已经跟陈主任说过了，让他把你领回公社去。

李丁的嘴动了动，说，陈主任说……让我跟你谈一谈。

马大头说没啥好谈的，就凭你这样的身体不要说来芦花村，根本就不该下到农村来。马大头说到这里朝李丁的身上瞥一眼，又说，我真不明白，当初你从城里下来时，你们学校的老师就不看一看你这样子，你这两根胳膊，还有这两条腿，就是来到农村又能干啥呢？

李丁连忙说，我干不了重体力农活，还可以……可以做些力所能及的事。

力所能及的事？马大头用力哼一声说，你以为芦花村是什么，养老院吗？

李丁连忙说，我干得少，可以……少记工分……

少记工分？在生产队里是要靠工分吃饭的，没有工分，你想饿死啊？

马大头这样说着，又回过头狠狠地瞪了李丁一眼。

李丁立刻就不再说话了。李丁当然明白马大头说这话的意思。按当时实行的上山下乡政策，我们知青到农村插队第一年是由国家按每月最高定量统一供应口粮，从第二年开始就要被纳入生产队的集体经济参加分配，也就是说，要像普通社员一样挣工分吃饭。而这种所谓的挣工分吃饭也是有具体的分配办法的，一般是从粮食蔬菜到各种经济作物直至做饭烧火用的柴禾，生产队在每个季节都按人头分配，然后到年底再最后结算，一个家庭或是一个单身社员，用全年挣到的工分总数乘以每一个工分的分值，得出的就是全年挣到的钱，用这些钱付过全年分得农作物的款项，剩余的才是可以拿到手的现金。但如果一年所挣的工分折合成现金不够付分得农作物的款项，那么不仅分不到现金，还要反过来补给生产队所亏欠的钱。马大头说的正是这个意思，如果按李丁所说，他干得少则少记一些工分显然是不现实的，倘若他在一年里挣不到足够的工分，那么恐怕连饭都吃不上。

李丁想到这里，就又不知该说什么了。

这时马大头已将土坯上的草泥抹好。他倒退几步看了看，觉得还比较满意，于是甩一甩手上的泥水回头对李丁说，过来帮我一下。李丁连忙凑过来，挽起衣袖做出准备很卖力的样子问，干什么？马大头指一指放在旁边的石马槽说，帮我抬上来。李丁立刻走过来，伸出两手抓住石马槽的一头，但他用一用力，又用一用力，马大头这边已将马槽搬起来，他这边仍然纹丝不动。马大头憋得红头涨脸地拧着脖子说，使劲……使劲啊！李丁这里也已经憋红了脸，他使出全身的气力咳的一声，又咳的一声，石槽却还是不见动静。马大头终于坚持不住了，咚的一声将石槽扔到地上，摇摇头叹息一声说，就凭你这熊样子，就是把你留在村里又能有啥用处呢。他这样说罢，就一个人猫腰抱起石马槽放到刚垒起的土坯上了。

但是，在这个中午，马大头最终还是答应让李丁暂时留下来。马大头从李丁的口中已经知道了公社陈主任的意思，所以，他想给陈主任一个面子。马大头当然知道，陈主任的心里还是为自己着想的，也并不想为自己增加负担。正因如此，倘若自己真把这个李丁退回公社去，反而会让陈主任感到为难，这样一个知青，让陈主任安排到哪里去呢。

所以，马大头想，先留下这个李丁，然后再想办法吧。

办法很快就被马大头想出来。这时已进入秋季。每一年的秋季，也是我们知青进入选调工作的时候。所谓选调，就是城市里的工矿企业或机关事业单位拿出一部分招工指标，到农村选拔一些所谓表现积极，在参加农业劳动中虚心接受贫下中农再教育的知识青年，抽调回城市去工作。所以，这种选调对于我们这些知青来说至关重要，几乎是决定每个人命运的一件大事。但是，让李丁做梦也没想到的是，这件在当时让我们想都不敢想的好事，竟然一下就落到了他的头上。一个风雨交加的晚上，李丁突然来柳村找我。我立刻意识到，他一定是有什么特别的事情，因为我曾叮嘱过他，瘦龙河边晚上风大，尤其是秋天，他走夜路很危险，搞不好又会被吹到河里去。我看一看他这浑身上下湿漉漉的样子问，发生了什么事？

他将身上的破塑料雨衣扔到一边说，是……是有一件事。

我问他，究竟什么事？

他又沉默了一阵，才告诉我，他要选调了。

我听了立刻睁大眼说，这可是好事啊……大好事！

可是……他说，这件事……怎么也让人想不明白。

我说，选调就是选调，还有什么想明白想不明白的？

他摇摇头说，不对，这不符合政策。

李丁这样一说，我立刻就明白了。按当时的选调政策，为保证每一个插队知青都能在农村真正得到锻炼，所以明文规定，参加选调的人必须要在农村插队满一年以上。但我们这一批知青下来插队还不到一年，这么短的时间，李丁怎么会如此痛快地就被选调了呢？不过我又想了一下，还是很快就想明白了。我告诉李丁，这显然是他们芦花村那个马大头的主意。马大头想尽快把李丁这个包袱甩出去，所以才让他参加这一次的选调。

李丁点点头说，这一点他也想到了。

我说好啊，甭管谁的主意，你只管走就是了。

李丁说，恐怕……也没有这样简单。

我问为什么？

李丁说，选调政策白纸黑字地摆在那里，谁也没有办法。

我说不对，事是死的，人是活的，只要他们想做这件事，办法总会想出来。

我的话果然没有说错，李丁选调这件事很快就有了眉目。公社的陈主任显然很清楚芦花村马大头的心思。当然，陈主任也想弥补一下自己的过失，于是和马大头一商量，就将李丁插队的时间稍稍做了一下改动，将他下乡的时间提到前一年的春天。这样一来，李丁的插队时间就由原来的10个月变为20个月了。不过很显然，20个月的插队时间仍显得有些短，我们公社还有很多插队5年甚至6年的老知青没有选调。于是，陈主任经过仔细斟酌，就又为李丁整理了一个先进事迹，说他曾为保护生产队的集体财产险些献出宝贵的生命。陈主任授命公社里负责宣传的办事员，将李丁那一次被风吹到河里去的事情整理成一份先进事迹的材料，说在一次很大的风雨中，瘦龙河大堤上的泵房出现了险情，当时李丁毫不犹豫地就抱起一片苇笆冒着风雨冲上河堤去抢修泵房。但就在这时，突然一阵狂风又朝他袭来，几乎将他抛到空中。在这危急时刻，他如果将手里的苇笆扔掉，立刻就会安全了，但他心里想的是，这片苇笆是生产队里的集体财产，倘若他一松手苇笆立刻就会被风吹走，他决不能让集体财产蒙受损失，而且此时大堤上的泵房也正在急等着抢修，倘若这片苇笆被风吹走就会误事，甚至会造成更严重的后果。于是，他就这样拼尽全身的气力与狂风搏斗，最后终于被大风吹到下游的河里。当村里的贫下中农找到他时，他虽然已经奄奄一息，但两手仍然紧紧地抱着那片苇笆。这份整理出来的材料先是被送到县里的知青办，然后又放入李丁选调的报送材料。于是，如此一来，李丁这件事也就成为破格选调了。

但让所有人都没有想到的是，这一次，李丁的体重竟又一次成了问题。

李丁选调的事原本进展得很顺利。由于他属于破格选调，又有一份陈主任特意让人整理得非常翔实的先进事迹材料，所以层层报批都很顺利，几乎是一路绿灯。就这样，很快就进入了体检这一关。也就是这一关，一下又将李丁卡住了。李丁这一次体检是在县医院。体检之前，他对自己的身体状况已经很清楚，他的全身脏器应该没有任何问题，有问题的只会是三个方面，第一是双手握力，第二是肺活量，第三就是体重。不过李丁这一次还是抱有侥幸心理，选调体检毕竟不同于下乡插队的体检，下乡插队要参加重体力劳动，体检的要求自然要严格一些，而选调则是从农村回到城市，就是再繁重的体力劳动也不会重过农村。况且李丁已经听说，他这一次选调是要去商业局，将来很可能被分去商店当售货员，这样的工作对身体健康的条件自然也就不会要求太高。不过李丁有了当初下乡体检时的经验，还是打算未雨绸缪，先做一些必要的准备。于是，他来县医院体检时，就特意背了一个绿挎包，挎包里装了两条“红梅牌”香烟，还装了一瓶“芦景春”白酒。轮到他体检时，他看准一个没有人注意的机会，就先将一条香烟塞到体检医生的手里。体检医生立刻愣了一下，皱皱眉问，你，你这是……干什么？李丁也愣了一下，他觉得这个医生是嫌礼物太轻，于是连忙又将那瓶白酒拿出来。这个医生一见，脸色越发变了，立刻摆着手说，拿走拿走，赶紧把这些东西拿走！李丁看一看这个医生，一下有些不知所措。他并不知道，为他体检的这个医生也是从城里下来的，他原本是一家大医院的主任医生，由于被打成

“资产阶级反动学术权威”，才被下放到农村来。他起初是在一个公社的卫生院，由于表现好，最近刚刚被调到县医院来工作，而且恢复处方权也没有多久。在这种时候，又是为选调知青体检这样一件大事，他自然是不敢接受任何礼物的。所以，他正色对李丁说，我是一个人民的医生，是毛主席革命路线上的一名白衣战士，所以拒腐蚀，永不沾，你不要跟我搞这一套，否则我会去县里的有关部门揭发举报你。李丁一见这个医生义正辞严，赶紧将那条烟和那瓶酒收起来。但这个医生看一看李丁，又缓和下口气说，我知道你们这些知青不容易，能到选调体检这一关非常艰难，你放心，只要能让你通过的项目，我尽量让你通过就是了。就这样，李丁的双手握力和肺活量都勉强合格了，但是到了体重这一项，这个医生还是连连摇头。他无可奈何地说，你的体重我实在没有办法了，你只有25公斤，我就是再为你增加，又能增加多少呢？接着这个医生又有些奇怪，他问，你当初下来插队时就是这样的体重吗，这种体重是不可能合格的。李丁本想告诉这个医生，他来农村时比现在还要轻，但他鼓了鼓勇气还是没敢说出来。这个医生毕竟胆小，最后只为李丁增加了3公斤的体重，将25公斤改为28公斤。但这样的改动显然没有任何意义，一个体重只有28公斤的知青是不可能达到选调的体检要求的，相反，有关领导还对李丁在村里的真实表现产生了质疑，认为如果李丁确实虚心接受贫下中农的再教育，在村里踏踏实实地参加农业劳动，体重不可能这样轻。因为劳动是要消耗体力的，而消耗体力就会增加饭量，饭量增加了体重自然也就会增加。有关领导沿着这个逻辑关系的思路，最后推导出一个对李丁极为不利的结论，李丁报上来的材料尚需进一步核实。

这样一核实，也就将李丁插队还不足一年的事核实了出来。

李丁的选调材料很快被打回来。就这样，他失去了这一次选调的机会。不过李丁自己倒并没有感到太沮丧，他反而因此觉得踏实了。一次我去公社办事，遇到他时，他对我说，这样也好，不是他不想走，而是县里不让他走，就是公社陈主任也没有办法，所以，他们村的马大头也就没有任何话说了。李丁告诉我，这次事后，马大头曾又找他谈过一次。马大头叹息着说，看来你这个包袱芦花村是甩不出去了。接着马大头又说，可是现在生产队的经济很困难，已经养不起白吃饭的闲人，所以你还是要参加生产队的劳动。马大头说，村里决定将他编入妇女生产组，问李丁是否同意。当时在各村的生产队都有妇女生产组，按当地风俗，女孩子在没有出嫁之前是跟随生产队的男劳力一起下田，挣的工分虽比男劳力少一起，也相差不多。但女孩子一结婚就被归入老年妇女，老年妇女的劳动组合即是妇女生产组。妇女生产组一般只干一些辅助性的农活，因此工分也就极少，几乎只有男劳力的一半。

李丁听了自然不敢有任何意见，只好点点头同意了。

这时已进入深秋，田里的农作物都已经收割上场。李丁刚到村里的妇女生产组，就被分派到田里去烧高粱秸。田里的高粱到秋收时先被放倒，然后掐掉高粱穗，剩下的也就是高粱秸。这种高粱秸很硬挺，而且非常结实，扎成捆可以用来盖房子。但先要在田里将高粱叶子烧掉，这样既方便使用，烧高粱叶的灰烬又留在田里，刚好可以做肥料。马大头对李丁说，作为生产队的正式社员，这种只有妇女才干的烧高粱秸已经是最轻的农活了，如果李丁连这样的农活都干不了，那就实在没有办法了。

但让马大头没有想到的是，李丁第一天去田里烧高粱秸就出了事。

事后据他们村里的田瘸子说，李丁在下田之前就险些闹出事来。田瘸子是芦花村的“黑五类分子”，新中国成立前家里有几头牲畜，几十亩农田，因此村里划分成分时，就被定为富农分子。但他由于瘸着一条腿，又已经60多岁，村里平时就只让他看一看谷场，或跟妇女们一起下田干些力所能及的农活。田瘸子事后跺脚发誓地对马大头说，这件事真的与他毫不相干，都是李丁一手造成的。田瘸子说，其实大家去田里烧高粱秸，都是只带一盒火柴就可以了，只有李丁，却一定要做一个像样的火把。李丁的这个火把是用一截木棍插在一根玉米骨上。所谓玉米骨，也就是脱粒之后的玉米棒。李丁为了让这个火把燃烧的时间更长一点，又特意跑去谷场，在拖拉机用的柴油桶里蘸了一下。但他这一下却蘸得太多了，从桶里拔出玉米骨时，那上面的柴油就顺着木棍流下来。所以，当他将这个火把点燃时，底下的木棍立刻也跟着燃烧起来，顿时成了一根耀眼的火棒。这时李丁有些慌了，连忙将这根火棒扔到地上。但他扔得又离柴油桶太近了，幸好田瘸子不顾一切地扑上去将那根火棒弄灭，否则就连柴油桶也会一起引燃起来。田瘸子苦着脸对马大头说，当时他就提醒李丁，点火的事可不是闹着玩的，搞不好会引起火灾，所以千万要当心。可是，这个李丁却根本没把他的话当一回事。田瘸子对马大头说，李丁在出事的这个上午和大家一起来到田里时，原本是分好两人一组的。当时田瘸子和李丁被分在一条垄上，但就在田瘸子去旁边的沟渠里，准备收集一些干树枝当引火的火种时，李丁这里却已将高粱秸的叶子点燃起来，可是他并不懂得点高粱秸的要领。人家都是朝田里走得远一些，然后顺着风向点火，而李丁却刚出村口就迎着风把火点燃起来。但他没有想到，当时风很大，高粱叶子一点燃立刻就熊熊燃烧起来，而且火借风势，很快就朝村口一路烧过去。这时李丁才发觉事情不好，但他再想去灭火却已经追赶不上。田瘸子说，他发现，这个李丁的两条细腿虽然很长，却像两根鸟腿，跑起来一蹦一蹦的，他这里只蹦了几下，那边的火势就已经烧到村口的草料场上，而且很快就将一垛芦苇引燃起来。田瘸子对马大头说，幸好他瘸着腿三下两下飞奔过去，拼着性命将旁边的芦苇扒开，才避免了更大的火灾，否则如果再将附近的几垛玉米秸也引燃起来，那生产队的损失就更无法估量了。但是，田瘸子叹息一声说，即使是这样，这一场大火也还是烧了两个苇垛，足足有几千斤，另外还烧了一垛生产队准备为大牲畜用来做冬饲料的麦秸。

马大头听了立刻心疼地皱起眉，气得半天没有说出话来。

马大头当即派人把李丁叫来大队办公室。李丁来到大队办公室时，马大头正在指挥着村里的几个妇女给打井队的人做饭。芦花村的机井坏了，所以把公社打井队的人请来，准备重新打一眼机井。按照惯例，公社打井队的人无论到哪个村，在打井施工期间村里都要好酒好菜地招待。这时马大头正站在灶台旁边，看着几个妇女一边洗菜，一边忙着蒸白面馒头，抬头一见李丁进来，就似笑非笑地点点头说，好啊好啊，放火的大英雄来了。

李丁显然刚刚从现场回来，脸上和身上还满是黑漆漆的烟灰。

马大头盯着他问，你知道，这次生产队的损失有多大吗？

李丁有些沮丧地说，烧了两垛芦苇，还有……一垛麦秸。

马大头立刻瞪起眼说，光那两垛芦苇少说也有几千斤呢！

李丁垂下头嘟囔着说，我也没想到……风会……这样大。

马大头说，别人呢，别人点火风就不大吗？

李丁说，风一吹，火势……跑得太快了。

马大头说你迎着风点火，还能跑得不快？

李丁说，我想追上去，可是……追不上。

马大头说你是两条腿，田瘸子是一条腿，怎么他能追得上你却追不上呢？

李丁愣了。他不明白，马大头当时并没在现场，他怎么会对这件事知道得这样清楚。马大头又说，如果不是田瘸子，你今天惹的祸恐怕就要更大了。

李丁抹了一下沾满黑烟灰的鼻子，低下头不再吱声了。

马大头又点点头说，好啊好啊，这一下事情倒好办了。

李丁没有听懂，慢慢抬起头看看马大头。

马大头哼一声说，你不用这样看我，我现在可以告诉你，从今天开始，你哪也不用去了，这一次你就是再想离开芦花村，我也不会让你走了。

李丁不解地看着马大头。

好吧，马大头说，我现在就给你算一笔账，这两垛芦苇原本是可以用来编苇笆的，如果拉到城里去，一片苇笆少说也能卖十几元，两垛芦苇是几千斤，能编几百片苇笆，而如果将这几千斤芦苇卖给城里的造纸厂，还可能卖个更好的价钱，还有那垛给牲口用来当冬饲料的麦秸呢，也有几百斤，现在却让你一把火都给烧了，这样总共算起来，生产队少说也要损失几千元，就算是五千元吧，你说，你如果不还清这五千元，我能让你走么?

李丁一听马大头这样说，脸上立刻变了颜色。五千元在当时对于李丁这样的人，简直就是一个天文数字。李丁迅速在心里算了一下，如果他一年挣的工分除去充抵口粮和在生产队分得的农作物，到年底可以分得几十元现金，那么要还清这五千元几乎要干上一百年。这也就意味着，倘若真像马大头说的，他不还清这笔钱就不让他走，那他就永远也不要想走了。

这时马大头点点头，说，你如果不还清这笔钱，就永远不要想走了。

李丁低着头，没有说话。

马大头又说，我已经为你想好了，从现在起，你也不用再记什么工分了，每天就来村里，生产队派什么农活就干什么农活，到年底也不用再想分红的事，生产队里直接给你扣掉就是了。马大头这样说罢就朝李丁挥挥手，说好吧，你可以回去了。

李丁就转身朝门外走去。

这时马大头又叫住他，叹息一声说，我知道，其实……你这个人挺老实，做事也挺认真，可就是……像长着一挂猪脑子，遇事不会转弯，真不知道你这个知识青年到底知识在哪，行啊，以后就在这芦花村踏踏实实地待着吧，说不准哪天谁家再有个不秃不瞎脑筋也不会转弯的闺女，兴许还肯嫁给你呢……马大头这样说着，自己也忍不住扑哧一声乐了。

李丁又看一眼马大头，就转身走了。

但他刚走到门口，险些跟一摇一晃地进来的田瘸子撞到一起。田瘸子走进来先看一看马大头的脸色，又看了看李丁。李丁也很认真地盯住田瘸子看了看。田瘸子显然知道他来之前，马大头刚刚跟李丁说了些什么，脸上立刻有些不自然。他瞥一眼李丁，意思是自己并没在马书记面前说过他什么，然后就走到马大头的跟前，将手里拎的一只母鸡扔到地上。这是一只芦花鸡，看上去很健壮，由于被捆住两条腿，一扔到地上立刻就拼命地扑棱起翅膀。田瘸子蹲下身想按住它，但按了按没有按住，自己却一屁股坐到地上。这只芦花母鸡是田瘸子主动拎来的。马大头在这个中午为公社打井队的人做饭，一时想不出还能做出什么像样的菜，打算派人去公社的猪站买一些猪下水却又来不及，于是田瘸子就主动提出，将自己家里养的一只芦花母鸡给村里拎来。田瘸子这样做当然是有目的的。就在几天前，公社刚刚下发了一个通知，让各村将“黑五类分子”集中到一起，送到公社的窑场挖砖。公社的窑场刚发生了一起很严重的事故，一场秋雨过后，一孔砖窑突然发生了坍塌，幸好没有砸到人，却将一窑刚刚烧成的红砖埋在了下面。所以，公社领导经过研究决定，将各村的“黑五类分子”集中起来，让他们到窑场挖砖，然后再将挖出的砖背到正在搞基建的公社卫生院工地上去。田瘸子一听到这个消息立刻就坐不住了，他已经60多岁，又只有一条腿，平时走路都有些费力，更不要说去公社窑场背砖了。就在这个上午，田瘸子来找马大头商量，说自己能不能不去。其实马大头和田瘸子论起来还有一点亲戚关系，马大头死去的女人，是田瘸子的表外甥女，也就是说，田瘸子和马大头的岳母是亲姨表兄妹，并不是很远的关系。但马大头对田瘸子说，这件事他也做不了主，通知是公社发下来的，别的“黑五类分子”都去，如果田瘸子不去，就怕有人攀比，倘若公社追究下来他担不起这个责任，这可是阶级立场问题。田瘸子又想了想说，如果对公社说，村里有事离不开自己，是不是就可以不去了呢。马大头一听就笑了，说你这个熊样子，村里能有什么事离不开你。这时田瘸子就说，他会做饭，现在村里正在打井，缺一个给打井队做饭的人，他可以为打井队做饭。马大头说这个理由也站不住脚，做饭谁都会，怎么只缺你一个呢。田瘸子立刻说，做饭和做饭不一样，给打井队的人做饭，当然不能像在家里，要做出个样子才行。接着田瘸子就说，他尤其拿手的是做烧鸡，一只鸡可以做出三五样菜来。马大头这时正在为给打井队做饭的事发愁，一听立刻说，好啊，如果这样，你今天中午就来试一试，真能做出来，我去公社找陈主任，就说村里打井要用你做饭。但他这样说罢想了想，又摇摇头说，可是……现在再去买鸡也来不及啊？田瘸子连忙说，他家里还有几只下蛋的母鸡，拎来一只就是了。马大头听了点点头说，这样也行，就算是村里买你的。田瘸子赶紧说给村里办事，就不用提买不买了，贡献一只鸡也是应该的。田瘸子拿来的这只母鸡确实很肥壮，看上去约有四五斤重，所以，一扑棱起翅膀也就显得动静很大，把地上的尘土都扇起来。这时田瘸子扑过去，又想把它按住，但按了两下却一屁股坐到地上了。他爬起来拍着屁股上的土，伸手拽过一把菜刀，在灶台上正反磨了两下，又去用手抓这只母鸡。但这只母鸡似乎有了预感，更加拼命地拍起翅膀，一边还发出一串嘎嘎的叫声。田瘸子一条腿站立不稳，立刻和这只鸡搅在一处。马大头在一旁看着忍不住也笑了。这时，站在旁边的李丁忽然走过来。他蹲下身，抓住这只母鸡的两个翅膀轻轻一拧，将翅膀驳在一起，这只鸡立刻就趴在地上不能动了。马大头和田瘸子都有些意外，看一看地上的这只鸡，又看一看站在一旁的李丁。田瘸子咧咧嘴，回头对马大头说，我这……可是一只正在下蛋的母鸡，两天至少能下五个蛋哩。马大头说好啊，下蛋的母鸡肉最好吃，不过鸡蛋的钱生产队就不能给你了，只算鸡钱吧。田瘸子连忙说不用不用，鸡的钱也不用算，生产队打井是为全村人吃水，我拿出一只鸡也是应该的，不过是每天少吃几个鸡蛋。李丁看了一眼田瘸子，从地上拎起这只母鸡，朝屁股后面观察了一下，摇摇头说，这是一只不下蛋的鸡。田瘸子听了一愣，立刻说不可能，我养的鸡我当然知道，一天最少……要下两个蛋哩！李丁又摇摇头，说，这只鸡从来就没下过蛋。田瘸子刚要再说什么，马大头伸手将他拦住了。

马大头对李丁说，你说说看，这只鸡为啥没下过蛋？

李丁面无表情地说，你见过男人生孩子吗？

可……可这明明是一只母鸡啊？田瘸子立刻急扯白脸地说。

李丁说，这的确是一只母鸡，可是后来已经变成了公鸡，它现在不要说下蛋，应该只会打鸣了，而且，这种变性鸡的肉质很韧，不容易炖烂，只能用白水煮，然后蘸酱油吃。李丁这样说着又朝身旁看了看，他见灶台上放着半瓶地瓜烧酒，便拿过来在鸡的嘴里灌了一些。这只鸡呜的一声，脸上立刻更加涨红起来。田瘸子睁大眼说，你……这是干啥？怎么让鸡喝酒？李丁说，让鸡喝一些烧酒可以加快它的血液循环，宰杀时放血更充分，这样鸡肉会好吃一些。他说着就从身旁拿过一把剪刀，将鸡脖子上的喉管轻轻剪断，把血放在一个粗瓷碗里，然后将这只死鸡扔到地上。他回头对田瘸子说，你如果一定说这只母鸡会下蛋，一会儿打开鸡肚子就知道了，下蛋的母鸡，肚子里一定会有鸡蛋。

马大头始终站在一旁，一言不发地看着李丁。这时，他问，你是……从哪里学来的这一手？

李丁没说话，抓过地上的那只死鸡开始褪毛。

马大头立刻回头对田瘸子说，你去抱柴禾，烧水。

田瘸子翻一翻眼皮，哼一声就一瘸一拐地出去了。

马大头终于发现了李丁的用处。

李丁这一次宰杀的这只鸡，受到打井队的一致赞扬。打井队的队长对马大头说，他这几年打井，几乎吃遍了全公社所有村庄的鸡，却还是第一次尝到这么香的鸡肉。打井队长问马大头，究竟是怎样煮的鸡肉，不仅味道鲜美，而且没有一点血腥气。马大头当然不能说出李丁这种独特的宰杀方法，于是想了一下就说，主要是……主要是鸡的品种，这个品种的鸡就是这样的味道。嗯……这就难怪了，打井队长点点头说，不过也有美中不足，这种鸡的肉太韧，有些嚼不动，如果再嫩一点就好了。马大头听了没再说话，心里当然明白，田瘸子拿来的是一只变性的母鸡，正如李丁所说，这种鸡的肉质就是这样。

这时，心里最忐忑不安的还是田瘸子。田瘸子原想借为打井队做饭的理由，就可以不去公社窑场背砖了，不料半路却杀出一个李丁，而且对鸡的事竟然还这样内行。田瘸子意识到，马大头正想不出究竟该安排李丁干什么，如果让他给打井队做饭，自己的处境就危险了。田瘸子的心里很清楚，倘若真让自己去公社窑场背砖，就凭自己这样的身体恐怕是一天也顶不下来的。于是，第二天下午，田瘸子就又给马大头拎来一只母鸡。田瘸子信誓旦旦地对马大头说，这一只可真的是下蛋的母鸡了，就在拎来之前还刚刚下了一个蛋，红皮的大鸡蛋。马大头听了，将信将疑地接过母鸡举起来看了看，又回头对李丁说，你过来看一看，这一次可不要又是变成公鸡的母鸡，打井队的那些人嘴都很刁，不要再让他们吃出来。李丁这时正在一旁为几只鹌鹑褪毛。马大头这一次发现李丁有这方面的特长，想一想他也确实干不了别的农活，于是索性就安排他为打井队做饭。让马大头没有想到的是，李丁一来做饭，立刻又做出一件让他意想不到的事情。李丁当天夜里到田里去了一下，竟带回几只很肥的鹌鹑来。第二天一早马大头看了，惊讶地问他，这些鹌鹑是从哪里来的？李丁说是夜里去田里抓的。马大头听了越发觉得难以置信，鹌鹑是一种很机警的鸟类，平时虽然飞得很低却在田里神出鬼没，马大头想不出李丁是怎样抓到这些鹌鹑的。李丁告诉马大头，鹌鹑虽然机警，却是一种土鸟，平时习惯在田里的土埂上做窝，这样在晚上只要去田里找到它的窝，用手电筒一照它就什么都看不见了，很容易就能把它们一只一只地抓出来。马大头听了虽然没动声色，却也频频点头。他这时才想起来，公社的陈主任曾在电话里告诉他，这个李丁的父母都是在大学里研究动物的，所以，他应该从小就受到过他们的影响，在这方面自然也就比一般人懂得多一些。这时，李丁放下手里的鹌鹑走过来，从马大头的手里接过这只鸡看了看，然后摇摇头说，这只鸡也不会下蛋。田瘸子一听立刻涨红脸说，你怎么知道它不会下蛋，我这就把它下的蛋拿来让你看看。

李丁皱一皱眉说，它……不可能会下蛋。

马大头半天没有说话，这时问，为什么？

李丁说，这只鸡根本就没有下蛋的产道。

李丁告诉马大头，这既不是一只母鸡，也不是一只公鸡，说得好懂一点也就是一只两性鸡，这种鸡一般同时生有两性的生殖器官，但每一种都不能正常使用，如果把它比喻成一个人，那么也就是说，它既不是一个男人，也不是一个女人。李丁对马大头这样说罢，又回过头去看一看田癞子，说，这样的鸡怎么可能会下出蛋来呢。

田癞子被问得眨眨眼，立刻张口结舌了。

李丁又说，看来你养鸡有问题，你一定是想让这些鸡尽快长大，所以给它们喂了含有激素的饲料，这种饲料确实有催长的作用，但也很容易让鸡变性。

这时马大头的脸色已经难看下来。他看一看这只鸡，又看看田癞子，哼一声说，我原想用你拿来的这只鸡跟这几只鹌鹑炖一炖，也是一锅肉，可没想到你又弄这样一只公不公母不母的鸡来，既然这样，你把这只鸡拿回去吧。马大头这样说着从李丁的手里拿过这只鸡，用力朝田癞子的怀里一扔。但这只鸡此时已经受了惊吓，它被马大头突然抓过来又朝田癞子那里一扔，竟立刻扑棱起翅膀。田癞子赶紧手忙脚乱地想抓住它的两条腿，但这只鸡的力气竟然很大，又扑棱了几下就从田癞子的怀里挣出来，然后嘎嘎叫着飞出门外，竟一直飞上了屋顶。马大头和田癞子一下都愣住了，就这样面面相觑，过了一会儿，马大头才说，你这是鸡……还是鸟？田癞子咧咧嘴说，我也没想到……它能飞这样高。此时这只鸡站在屋顶上，朝四周看了看，抖一抖身上的羽毛反而轻松下来。它歪起头朝天上的太阳看了看，竟还伸长脖子打起鸣来。马大头对田癞子说，你去把它弄下来吧，母鸡打鸣可不吉利。

田癞子迟疑了一下，站着没动。

马大头看看田癞子的腿，立刻明白了。

这时，田癞子忽然说，让李丁上去吧。

马大头点点头，对李丁说，你去屋顶把这只鸡弄下来。

李丁先是犹豫了一下，但还是朝旁边的土墙走过去。他毕竟很瘦，所以还算灵巧，身子一跃爬上土墙，然后就沿着土墙攀上屋顶。这时马大头和田瘸子都发现，李丁的嘴里发出一阵奇怪的咕咕声，所以，他朝这只鸡靠近时，这只鸡并没有躲闪，也没有逃跑。于是李丁很轻易地就将它抓到了。但就在他准备下来时，这只鸡却突然一下又扑棱起翅膀。这只鸡的确很肥硕，两个翅膀伸开，翼展几乎将近一米，它显然是想从李丁的手里挣脱出来，所以用力拍打着翅膀，拼命做出要飞的样子。就这样拍打了几下，突然，让人意想不到的事情发生了，只见这只鸡扑棱着朝下飞来，李丁也随之被带下来，他就那样两手死死地抓住鸡腿，像乘着一顶降落伞似的飘落下来，一直被这只鸡带出很远才落到地上。马大头和田瘸子都睁大眼，张大嘴，呆呆地看着李丁。这时李丁已将这只鸡的两个翅膀又驳在一起，提着过来，交给马大头。马大头接过这只鸡看了看，又抬起头看看李丁，忽然笑了。他说，当初你被风吹到河里去，我还不相信，今天总算相信了，如果这只鸡再大一点，也许能把你带到天上去。田瘸子走过来说，你是没长翅膀啊，你如果长了翅膀说不定也能飞起来。

李丁看看马大头，又看看田瘸子，没有说话。

田瘸子终于还是没能逃脱去公社背砖这件事。马大头对田瘸子说，现在村里已经决定，让李丁给打井队的人做饭，你再不去公社背砖就没有理由了，这毕竟是“黑五类分子”的事，牵涉到阶级立场的政治问题，所以谁也没有办法。田瘸子一听马大头这样说，情知这一次是躲不过去了，也就只好硬着头皮去了公社。但他临走时还是对李丁说，你也不要高兴得太早了，给打井队的那些人做饭并不是一件轻松的事，说不准哪天又会有什么麻烦。李丁听了不解，说给打井队的人做饭，还能有什么麻烦。田瘸子不怀好意地一笑，哼一声说那可说不定呢。

田瘸子说，所以，你不要以为给打井队做饭就是一个好差事。

田瘸子对李丁说这番话时是在一个上午，当时李丁刚从田里回来。李丁自从被正式安排为打井队做饭，每天就开动脑筋，想尽一切办法搞新鲜菜食。他先去瘦龙河里捉鱼。李丁捉鱼的方法很奇特，他将自己的一件汗衫拆开，做了一个网状的花篮，然后去河边，用绳子拴了放到河里去，每过一会儿再提上来，就这样，每一次花篮里竟会有许多小鱼，有的时候还有一两条大一些的鲫鱼或鲤鱼。马大头看了不解，问李丁，你的这个网状花篮里并没有鱼饵，这些鱼怎么会自己跑过来。李丁这才为马大头讲解，初冬时节鱼在水里很冷，看了这种网状花篮就会游过来卧在上面，这也就是人们常说的鲤鱼卧花篮，其实别的鱼也是一样，所以，这种捉鱼的办法并不用饵料。在这个上午，李丁在村口碰到田瘸子时，是刚刚去田里套野兔子回来。他的手里拎着一串绳索，身后还背着几只很肥的野兔子。打井队的那些人很喜欢吃李丁为他们炖的野兔子，只是不知道他是如何捉到这些野物的。李丁告诉他们，其实也很简单，野兔子从秋天到初冬一直在拼命地进食，为的是在身体里多储存一些脂肪过冬。所以，这时的野兔子都很肥，在田里几乎跑不动。只要找到它们经常走过的路径，下好绳套，就可以将它们套住。而且，李丁说，这样套住的野兔子，肉会比用火枪打的好吃一些，因为是活的，这样就会更新鲜一些。李丁在这个上午去田里收绳套，发现竟又套住了几只野兔子。这时，他看一看田瘸子，不知他为什么这样咬牙切齿地对自己说话。田瘸子看着李丁又说，你以为你的本事很大吗？李丁张张嘴，没有说出话来，他觉得田瘸子问的是一个很难回答的问题。田瘸子又气哼哼地说，你最好还是当心一点，你如果再闯了祸马大头可是不会饶你的。

李丁也好心好意地说，你也当心一点，去公社的窑场背砖很容易出事。

田瘸子瞥一眼李丁，哼一声就一摇一晃地走了。

让田瘸子没有想到的是，李丁的话竟然很快就应验了。田瘸子到公社窑场的第三天就出事了。田瘸子来到公社窑场才发现，这里已经集中了全公社各村的“黑五类分子”，有地主富农，有历史反革命，还有坏分子，由公社武装部的人在这里统一负责监督劳动。田瘸子是一个胆子很小的人，一看这样的阵势，挖砖背砖也就格外认真。但他毕竟已经60多岁，一条腿又有残疾，所以别人一次背十几块砖，他却只能背几块，但就是这样，走路仍然很吃力。出事是在一天上午，当时田瘸子像别人一样，身上背着一摞砖，往公社卫生院的基建工地背去。但田瘸子走到半路时，发觉自己身上的绳子松了，于是就将那摞砖从身后挪到胸前来，想紧一紧绳子。但就在这时，这摞砖却突然一下都掉到了地上，其中一块砖重重地砸在田瘸子的脚上。田瘸子立刻哼一声，一屁股坐到地上。这时公社武装部的人走过来，看了看田瘸子的脚。这个武装部的人还算有一些经验，他知道这种砸伤最怕的是没有流血，如果不流血，很快就肿胀起来，这也就说明很可能是骨头出了问题。他发现田瘸子的脚上洇出一些血迹，于是用手按了按，问田瘸子感觉怎样。这时田瘸子的脸已经苦成一团，说疼，很疼。公社武装部的人考虑了一下，就通知了芦花村的马大头。当时马大头刚好在公社开紧急会议，听县里下发的灾情预报。这时农田里的过冬小麦已经出苗，但县里的有关部门发预报说，这一年的冬小麦已经又有发生虫害的迹象，而且很可能是一种罕见的虫害，这一带过去从未见过，如果不及时防治，待来年春天小麦返青时就会爆发更大规模的虫灾，到那时再想控制就很困难了。所以，公社接到这个灾情预报之后，立刻召集各村领导开紧急会议，研究防虫对策。马大头正在公社开会，突然得到消息，说村里的田瘸子在公社窑场被砸伤了脚，于是连忙赶过来。这时田瘸子已经无法走路，歪坐在地上，呻吟着将那只伤脚直直地伸出来。马大头看了看田瘸子的脚伤，明白他有些虚张声势，于是就问，是去公社卫生院看一看，还是就这样直接回村去。田瘸子问去公社卫生院怎样说，直接回村去又怎样说。马大头说，如果去公社卫生院，你这样的"黑五类分子"不同于贫下中农，看病是不能免费的，花多少钱恐怕都要自己掏腰包，而如果直接回村去就找一辆顺路的拖拉机，回家自己养一养。

田瘸子听了说，那就……回村去吧。

田瘸子这一次确实伤得有些重。他原本只靠这一只脚走路，现在这只脚也伤了，这一下就完全不能动了。但是，田瘸子很有经济头脑，他虽然已经不能动，却要求到生产队里上工。马大头说你这样子还能干什么，先在家里养一养伤吧。田瘸子却立刻说，话不是这样说，我是去公社窑场背砖才受的伤，这如果在城里，就应该算是工伤，工伤是不工作也可以领工资的，我现在不要求村里按工伤处理，至少可以让我干一点力所能及的事吧。马大头知道田瘸子这样绕来绕去地说话，其实就是为几个工分，但碍于大家都是亲戚的面子，只好跟村里的几个干部商量了一下，就安排他到大队办公室，每天接一接电话，同时负责村里的扩音器护理。当时在我插队的这一带，每个村庄都已配备了扩音器，宣传工作搞得好一些的村庄，还成立了村广播站。但芦花村毕竟很小，经济条件也很差，所以扩音器就并没有起到宣传作用，平时只是村里有什么事广播一下。田瘸子就这样坐在大队办公室里，将那只伤脚夸张地用一团烂布缠裹起来，每天只是接一接电话，或摆弄一下扩音器。

后来的事情也就是从这时开始的。

一天上午，田瘸子又像平时一样来到大队办公室。这时李丁跟进来，李丁让田瘸子打开扩音器，说有事要广播一下。田瘸子问什么事？李丁说，他为打井队做饭要用鸡蛋，已经和几户人家讲好，现在让他们赶快把鸡蛋送过来。田瘸子知道李丁这样做是图省事，于是就说，这点事也值得广播一下，你自己去拿不就行了。田瘸子这样说当然是故意的。田瘸子认定，自己被迫去公社窑场背了几天砖，还被砸伤了脚，这一切都是李丁造成的，如果李丁不抢夺自己为打井队做饭的差事，也就不会发生后来的这些事了。所以，他的心里一直对李丁耿耿于怀。田瘸子对李丁说，如果村里谁有屁大的一点事都跑来广播一下，马书记肯定会怪罪的，马书记安排他来看管扩音器，就是要控制一下大家的使用率。李丁说，他现在不是屁大的一点事，而是为打井队做饭的事，这件事比屁大多了。李丁看田瘸子还是不肯为自己打开扩音器，就点点头说好吧，马书记就在旁边的屋里，既然这样，我去对马书记说。李丁说罢就转身准备出去，田瘸子这才不情愿地打开扩音器。但是，他连续拨动了几下电源开关，外面的大喇叭却一点动静也没有。李丁认为他是在故意搞鬼，就说算了，你不要再这样装模作样了，我去找马书记。田瘸子立刻有些急了，扯开嗓子说，我怎么是装模作样？是机器出了毛病么！李丁说，怎么昨天晚上还好好的，今天一早就出毛病了？田癞子说，这你问谁，这是机器，又不是人，跟它没有道理好讲的。这时马大头闻声走进来，看一看田癞子，又看一看李丁，问怎么回事？田癞子连忙抢先说，李丁有事要广播一下，可是扩音器坏了，没有声音，告诉他又不相信，一定说是我搞的鬼。马大头一听赶紧走过来，又扳动了几下扩音器的开关，果然没有声音。马大头对电工的事多少懂一点，他仔细看了看扩音器，发现指示灯和电流表都很正常，于是立刻判断出，应该不是扩音器本身的故障，很可能是外面的大喇叭出了问题。他接着意识到，这天夜里一直在刮西北风，是不是喇叭上的电线被风刮断了。马大头想到这里就有些着急，他对田癞子说，看来是外面的喇叭出了问题，必须马上修好，我这里还有一个紧急通知要广播，公社要求各村立刻投入防治冬小麦病虫害的工作，人家别的村都已经动起来了。这时田癞子才有些着慌，他毕竟被分派来看管扩音器，现在大喇叭突然出了问题，他当然也有一定的责任。芦花村的大喇叭像别的村庄一样，也是安装在一根很高的杆子上，足足有几丈高。田癞子探头朝窗外的这根杆子看了看，忽然又回过头来看一看李丁，然后对马大头说，要上人去检查一下喇叭。马大头说，这么高的杆子，谁爬得上去，再说杆子太细也恐怕禁不住人。

田癞子又看一眼李丁说，让他上去吧，他瘦，爬上去应该没问题。

马大头立刻很认真地朝李丁看一看，但摇摇头说，他上去不行。

田癞子问，为啥不行？

马大头说，他瘦成这样，实在太轻了，平时走路都会被一阵风吹到河里去，现在刮这样人的风，又让他爬那样高，如果再来一阵风把他吹走，芦花村可就更有大麻烦了。田瘸子这时却为自己的这个想法兴奋起来，他立刻说这没关系，让他在腰上系一根保险绳，跟杆子连在一起，这样风就刮不走了，再说现在的风比夜里小多了，应该没有问题。马大头听了想一想，觉得让李丁在腰上系一根保险绳倒是一个好主意，于是就回过头来看一看李丁。李丁心里当然明白，这是田瘸子在故意整自己，但在马大头的面前又不好把话直接说出来。这时田瘸子又对马大头说，如果你觉得可以，那就赶紧干吧，不要误了正事。

马大头回过头来问李丁，你觉得爬上去，有把握吗？

李丁摇摇头说，没把握。

田瘸子立刻在一旁极力怂恿说，没把握也要上去。

马大头点点头说好吧，你上去时，小心一点就是了。

马大头说着就将一个电工用的工具兜子递给李丁。李丁立刻明白了，自己已经没有别的选择，于是，他只带了一把螺丝刀，一把老虎钳和一卷黑胶布，又在腰上拴了一根保险绳，就来到安装着大喇叭的这根杆子底下。他先用两手用力推着试了试，觉得这根杆子埋得还算结实，于是就一点一点朝上爬去。事后李丁对我说，他当时心里的确很紧张。他毕竟很瘦，所以爬起来还算灵巧，但此时感觉一阵阵西北风吹过来，这风就像是无数双有力的大手在拉扯自己。他就这样小心翼翼地爬到杆子的顶端，仔细检查了一下喇叭的接线，果然有一根线被风刮断了，他连忙小心接好，又用黑胶布包起来。但是，也就在这时突然出事了。杆子顶端的风比地面更大，就在李丁准备下来时，突然又有一阵强劲的西北风吹来，而此时李丁为了在杆子上活动方便，已将腰间的那根保险绳解开，这样被风一吹，他晃了几晃突然一下就从杆顶被吹下来。但这阵风实在太大了，李丁又确实很瘦，所以他这样掉下来时，并不是垂直下落，而是像一架纸飞机一样，竟然被风吹着一直向前滑翔过去。此时李丁的头脑还很清醒，他已经意识到从这么高的地方落下来很危险，但随着向前滑翔，他又渐渐地看到一丝希望，于是本能地将两根手臂紧贴在身体两侧，调整成一个更便于滑翔的姿态，就这样向前飞了一段，又飞了一段，才徐徐地落下来。在落到地上的一瞬间，李丁连忙将身体调整成垂直向上的姿态，但还是稍稍晚了一点，两脚重重地落到地上。他被惯性推着又向前跑了一段，才一头扎到一个柴禾垛上。马大头和田瘸子都已被眼前的情形惊呆了，他们没有想到这个李丁竟然会飞，而且还飞了这么远。这时马大头连忙赶过来，把李丁从柴禾垛里拉出来。他问李丁感觉怎样，摔得重不重？

李丁摇摇头，眼里似乎有些茫然。

接下来的事是李丁没有想到的。

就在这个晚上，田瘸子又来找马大头。田瘸子这时突然被一个奇异的想法激动起来。他抑制不住兴奋地对马大头说，他有一个很好的设想，这个设想如果让马大头听了一定会大感意外。这时马大头正在一筹莫展。公社自下发了联合防治冬小麦病虫害的通知以后，别的村庄都已开始行动起来，只有芦花村这里却还没有动。公社的陈主任已经警告过马大头，这样的联合行动，哪个村庄行动晚哪个村庄肯定就会吃亏，因为别的村庄一开始喷洒农药，虫害势必就会朝着没有农药的地方流动，如此一来行动越晚的村庄虫害也就会越严重。马大头当然知道这个形势的紧迫性，却又一时想不出更有效更快捷的办法。所以，他在这个晚上对田癞子说，防治冬小麦病虫害的事已经让他忙不过来，他这时没心思再听田癞子说什么设想。但田癞子立刻说，他的这个设想正是与这一次防治病虫害的事有关。

马大头听了立刻瞪起眼看着田癞子，问，你有……什么设想？

田癞子这才把自己的设想详细地对马大头说出来。他告诉马大头，他已经认真想过了，现在防治冬小麦病虫害的形势很严峻，如果再用通常的办法显然已经来不及，必须想一个特殊的办法，而那个叫李丁的知青会飞，这一点刚好可以利用。马大头还是没有听懂，问怎样利用。田癞子说，如果改装一个轻便些的喷雾器，给他背在身上，然后让他在麦田的这一头爬到高处，借着风势飞到麦田的那一头，一边飞一边喷洒农药，这不就省事多了么，不光效率大大提高，喷洒的农药也会很均匀。马大头听了立刻两眼一亮，觉得这的确是一个好主意。但接着想一想，又摇摇头说，这个办法……好是好，可麦田里哪有那样高的地方，总不能让他平地就飞起来吧。田癞子说，这个他也想到了，既然这个李丁能爬到杆子上去修喇叭，就可以爬到杆子上去喷洒农药，只要在地头立一根沙篙杆子，问题就解决了。马大头听了又想一想，然后点点头，在地头立起一根沙篙杆子并不是件很难的事。于是，他立刻就把李丁找到大队办公室。但是，李丁听说了这件事却半天没有说话。李丁当然知道，这一定又是田癞子在背地里出的主意。李丁已经感觉到，田癞子一直在不动声色地整自己。但马大头对李丁说，你也不要多想，现在让你这样做，也是没有办法的办法，眼下别的村都已经开始了灭虫工作，如果咱们芦花村再不采取一个有效快捷的方法，恐怕就赶不上人家的进度了。马大头看一看李丁，立刻又许诺说，你只要这样干了，我每天额外给你记 10 分工。

李丁又想一想，点点头说好吧，我明天先试一试吧。

第二天一早，李丁又来到那根安装着大喇叭的杆子底下。他这一次特意穿了一件肥大一些的蓝制服，然后爬到杆顶，选择好风向，将两手拉开衣襟，把心一横就用力跳下来。其实李丁根据前一天从杆子上飞落下来的经验，心里已经有数，他知道凭着自己的体重，只要达到一定的风力就应该不会有危险，如果再将身体调整到适当的姿态，向前滑翔一段应该是没有问题的。他经过一夜的考虑，才想出这样一个办法，如果穿上一件肥大的上衣，再将两个衣襟像翅膀一样地扯开，自然就会增加下降的阻力，这样再被风一吹也就会滑翔起来。此时，李丁按着自己事先设想的要领紧紧抓住衣襟，在从杆顶跳下的一瞬，先是感觉坠落了一下，然后身体就向前飘去。他这时感觉耳边呼呼的风响，他立刻又学着燕子的样子将两条腿打开，做出一个剪刀状，如此一来不仅感觉平稳了很多，而且也似乎更能把握方向。他就这样向前滑翔了一阵，才渐渐落下来。在落地的一瞬，他先将双脚调整到向下的位置，然后学着鸟的姿态将两腿前伸，轻轻点地，这样就稳稳地落到地上。李丁又反复试了几次，渐渐地就掌握了要领，向前滑翔的距离也越来越长。

芦花村的防治病虫害工作就这样开始了，而且进展得很顺利。公社陈主任很快就从各村报上来的灭虫进度发现，芦花村动手最晚，可是在很短的时间内就已经跑到了前面。陈主任想不出马大头究竟用了什么办法。这时就有消息传到公社，说是芦花村的马大头防治虫害确实用了一种很独特的方法，他让一个知青在麦田的上空飞来飞去，飞着喷洒农药，所以一下就大大提高了效率。陈主任听了大感意外，当即决定亲自到芦花村来看一看。

陈主任在一个上午来到芦花村。陈主任为了扩大影响，也为了推广经验，特意把来芦花村的这一次搞成一个现场观摩会，让各村干部和知青都来参加。在这个上午，我也来到芦花村。这时马大头和李丁已将这种独特的喷洒农药的方法更加完善了些。马大头带着陈主任来到一块麦田，先让三个壮劳力站在三个方向，用绳索将一根长长的沙篙拉起来，这样沙篙就稳稳地立在田头。我发现李丁身上的衣服也已作了改进，他穿了一身运动衣裤，但腋下各缝了一块布，有些像今天的蝙蝠衫。两个裤腿之间也被一块布连接起来，看上去像一个尾鳍，这样走路就显得有些费力。李丁这身奇怪的服装让公社陈主任看了立刻大为惊异。陈主任问李丁，为什么要在上衣两边的腋下各缝一块布，而且裤腿也这样连起来。李丁为陈主任讲解，这是从空气动力学的角度考虑的，就像是鸟的翅膀和尾翼，穿上这样的衣服便于在空中滑翔。李丁这样说罢就背起改装过的轻型喷雾器，爬上沙篙的杆顶，然后熟练地纵身一跃就跳到空中。初冬的西北风还是很大的，李丁刚好借助这个风力，在空中一边滑翔一边开始喷洒农药。他这时已经掌握了各种滑翔技巧，可以在空中任意转弯，就这样，当他从麦田的这一头飞到那一头时，半块农田也已经喷洒完了农药。陈主任看了先是惊愕不已，接着就连连点头，说好，太好了，这样喷洒农药的方法真可以说是天下第一。陈主任将李丁叫过来，问他，这样一块麦田，为什么刚好飞过去就落下来，如果麦田再大一些怎么办，再小一些怎么办？李丁为陈主任讲解，飞行距离的远近完全由立在田头的这根沙篙决定，如果麦田的面积大，沙篙可以高一些，这样滑翔的距离就远，而如果麦田的面积小，沙篙可以矮一些，这样滑翔的距离就近，此外滑翔的路线也与技巧和风力有关。陈主任听了转身拍一拍马大头的肩膀，说好啊，好啊好啊，你这一次总算发现李丁的可用之处了，怎么样，我没有给错你人吧。马大头也兴奋地涨红脸，他说，只用了这几天，芦花村的麦田就基本喷完了农药。陈主任听了立刻说，你可要发扬社会主义大协作的精神啊。马大头一时没有听懂，看一看陈主任。陈主任说，如果把这个李丁借到别的村去喷农药，你不会不同意吧？

马大头立刻点点头，说同意，当然同意。

李丁从此就真的忙碌起来。各村来开现场观摩会的大队干部一见芦花村出了这样一个知青，竟然能在天上飞，而且一边飞着还可以喷洒农药，就都争相请他到自己的村去帮忙。马大头的心里虽然不大情愿，但既然已在公社陈主任的面前表过态，也就不好再说什么。于是就这样，李丁每天从早到晚就被请到各村去帮着喷洒农药。

也就在这时，又出了一件事。

当初李丁被报到县里去的那份选调材料虽然被打回来，但其中的那份陈主任特意让人整理的李丁先进事迹的材料却引起县知青办的注意。县知青办的人看了这份材料，感到有些奇怪，以往底下公社报上来的各种稀奇古怪的先进材料也有很多，但是都没有这一份这样令人难以置信。县知青办的人怎么也想不明白，一个知青，而且还是一个男知青，他抱着一片苇笆怎么会被风吹起来，而且还一直吹到了河里去。县知青办的人认为，如果这件事的确属实，那么这个被风吹到河里的知青就确实很令人佩服了，其实一片苇笆并不值几个钱，但他为了保护这点集体财产却宁愿自己被风吹到河里，这应该是一个于细微处见精神的典型事例。于是，县知青办立刻将电话打到我们公社来。这时李丁在我们公社已经成为炙手可热的人物，各个村庄都排着队等着请他去，而且他飞翔的功能也由单一的喷洒农药，扩展到可以施撒化肥。据各村反映，李丁施撒的化肥非常均匀，不仅节省了化肥用量，效率也大大提高。县知青办的人一听李丁竟然还是一个会飞的奇人，更加惊诧不已，当即就要见一见这个李丁。于是，我们公社的陈主任就亲自陪着县知青办公室的人来到水塘村。这时李丁正在水塘村里帮着给冬小麦施撒化肥。但是，县知青办公室的人这一次看到李丁时，他的飞翔状态却并不太好，不仅飞行的距离不及从前，而且飞翔的姿态也不很灵巧。陈主任这时也看出了问题，但是当着县知青办公室的人面又不好问李丁。陈主任并不知道，李丁这时的体重已经在不知不觉地增加。李丁事后告诉我，那段时间，各村请他去喷洒农药，无论到了哪里都是好吃好喝地招待。起初他并没有感觉出什么，但后来发现自己的体重开始一点点增加，再想控制就已经晚了。李丁苦恼地说，原来体重是一件很麻烦的事，增加体重不容易，想减轻体重更不容易。但即使这样，县知青办公室的人看了李丁的飞翔也非常吃惊，他们没有想到一个人竟然还能这样在天上飞来飞去。于是当即决定，要整理一份翔实的关于李丁事迹的材料，再为他制订一套宣传计划，如果用今天的话说也就是要对他进行全方位的包装。用县知青办公室领导的话说，是要将李丁的事迹宣传出去，让更多的人知道，在我们县里的知青中还出了这样一个奇人。这时李丁在水塘村的工作已经基本结束，于是县知青办公室的人跟我们公社的陈主任商量了一下，就将李丁带回县里去了。

李丁这一次去县里，就再也没有回来。

据说他到了县里立刻被安排住进招待所。这是当时县革委会的招待所，条件应该是最好的，而且，县知青办公室的人每天安排李丁在招待所的小食堂吃饭，不吃大锅菜，要吃小炒。他每天的事情就是坐在招待所的房间里写材料，写自己的各种体会和感想，也写他用飞翔的方式喷洒农药的原理。县知青办公室很快就将李丁的事迹汇报给县里的领导。县领导听说之后也感到很惊奇，于是立刻提出要求，要亲眼看一看这个叫李丁的知青究竟是如何飞的。县知青办公室的人得到指示，立刻着手安排此事。他们先来征求李丁的意见，问他在县里能不能给领导表演一下。这时李丁已在县招待所住了一个多月，每天除去写一些不着边际的材料并没有什么正经的事情可干，心里正感到不踏实，一听县知青办的人这样说，立刻说当然可以，在这招待所里表演就可以。李丁已经注意到，在这个招待所的院子里有一根金属旗杆，看上去很结实，如果爬上去，再滑翔下来，应该没问题。

于是，事情就这样定下来。

但是，在李丁表演的这一天，却发生了让人意想不到的事情。李丁的表演是在一天上午，当时风力不大，所以李丁为保险起见，就没有爬到这根旗杆的杆顶，只到一半的地方就纵身跳下来。但这一次，风力却似乎并没有起到任何作用，李丁的身体一离开旗杆就垂直地坠落下来，然后像个沙袋似的噗通一下掉到地上。当时在场的县领导一下都看呆了。县里的领导在这一天原本兴致很高，还特意叫来许多县里各单位的领导一起观看。这时一见这个叫李丁的知青就这样直挺挺地摔到地上，立刻都大惊失色。李丁这一下确实摔得很重，县知青办的人赶过来扶起他时，发现他的一条腿已经摔断了，额头也摔出一个洞，而更严重的是，他的耳朵竟也流出血来。李丁就这样立刻被送到医院，经医生检查，除去外伤，还有很严重的脑震荡。但让县知青办公室的人感到奇怪的是，为什么他们在水塘村时，看到李丁飞得好好的，现在却突然不能飞了呢。李丁的心里此时却很清楚。事后他告诉我，他在招待所的那段时间每天吃得好，住得好，生活太舒服了，所以，他的体重一定是大大增加了。

李丁既然已不能飞，第二年春天，县知青办就让他选调回城了……

哭　麦

今天生长在城里的年轻人已经很难想象真正的麦田是什么样子。真正的麦田并不是黄色的，而是金色的，金光灿灿，一望无际，远远看去铺天盖地让人不寒而栗。那时曾有一首流行歌曲是这样唱的：麦浪滚滚闪金光，棉田一片白茫茫，丰收的喜讯到处传呀，社员人人心欢畅……丰收无论对谁当然都是喜讯，但在当时，对于我们这些被驱赶来农村的年轻人来说却未必。我们的口粮是国家供应，每月百分之四十的面粉，百分之六十的玉米粉和高粱米，也就是所谓的商品粮国家会按时下拨。从这个意义上说，村里的麦子丰收与否跟我们没有任何关系。如果硬说有，也就是到了收割季节我们要流更多的汗水，付出更多的艰辛。

没有人能想象得出，在田里弯腰割麦子是多么可怕，那种感觉就像世界末日。来农村之前，我们只在课本上读到过有关割麦的事，说是有一种叫“康拜因”的联合收割机，在苏联的集体农庄被普遍使用，前面割麦，后面就已打成捆并将脱穗的麦粒直接装入汽车，非常现代化。但是，我们来到农村才知道，我们中国的人民公社跟人家苏维埃的集体农庄并不是一回事，我们不仅没有“康拜因”，甚至连20马力的“东方红”牌拖拉机还未普及，收割小麦只能使用镰刀。用镰刀割麦子看似容易，其实是农村著名的“四大累”之一。所谓“四大累”，也就是四种最繁重的体力劳动，它包括割麦子、脱坯、养孩子、××。其中第四累是第三累的原因，第三累是第四累的结果，这里就不必细说了。由此可见，割麦子即使在重体力劳动中也居首位，应属重中之重。我至今仍然无法准确形容，一个人长时间地弯腰在田里割麦子，手掌被镰刀磨出层层血泡，脸颊让锋利的麦芒刺得伤痕累累，从脖颈到腰背一直放射到脚跟的近乎麻木的疼痛，那究竟是一种什么感受。我曾在一块巨大的麦田里收割过一条长得难以想象的麦垄，据当地农民称，它足有5里。但这样的5里并不是我们通常所说的5华里，更不是2.5公里的2500米，要知道，农民说这种话是从不负责任的，他们告诉你5里，就有可能是6里或7里，甚至是8里。起初我并没意识到事情的严重，但渐渐地就感觉这条垄开始“阴险”起来，似乎不动声色地越拉越长。直到我感觉自己的腰出了问题，疼得已快要支撑不住，再抬起头看时竟还一眼望不到头。而此时我两旁的村民都早已割到前面去，只留下我这条垄像一堵矮墙似的立在光秃秃的麦田里。这对于割麦者来说当然是一种奇耻大辱，于是，我只好咬着牙又弯下腰去继续拼命往前割，就这样一直割到天黑，割到半夜，才总算割到了地头。也就从这一次起，我再看到麦田立刻就会本能地感到头晕目眩，两腿发软，甚至大小便都要失禁。其实又何止是我，几乎我们集体户的每个人，每到农历的三四月眼看着绿油油的麦子一天天疯长起来，又由绿变黄被风吹起波澜壮阔的惊涛骇浪，就都会出现程度不同的生理反应。而且那麦子越是长势喜人，我们也就越是一筹莫展。

我至今还记得那个1977年的初夏。

在那个初夏，我们村的小麦呈现出历史罕见的大好长势。当时用的是一种叫“反修3号”的新品种，没有人会想到，这个新培育的“反修3号”竟会有如此优良的性状，不仅穗长坚实，颗粒饱满，而且株高挺拔抗倒伏，走在田里几乎能没过腰际。显然，这一年的丰收已成定局。那段时间，村庄里的大喇叭从早到晚都在播放着那首“麦浪滚滚闪金光”的歌曲，村民们也都喜气洋洋地磨着镰刀，准备开镰收割大干一场。而与此同时，我们的情绪也都已坏到了极点。首先是杨鸣。杨鸣在一天中午去生产队长那里请假碰了钉子。他请假的理由看似很充分。他对队长说，刚刚接到家里拍来的电报，母亲病了，而且病得很重，他家里只有他这一个儿子，所以要马上赶回去。但杨鸣在说这番话之前显然没经过认真考虑，因此也就有一个很大的漏洞。按以往惯例，我们村里有谁来电报都是一件很大的事，乡邮递员要先去大队部，将电报交到大队会计的手里签字盖章，然后再由大队会计用大喇叭通知谁谁去领。但在这个上午，村里的大喇叭一直在播放“麦浪滚滚闪金光”，从没有间断过，这也就说明并不曾有电报送来。但生产队长还是给杨鸣留了一点面子，没有当即揭穿他。我们村的生产队长姓常，由于是著名的割麦能手，每两镰割下的麦子就能捆成一大捆，因此在村里被人称为“常二捆”。这时，常二捆眯起眼问杨鸣，他母亲得的是什么病。杨鸣不动声色，说目前还不清楚，电文只有几个字：母病重速归。

别的就没有了吗?

杨鸣说没有了。

杨鸣解释说，电报是要按字算钱的，当然不会写得太详细。然后又说，也正因为没写得太详细，他才更加担心，因为他母亲的身体一直不好，长年患有多种慢性病，比如高血压、心脏病、动脉粥样硬化以及脉管炎等，因此这一次，无论犯了哪一种病都很严重。

杨鸣和常二捆说话时，常二捆正蹲在自己家的门前捧着一个粗瓷大碗喝玉米粥。这时他把碗放到地上，又拿起一块秫面饼。所谓秫面也就是高粱面。那时的高粱大多是“东方红1号”，这个杂交品种产量极高，但品质也极差，不仅口感粗糙，用它做的面饼稍稍一凉就会像石头一样坚硬。常二捆从这个面饼上掰下一小块，朝前面不远的土块瞄了一眼，突然一挥手扔过去，只听吱的一声，杨鸣回头看去，就见一只硕大的田鼠被打死了。这只田鼠显然正在专心致志地挖洞，因此没注意到身边的危险。常二捆这一下打得很准，那块面饼刚好击中它的额头，所以它连动也没动，一伸腿就死在了那里。常二捆起身走过去，从地上捡起那块面饼，小心地吹去粘在上面的泥土就放到嘴里，然后一边嚼着一边对杨鸣说，看见么，这就是秫面饼，馒头是啥样子，你在城里长大应该比我更清楚。杨鸣一时没明白常二捆是什么意思，眨眨眼看着他，问秫面饼怎么了，馒头又怎么了。常二捆说，秫面饼是用秫米做的，而馒头是用麦子做的，你们都是文化人，这点道理还不懂吗。杨鸣立刻明白了，常二捆的意思是想表明，用高粱做的食物质量很差，甚至坚硬得能打死老鼠，而用麦子蒸出的馒头就不同了，从品质到口感都不言而喻，他是想以此来强调收割小麦的重要性。

常二捆点点头，说对，就是这个意思。

接着常二捆又说，现在村里马上就要开镰了，麦收可是当前的头等大事，你说你母亲病了，如果黄小毛也来找我，说他父亲病了，怎么办？王松再来找我，说他姥姥病了怎么办？还有杜红呢，我都让你们回去吗？如果都回去了，村里的麦子还收不收？常二捆这样说完，就又埋下头去继续喝玉米粥了。杨鸣直到这时才终于明白，尽管常二捆没有把话说透，其实他早已识破了自己，因此，无论再跟他扯什么理由也都无济于事了。

杨鸣在这个中午碰了钉子，情绪很低落，回来时就从小卖店买了一瓶地瓜烧酒。他这次去找常二捆原本是想先行一步。往年每到麦收季节，我们集体户的每个人都会想尽各种理由请假躲回城里去，一般当然是最先请假的更容易获准，越到后来也就越难。但这次却出人意料，常二捆从一开始就把口封得很死，这让杨鸣很沮丧。

杨鸣拎着地瓜烧酒走出村外，就在快要来到我们集体户时，突然听到一个很奇怪的声音。这声音显然是用两根木棒敲击出来的，虽然不太大，却很清脆。接着，他就看见了孙羊倌儿正站在我们院子的附近。孙羊倌儿是个相貌丑陋又很邋遢的中年男人，平时为村里看管几十只山羊。他的视力很不好，无论看什么都要用力眯起眼，但脑袋瓜却异常灵活，最善于跟人狡辩。杨鸣一见孙羊倌儿立刻就警觉起来。他发现，孙羊倌儿的手里正拿着两根油光光的枣木棒，刚才的声音显然是他敲出来的。孙羊倌儿一向很懒惰，放羊从不肯走得太远，只在村庄的周围转来转去，因此附近的青草渐渐地也就所剩无几。但孙羊倌儿也有自己的办法。他的那些山羊经常会在他的唆使下悄悄潜入人家的院子去偷吃干草，孙羊倌儿则在外面为它们望风，一旦发现什么情况，只要敲一敲手里的枣木棒，那些羊立刻就会装作若无其事的样子走出来。曾经有人问过孙羊倌儿，究竟是用什么方法训练出的这些山羊。孙羊倌儿却笑而不答，再问就矢口否认。在这个中午，杨鸣一看见孙羊倌儿立刻就意识到了什么，接着，果然发现正有几只羊像散步一样大摇大摆地从我们集体户里走出来。杨鸣顿时感到很恼火，立刻朝孙羊倌儿走过去，质问他为什么说话不算话。

孙羊倌儿曾多次指使他的羊溜进我们集体户偷吃干草。这些干草对我们来说真的是来之不易。那时按村里规定，每一年春天，社员都要向生产队缴纳一定数量的干草作为牲畜饲料。我们知青也是社员，当然不能例外。但我们平时下田累得筋疲力尽，回来时就已没有力气再去割草，而且往往割回一筐青草，晒干之后却所剩无几，因此能攒下这样一垛干草很不容易。我们发现了孙羊倌儿的羊经常来偷吃干草，就去找他理论。孙羊倌儿起初当然不肯承认，他说他的羊口味很高，而我们知青割的草质量又很差，就是请他的羊来吃它们都不会吃。但就在这时，杨鸣却从一个羊粪蛋上发现了问题，他走过去，一脚将那个粪蛋踏扁，然后就从里面抻出一根红色的塑料头绳。这根红头绳显然是杜红用过的，不知怎么丢在了干草堆里。这一来孙羊倌儿才无话可说了。当时杨鸣坚持要卸下一条羊腿，作为对我们干草的补偿。但这显然不太现实。羊是生产队的集体财产，孙羊倌儿无权作任何处置。他只是捶胸顿足指天发誓，说下一次决不再让他的羊干这种事，如果再有类似的事情发生无论我们怎样做他都绝无二话等。在这个中午，杨鸣质问孙羊倌儿，既然他在不久前刚刚发过毒誓，为什么又指使他的羊来偷吃我们的干草。但这一次，孙羊倌儿却显得若无其事。他讪笑着问杨鸣，是吗，我的羊吃过你们的干草吗？

杨鸣说当然吃了，我亲眼看到的。

杨鸣说，你的羊刚从我们集体户的院子里出来，而且如果我没听错，还是你敲那个枣木棒把它们叫出来的，你现在怎么能不承认呢。孙羊倌儿仍然不慌不忙，说我不是不承认，我的意思是说，这种话可不是随便乱说的，你要拿出证据来，如果你还能从它们的粪蛋里找出一根塑料头绳，我当然会承认。孙羊倌儿这样说显然是在胡搅蛮缠，杜红不可能有那么多的塑料头绳让孙羊倌儿的羊来吃。孙羊倌儿眯起眼看看杨鸣，又得意地嘿嘿一笑，说你刚才没有听错，我确实敲过枣木棒，但我敲枣木棒是因为我的羊跑散了，这里几只那里几只，我是想把它们叫回来，这跟你们的干草没有任何关系。

杨鸣盯住孙羊倌儿问，如果我能找到证据呢。

孙羊倌儿立刻愣了一下，问什么证据？

杨鸣说，当然是你的羊偷吃我们干草的证据。

孙羊倌儿的嘴张了几张，却没说出话来。

杨鸣问，你是不是就承认了？

孙羊倌儿忽然笑了，说当然，只要你能拿出证据我就承认，而且，就算羊是生产队的，如果它们真干出违法的事来我也要负责任，我还可以对你们做出赔偿。

好吧，杨鸣点点头说，咱们一言为定。

杨鸣没再跟孙羊倌儿纠缠下去，转身就走进了院子。但是，他一进院立刻愣住了。在我们集体户的窗根底下晾着几十棵白菜，这是我们几天前刚刚向村民买的。我们虽然吃的是商品粮，平时的副食却很差，只能吃一些腌咸菜，于是大家商议，收割小麦会很辛苦，不如先买些白菜，万一请假不能获准，也可以改善一下伙食。但在这个中午，杨鸣走进院子才发现，这些白菜都已被什么动物啃得面目全非，有几棵甚至只剩了几片破碎的菜叶散落在地上。杨鸣立刻看出这是被羊吃过的，接着就想起刚才见到的那几只鬼鬼祟祟的山羊，嘴角确实还沾有一些菜叶。杨鸣立刻脸色铁青地转身走出院子。他刚要去找孙羊倌儿理论，无意中一回头，发现有几只羊正站在不远处朝这边偷视，于是立刻又停住脚，想了一下就转身走回来。杨鸣一向是个心很细的人，手边备有各种常用药品。我们平时遇到哪里不舒服，都会来找他。这时，他来到屋里取出小药箱，在里面翻了一阵找出一个白色的小药瓶。事后他告诉我们，这是一瓶叫“奋乃静”的安眠药。说是安眠药，其实也就是一种强镇静剂，是专门用来控制精神病人的。我不知这种药在今天是否还在使用，但据杨鸣说，在当时，这药应该是力量相当强大的镇静药之一。他找出这瓶药就又来到院子里，从一棵白菜上扯下一片很大的菜叶，倒出大半瓶药片小心包好，又重新塞回那棵白菜的菜心里，然后将它摆放到门口一个很显眼的位置。杨鸣做完这一切，从院子里走出来看了看。这时孙羊倌儿已站到很远的地方，做出一副他的羊无论再干出什么事都与他无关的样子。但杨鸣发现，那几只羊仍然躲在土坡的后面贼心不死地朝这边看着。于是，他又捡来几片菜叶故意扔在院子门口，就转身回来了。

杨鸣回到屋里，特意选了一个最佳的观察角度。在这里刚好可以看到外面的一切，外面却看不到屋里。他打开那瓶地瓜烧酒，坐下来一边慢慢喝着，一边耐心地等待着。没过多久，就见那几只羊又鬼鬼祟祟地来到我们院子的门口。不过看得出来，它们确实训练有素，似乎知道这院子的主人正躲在暗处，所以并不贸然进来，只是探头探脑地朝院子里张望。但是，当它们吃了杨鸣故意扔在门口的几片菜叶后，偷吃的欲望立刻又膨胀起来。也就在这时，它们突然发现了那棵摆放在院子当中的大白菜。先是一只身材瘦小的白色山羊终于按捺不住。它的样子很机灵，试探着朝前蹭了几步，又蹭了几步，然后又扬起头朝窗子里看了看。不过它显然没看到什么，那扇窗子悄无声息。但它似乎仍不放心，又伸长脖颈朝四周张望了一下，当确信院子里真的没有危险后，才转过身去用力一扑，以令人难以置信的速度一口将那棵白菜叼在嘴里。它原本是想将这白菜叼到外面去，找一个安全的地方再慢慢地吃，但回头一看，身后的几只羊正用贪婪的目光盯视着自己，立刻就又改变了主意，索性将白菜放到地上用力咬了一大口，接着又咬了一大口。这时，它很可能感觉出这白菜里有一股奇怪的异味，立刻抬头愣了一下，但立刻又一伸脖用力咽下去。这种叫“奋乃静”的镇静药我曾听人说过，确实很苦，而且有股说不出的味道。这只山羊此时一定感觉口腔里很不舒服，于是连忙又低下头去三口两口就将剩下的白菜全吃光了。

杨鸣始终坐在屋里，耐心地朝窗外看着。

又过了一会儿，这只山羊显然觉出哪里有些不对劲，于是慢慢转过身，就像喝醉了一样摇摇晃晃地朝门口走去。但只走出几步，身体一歪就倒在了地上。

这天中午，我们从田里收工回来，一进门都愣住了。只见杨鸣浑身酒气，正蹲在地上摆弄一只死羊。黄小毛立刻兴奋起来，问杨鸣是从哪里搞到的，这下好了，下午剥了它，晚上就有羊肉吃了。但我看了杨鸣的脸色，却立刻有种不祥的预感。杨鸣在这个中午去常二捆那里请假，其实我们是知道的。但我们心里想的是，他先去也好，可以试探一下常二捆的态度，如果常二捆很痛快地就批准了，我们再去也就有了些把握。不过现在看来，显然事情没有这样简单。是啊，杨鸣垂头丧气地说，事情确实没有这样简单，常二捆说今年麦子大丰收，所以无论谁，无论什么理由，一律不准请假。

我和杜红听了对视一下，心里立刻都沉重起来。

如果真如杨鸣所说，那也就意味着，这次割麦子我们每个人都在劫难逃了。黄小毛也意识到了事情的严重性，看看我和杜红，不再说吃羊肉的事了。就在这时，我突然发现，那只躺在地上的羊轻轻动了一下。杜红也看到了，立刻吓得倒退了一步，说这东西还没死。杨鸣嗯一声说，它确实没死，只是睡着了，一会儿就会醒过来。这时我们已猜到是怎么回事了，院里那些散落的菜叶已经说明了一切。黄小毛压低声音说，还是先把它藏起来吧，孙羊倌儿发现丢了羊，一定会来找的。杨鸣想了想，从小药箱里翻出一卷医用胶布，就将这只羊的嘴严严实实地缠起来。杜红看了感到奇怪，问他这是干什么？我却立刻明白了，杨鸣是担心这只羊醒了会叫。羊的叫声虽然不大，却能传得很远，而且咩咩的非常难听。我们商议了一下，就将这只羊抬到放粮食的库房里。也就在这时，孙羊倌儿一脚踏进了我们的院子。

孙羊倌儿走进来并没有立刻说话，只是低下头很认真地看了看散落在院里的菜叶，又绕到干草垛的后面去看了一下，然后才走到杨鸣的面前，盯着他说，“黄毛”不见了。

杨鸣若无其事地扫着院里的菜叶，说不会吧。

孙羊倌儿说怎么不会，就是不见了。

杨鸣抬起头说，黄毛刚回来，正躺在屋里。

孙羊倌儿满脸狐疑地看看他，立刻走到窗前，伸头朝屋里望了一下，果然看到黄小毛正躺在炕上。孙羊倌儿转身回来，脸色难看地对杨鸣说，我说的不是黄小毛，是黄毛。这时黄小毛已经闻声走出来。黄小毛一向对孙羊倌儿把他的那只羊叫黄毛很反感，他曾经找到孙羊倌儿很认真地谈过此事，并对他说，不要再把那只羊叫黄毛，这样容易造成混淆，同时也是对他的侮辱。黄小毛甚至威胁过孙羊倌儿，说如果他再这样叫，他就要不客气。但孙羊倌儿对黄小毛的威胁却并不在意，他对黄小毛说，他这样叫也是有道理的，因为这只羊浑身雪白，只在鼻梁上有一小撮黄毛，看上去非常的显眼。孙羊倌儿说不叫它黄毛，难道还叫它白毛不成。这时，黄小毛不动声色地走到孙羊倌儿面前，问他找自己有什么事？孙羊倌儿并不想理睬他，又转身对杨鸣说，我现在警告你，这只羊可是生产队的集体财产。杨鸣听了一笑说，我知道是集体财产，可是，这跟我又有什么关系呢。孙羊倌儿说当然有关系，你刚才回来时，是见过黄毛的。

杨鸣说是吗，我见过吗。

孙羊倌儿说你当然见过。

杨鸣翻起眼皮问，我在哪里见过呢。

孙羊倌儿看一眼地上的菜叶，张张嘴却没说出话来。

杨鸣又心平气和地说，你刚才自己已经说过，你的羊从没进过我们的院子，更没吃过我们的干草和白菜，所以，你现在来我们这里找羊是没有任何道理的。另外，杨鸣又说，我再提醒你一句，你的工作是为生产队放羊，现在羊丢了，你有不可推卸的责任，你还是抓紧时间快去找吧，否则天黑了，它说不定会被什么野物儿拉去吃掉呢。

孙羊倌儿被杨鸣说得张口结舌，脸上红一阵白一阵。

他又用力看一眼杨鸣，点点头说好吧。就转身走了。

这天下午，我们都已无心再去下田。割麦子的事就像一个巨大的阴影，一下子将我们每个人的心头都笼罩起来。吃过午饭，杨鸣提议去挖田鼠。挖田鼠是一件很有趣的事，不仅可以开心解闷，还能为我们带来一些收益。其实挖田鼠最好的季节是在秋天。田鼠是一种计划性很强的动物，每到秋季，它们就开始忙着储备过冬食物。这时正值秋收，田里有各种粮食，因此也就为它们提供了充足的食物来源。更有趣的是，田鼠的生活也很有条理，它们的洞穴就像人类的一样，也分为若干个功能性房间，比如卧室、婴儿室、起居室、储藏室以及卫生间等，而且储藏室里的粮食也分门别类，存放得井然有序。在挖田鼠时，首先要搞清楚它的洞穴结构，找准储藏室。偶尔遇到规模庞大的家族洞穴，一次竟能起获几十斤粮食。这种粮食当然不能再食用。因为田鼠搬运粮食的方式很奇特，它们的两腮各有一个嗉囊，要先将粮食吃到嘴里，装入嗉囊，等回到洞穴再一点一点吐出来。所以，我们只用这些粮食去向当地村民换一些鸡蛋。当然，我们是不会说出这些粮食的来路的，不过即使说了也无所谓，当地村民并不在意这些。在这个下午，我们实在觉得无聊，就扛着铁锹一起来到田里。

挖田鼠说起来简单，其实也并非易事。它们的洞口一般都有很多，有的是真的出口或入口，有的则只是用来迷惑人或其他动物的。在此之前，我们一直使用很笨的方法，就是往洞里灌水。但后来发现不行，这种方法只能把田鼠灌出来，洞里的粮食却无法再挖。接着我们很快发现，杨鸣竟有一种超人的本领。他的嗅觉异常灵敏，只要趴在几个洞口闻一闻，立刻就能判别出哪个洞里有田鼠，哪个洞里有粮食。在这个下午，我们原本只想挖些粮食，拿到村里换点鸡蛋，这样也可以为割麦子再筹备一些副食。但来到田里，杨鸣却忽然改变了主意，想挖完粮食再捉几只田鼠。田鼠的性情一般都很暴烈，当它们发现自己辛辛苦苦弄回的粮食被人类挖走，用力一跳就会被气死，即使没被气死的，也会疯狂地相互撕咬，以此来发泄对人类的仇恨。因此，这也是我们平时娱乐的一个项目，有时捉几只田鼠带回去，放到一个盆里欣赏它们撕咬。这些田鼠大都凶残无比，在面对自己的同类时决不嘴软，它们往往会相互咬得鲜血四溅，到最后甚至扯得七零八落。我们没费多大气力就找到一个规模庞大的洞穴群。这显然是一个人丁兴旺的田鼠家族，就在一片麦田附近。杨鸣先趴在地上仔细观察了一下几个洞口，又伸着鼻子到处嗅了嗅，就将一条布口袋罩住其中的一个洞口，又让我们分别把住另几个洞口，然后向洞里用力吹气。田鼠一般都很怕风，一旦感到空气流动立刻就会顺着风向跑，这样一来也就都从杨鸣的那个洞口钻进了口袋。我发现，这只口袋很快就鼓胀起来，至少钻进了几十只田鼠，里面一片吱吱的叫声。接着，我们在杨鸣的指挥下又挖开另一个洞口，果然是一间储藏室。这一次收获很大，竟然挖出满满的一袋粮食，而且都是小麦。黄小毛笑着说，这些小东西，它们已经抢先收割了。

我们有了这样的收获，心情总算好了一些。

这天傍晚，我们将这些麦子和田鼠背回来，商议如何处置。杜红认为，现在还不能把粮食拿到村里换鸡蛋，因为麦收并没正式开始，这时弄了这些麦子去会被村民怀疑，你说是从田鼠洞里挖出来的，可是谁又会相信呢，如果常二捆硬说是从麦田里偷来的怎么办，这种瓜田李下的事是无论如何都无法说清楚的。大家一听也觉得有道理，就先将这些麦子藏起来。接着，我们就开始准备让田鼠咬架。黄小毛将那只装满田鼠的口袋拎进屋里，又找来一个大一些的洗脸盆。但就在这时，我们听到一阵呜呜的声音。这声音并不很大，有些低沉嘶哑，似乎是什么动物憋着喉咙叫出来的。黄小毛立刻说，是黄毛。这时我也听出来，这声音确实是从库房那边传来的。于是，我们立刻来到库房。杨鸣轻轻打开门，果然发现黄毛已经醒了，它大概是由于吃了过多的“奋乃静”，看上去有些憔悴，两个下眼皮还有了明显的眼袋。这时，它正站在一口装满粮食的大缸旁边扬起头使劲叫着。它显然不习惯这样的叫法，由于嘴被胶布牢牢封住，所以每叫一声，为使气息顺畅地从喉咙里出来就不得不伸长脖颈，这样一来也就只能把头扬得很高。但它的叫声确实很难听，有些让人不寒而栗。这时，它回头发现我们进来后立刻就不叫了，向后退着，眼里露出惊恐的目光。

黄小毛冲它笑着说，你终于醒啦。

黄毛睁大两只乌黑的眼睛，用力瞪着我们。

黄小毛又说，你不知这是什么地方吧。

黄毛扬起头，又呜地叫了一声。

这时杨鸣就过来嘟嘟囔囔地说，你不是爱吃我们的干草吗，今天又偷吃了那么多的白菜，其实还有好东西呢，这回让你吃够了。他说着就将一根手指粗细的麻绳套在黄毛的脖子上，然后将它牵到刚才的房间。这时黄小毛已做好一切准备，又将那些捉来的田鼠分到两个口袋里，然后兴致勃勃地对杨鸣说，每个口袋里是28只，大小都有搭配，你先挑一个吧。杨鸣看也没看就拎过其中的一只口袋，但他刚把手伸进去就被里面的田鼠狠狠咬了一口。他抽出手放到嘴里吸吮了一下，然后才又伸进去，小心地抓出一只田鼠放进盆里。黄小毛看看他，也从自己的口袋里抓出一只田鼠放进来。

黄小毛抬起头问，还是老规矩？

杨鸣点头嗯了一声，说老规矩。

杨鸣和黄小毛所说的老规矩，是指让田鼠咬架的规则。他们以往的规则是这样的：双方各抓出一只田鼠放在盆里撕咬，直到决出胜负，将被咬败的一只抓出来当场摔死。这时，被放进盆里的两只田鼠显然已在口袋里闷得晕头转向。可以想见，它们在这样一个风和日丽的下午原本好端端地待在自己的洞里，而且到处都洋溢着丰收的喜悦，却突然被莫名其妙地赶进一只口袋，而且辛辛苦苦收来的麦子也被挖走，家园也遭到毁灭性的破坏。它们此时一定怒火中烧，所以在盆里彼此一见，立刻就像两个角斗士似的怒目相视，接着吱地大叫一声就同时冲上来咬到一起。田鼠的撕咬声虽然并不很大，却极为惨烈，听起来简直惊心动魄。黄小毛的那只田鼠体魄明显健硕一些，因此很快就占了上风，它突然张开锋利的牙齿，一口咬住杨鸣这一只的脖颈，然后猛一低头，又狠狠一拧，只听噗的一声，一股鲜血立刻喷出来，有一些还飞到盆外。与此同时，我们突然听到身后咕隆一响。回头去看，才发现黄毛已经跪在了地上。它显然从未听到过如此骇人的惨叫声，更没见过这样血腥残忍的场面。这时，它试图重新站起来，但两条前腿一直在不停地发抖，看上去已经没有了一点力气。

黄小毛得意地抬起头，看着杨鸣。

杨鸣绷紧嘴唇，从盆里抓起那只被咬败的田鼠啪地摔在地上。这只田鼠叫也没叫一声，两条后腿一蹬就不动了。接着，杨鸣又转身揭掉黄毛嘴上的胶布，掰开它的牙齿，突然从地上抓起那只死田鼠就塞进它的嘴里。黄毛绝没料到杨鸣会这样做，在它仅有的一点记忆中只知道吃草的味道，最多也就是再吃一些菜叶，现在嘴里突然被塞进这样一团软囊囊而且味道奇怪的东西，顿时有些不知所措。它拼命挣扎着扭着头，呜呜地叫了两声，一用力就将这只可怕的死田鼠从嘴里甩出来。杨鸣看了它一眼，转身又从口袋里抓出一只田鼠。这只田鼠比前一只更瘦小，虽然一放进盆里也是龇牙瞪眼，一副怒气冲天的样子，却立刻被这盆里浓重的血腥气熏得愣了一下。而此时黄小毛的这一只也已经咬红了眼，用力一跳就扑过来。杨鸣的这只小田鼠显然头脑灵活一些，看出自己不是人家的对手，一转身就撒腿拼命地逃窜。但它并没意识到这是在一只盆里，无论跑得多快也只是在盆底一圈一圈不停地转。而黄小毛的这一只却突然出人意料地改变了方向，猛地调转头又向回跑，就这样，一口咬住了这只小田鼠的喉咙。但这只田鼠毕竟太小了，只被它轻轻一甩就从盆里飞出来。杨鸣看着这只小田鼠在地上跌跌撞撞地跑了两步，突然抓起来一转身又将它塞进黄毛的嘴里。这一次的问题就有些严重了。黄毛感觉到，这个被塞进自己嘴里的东西竟然还在不停地乱爬，而且无论怎样努力都无法将它吐出来。而此时的这只小田鼠也已在黄毛的口腔里彻底转了向，它感觉就像是进了一间桑拿浴室，不仅热气腾腾，而且到处都是湿淋淋的，也就在这时，它突然发现了一条通道，于是连看也没看就纵身一跃朝下跑去。但它做出的却是一个极其错误而且危险的选择，这当然并不是什么通道，而只是黄毛的喉咙。它这样朝里面一跑，黄毛立刻忍无可忍，于是呜地大叫一声就将这只小田鼠重新呕回到嘴里，接着上下牙齿又本能地一嚼。它嚼的这一下用力很大，只听咔嗒一声，这只小田鼠的身体立刻被咬破了，一股血和汁液顿时流满了整个口腔。黄毛突然有了一种异样的感觉，就像是喝了一口烈性烧酒，精神猛然一振，神经也随之兴奋起来。它还从没尝过味道如此奇妙的食物。它搞不明白，自己嘴里这个奇怪的软东西究竟是什么，于是就又试着嚼了一下，接着又嚼了一下。它很快发现这个软东西的确很好吃，而且还有一些韧性，就像是口香糖一样越嚼越有味道，于是索性就连续不断地大嚼起来。黄小毛立刻睁大两眼，伸过头来很认真地看看黄毛，又扒开它的嘴朝里面看了看，然后回头瞪着杨鸣。

这家伙……它把老鼠给吃了?!

杨鸣显然也没料到竟会是这样。这时，他正目不转睛地盯着黄毛。此时的黄毛已将那只田鼠彻底咽下去。它甚至还伸出舌头，意犹未尽地舔了舔自己的嘴唇。

杜红也惊愕地说，它……它是一只羊啊，怎么能吃老鼠?!

杨鸣没说话，又从口袋里抓出一只田鼠。但这一次，他没再把这只田鼠放到盆里，而是直接放到黄毛的面前。这只田鼠似乎已经预感到什么，在杨鸣的手里吱吱乱叫，四条腿拼命挣扎着来回乱蹬。杨鸣试探着将它放到黄毛的嘴边，但黄毛显然被这只挣扎的田鼠吓着了，连忙把嘴躲开，又向后退了一步。

这真是一个令人愉快的傍晚。我们玩得很开心，几乎已将割麦子的事完全忘记了，但杨鸣的头脑仍很清醒，他看一看外面的夜色就拿出胶布又将黄毛的嘴重新缠起来。他说这件事不会就这样算完的，孙羊倌儿发现黄毛不见了，一定会到处找的。

杨鸣果然没有说错。天黑以后，我们正吃晚饭，孙羊倌儿就来到我们集体户。我们见到孙羊倌儿的样子都吃了一惊，他一定是为寻找黄毛跑过很多地方，看上去疲惫不堪，好像还在哪里跌了一跤，一条裤腿扯开一条很长的口子，脚上也满是泥水。他一进来突然愣了一下，耸起鼻子闻了闻，跟着两只混浊的眼睛就倏地亮起来。

你们……在吃煮肉?

我们确实正在吃煮肉。但我们煮的并不是羊肉，而是大雁肉。黄小毛有一个制作精良的弹弓，手柄是一种猛禽的胸骨，皮筋是医生听诊器上的胶管。这个弹弓不仅拉力强大，据黄小毛说，用起来也非常得心应手。黄小毛打弹弓几乎弹无虚发，每当我们想改善一下伙食时，就指望他用这个弹弓去打猎。我们这一带是大洼地区，水源很充沛，不仅河道纵横湿地也很多。因此每到春季，各种鸟类就会聚集到这里。黄小毛打弹弓很讲究，要用小孩子玩的那种玻璃球，这种玻璃球的杀伤力可想而知，但成本也很高，因此，一般的飞鸟他是不屑打的，只打野鸭鹭鸶或大雁一类的大型飞禽。这个下午，黄小毛又乘兴打下两只很肥的大雁，所以这天晚上，我们的餐桌上也就显得很丰盛。孙羊倌儿听说我们煮的并不是他的黄毛，而只是两只大雁，立刻显得有些失望。但他并不肯轻信，又走过来伸头朝桌上看了看。这时我们的餐桌上已吐了很多啃过的骨头，但这些显然不是羊骨，因为羊骨都是粗而短，而我们桌上的却细而长，一看就知道，应该都是禽类的尸骨。杨鸣抬起头看一眼孙羊倌儿，不动声色地说，坐下喝一杯吧。

孙羊倌儿立刻摇摇头。他这时当然没心思喝酒了。

他想了一下，忽然说，其实……你们误会了。

我们都有些奇怪，立刻抬头看看他。

他又说，你们一定以为，我是来找黄毛的。

黄小毛问，怎么，难道不是吗?

当然不是。孙羊倌儿说，我是来向你们道歉的。

道歉?

我们几个人相互看了看，又都回过头去看着孙羊倌儿。

孙羊倌儿的样子很诚恳，他对杨鸣说，今天中午，是我骗了你，我的羊确实跑进你们的院子，不仅偷吃了很多干草，还啃了你们的白菜。

杨鸣也笑了，摆摆手说，菜是我自己吃的。

你……自己吃的?

当然是我自己吃的，杨鸣说，我这一阵天天吃咸菜，实在有些馋了，今天中午就趁他们不在熬了一锅白菜，吃完之后又故意做成被你的羊啃过的样子，这件事我已向他们承认错误，他们也原谅我了。杨鸣一边说，一边又回过头来看看我们。我们尽管都没反应过来，不知杨鸣这样说究竟是什么意图，但还是立刻沿着他说的方向朝孙羊倌儿点点头，表示杨鸣说的确有其事。事后杨鸣告诉我们，孙羊倌儿在这个晚上来向我们道歉，其实用心是很险恶的。他首先承认自己的羊偷吃了我们的干草和白菜，只要我们一承认，也就等于承认了他的羊曾经来过我们的院子，接下来他就可以理直气壮地向我们要羊了。杨鸣说，也正因为他看穿了这一点，所以才矢口否认那些羊来吃过我们的菜。但在这个晚上，孙羊倌儿并没有立刻要走的意思，他索性在我们的餐桌前坐下来，说这一下午找羊也够累了，喝一杯就喝一杯。我们立刻被他身上散发出的羊膻与腥臊恶臭熏得皱起眉头。杜红婉转地对他说，你还是不要喝酒了，赶快去找你的羊吧。黄小毛也说是啊，如果再不找就更危险了。孙羊倌儿已经看出我们并没有真心请他喝酒的意思，于是讪讪地站起来说，其实他为生产队看管这几十只羊也很不容易，每天起早贪黑，挣的工分却很少。他苦着脸说，一天只有8个工分啊，还不及一个壮劳力，现在分值这么低，一个工分才5分钱，干一天只能挣4角钱，如果再丢一只羊，至少要赔生产队20多元，这就等于两个月白干了。孙羊倌儿这样说着，还用力挤了挤那两只混浊的烂眼。杨鸣说是啊，所以我们才劝你赶紧去找，羊这东西不像狗，一旦走丢了自己是不会回来的。杨鸣这样说着就站起来，做出向外送他的意思。但就在这时，突然从库房那边传来呜的一声，这一声立刻引起孙羊倌儿的注意。

他站住很认真地听了听，问，这是……什么声音？

杨鸣并不回答，已经半推半送地将他推到了门口。

孙羊倌儿仍然很用力地侧起耳朵，但他只顾外面，却没有注意到脚下，刚一迈腿只听吱的一声。他立刻吓得跳起来，低头看一看，才发现是踩到了一只鼓鼓囊囊的口袋，而且这口袋还在一下一下地动着。他蹲下身去，用手轻轻捅了一下问，这里面……是什么？

杨鸣不动声色地说，没什么。

孙羊倌儿说这里面还在动，怎么说没什么？

杨鸣拍拍他的肩膀说，这跟你没关系，还是赶快去找你的羊吧。

孙羊倌儿盯住杨鸣，突然说，我要看一看这只口袋。

杨鸣说，我已经对你说过了，这跟你没有关系。

孙羊倌儿慢慢拨开杨鸣的手，又蹲下身去。

他说，我一定要看一看。

杨鸣问，你非要看？

孙羊倌儿说，要看。

好吧，杨鸣点点头，可以。

杨鸣说着，就将扎在口袋上的绳索解开，然后对孙羊倌儿说，你可以伸进手去摸一摸，只要一摸就知道是什么东西了。孙羊倌儿似乎有些迟疑，但又很认真地看了看杨鸣，然后皮笑肉不笑地说，我知道黄毛不会在这里面，我只是……嗯……有些好奇。他这样说着就伸手进去，摸了一下，皱皱眉头，接着又摸了一下。突然，他哇地大叫一声抽出手，身体也随之跳起来，然后瞪着杨鸣嚷道，你……你弄这些老鼠来干啥?!

杨鸣笑笑说，我已经说过了，这里面的东西跟你没关系。

孙羊倌儿没再说话，转身气哼哼地走出门去。但是，就在他来到院子里，走过前面一排房子时，突然一伸手就推开了库房的门。当时谁都没有料到他会这样做。我发现，杨鸣的脸色也立刻变了。但是，孙羊倌儿探进身去，拉亮电灯，扭着脖颈朝屋里看了好一阵却并没发现什么。他悻悻地缩回身来关上门，又回头对我们说了一句，看来这东西真是跑丢了，如果你们看到它，替我捉住就是了，然后就朝院子的外面走去。

我们送走了孙羊倌儿，连忙又来到库房。这显然是一件不可思议的事情。就在刚才，我们明明将黄毛关进这间库房，为什么孙羊倌儿会没有发现呢。我们推门走进来，在屋里四处寻找了一阵，才发现黄毛竟然躲在门后的角落里，正悠闲地卧在地上为自己啃着痒痒。关于这件事，一直是一个谜，我们始终搞不明白，在这个晚上，当孙羊倌儿来库房寻找黄毛时，它完全可以让他看到自己，然后趁机被营救出去。但它却没有这样做，反而把自己藏在门后的角落里。它把自己藏起来究竟是出于什么目的呢?

黄小毛说，也许它还想吃田鼠，所以才不愿被救出去。

黄小毛的话似乎有些道理，却让我们不敢相信。

在这个晚上，我们喝了很多的酒。用黄小毛和杜红的话说，能成功地骗过孙羊倌儿，也就意味着黄毛已经属于我们。这让我们兴奋不已。当然，我们留下黄毛并不是为了吃肉，至少暂时还不想吃它。我们只是觉得好玩。山羊竟然也能吃老鼠，如果不是亲眼所见，恐怕谁都不会相信。杨鸣的情绪也明显好起来，后来他啃着一只大雁的翅膀时，忽然笑了。黄小毛和杜红看看他，问他笑什么。他说，你们听说过杀鸡给猴看的故事吗。

这是一个并不生僻的成语，我们当然都听过。

但是，他问，具体是怎么回事，你们知道吗。

他这样一问，还真把我们都问住了。我们是恢复高中教育的第一届，当时学制还是两年，而这两年里又只有第一年是坐在教室里上文化课，第二年则几乎都在工厂参加学工劳动，如此短暂的学习时间，老师自然不会为我们讲什么杀鸡给猴看的故事。杨鸣告诉我们，过去在南方的山林里，野猴都很机警，无论下绳套还是用别的什么方法都无法捉到它们，后来就有人想出一个办法，先弄来一只活鸡，让它们看清楚，然后一刀割断鸡的脖子。猴子们一见鲜血四溅立刻都吓得用手捂住眼，这样就可以将它们一只只捉进笼子。我们听了觉得有趣，一下都笑起来。黄小毛忽然有些明白了，问杨鸣，是不是也想用这个办法吓一吓黄毛。杨鸣笑了笑，就去库房把黄毛牵过来。这时黄毛已经无精打采，它刚刚吃过两只田鼠，又被我们连惊带吓地折腾半天，看上去已有些困倦。但它一进来，看到地上那两只装着田鼠的口袋，两眼立刻又倏地亮起来。这时黄小毛已从外面找来一把柴刀和一块木板。杨鸣先从口袋里抓出一只田鼠，拎着尾巴在黄毛的眼前晃了晃。这是一只很肥的硕鼠，显然在家族中有些辈分，看上去眉眼和唇边的胡须都已有些发白，它被杨鸣拎着一晃，立刻就像一只钟摆似的来回摇动起来。黄毛先是有些好奇，它大概还没搞清楚自己刚吃下去的究竟是什么动物，于是便凑过来，歪起头很认真地看了看。杨鸣等它看清楚了，就将这只田鼠放到木板上，接着突然举起柴刀咔嚓一声就将它拦腰剁成两截。由于剁的速度极快，这只田鼠并没有马上死，它的两只前爪还拖着上半截身体向前爬了几下，后半截也在原地不停地打转。接着，腹腔里的脏器和肠子一下就都汹涌地流出来。黄毛立刻睁大两眼，一下僵在了那里，它显然从没见过如此恐怖的场面，跟着稀稀哗哗地一阵水响，就有一股尿液从底下流出来。杨鸣看看它，又从口袋里抓出一只田鼠。这一次他没再拎田鼠的尾巴，而是将它放到地上。这只田鼠已被吓得魂飞魄散，哆嗦着刚爬出几步，杨鸣突然又抓起它放到木板上，咔地一刀剁成两半。黄毛终于站不住了，身体就像融化了似的一点一点瘫软下去，然后一歪就倒在地上。

杨鸣回过头，朝黄小毛示意了一下。

黄小毛立刻明白了，于是走过来，掰开黄毛的嘴。杨鸣拎起半截血淋淋的死田鼠就放进它的嘴里。黄小毛为了防止它吐出来立刻又将它的嘴合上了。但令人没想到的是，黄毛却并没有要吐的意思，它的眼球微微动了动，嘴里轻轻咀嚼几下，似乎渐渐缓过气来。那半只田鼠在它的口腔里显然流出了更多的东西，我甚至看到，它的脖颈还用力地蠕动了几下，好像是将一些汁液吞咽下去。接着，它打了一个滚儿就站起来，将身上的毛抖了抖，嘴里越发啧啧有声地大嚼起来。但山羊毕竟是食草动物，我曾在一本书上看到过，食肉动物与食草动物虽然同属哺乳纲，但牙齿却有很大区别，食肉动物的牙齿一般都很锋利，这是专门用来切割食物的，而食草动物却没有，它们只有咀嚼草根的板形齿和臼齿。这时，黄毛在咀嚼这半只田鼠时显然有些吃力，上下两排板形齿和臼齿像个老人似的磨动着，甚至还有一些口水淌出来。但黄毛却连这些口水也不舍得放过，一边咀嚼着一边用力向回吸吮，这就使得它的嘴里发出一阵稀溜稀溜的声音。终于，它扬一扬脖子，将这半只田鼠咽下去。杨鸣看看它，就又拎起另半只田鼠举到它的面前。不过这一次不用黄小毛再去掰它的嘴，它自己就主动伸过头来，轻轻一叼就将那半只田鼠吃到嘴里，然后熟练地嚼一嚼咽了下去。

就这样，这几块碎田鼠很快都被黄毛吃光了。

直到这时，我们仍没觉出事情有什么不对劲。

第二天上午，常二捆突然来到我们集体户。他显然是要去下田，手里还拎着一杆锄。他并没有直接说出来意，只是问我们为什么不去下田。黄小毛说，眼看快开镰了，我们要做一些准备。常二捆问做什么准备。黄小毛说，磨一磨镰刀，拴一拴扁担，还要养精蓄锐。常二捆一听脸色就难看下来，说磨一磨镰刀拴一拴扁担还可以，养精蓄锐有这个必要吗，眼下离开镰还有几天，如果大家都养精蓄锐，那田里的高粱玉米还耪不耪了，别的农活还干不干了？这时杨鸣就走过来，面无表情地对常二捆说，我们昨晚一直在说话，所以睡得太晚了。常二捆回头看看他问，说什么话，这样晚？杨鸣说，我母亲病重，你又不准我假，他们都来安慰我。常二捆一听脸上立刻有些不自然，但咳了一下又正起颜色说，我不准你假也是村里决定的，不光是你，从现在开始任何人都不准请假。杨鸣听了翻一翻眼皮，没再说话。杨鸣的眼睛很独特，眼白比一般人要大，黑眼球却很小，所以当地村民都叫他死羊眼。这时，他又翻了一下死羊眼就转身进屋去了。常二捆立刻叫住他，说等一等，我还有事要问你。

杨鸣站住了，慢慢转过身，问常二捆有什么事?

常二捆说，昨天晚上，村里丢了一只羊。

杨鸣一听就笑了，说村里丢羊，跟我有什么关系吗。

常二捆嗯嗯了两声说，也许没关系，但也许有关系。

杨鸣又翻了一下死羊眼，问，这话怎么讲?

常二捆说，很简单，据说这只羊，昨天下午来过你们这里。

杨鸣说是吗，它来过吗。

常二捆摇摇头说，你这样说话就不对了，你这样说话，我就要怀疑你跟这件事真有什么关系了。常二捆说，昨天下午的事孙羊倌儿都已告诉我了，有几只羊溜进你们集体户来偷吃白菜，只有你一个人看到了，当时你还去找孙羊倌儿理论，现在怎么又不承认了呢。杨鸣又翻一下眼皮说，想起来了，好像有这回事，可是这又能说明什么呢，就因为那几只羊偷吃过我们的白菜，你就要怀疑我吗。杨鸣忽然微微一笑，又说，你常队长的家是在村外，你每天回家都要经过麦田，如果那片麦田里丢了麦子就说跟你有关，或者干脆认定是你偷的，你会答应吗。常二捆立刻被问得张口结舌，支吾了一下才说，好了好了，咱们不用再绕弯子了，直说吧，丢的这只羊如果是一只普通的羊，也就算了。杨鸣立刻打断他的话，说你这话不对，羊是生产队的集体财产，哪怕是丢一只很普通的羊也不能随随便便就算了。常二捆被杨鸣的话呛了一下，只好挥挥手说好吧好吧，我的意思是说，丢的这只羊很重要，它虽然不起眼，却是生产队刚从外地引进的新品种，将来它的骨架比一般羊要大，而且上膘快，生长期也短，如果真被谁偷了去，那可就不是一般的偷窃行为了。

常二捆这样说罢，又意味深长地盯住杨鸣问，我的意思，你明白吗。

杨鸣说不明白。

常二捆说，不管你是真不明白还是装不明白，我事先已经提醒过你了。然后就又向前逼近一步，说，现在我再问你一遍，那只羊，你究竟看到没有。

杨鸣说没有。杨鸣说，我已经说过了，我从没见过这只羊。

好吧，常二捆点点头，转身对我们说，你们大家都听到了。

我们几个人相互看了看，又眨着眼看看常二捆，都没说话。

常二捆在鼻孔里哼了一声，就转身走了。

直到这时，我们才真正意识到这件事有些麻烦了。常二捆这次来的目的很明显，其实我们下不下田并不重要，生产队里所有的壮劳力都去榜大田作物了，少了我们几个人是无所谓的事情，他来的真正目的就是寻找黄毛。但杨鸣却对此事矢口否认，这一来也就使得我们陷入了骑虎难下的境地。换句话说，即使哪天想改变主意，也无法再将黄毛送回去了。

也就在这时，杨鸣突然想出一个主意。

他先让黄小毛把院门关紧，然后牵出黄毛，又找来一把推子。推子是一种专门用来为男人理发的工具。这种工具在今天已不多见，它的原理与剪刀相似，但由于安装了弹簧，用起来也就比剪刀更省力。那时还没有美发厅或美容院，尤其在集体户里，我们大家都是相互用这种推子理发。杨鸣的理发技术一向最好，他的手里有一套很精良的理发工具。这时，他蹲到黄毛跟前，就开始用推子为它剃身上的羊毛。我们立刻明白了他的用意，他是想将这些剃下的羊毛扔到村外去，搞出一个黄毛被什么野物吃掉的假象，这样一来常二捆和孙羊倌儿都死了心，也就不会再来找我们的麻烦。杨鸣的理发技术这一次得到了充分的发挥，他很快将黄毛身上剃得干干净净。黄小毛为了做得更逼真，还特意找来一些猪骨。但猪骨显然与羊骨有些区别，我们经过认真筛选，最后挑出几块勉强与羊骨相像的，连同那些羊毛，又蘸了一些田鼠的血迹，就趁着村外没人时将它们扔到一条水渠的旁边。

但是，在这个上午，我们从村外回来时却又发现了一个新问题。原来羊是披惯一身皮毛的，尽管山羊的毛比绵羊要短，但突然被剃光也很不适应，这就像一个人穿惯衣服突然被剥得精光，不仅不舒服也会冷得无法忍受。这时，我们看到黄毛蜷缩在角落里，浑身上下不停地瑟瑟发抖。杨鸣想了想，就从炕上拽下他的狼皮褥子。杨鸣的这条狼皮褥子其实就是一张很完整的狼皮，连头部的耳朵鼻子和嘴都很完好，倘若铺在炕上，一眼看去简直就像一只狼活脱脱地趴在那里。他的这张狼皮还是他父亲传给他的。据说他父亲当年曾是东北抗联的一名骑兵战士，最善于使用马刀。后来他跟随部队开到中蒙边境，配合苏联红军抗击日本侵略者。当时与他们并肩作战的是苏联的一支哥萨克军队，这支军队是由土匪改编的，因此军纪很差。一次一个哥萨克上尉正要强奸当地的一个蒙古族妇女，被杨鸣的父亲撞见了。杨鸣的父亲上前劝说，却被这上尉一枪打在皮帽子上。杨鸣的父亲大怒，当即抽出马刀砍掉了这上尉的一只耳朵。但从此以后，这个哥萨克上尉竟跟杨鸣的父亲成了生死之交，不仅并肩作战还经常在一起喝酒。后来这个哥萨克上尉要回国去了，临别时就送了杨鸣的父亲这张狼皮。这个哥萨克上尉显然是一个梳理兽皮的高手，不仅将这张狼皮剥得很完整，也处理得非常柔软。现在 30 年过去了，皮毛仍然蓬松油亮，看上去栩栩如生。杨鸣曾告诉我们，这是一只草原狼。据他父亲说，草原狼与山狼不同，山狼由于道路崎岖，经常蹿蹦跳跃，身形都很矫健，而草原狼生长的地域相对平坦，加之各种食物充足，因此比较肥壮。这时，杨鸣拿过这张狼皮就包裹在黄毛的身上，黄毛立刻感到暖和了一些，渐渐也就不再发抖了。

黄小毛在一旁看着黄毛，忽然笑了。

他问我和杜红，你们看，它像什么。

我已经发现了，黄毛披上这张狼皮，看上去就像是一只怪异的动物。

杜红也点点头，说样子确实很奇怪，不知道的乍一看，能吓人一跳呢。

事后杨鸣告诉我们，当时就是我们的这几句话才一下提醒了他。

在这个上午，他突然盯住裹着狼皮褥子的黄毛，看了一阵，就去取来一把剃刀。这是一把老式的剃刀，专门用来给人刮胡须的，刀锋约有三寸长。杨鸣先用拇指试了试剃刀，然后就开始在黄毛的身上轻轻刮起来。黄毛身上的羊毛已被推子推掉，只剩了一层很短的毛茬，这时再这样被剃刀一刮，立刻就露出里面的肉皮。我们发现，它的肉皮竟是粉红色的，还有一些弯弯曲曲的毛细血管纵横交错，看上去就像人的皮肤。但杨鸣毕竟是第一次刮这种羊皮，手头不太准，因此在刮到角落或凹陷处时就难免有些失误，等将黄毛的全身刮净，竟有许多处渗出血来。这时我们就都愣住了。我们没有想到，刮净毛皮的山羊竟然会这样难看。

杜红也笑起来，指着黄毛说，你们看，它像不像一只大老鼠。

我倒并没觉出它像老鼠。我发现，它这时的样子更像是一个被剥得赤条条的人。接下来就又遇到了问题。尽管这张狼皮很柔软，但如何才能将它固定在黄毛的身上呢。杨鸣首先想到的是一个最原始也最残忍的办法，他索性用剃刀在黄毛的身上割开很多口子。黄毛立刻疼得哆嗦起来。但试了试显然不行，伤口流出的血虽然黏稠，却还不足以将这张狼皮粘在身上。就在这时，黄小毛突发奇想，转身跑到库房找来一堆猪皮鳔。这些猪皮鳔还是村里的木匠为我们集体户修建房屋时剩下的，已经有很长时间了。那时还没有化学性的胶水，在做木器家具或盖房固定木结构时，就多使用这种传统的用猪皮熬制的鳔胶。这种传统鳔胶的黏性很大，倘若将两根木料粘在一起，待干透以后，即使从别的地方断裂黏合的地方它也不会开胶。我突然明白了黄小毛的用意，把猪皮鳔刷在黄毛的身上，再将狼皮粘上去，这真是一个天才的想法。杨鸣对黄小毛的这个办法也很欣赏。他立刻让杜红找来一个小铁桶，然后在院子里架起几根木柴，没过多久，就将猪皮鳔熬成一桶黏稠的鳔胶。

黄小毛用手试了一下，满意地点点头，说果然很黏。

但是，我们事先都没有想到，刷猪皮鳔对于黄毛来说却是一个极为痛苦甚至可怕的过程。熬化的猪皮鳔必须趁热才能使用，否则一凉就会凝结，但将滚烫的猪皮鳔刷在身上，那感觉让人想一想都会不寒而栗。杨鸣为了防止黄毛嗥叫，又将它的嘴用胶布缠起来。他在它的身上刷猪皮鳔时娴熟得就像一个油漆工匠，无论黄毛被烫得怎样痛苦地扭动身体，他的刷子始终没有停下来。最后一直刷到黄毛的屁股，刷完最后一刷子，他才轻轻吐出一口气。与此同时，黄小毛也已在那张狼皮的里面刷好了鳔胶。刷了鳔胶的狼皮显得热气腾腾，也更加柔软，杨鸣在我们的帮助下将这张狼皮小心地拎起来，然后就一点一点地粘在黄毛的身上。这显然曾是一只非常慓悍的雄狼，体形很健壮，而黄毛的身材却瘦小了一些，这样披上这张狼皮，就显得有些松松垮垮，像是穿了一件很不合体的裘皮大衣。而且头部也有些问题。这张狼皮的头部虽然完整，两只眼睛的地方是两个洞，刚好在黄毛两眼的位置，但黄毛的头上还顶着两只角，这就不太好处理，狼是从不长角的，披了一身狼皮的黄毛再顶着两根一寸多长的犄角，看上去就有些滑稽。好在这张狼皮的头部也相对大一些，杨鸣索性将两只狼耳包在犄角上，这样一来耳朵恰好也就直挺挺地竖起来，反而更增添了几分威风。杨鸣做完这一切，就用一些布条将黄毛的全身缠起来。他说这样会起到固定作用，使狼皮在它的身上黏合得更加充分。此时黄毛也渐渐安静下来。它身上的猪皮鳔已开始凝结，因此不仅不再灼热，反而还有了一些暖意。直到这时，我们才都松了一口气。

问题也就是从这时开始的。我们为黄毛的身上粘贴狼皮，原本是想让它暖和一些，就像为它增添一件御寒的衣服一样。但在这个下午，当我们再次把它从库房里牵出来时却意外地发现，它竟然真有了几分狼的样子。这个发现让我们觉得很有趣，也立刻兴奋起来。黄小毛先去院子的外面看了看，然后栓紧大门，就将黄毛放到院子里。黄毛立刻被外面的阳光刺得眯起眼。它在院里来回走了几圈，先是不停地扭动身体。这身皮毛粘在它的身上的确有些大，看上去很臃肿。它自己也显然对这身新的毛皮不太适应，它的心里一定感到奇怪，自己怎么会一下被搞成了这副怪样子。黄小毛从屋里抱出一面锦镜。这面锦镜还是我们当初下乡时，临行前学校赠送的，尽管用红漆写在上面的字迹已有些斑驳，但镜子本身仍很明亮。黄小毛来到黄毛跟前，将这面镜子竖到地上。黄毛从镜子里看到自己，突然吓得倒退了一步。它长这样大当然还从没见过狼，它只是觉得，自己这样子本身就有些可怕。但是，我发现，它又在镜子的前面照了一阵，接着又来回走了走，突然就扬起头来。这时它嘴上的胶布虽已被揭掉，但大概已经习惯了这两天的叫法，于是张开嘴，又冲着天空"呜——"地叫了一声。它的叫声立刻把我们都吓了一跳，我们感觉它这一声真是叫得太像了，也太贴切了，就像我们穿着褪了色的绿军装高唱"革命青年，志在四方"一样贴切。也就在这时，黄毛大概由于放松，噗嗤一声又屙出一摊粪。黄小毛低头看了看，突然瞪起眼说，这东西……它拉的不是粪球，是……是粪条！我和杨鸣立刻走过来，蹲下身很仔细地观察了一下。果然，黄毛屙出的已不像羊粪，羊粪都是球状的，看上去很像小孩子们玩的那种玻璃球。而这时黄毛拉的却是一条一条的，有些像人粪，如果再细看，里面竟还有一些老鼠的毛皮和没有消化的碎骨。这时黄毛的神情也开始放松下来，它已经渐渐适应了这身新的毛皮，很可能也意识到这身新毛皮的意义，于是挺起胸，昂起头，连走路的姿态也有了几分神气。杨鸣又看看它，就从屋里拎出那只装着田鼠的口袋。口袋里的田鼠被闷了这么长的时间，又相互拥挤相互踩踏，叫声已明显微弱下去。但黄毛听到这叫声顿时精神一振，接着就用两眼盯住这只口袋。

杨鸣从口袋里抓出一只田鼠，试着放到地上。这只田鼠已经很虚弱，在地上踉踉跄跄地爬了几步就有气无力地站在那里。也就在这时，黄毛做出了一个让我们都大感意外的举动，它慢慢走过去，竟然一口就将这只田鼠叼到嘴里。它这一次已叼得很熟练，为了咀嚼充分，还不停地将这只田鼠在嘴里变换着位置，接着一扬脖就咽了下去。我们都没有说话，只是惊愕地瞪着它。杨鸣又掏出一只田鼠，这只田鼠看上去要欢实一些，但是，杨鸣刚刚把它放到地上，它跑了没几步，黄毛立刻就扑上去。但黄毛还是扑得笨拙了一些，它毕竟是一只食草动物，没有食肉动物的那种利爪，所以在扑食时由于巨大的惯性两只前蹄就向前滑行了一下。而那只田鼠则趁机在它的两蹄之间钻了出去。黄毛一下被激怒了，立刻又追上去，就在跳到那只田鼠身上的一瞬，它的一只前蹄无意间将田鼠踢了一下。那只田鼠立刻像个软耷耷的皮球一样骨碌碌地被踢出很远。这一来反而引起黄毛的兴趣，它跟着追过去又踢了一脚。那只田鼠刚刚爬起来，还没缓过神就又被踢了出去。黄毛就这样跟在后面不停地将这只小田鼠踢来踢去，直到踢得它一动不动，才意犹未尽地叼起来一口吃掉了。

这真是一个有趣的游戏。在这个上午，我们就这样将一只只田鼠放出来，然后看着黄毛去追逐，再像玩一只皮球似的踢来踢去，直到最后将被踢得晕头转向的田鼠一口吞到嘴里，再津津有味地嚼着吃掉。黄毛越玩兴致越高，脚法也更加熟练，后来还是黄小毛提醒才让它停下来。黄小毛说，吃肉毕竟不像吃草，吃太多了会消化不良。

杨鸣的办法果然开始奏效。几天后的一个傍晚，孙羊倌儿在水渠边发现了那堆羊毛和猪骨。他一眼就认出那些羊毛是黄毛的，跟着也就认定猪骨一定是羊骨。孙羊倌儿先是感到很吃惊，搞不清他的黄毛怎么会被吃成这样，他惊恐地朝四周看了看，就赶起羊群跌跌撞撞地回村来找常二捆。常二捆在这个傍晚正召集几个副队长开会，部署开镰收割小麦的具体事宜。孙羊倌儿一步跌进来，上气不接不气地说这回是完了，彻底完了，不知给什么野物儿吃掉了，只剩下……一堆烂骨头了。常二捆被孙羊倌儿这几句没头没脑的话说得一愣，然后就有些不高兴地说，你没看到这里正在开会吗，有什么事等散了会再说。

孙羊倌儿瞪着两眼说，吃了……黄毛……给吃了。

常二捆这才听出了问题，连忙问，黄毛被什么吃了，那些知青吗？

孙羊倌儿摇摇头说，现在还不清楚，不知是知青还是别的啥动物。

常二捆又问，你是怎么知道的？

孙羊倌儿就将兜来的那堆羊毛碎骨呼啦一下倒在桌子上。常二捆和几个副队长立刻凑过来仔细看了看，又捏起带血的羊毛和碎骨放到鼻子底下闻了闻，显然，还都有新鲜的血腥气。但这就有了一个更加严重的问题，这只黄毛虽然还没长成，毕竟也是一只羊，能把一只羊吃成这样的动物自然比羊要大，至少在体形上应该跟它相差无几，而在我们这一带，还从没发现过这样的大型野物，田里偶尔会有野狗出现，但那些野狗连兔子都不敢吃，更不要说这样大的羊了。由此，常二捆说，除去知青应该不会再有别的动物了。孙羊倌儿立刻说，他也是这样想的，他早就怀疑那些知青对他的羊图谋不轨。

但常二捆看着他问，证据呢？

孙羊倌儿问什么证据？

常二捆说，你怀疑人家吃了你的羊，当然要有证据。

孙羊倌儿气恨恨地说，吃了就是吃了，还要啥证据。

常二捆摇摇头说，那些知青也不是好惹的，你拿不出真凭实据，他们是不会承认的。

孙羊倌儿张了张嘴，立刻无言以对了。

常二捆又想一下说，不过，我看也不像。

孙羊倌儿问，为什么不像？

常二捆分析说，根据你所说的发现这些羊毛和羊骨的位置，应该离集体户很近，如果真是他们吃的，他们会把这些东西扔在附近吗，他们完全可以神不知鬼不觉地挖个坑埋起来，或者包上一块砖头沉到水渠里，至少也要扔得更远一些。常二捆说，他们把这些东西扔在自己集体户的门口，这不是不打自招吗？但孙羊倌儿却不同意常二捆的这个分析，他说，如果他们事先已猜到你会这样想，故意这样做呢，他们可是什么事都干得出来的。

常二捆又很认真地想一想，然后十分肯定地说，不会是他们，我看不会。

但是，常二捆否定了我们吃掉黄毛的可能，也就等于肯定了另外一种可能。也就是说，黄毛应该是被比我们小而比它大的什么野物儿吃掉的。这一来问题就更严重了。如果这种可能性确实成立，那也就意味着还不仅仅是孙羊倌儿的那几十只羊，连村里所有的牲畜乃至村民也都将受到威胁，谁敢保证，这只神秘的野物吃掉黄毛以后，不会再来村里继续吃别的呢？于是，常二捆立刻又跟几个副队长紧急商议了一下。常二捆原计划第二天就要开镰割麦子，但是，准备最先开镰的那块麦田恰好就在那条发现羊毛羊骨的水渠旁边，常二捆认为，出于安全上的考虑，只能先将开镰的日期向后推延，待将这只神秘的动物搞清楚再说。同时，常二捆还认为，有必要立刻召开一个全体社员大会，先通报一下此事，好让大家提高警惕，增强防范意识。但也有人不同意，担心这样搞会在村里引起恐慌，如此一来不仅影响麦收，还会影响村里的其他生产。但常二捆毕竟是一队之长，考虑问题更周全一些。他又慎重地想了一下，最后还是认为，人畜安全应该是第一位的，一旦发生意外，那可就不仅仅是影响麦收这样简单的事了，搞不好还会造成更恶劣的政治影响。

于是，他当即决定，马上召集全体社员开大会。

在这个傍晚，我们正在集体户的院子里逗黄毛玩，突然听到村里的大喇叭响起来。常二捆在大喇叭里的声音有些异样，他让全村所有的人都立刻放下手里的事情，马上来生产队开会。这时我们还不知发生了什么事，就一起来到村里。我们一走进生产队的院子就感觉气氛有些不对，很多人都在窃窃私语，村干部们也都神色紧张地走来走去，治保主任集合起村里的基干民兵，正一脸严肃地说着什么。常二捆先是站在角落里，脸色阴沉地抽着旱烟，待了一会儿，看一看人到得差不多了，就神色凝重地走上土台子。他先将黄毛突然被什么不知名的神秘野物吃掉的情况向大家作了简单介绍，然后又说，从现在起，各家各户都要提高警惕，不仅要看好自己的家禽家畜，更要注意人身安全，天黑以后，如果没有极特殊的事情最好就不要出门，即使出门也不要单独行走，而且一旦发现了什么可疑动物的踪迹，第一不要惊慌，第二尽量躲避，第三立刻向生产队报告。最后，他又宣布，考虑到全村人的安全，经村里研究，原定的麦收计划暂时向后推延，具体时间再另行通知。当地村民听了常二捆的话顿时都紧张起来，但也有人提出质疑，说现在有的麦田已经可以开镰，照这样拖下去，耽搁了收割季节一旦下雨怎么办，那小麦可就要烂在田里了。常二捆脸色难看地说，这他当然知道，可是他也要为全村人的生命安全负责，如果真有人被那个还不知是什么的神秘动物伤了怎么办，麦收固然很重要，可是跟这件事比起来就只能放一放了。

我们绝没想到事情竟会闹成这样。当然，更让我们没想到的是割麦子竟然也因此向后推迟了。这可真是一个天大的喜讯。这天晚上，我们一回到集体户立刻就欢呼起来。黄小毛拿出地瓜烧酒，在一个牙缸里斟了半下，让每个人都喝了一大口以示庆贺。但是，当我们冷静下来想一想才意识到，推迟收割并不等于不再收割，也就是说，无论如何推延也只是一个时间问题，开镰迟早总是要开镰的。不过杜红说，以后开镰再说以后，只要现在不去割麦子就行。黄小毛也立刻表示赞同，说对，轻松一天算一天，当地有一句谚语……他说到这里，瞥一眼杜红就不再说下去了。我立刻明白他要说什么。他要说的这句谚语在当地确实很流行，同时也很粗俗，甚至有些下流。这句谚语说的是：阎王爷×小鬼儿，舒坦一会儿是一会儿。当然，尽管这句谚语粗俗下流，却也生动地表述了一种生活态度，或者说是一种心态，试想，倘若一个人对待生活中的每件事都能持这种舒坦一会儿是一会儿的态度，那他会是多么的快乐。接着，我们就又讨论起一个更实际的问题，黄小毛认为，当务之急是如何将这个推迟的时间一直拖延下去，那么，也就只有一个办法，就是推波助澜，将事态进一步扩大。比如，黄小毛说，我们是不是可以考虑把黄毛放出去，凭黄毛现在的样子，当地村民一旦看见肯定会吓得屁滚尿流，甚至连孙羊倌儿也不会再认出它来。但杨鸣却认为这样不妥。他说，如果黄毛被常二捆那些人捉住了怎么办，那可就一切都完了，只要他们一发现这个神秘动物不过是黄毛，这件事立刻就会成为一个笑柄，而接下来的后果也就可想而知，常二捆首先就会怀疑到集体户这里，因为除去我们，不会再有别人能干出这种事来。杨鸣说，倘若常二捆知道了我们竟然搞出这种事来捉弄村里人，作为惩罚，在割麦子时他肯定会把我们往死里整的。杨鸣描绘的后果立刻让我们不寒而栗。最后，大家经过反复研究一致认为，不仅不能把黄毛放出去，还要对它严加看管，只有让黄毛一直保持神秘才是最安全的。

但是，接下来发生的事情却出乎我们的意料。

这时村里已被紧张的气氛笼罩起来，连白天也悄无声息。我们当然无所顾忌，于是一连几天，就继续去田里挖田鼠。我们挖田鼠当然是为了黄毛。因为黄毛的食量越来越大，它已经拒绝吃一切青草和干草，连白菜叶也不肯再吃，每天只吃田鼠。它这时不仅不再惧怕田鼠，还学会了一整套比猫折磨老鼠更残忍的游戏。杨鸣每次喂它田鼠时，都像是看一场有趣的追逐表演，那些田鼠一被放到院子里立刻就会拼命逃窜，而黄毛则不紧不慢地跟在后面，只是偶尔伸出蹄子拨它一下，就像在打高尔夫球。它的蹄子已练得相当有准头，拨的力度也恰到好处，既能把田鼠踢出很远，又不至于踢死。就这样直到踢够了，玩厌了，才走过去一口把它吞到肚里。我曾经为黄毛计算过，它在一天之内竟能吃掉十几只田鼠，这样的食量对于我们的捕鼠速度也就提出了更高的要求。好在这一年春天，不知为什么，田野里到处都是田鼠，沟渠边和田埂上几乎随处可见大大小小的鼠洞，因此我们每次的收获也就很大，到后来杨鸣索性找了一只铁笼，将捉来的田鼠先养在里面。渐渐地，我们发现了一个很奇怪的现象，不知为什么，无论性情多暴烈的田鼠，只要一来到我们集体户的院子立刻就不敢再吱吱乱叫，有的干脆瑟缩着抖成一团。黄小毛经过认真观察后说，很可能是因为我们这个院子里的血腥气太重，所以这些田鼠一来，立刻就被这里阴森恐怖的气氛震慑住了。

也就在这时，我们发现黄毛的身上也起了变化，最初是我先注意到的。一天在喂它田鼠时，我无意中发现，它那身皮毛似乎更加油亮，看上去也有了光泽。这显然是一件不可思议的事情。黄毛身上的这张毛皮只是粘上去的，无论它的身体发生怎样的变化，都不应该影响到外面的毛皮。接着，我又发现，它的毛皮不仅油光发亮，还都蓬松地奓起来，这就使它显得更加健壮，看上去真有了一些雄赳赳的威武样子。杜红一次无意间捏了捏它的脊背，发现它的身子竟也明显地肥起来。黄小毛说，这应该与吃肉有关，黄毛的品种本来就很优良，现在身体迅速发育，当然就能将这身狼皮充分地撑起来。

事情是发生在一天晚上。

在这个晚上，我们出去挖田鼠回来得很晚，一来到库房突然都愣住了。只见放在库房角落里的那只铁笼子不知怎么被打开了，里面的田鼠全跑出来，大约有几十只，一时间米囤上面缸里到处都是。可以想见，这些田鼠突然来到这样一个满是粮食的世界，就如同我们人类一下子到了一个装满宝藏的洞窟，它们这时已经完全忘记了恐惧，忘记了死亡，它们一起蹦着跳着吃着大咬大嚼着吱吱乱叫着狂欢成一团。杜红一看心疼地说，可惜这些大米白面啊，平时一直舍不得吃，这下全给糟蹋了。直到这时，我们也才发现了黄毛。黄毛显然已吃得心满意足，嘴角还挂着斑斑血迹，此时它正卧在旁边，漫不经心地欣赏着这些小田鼠上蹿下跳。我们立刻明白了，黄毛一定是饿急了，等不得我们回来，就自己去啃开笼子门将里面的田鼠全放出来。杨鸣立刻气得脸色铁青，转身抄起一根木棒就冲黄毛打过去。由于用力过猛，这根木棒在半空发出嗡的一响，接着就狠狠地打在黄毛的身上，黄毛立刻疼得呜地叫了一声，朝旁边一跳就躲开了。杨鸣跟过去就又是一下。这一次打在了它的屁股上，黄毛的两条后腿向下一塌，险些坐到地上。有一瞬间，它似乎还愣了一下。它一定是搞不明白，我们这些人为什么喜怒无常，刚刚还哄它宠它给它捉田鼠吃，现在却突然又把它往死里打。也就在这时，杨鸣已经又一棒砸过来。这一次是砸在了黄毛的头上，幸好它的头上还包裹着一层狼皮，但即便如此，也发出很清脆的一响。黄毛微微摇晃了一下，眼里突然冒出一股凶光。我至今仍还记得那股凶光的颜色，是绿幽幽的，还有些发蓝。这凶光在两只狼眼的黑洞里猛地一闪，像两个手电筒的光柱直射出来。杨鸣似乎迟疑了一下，与此同时，黄毛也突然呜地大叫一声就猛跳起来一下撞在杨鸣的胸口上。事后我们发现，幸好黄毛这一下撞的角度有些偏，否则它的一只犄角刚好扎进杨鸣的左胸，那后果就不堪设想了。但即便如此，由于杨鸣没有防备还是被撞得仰身倒在地上。黄毛趁机从门缝钻出去，一直跑到院子里，又从院子冲出大门，呜呜叫着朝外面的田野深处头也不回地跑了。

我们隐隐地有一种预感，这件事要失控了。

当然，事实上我们也没想过要控制此事。我们只是担心，黄毛这样跑出去会不会很快就被常二捆那些人捉住。大约几天以后，村里就接二连三地发生了一些奇怪的事情。先是在晚上，有人听到从村外的麦田里传来一种很奇怪的叫声。这叫声显然不是人们熟知的动物发出来的，似乎很低沉，又有些细嫩，据听到的人描述是呜啊呜啊的，很像是一个忧伤的人在独自歌唱。接着在一天早晨，就又发生了一件更令人吃惊的事情。

这件事是发生在常二捆家的门前。常二捆的家位于我们这个村庄的东面，在一片麦田旁边。在这个早晨，常二捆的女人抱着一只鹅从院子里出来。这只鹅几天前刚刚摔断一条腿，被常二捆的女人用布条包扎起来。这天早晨，这女人看了看，发现这条鹅腿已经复原，就抱出来准备让它和别的鹅一起去门前的水渠里吃些水草。就在她来到水渠旁边的时候，突然听到另一侧的麦田里发出一阵沙沙的声响。起初她还没当一回事，但这声音却似乎越来越近。接着，她一回头，就看见一个黄乎乎的东西突然从麦田里窜出来。事后据这女人形容，这东西的样子很古怪，大约有一只羊大小，但两个耳朵却明显比羊要长，而且直挺挺地竖着，嘴里的牙齿也很锋利，两只眼睛是绿色的，后面还拖着一条毛茸茸的大尾巴。常二捆的女人这样说，显然带有一些臆想的成分，因为她在当时不可能看得太清楚，那东西快得就像一支箭，只在她面前一闪就消失在另一片麦田里了。这女人被这个奇怪的东西吓坏了，尖叫一声就坐到地上，抱在怀里的那只鹅也随之飞了出去。常二捆闻声从院子里出来，一见自己女人的这个样子也吓了一跳，连忙问她发生了什么事？女人结结巴巴地把刚才看到的事情说了一遍。常二捆听了也立刻大吃一惊。他的心里很清楚，从自己女人的描述来看，她刚才见到的很可能就是那只神秘的动物。

直到这时，常二捆才终于意识到，看来这件事是无论如何都不能再瞒下去了。在此之前，常二捆经过再三考虑并没向公社汇报此事。他担心公社领导会批评他大惊小怪，遇到一点捕风捉影的事情就沉不住气。但现在看来，这只还不知是什么的神秘动物已经来到自己家的门前，如果再不向公社汇报，一旦闹出更大的事来就不好收拾了。

常二捆当即安排好村里的事，就骑上自行车去了公社。

常二捆赶到公社，果然在领导那里碰了一鼻子灰。正如他事先所料，公社领导认为他说的这件事简直是无稽之谈。公社领导说，从常二捆汇报的情况看，这只神秘动物显然是一只狼，但这一带虽然人烟并不稠密，却还从没出现过狼，据说以前曾有几只不知从哪里流窜来的野狼，但很快就被一伙土匪抓光吃掉了，从那以后也就再没听说过有这种东西。公社领导对常二捆说，如今我们这里到处都是农田，就是有狼也根本无法生存。公社领导最后又提醒常二捆，说今年你们村的小麦获得了历史罕见的大丰收，你可不要因为一点莫名其妙的小事就延误了收割季节，否则就不是一般的生产问题了，而是很严重的政治问题。常二捆被公社领导训得灰头土脸，直到出来时心情仍很郁闷。他认为公社领导这样说真是很主观，这怎么能是莫名其妙的小事呢，倘若自己让村里的社员冒险去田里割麦，一旦发生了什么意外那可就是人命关天的大事，真到那个时候，谁又能担得起这个责任呢。常二捆一边这样想着，一边骑上自行车往回走。不过在这里还有一个很重要的事情，那就是常二捆在临回来时，又特意去公社的种鸡站买了一窝新繁殖的优种小鸡。

也正是这窝小鸡，才引发了后面的事情。

常二捆将这窝小鸡放到挎在后车架旁边的柳条筐里，由于有些颠簸，小鸡就在筐里不停地吱吱乱叫。当时田野很静，因此这叫声也就传得很远。事后据常二捆回忆，大约骑到离村口还有一里多路的地方，他突然听到一阵很奇怪的呜呜叫声。常二捆还是第一次听到这种叫声，顿时就警觉起来。他想，这大概就是人们传说的那种动物。他这样想着就从车上跳下来，正要再仔细听一听，突然就见从路边的麦田里窜出一个东西来。这东西的形态与他女人在早晨形容的很相似，只是牙齿并不太长。常二捆清楚地看到，它的牙齿的确很白，而且闪闪发亮，他搞不清楚，究竟是什么动物会长出这样奇怪的牙齿。但这只是一瞬间的事，就在常二捆这样想着，那东西已经窜到他的面前，它显然是冲着他筐里的那窝小鸡来的。常二捆不敢断定，它是不是对自己也有什么图谋。常二捆这时已顾不上再仔细打量这个奇怪的动物，连忙将自行车横过来，用车把挡在自己和装有小鸡的柳条筐前面。这个奇怪的动物又来回跳跃着猛扑了几下，当它意识到，看来自己这一次不会有什么收获时，于是一转身就窜进另一边的麦田里消失得无影无踪了。

常二捆失魂落魄地回到村里，脸上仍然白得没有一点血色。村里的人们一见他这样子立刻都围上来，纷纷问他是不是也遇到了那个神秘的动物。常二捆为避免引起更大的恐慌，只是轻描淡写地对人们说遇到了。然后又告诉大家，现在至少有一点可以肯定，这的确是一头食肉动物，因为在它向自己扑过来时，他闻到了一股呛人的血腥气。

也正是常二捆的这件事，给了杨鸣一个启示。

杨鸣告诉我们，这下好了，我们可以有肉吃了。

当天下午，杨鸣弄了一些从田鼠洞里挖来的小麦，撒到我们集体户门前不远的地方。我们门前是一片很开阔的空地，生产队原打算在这里盖几间库房，专门用来存放经济作物的种子，比如芝麻、花生和土豆之类。但后来经过慎重考虑却又改变了主意，因为村里觉得将这些东西放在我们集体户的跟前很不保险，搞不好会被我们偷吃，于是就将库房挪到别处去了。这样一来，也就在我们门前留下很大的一片空地。这天下午，杨鸣将小麦撒在这片空地上。他撒得很讲究，看上去就像是一个很大的逗号，先是一大片，最后又甩出一个长长的尾巴一直通向道边。我们起初都不明白他的用意，但黄小毛很快就看懂了，立刻取来他的那只弹弓。我们布置好这一切就躲到院子里，将院门稍稍虚掩起来。这时我们的门前很安静，虽然是在白天，却静悄悄的没有一个人影。我们从门缝向外张望了一阵，就见几只母鸡啄食着那些麦粒一步一步地朝这边走过来。黄小毛就像一个经验丰富的猎手，他只是耐心地等待着，却并不急于射击，直到那几只母鸡全部进入有效射程时，才取出一只玻璃球，搭在弹弓的皮扣上，然后稳稳拉开嗖地弹射出去。黄小毛的射击技术的确很高超，竟一下就将玻璃球打在一只鸡的头上。这种射法当然有很大的好处，即可以将这只鸡头打碎而立刻倒地死去，这样也就不会惊散它身边的鸡群。果然，那只鸡连挣扎也没挣扎一下，头一歪就栽在地上，而别的母鸡竟然还毫无察觉。这一来也就为黄小毛赢得了继续射击的机会，他又接连射中第二只和第三只母鸡。但就在要射第四只时，却被杨鸣伸手拦住了。杨鸣的意思很显然，那只被村里视为神秘动物的黄毛不可能有连续吃掉四只母鸡的食量，倘若黄小毛一次射杀太多，会引起当地村民的怀疑。

当天晚上，我们正在一边喝酒一边津津有味地啃着炖母鸡时，村里的大喇叭就又响起来，是常二捆的声音，从声音可以听出，常二捆的情绪很不好，他说就在这一天的下午，村里治保主任家的三只母鸡又不见了，目前已经排除被人偷窃或被黄鼬拖走的可能，由此看来，那只神秘动物应该就在村庄附近，所以大家一定要更加小心。我们听了立刻都有些悻悻然，就在刚才，我们一边吃着炖母鸡一边还在兴致勃勃地盘算，照这样下去就可以每天都有鸡吃了，因为无论怎样吃，当地村民都会把这笔账计到那个神秘动物的身上。可是常二捆这样一说就完了，倘若村民都对自已的家禽严加看管，我们自然也就无从下手了。

当然，我们相信，杨鸣一定还会想出更好的办法。

果然，几天以后的一个夜里，大约是在快要黎明的时候，杨鸣突然把我和黄小毛叫醒。我和黄小毛揉着眼从炕上爬起来，借着灯光看到，杨鸣的手里正拿着一个馒头。这个馒头已经风干，看上去没有了一点水汽。接着，他又拿出一瓶烧酒，倒在一只碗里，然后将这个馒头轻轻泡进去。已经干透的馒头被这样一泡，立刻就将烧酒都吸了进去。杨鸣捞出馒头，小心地装在一个塑料袋里，又取出一根绳索，连同扁担一起递给我和黄小毛。

直到这时，他才问我们两人想不想吃猪肉。

我们当然想吃猪肉。那个时候不像今天，吃猪肉是一件很难得的事情，尤其是在农村，虽然家家都养猪，猪肉却是极为罕见的珍稀食物。在这个深夜，我和黄小毛跟着杨鸣悄悄走出集体户，就朝村庄的东面摸过来。直到来到一爿猪圈的跟前，我才发现，这里竟是常二捆家的房屋后面。我和黄小毛都已明白了杨鸣的意图。我们不得不在心里由衷地佩服他。首先，他将时间选在黎明，这时人们都在熟睡，做这种事当然最好下手。其次，他把目标选在常二捆家的猪圈，这也应该是一举多得，常二捆家在村外，做起事来更安全一些，这是其一；其二，一旦偷了他家的猪，对他的触动肯定会更大，如此一来他也就更不敢再贸然收割小麦。但还有一点让我想不明白，猪这种动物毕竟不像鸡，不仅体形笨重，叫起来的声音也非常尖，它绝不会俯首帖耳地任由我们摆布，而一旦叫起来，那后果也就不堪设想。

杨鸣并没向我们作任何解释。他站在猪圈的矮墙跟前，掏出塑料袋，从里面取出那只浸过酒的馒头探身扔进猪圈里。常二捆家的这头猪我白天是见过的，还没有完全长成，大约只有70多斤，用当地村民的话说也就是一口半大猪。这时，这一口半大猪正在睡梦中，突然被一阵袭人的酒香和麦香熏醒，睁开眼一看，竟然有一个巨大的白面馒头正赫然摆在自己嘴边，还以为是在做梦。它当然不会认真去想，在这样的深夜，又是在自己呆的地方，突然出现一个这样的馒头是多么可疑，它甚至连犹豫都没犹豫就伸过头来一口将这个馒头吞到嘴里，然后呱唧了几声咽下去。杨鸣又耐心地等了等，然后向我和黄小毛示意了一下就带头跳进猪圈。我和黄小毛也跟着跳进去。我们冒着猪粪的恶臭七手八脚地将这一口半大猪捆起来，又拎到外面，插进扁担抬着就迅速地钻进了旁边的麦田。直到这时我才发现，不知为什么，这一口半大猪竟然始终一声不吭，只是张大嘴发出哈哈的声音，像是在用力喘息。事后杨鸣才告诉我们，猪吃了泡过酒的馒头嗓子立刻就会被腌坏，所以，不可能再叫出声来。

在这个黎明，我们将这一口半大猪弄回集体户时天还没有放亮。我们当然不能再睡觉，先用一根手腕粗的木棒将这头猪活活打死，然后又褪净毛皮掏出内脏，将尸体切成一块一块的包起来藏好。待忙完这一切，东方也就泛出了令人愉快的鱼肚白。

关于这头猪的事，果然又一次极大地震动了常二捆。常二捆先是感到很吃惊，接着就认定，他的这一口半大猪肯定又是被那个神秘动物吃掉了，而能将这样一口半大猪吃掉的动物，其凶猛程度自然也就可想而知。这时田里的麦子早已成熟，而且眼看就要进入雨季。常二捆原打算强行开镰，先将村庄附近的麦子抢收回来，但这一来也就更不敢再轻举妄动了。

几天以后的一个中午，孙羊倌儿又遇到一件更令人惊愕的事情。

在这个中午，孙羊倌儿突然像疯了似的从村外跑回来。他的身上满是泥水，脚上的两只鞋子也都已不见了踪影，一回到村里，他扔掉手里的羊鞭又趔趄了几步就上气不接下气地趴在街上。人们不知发生了什么事，立刻都围拢过来。这时常二捆也闻讯赶来，他拨开人群蹲到孙羊倌儿的跟前，问他究竟又发生了什么事情。孙羊倌儿趴在地上喘息一阵，待稍稍平静了一些才结结巴巴地将刚才发生的事情告诉了常二捆。他说在这个上午，他去村外放羊，其实他并没有让羊群走得太远，而且为安全起见还特意选择了一片远离麦田又相对开阔一些的草地。但就在将近中午时，他刚刚歪到一个坟堆上打瞌睡，突然就听到羊群里一阵大乱。他睁开眼一看，只见一个黄乎乎的东西正窜出麦田朝这边扑过来。它冲进羊群一边呜呜叫着东撞西撞，还不停地用自己的头去顶那些羊。孙羊倌儿说当时由于那东西跑得实在太快，所以它的头究竟是什么样子并没有看清，但它的两个耳朵他却看到了。孙羊倌儿说那东西的两个耳朵不知为什么好像非常坚硬，就像是两个刀片一样直挺挺地竖着，因此顶到哪只羊，立刻就会在它身上划开一道血口子。羊群由于受到惊吓转眼就被冲得四散，但那东西还一直跟在后面穷追不舍，直到后来，才不知跑到哪里去了。

常二捆听了寻思一下，又问，这东西……啥样子？

孙羊倌儿摇摇头说，当时羊群已经乱了，没看清楚。

常二捆又问一句，一点都没看清楚吗？

孙羊倌儿说是，一点都没看清楚。

常二捆皱了皱眉，就不再说话了。

常二捆问的显然是一个没有任何意义的问题。凭孙羊倌儿的视力，就是让那个东西站到他的面前也未必能看清楚，更不要说它还在这样快地奔跑。

常二捆又皱着眉头沉吟片刻，就起身给公社打电话了。

我们当天下午就听说了此事。我们心里当然明白，一定又是黄毛。我们这时已开始对黄毛同情起来。它这些天一直在村庄附近独自徘徊，肯定很是寂寞和孤独，所以，当它见到孙羊倌儿的羊群时才会不顾一切地直扑过来。它当时一定喜出望外，那种找到队伍又与自己当初的同伴久别重逢的激动心情可以想见。但是，它却忘记了一件更关键的事情，它现在早已不再是当初的那个自己，它已被我们这些人搞成了这样一副令人毛骨悚然的怪样子，它的那些同伴不仅已经认不出它，还会被它的样子吓得魂飞魄散，所以它们才被惊得四处奔逃。

黄小毛有些担忧地说，也不知道……它现在吃什么。

杜红也说是啊，它自己在外面，又有谁来喂它呢。

其实黄小毛和杜红的担心是多余的，黄毛在食物上应该没有任何问题，用杨鸣的话说，它在跑出去之前已被我们训练得能捉老鼠，如果连老鼠都能捉，那还有什么东西不能搞到呢。杨鸣的分析显然是正确的。这段时间，村里已经接二连三地又丢了许多鸡鸭鹅兔，但这些东西绝对不是我们偷的，因为这一阵我们还一直在吃着从常二捆家弄来的那头大猪。

由此可见，黄毛应该又长了更大的本事。

我们没想到这一年的初夏竟是这样度过的。

这真是一个愉快的初夏，愉快得简直令人心旷神怡。由于那个神秘的野物儿还没有被捉到，为安全起见，全村就进入了一种带有戒严性质的紧急状态，而我们因此也就不用再去下田，连高粱和玉米也不用再耪，每天只是四脚朝天地躺在集体户的炕上，或者畅谈祖国农业的大好形势，或者交流接受贫下中农再教育的心得体会，有时来了兴致也打一打扑克或喝一喝酒，日子过得轻松自在。每当想吃什么家禽或家畜了，只要趁着夜色放心大胆地去村里弄回一只就是。我们渐渐地甚至有了一种感觉，似乎整个村庄的家禽和家畜都已属于我们，我们想吃什么了只管去弄，反正村民都会记在黄毛的账上。有一次我们竟然还把生产队里一头6个月大的小牛犊捆了抬回来。当时为了做得更逼真一些，杨鸣特意用一块砖头砸掉这小牛犊的一条前腿，然后将这截血淋淋的断腿又扔回到牲口棚里，做出这头牛犊已被那个神秘的野物儿拖去吃掉，只剩下一截断腿的假象。而我们每这样干一次，也就越发增加了村里的恐怖气氛。不过我们也遇到一些具体问题。比如要将这些肉类弄熟就是一件很棘手的事情，因为在烹制过程中总会散发出一些诱人的气味，而这种气味不言而喻，对于当地村民来说是很敏感的。但这点困难当然不会难倒我们，杨鸣很快就发明出一种很独特的料理肉食的方法。他找来一块崭新的红砖，先将这些猪肉牛肉羊肉或禽类的什么肉切成很薄的片状，贴在砖上，然后再将这块砖放进灶膛里。这样只要我们烧火做着主食，这些肉片也就不动声色地被烤熟了。这真是一种风味独特的烧烤，鲜嫩的肉丝中还保留着一些血腥气味，这气味就像度数很高的烈酒，让人闻了立刻会进入一种亢奋的状态。

每到傍晚，当我们这样酒足饭饱之后，就从集体户的院子里走出来。我们集体户的房子是建在村南的一面土坡上，这里地势很高，几乎可以俯瞰村外的整个麦田。那些麦田一望无际，远远看去翻起一层层的麦浪，与夕阳的余晖映在一起煞是好看。有时我们来了情绪，还会放声高唱几句“麦浪滚滚闪金光……”。我们的歌声不仅悠扬，也很嘹亮，而且充满了豪迈的激情。黄小毛每当喝得醺醺然，就会借着酒意大声朗诵那首著名的诗词：“……战地黄花分外香……”这时我们都有一个共同的感觉，如果插队就是这样的插法，我们宁愿在这里永远插下去，用自己的青春和年华将这个广阔天地一直插穿。

当然，我们也注意到，远处的麦田正在一点一点地由黄变白。我们知道这已是成熟小麦的最后收割时机。成熟小麦的正常颜色应该是金黄的，而一旦变白也就说明开始脱水，说得更通俗一点也就是干枯，用当地村民的话讲叫“倒灌浆”，倒灌浆所导致的直接结果就是减产。比如这一年的夏收，我们村的亩产预计已经过了黄河，也肯定过了长江，这也就是说，我们的每亩产量已经达到黄河以南甚至长江以南的水平。但是，倒灌浆以后就难说了，亩产量肯定又从长江乃至黄河那边退回来。这真是一件令人遗憾的事情。

进入七月的某天终于下起了大雨。这场雨很奇怪，就像音乐喷泉一样忽紧忽慢，给人一种优美的韵律感。雨均匀地落下来，如同无数根晶莹的银丝垂在天地之间，似乎用手轻轻一拨就会发出悦耳的叮咚声。雨天睡觉是最舒服的事情。我们大家躺在炕上痛痛快快无忧无虑地睡了几天。一天早晨，我们突然被一阵奇怪的声音惊醒。这声音显然是从村边传来的，听上去很低沉，又有些杂乱。我们竖起耳朵听了一阵才意识到，应该是人的哭嚎，而且是从许多个喉咙里同时发出的哭嚎。我们不知发生了什么事，立刻爬起来跑到院子外面。

这时外面已经雨过天晴。天空如同被水冲洗过，干净得没有一丝云朵。空气也似乎透明起来，一眼能望出16公里以外，望到球形的广阔天地像塌了一样地弯曲着倾斜下去。就在这时，那哭嚎的声浪又一阵阵传来。我们发现很多村民正跌跌撞撞地从村庄里跑出来，他们扑倒在麦田跟前呼天抢地，男人和女人的声音搅在一起让人听了很不舒服。接着我们也才发现，远处的麦田已经又变了颜色，有的由白变灰，还有的由灰变黑。再仔细看，许多麦子都已东倒西歪地烂在了泥里。黄小毛立刻兴奋地大叫一声，说哈，这下可好了，我们彻底不用担心再去割麦子了！黄小毛的话立刻提醒了我们，麦子一旦霉烂连牲畜都不会再吃，所以也就没有了任何用处，只能让它们继续烂在田里，发霉，发臭，最后沤成肥料为改善土质起一点作用。我们想到这里，相视一下都长长地松了一口气。是啊，我们终于成功地躲过了这一场麦收之苦。于是大家兴奋之余一致提议，应该包一顿鲜肉饺子庆祝一下。那时粮站卖的白面质量还很好，不仅有营养，也非常香甜，再加上新鲜的肉馅和我们愉快的心情，这顿饺子就给我们留下了难以磨灭的印象。

直到很多年后，每当我们聚会时还要包一次鲜肉饺子，尽管我们知道，鲜肉已不是当年的鲜肉，白面也不再是当年的白面。杨鸣不知为什么，包的饺子总是很奇怪，不仅干瘪也有些细长。一次黄小毛说，杨鸣包的饺子很像麦穗。

我们听了看看他，突然都泪如雨下……

葵 花 引

1

陈晨问我，一个人尿尿时喷射的远近是由什么决定的。他说，他当然是指男人。我听了感到很奇怪，不知他为什么会问这样一个奇怪的问题。我想了一下告诉他，这件事很复杂，它应该涉及流体力学、生物工程学以及生理解剖学等诸多方面，是一个跨学科多层面的综合性问题。我说，从流体力学角度讲，首先应该与压力有关，也就是说，液体喷射距离的远近应该与所受的压力成正比，压力越大，距离越远，反之亦然。但是倘若换一个角度，从生物工程学的意义看那就是另外一回事了，它应该与喷射器具的长度有关，即长度越长，距离越远，由此说明这个距离又应与喷射器具的长度成正比。而如果再换一个角度，从生理解剖学的意义研究就更复杂了，它几乎要涉及内科外科胸科肾科以及泌尿科等各个方面，甚至能写一本很厚的医学专著。我和陈晨是在电话里说这番话的。我这样说过之后他就沉默了，电话里只传来咝咝的声音，不知他是在吸烟还是在呼吸。这样沉默一阵，他忽然说，他很想当面跟我聊一聊。我稍稍迟疑了一下，只好说好吧，你来吧。

陈晨来找我时神情很阴郁，不像是研究喷射问题的样子。他告诉我，不久前刚刚发生了一件事，他为此深陷其中，甚至连工作也丢了。我知道陈晨是在一家颇具规模的外贸企业工作，这家企业叫“蓝深”，专做粮油食品的进出口贸易，与欧洲很多国家都有往来。陈晨说就在前不久的一天上午，他们公司的老总突然把他叫到办公室，说有一件很特殊的任务要交给他。公司老总说，法国的华益公司来了几个商务代表，让他负责接待一下。陈晨听了起初并没当一回事。这家华益公司他是知道的，这是一家华人企业，专门生产食用油，最近正与蓝深公司洽谈，准备合作开发一个新项目。但让陈晨搞不懂的是，这样一个很平常的商务接待，又有什么特殊之处呢？公司老总似乎看出他在想什么，立刻说，这次接待的确很特殊，它直接关系到后面的项目能否谈成。蓝深公司与华益公司的这个合作项目是一项系统工程，第一步要先选定一片合适的农田，大约要十几公顷，每年种植向日葵；第二步再由双方投资兴建一座现代化的榨油厂，用葵花子生产食用油和生物柴油，然后再将这些油产品返销到欧洲市场。这对于双方自然都很有吸引力。公司老总对陈晨说，华益公司的董事长路秋矢先生这一次也来到了中国，说要亲自去实地考察。这个路秋矢董事长陈晨也早有耳闻，据说他是在中国长大，十几岁才去法国读大学，后来又读硕士，再后来就不知怎么拥有了这样一家企业。也正因如此，公司老总说，这位路董事长对中国的情况了如指掌，他这一次所带的随行人员也都是华人，从他们提交的日程安排看，显然已经选好了考察目标……

公司老总说到这里沉思了一下，问，你知道他们选的是哪里吗？

陈晨想了想，当然想不出这个路董事长会选择哪里。

清水塘，公司老总说，就是清水塘，你没有想到吧？

陈晨听了先是愣一下，然后问，是……哪个清水塘？

公司老总笑笑说，清水塘还有几个，当然就是你当年插队的那个清水塘。所以，公司老总又说，这一次就看你的了，你对那里的情况应该再熟悉不过了，可一定要陪好他们啊。

公司老总这样说罢，又冲他微微笑了一下。

陈晨说，他突然发现，老总笑得有些暧昧。

2

陈晨插队比我早，他去的那个清水塘是在宝宁县，距这座城市只有一百多公里，但据说却是一个很古怪的地方。它处在一片大洼深处，周围距哪条公路都很远，每到春秋雨季道路泥泞得连牲畜都无法行走，因此也就一直很闭塞。但这几年修了公路，清水塘竟一下变成一个交通枢纽，是通往东三省的必经之地。也正因如此，陈晨告诉我，那里也渐渐繁华起来。大概是由于水好的缘故，清水塘的女人都很漂亮，于是就有人在那里投资搞起娱乐业，每到周末，竟也有城里的有钱人开着车去那里消费。所以，陈晨对我说，他从一开始就有些搞不懂，这个华益公司的路董事长为什么要把这一次的考察目标选在清水塘。

陈晨特意安排了一辆性能很好的“三菱牌”越野吉普车。他是在一天早晨开着车去酒店接路秋矢一行的。当时路秋矢几个人都已经下来，正在酒店门口的大厅里等。让陈晨有些意外的是，这几个人竟然清一色穿的都是猎装，脚下是鹿皮靴，而且每人的身后都背了一个很大的背囊，看上去不像是去考察农田，倒像是要去打猎。陈晨朝他们走过来时，一个身穿深色猎装的中年男人好像正在说着什么，逗得另几个人都前仰后合地哈哈大笑。这几个人一眼就能看出是那种长年生活在海外的中国人，身上都有一股漫不经心的神气。他们笑得旁若无人，声音也有些发尖，很像是通俗歌星那种“小真声儿”的唱法，听上去既酣畅又有些夸张。这时其中的一个光头余兴未消地对身穿深色猎装的那个中年男人说，再说一个，再说一个吧！穿深色猎装的男人不动声色地想了想，说好吧，那就再说一个。他先用力咳一声，然后说，有一个弯头协会，每人都以弯头长而著称。一天忽然来了一个人，说要见一见弯头协会的秘书长，跟他比试一下弯头的长短。看门人立刻出来拦住说，秘书长哪里是随便可以见的，你有什么资格来跟他比试？来人抬起一条腿，稍稍一拽裤脚就露出了弯头，他说看见吗，这就是资格。看门人一见就笑了，他指指自己的胸前，说你仔细看看我，我的弯头在腰间当裤带扎了一圈，又缠到脖子上打了一条领带，才只能在这里看大门。来人大惊失色，连忙问，那你们的秘书长呢？看门人说，他正在湖边钓鱼呢！那几个人听了立刻又都哈哈大笑起来。陈晨当然明白这个人所说的“弯头”是指什么，心里立刻有些反感，酒店大厅毕竟是公共场所，在这样的地方公然讲这种粗俗得甚至有些下流的笑话不仅很失身份，也有伤风化。这时他又观察了一下这个穿深色猎装的中年男人。他约 40 多岁，中等身材，看上去皮肤保养得很好，几乎没有一丝皱褶，鼻梁上架一副浅色的眼镜。陈晨看出这种品牌的眼镜是产自法国，价格相当昂贵。忽然，他盯住这个中年男人的脸很认真地看了看，又看了看。陈晨告诉我，在生活中往往会有这种情况，当你见到一个人，说不出为什么就会感觉似曾相识，但在记忆中搜寻，却又怎么也想不出究竟在哪里见过这个人，或者他长得像某一个人。

这时，这个中年男人也发现了陈晨，于是走过来问，你是陈先生？

陈晨立刻冲他点点头，说是。

中年男人一笑说，他叫路秋矢。

光头立刻从旁边凑过来，正色说，他是F1。

F1？

陈晨没听懂，不知F1是指什么意思。

哦，是指一种规格。路秋矢一本正经地解释，然后又指指这个光头男人说，他是F2。接着又指了指站在旁边的一个暴牙和一个矮胖子，还有他，F3，站在他旁边的是F4。

规格……什么规格？

陈晨仍然没有听懂。

路秋矢与光头对视了一下，又看了看自己身旁长着一对暴牙的F3和矮胖子F4，大家就又一起大笑起来。陈晨被他们笑得越发摸不着头脑，心里顿时有些不悦。他毕竟已是40大几的人，而这个路秋矢和他的几个随行看上去都不过40出头，他觉得就算他们是公司的客人，初次见面就这样肆无忌惮地跟自己开这种莫名其妙的玩笑也有些太过分了。陈晨对我说，如果倒退30年他在清水塘插队的时候，哪怕是倒退20年，他也决不会允许这几个人在自己面前这样放肆，他就是豁出去不要这份工作，也得让他们明白这样做是很不礼貌的，而且为此付出的代价是什么。但是，他说，岁月真的可以改变一个人，四十大几的性情和20多岁时相比已经判若云泥。他当时不仅没在他们面前流露出丝毫不悦，还扬起脸冲路秋矢和F2点点头，表示自己已有所悟，然后陪着也笑了一下。陈晨告诉我，他在公司里的工作就是负责接待客户，这几年已经见惯了各种各样的客人。他得出的经验是，无论是哪一种性格的客人，无论属于哪种类型，都与他毫无关系，他在接待他们的过程中是否愉快也无关紧要，只要为这些客人安排好一切，陪着他们办完所有要办的事情再高高兴兴地把他们送走就算是完成了任务，除此之外一切都无所谓，也没有必要去认真计较。所以，陈晨在这个早晨又跟路秋矢确认了一下日程，谈了一些具体细节，就开车上路了。

3

陈晨直到把事情讲到这里时，我仍然没听出这件事与喷射距离有什么关系。

陈晨说，路秋矢几个人一路上兴致很高，一直都在说说笑笑。他从他们的谈话中得知，原来只有那个光头F2是路秋矢的副手，而那个长着一对暴牙的F3和矮胖子F4则都是路秋矢在生意上的合作伙伴。他们在车上嘻嘻哈哈地说笑了一阵就又开始喝啤酒。陈晨这时才发现，他们每个人的背囊里竟然都塞着很多罐装啤酒。陈晨本想提醒他们，既然他们对国内的情况比较了解，就应该知道中国的交通警察是怎么回事，所以最好还是不要这样喝啤酒，否则搞得满车都是酒气，一旦被交警拦下会有麻烦。但他瞥了一眼坐在旁边副驾驶座位上的路秋矢，话到嘴边却没有说出来。他不想扫他们的兴。这时汽车已驶入宝宁县境。路秋矢忽然不再说话了，只是盯着窗外的田野一口一口地喝着啤酒。陈晨又瞄了他一眼，忽然又想到那个一直想弄明白的问题。客观地说，清水塘的土质条件和地理环境确实很适合这个项目，可是在这座城市的周围适合这个项目的地方还有很多，路秋矢怎么会偏偏选中清水塘呢？他在国外又是如何知道这个地方？但陈晨还没开口，路秋矢却忽然转过头来。

他问陈晨，听说，你很多年前曾在清水塘插过队？

陈晨并没直接回答，笑笑问，路先生也知道插队？

路秋矢的目光忽然有些奇怪，看看他，淡淡一笑。

是啊，陈晨开着车说，不过已是30年前的事了。

30年前？

准确地说是32年前。

你是，1975年在那里插队？

是，1978年初离开的。

路秋矢就不再说话了，似乎在心里计算着什么。

忽然，他又问，这么说你应该对清水塘很了解？

陈晨说，也不能这样说，毕竟已经过去这些年了。

这些年……你一直没有回去过吗？

我为什么要回去呢？

陈晨觉得路秋矢这样问有些奇怪。他想对他说，尽管他对国内的很多情况都很了解，但有些事情毕竟还不太清楚，这一次的接待任务如果不是公司老总亲自派给他，他是决不会接的。他当年离开清水塘时就已经下定决心，这辈子都不会再回去了。但他想了想，还是没把这些话说出来。这时坐在后面的光头 F2 忽然向前伸过头来说，哎，F1，给你出一个 IQ 题吧。路秋矢听了似乎漫不经心，头也不回地说，你能出什么 IQ 题。

光头 F2 笑着说，我刚才已给他们两人说过了，他们都没猜出来。

好吧，路秋矢说，你说吧。

光头 F2 先清了一下喉咙，然后正色道，有一个男人在树底下洗澡，树上蹲着一只猴子一直在看，可是它越看越奇怪，越看越奇怪，最后终于忍不住了，就向这男人问了一句话，问，这只猴子向这个男人问了一句什么话，它又为什么要这样问呢？

陈晨知道，所谓的 IQ 题也就是智力测验题，或者说得更时髦一点，也就是时下流行的脑筋急转弯。但他迅速地在脑子里转了一下，却怎么也想不出一个男人在树下洗澡，蹲在树上的猴子看了为什么会感到奇怪。路秋矢一直没有说话，显然也在想着答案。这时后面的光头 F2 忽然哈哈大笑起来，说不要猜了，还是让我来告诉你吧。

路秋矢回头看了他一眼，说好吧，你说吧。

光头 F2 问，我说出来，你给什么奖励？

路秋矢问，你想要什么奖励？

光头 F2 说，我要，先开枪。

路秋矢说，这要看具体情况。

如果情况允许呢？

好吧，就归你。

陈晨开着车瞥了他们一眼，听不懂他们在说什么。

这时光头 F2 才又用力咳一声，然后不动声色地说，一个男人在树底下洗澡，树上蹲着一只猴子在看，它越看越奇怪越看越奇怪，最后终于忍不住向这个男人问了一句话，它问的是什么呢？它问，我们猴子的尾巴都长在后面，你们人的尾巴怎么长到了前边呢？坐在后面的暴牙 F3 和胖子 F4 立刻都大笑起来，直笑得吉普车不停地打晃。

路秋矢也笑了，他想了想又问，可是，它又为什么这样问呢？

光头 F2 忍着笑说，这男人的弯头一定像猴儿尾巴一样长啊。

暴牙 F3 和胖子 F4 越发使劲地笑起来。

路秋矢点点头，说你这样一说我才觉出来，应该下去放水了。

路秋矢的话立刻得到大家的一致响应。于是陈晨又将吉普车向前开了一段，就在一个桥头停下来。陈晨还记得，这里叫青龙湾，是青龙河入海之前通向旁边一条支流的出口，他当年插队时，曾在这里参加过一次清淤活动。那时这条河里的水很大，鱼也很多，但现在站在河边的大堤远远望去，却已变成一片白花花的滩涂，只在河道中间蜿蜒着一条细得可怜的溪流。路秋矢和光头 F2 几个人跳下吉普车，朝河岸的大堤这边走来。他们的鹿皮靴底子很厚，因此也就显得很沉重，踏在大堤上立刻溅起一片干燥的尘土。来到堤岸的旁边，几个人站成一排，就打开裤子掏出各自的东西哗哗地放起水来。陈晨站在一旁，觉得他们尿出的尿液就像是一串串子弹，急促有力，喷射到大堤的泥土上还发出哗哗的声音。这时路秋矢的胸脯忽然向前一挺，又将手里的东西用力一举，一股尿水就威武地朝着河坡的下面射去。光头 F2 几个人也都纷纷效仿，几股汹涌的尿水立刻交织着射下大堤，在阳光下映起一片泛着尿臊气的彩虹。他们一边这样射着一边还在相互比试，看谁射得更远一些。最后大家一致公认，还是路秋矢的“射击”成绩最好，不仅射程远，也最有气势。光头 F2 伸过头去朝路秋矢的下面看了看，不禁艳羡地赞叹说，难怪路董是 F1，不一样，就是不一样啊！

胖子F4很不服气，用力腆着肚子说，他喝的啤酒比咱们多！

暴牙F3却不以为然，说射程远近是枪的问题，与子弹无关。

胖子F4当即反驳，说子弹也是枪打出来的，怎么会没有关系呢？

光头F2拎着自己的东西扫射着走过来，表示支持暴牙F3的观点，他说有一件事最能说明问题，我们打猎时，是长筒猎枪射程远，还是手枪射程远？

胖子F4说，当然是长筒猎枪的射程远。

为什么？光头F2问，这又是为什么呢？

胖子F4张张嘴，想了想却没说出话来。

光头F2说，就因为长筒猎枪的枪管长，射程远近与枪管长度是成正比的。

胖子F4听了眨眨眼，伸过头去看了看路秋矢端在手里的东西，又低头看看自己，立刻自卑地不再说话了。这时光头F2已将东西抖落干净，一边收拾着装起来一边对胖子F4说，这种事不服气也是没用的，你不要说跟F1比，就是与我们两个人比，恐怕连一半都赶不上呢。

他这样说着，连旁边已将自己整理停当的路秋矢也被逗得哈哈大笑起来。

路秋矢对胖子F4说，不过长度虽不能增加，但性能还是可以提高的。

陈晨直到这时才突然明白了，路秋矢刚见面时所说的“规格”是指什么。

路秋矢这样说罢一抬头，忽然发现大堤前面的不远处有一个小院，门口挂着一块木牌，上面歪歪扭扭地写着几个字："农家院"。他朝那边看了看回头问陈晨，这个"农家院"是什么意思。陈晨略微想了一下，向他解释，说这几年国内兴起乡村旅游，住在城市里的人们休假时都喜欢来到乡下农人的家里吃一吃农家饭，体验一下农家生活，也是一种休闲方式，所谓农家院也就是乡村旅馆的意思。

路秋矢问，可以吃饭？

陈晨说，也可以吃饭。

路秋矢立刻说，那咱们今天就去尝尝农家饭。

他说罢挥挥手，就朝那个农家院走去。

4

陈晨发现路秋矢是一个很随意的人，他没料到他会突然这样做出决定。按事先定好的行程安排并没有在这里吃午饭的内容，如果这样后面的活动就都要向后顺延，但他犹豫了一下还是跟过来。走在前面的路秋矢因为刚刚放过水显得很轻松，他两手插在裤兜里，一边走着一边还不时地用鹿皮靴去踢路边的野花。那些野花虽然很小却非常娇艳，被鹿皮靴这样一踢立刻就破碎着飞扬起来。小院的两扇门是虚掩的，路秋矢由于两手插在裤兜里就侧过身体撞了一下，两扇院门立刻被哐的一下横开了，接着就听到里面传来稀里哗啦的一阵响，大概是晾晒的什么东西被撞翻了。小院被几棵槐树遮得绿茵茵的，窗前种满了丝瓜吊瓜和架葫芦。院墙边的角落里卧着几只月白色的大鹅，看上去干净得有些晃眼。一对中年夫妇正蹲在门前的空地上收拾着一个笼屉。他们听到叮叮哐哐的门响，抬头一看突然拥进这样一群身穿奇装异服的人，一时有些不知所措。男人慢慢站起来问，你们……是要吃午饭？

路秋矢说对，要吃午饭。然后又问，有什么好吃的？

男人说农家饭么，也就是香椿炒鹅蛋等。

路秋矢又朝院里环顾了一下，目光就落在那几只鹅上。

他用下巴朝那边挑了一下说，把这几只鹅也杀掉吧。

男人立刻摇头说不行，这几只鹅……是留着下蛋的。

路秋矢又朝他看一眼说，你开个价吧，一只多少钱？

男人的背已有些驼，站在路秋矢的面前越发显得瘦小。他搓着两手看看这几只鹅，又回过头去看了看自己身后的女人。女人连忙过来跟他对视一眼，好像要说什么却没有说出来。这时路秋矢就朝身边的光头 F2 伸手示意了一下，光头 F2 立刻从背囊里掏出一只精致的木盒，打开木盒，就取出一个木制的弹弓架来。陈晨看出这个弹弓架是用椴木做的，显然年代已久，木质的纹理都已有些发灰。光头 F2 接着又拿出一根蛋黄色的橡皮筋。这根橡皮筋是埋在滑石粉里的，因此保养得很好。它其实是两根，分别拴在一块用猪皮做的弹夹两边。路秋矢接过橡皮筋，将扣环套在弹弓架上，又拉开试了试。橡皮筋立刻发出嗡嗡的声音。就在这时，一只细长脖颈的白鹅不知发生了什么事，好奇地扬起头朝这边看着。

路秋矢又对那男人说，说吧，多少钱。

男人的嘴动了动，说不卖……不能卖。

这时光头 F2 的手里已经拿着一个像荷包一样的皮袋。他从皮袋里掏出一颗钢珠，递给路秋矢。陈晨在一旁看到，这颗钢珠的直径大约不到两厘米，而且非常的亮，在太阳底下闪着熠熠的寒光。他在心里猜测着，这种钢珠应该是某种大型轴承上使用的。路秋矢将钢珠搭在弹弓的皮扣上，然后又回头对那男人说，一百元一只？男人立刻愣了一下，又回过头去看看自己的女人，他显然没想到面前的这个客人竟然会出如此高的价钱。他身后的女人也忙不迭地点点头。男人又心疼地朝那几只鹅看了一眼，嘴唇动了动抖出几个字。

他说，好……好吧。

他的话音刚出口，只听叭的一声，路秋矢手里的弹子就已经射出去。路秋矢拉弹弓的姿态很凶狠，身体稍稍侧向一边，左腿在前，右腿在后，看上去就像是端着一杆猎枪。这时陈晨看到，墙边的那几只大鹅大概都已完成了这一天的下蛋任务，正心安理得地梳理着各自的羽毛等待吃午饭，刚才那只细长脖颈的白鹅似乎听到了什么异常的声音，刚要转过头来朝这边看一看，突然，它的脖颈里发出咔咔一响，又微微颤动了一下，然后就像一根树枝似的折断下来，与此同时，几根细软的白色羽毛也呼地飞起来。它的头由于倒垂在胸前，身体立刻失去了平衡，于是只得扑棱着两个巨大的白色翅膀不停地在原地打转。显然，它的颈椎已被打断了。那个男人连忙过去抱起它，一时不知该如何是好。他的女人则比他要理智一些，朝身边看了看立刻抄起一把菜刀扑上来。她大概是想尽快解除这只大鹅的痛苦，给它一个痛快，但她举着刀在自己男人的跟前手忙脚乱地比划了一阵，却不知该从哪里下手。这时路秋矢拎着弹弓走过来。他伸手抓住这只鹅的脖子，从那男人的怀里提出来，然后只用拇指在它的颌下用力一掐，这只鹅立刻就不动了，正在乱扑的两个翅膀也无力地垂下来。胖子 F4 在一旁看了很惊异，低头看看这只鹅，又抬起头看了看路秋矢。

然后，他瞪着眼问，你是……怎样掐死它的？

路秋矢把死鹅扔在地上，又用手比划了一下刚才的动作，说啵，就这样，他一边说着一边朝墙边的另几只鹅走过去。这时，这几只鹅似乎已经有了不祥的预感，都耷拉着翅膀趴在地上。路秋矢伸手拎起一只，用拇指在它的下颌掐了一下。这只鹅原本还想拼命挣扎，但喉咙里只发出嘎的一声，正在用力乱蹬的两条腿立刻就慢慢地垂下去。暴牙 F3 也觉得好奇，走过来抓起一只鹅学着路秋矢的样子在它的颌下掐了一下，又掐了一下。但这只鹅不仅没死，反而扑腾得更凶了。暴牙 F3 立刻被它扑得踉踉跄跄手足无措，路秋矢却似乎一下来了兴致，他抓过这只鹅掐住它的下颌说，你们看我的手，要先这样，用指甲按住它的气管，再向下猛一用力。他扔下手里的死鹅，转身又拎起一只演示着掐了一下，接着又拎起一只……暴牙 F3 和胖子 F4 都已经看呆了。路秋矢将掐死的最后一只死鹅扔到地上，拍了拍两手对光头 F2 说，你数一数吧，看多少只，最后把钱一起算给他们。

他这样说罢，用脚踢开满地的死鹅尸体就朝屋里走去。

5

陈晨说到这里忽然问我，一个人在死后，是否真的会有灵魂？

我听了感到很意外，不知该怎样回答他这个奇怪的问题。我告诉他，法国有一个叫拉瓦锡的科学家曾经做出一个科学论断，叫物质不灭，后来又被爱因斯坦发展成为著名的能量守恒定律。如果用他们的观点来看，人的灵魂来自人的精神，而精神又是由人的心理活动产生的，很多科学实验都已证明，人在从事心理活动时确实会产生一种带有能量的生物场，如果这个生物场是物质的，那么人在死后就真的会有灵魂存在。

陈晨听了却摇摇头，说他指的不是这种灵魂。

我更加感到不解了，想不出还会有什么灵魂。

陈晨说，在陪路秋矢去考察的那个下午，他遇到一件很奇怪的事情。汽车进入清水塘的地界以后，他忽然发现前面的土道上有一个人。从背影看，这个人应该很年轻，身上穿的是一件很旧的制服棉袄，腰上还勒着一根麻绳。当时陈晨觉得奇怪，在这样一个初秋季节，这个人怎么会是这种打扮？他远远看去，好像他的肩上还掮着一根什么东西，像一杆锄，又像是一根马鞭。他走路的样子轻飘飘的，似乎踩着一缕烟雾，有时还会停下来回头朝这边望一望，似乎是要说什么。陈晨越发感到好奇，想追上去看清楚他的脸。但令人不解的是，无论陈晨把车开得多快，这个人却总是在前面走得不紧不慢，而且始终保持着一定距离。就这样快到村口时，他忽然折身朝路边的农田走去，然后就消失在一片槐树林里。陈晨把车开过来，想叫路秋矢一起去那片树林里看个究竟。但他朝身边看了看，发现路秋矢几个人吃过午饭后一直都歪在车上睡觉。于是他就独自下车，朝这片槐树林走过来。树林里有一座红砖屋。陈晨对我说，当他看到这间红砖屋时心里陡然一沉，浑身的毛发立刻就直竖起来。

他还记得，在这间红砖屋的下面有一座坟墓。

但他想了一想，却怎么也想不出刚才看见的那个人为什么会来这里。他慢慢走到这间红砖屋的跟前。显然，这里并没有来过人的痕迹。砖屋已经很破旧，墙壁被风吹日晒得满是褶皱，连屋顶上的荒草都已花白了。陈晨知道，曾经住在这里的人就埋在下面的坟墓里。他虽然从没见过这个人，却觉得刚才在路上看到的应该就是他。但是，陈晨又感觉这似乎不太可能，他既然已在这里埋了 30 多年，现在怎么会又从坟墓里爬出来呢？陈晨还记得，这个人叫大椿。当年他来清水塘时，刚好赶上村里人在为大椿处理后事。大椿的尸体就停放在这间红砖屋里，已经放了几天却不能下葬，据说是因为死因不明，要等县里来人验尸。

当时让陈晨感到奇怪的是，人们对这个大椿的死因似乎都讳莫如深。

陈晨还是从村里一个叫老鱼的知青嘴里才知道了一些有关大椿的事情。据老鱼说，他和大椿曾是同学，毕业后又一起下乡来到清水塘。但大椿的性情很孤僻，平时不住集体户，一直独自在村外住在这间红砖屋里。后来他的身体状况越来越差，经常在田里干着农活时就突然晕倒，村里只好让他去放牛。但是，老鱼说，也正是因为放牛才出了那一次的事情。

老鱼说这件事确实很难说清楚。

出事那天大椿去放的是一头花牝牛，所谓牝牛也就是母牛。傍晚回来时，这头牛似乎并没有什么不正常，只是不太吃草，一直把头扎在牲口棚的角落里闷声不响。最先发现问题的是喂牲口的魏土改，魏土改同时还兼任村里的治保主任，因此警惕性很高，他发觉这头花牝牛的情绪不对，就将它的全身检查了一下。这一查果然就查出了问题。魏土改先是看到这头牝牛的尾巴上有血迹，再撩起尾巴一看，才发现底下竟然还有一些发黄的血水汩汩地流出来。魏土改立刻很认真地观察了一下，显然，这头牛的生殖系统或泌尿系统出了问题，而且很可能不是一般的问题。魏土改意识到问题的严重性，当即就向村里的何书记作了汇报。何书记听说此事后立刻和魏土改一起来到牲口棚。这时这头花牝牛的问题已开始严重起来，后面的血水不停地流淌到地上。何书记看了这头牛的伤势顿时怒不可遏。何书记是一个将近

40岁的男人，还一直没有娶过女人，因此对这种事也就异常敏感。他这时看到这头牝牛的这种地方突然莫名其妙地流出血来，这意味着什么自然不言而喻。但是，何书记在愤怒之余又实在想不出，究竟会是什么人干出这种下作的事来？

何书记首先想到的自然是大椿。

于是当即就让治保主任魏土改去将大椿找来。但是，当大椿来到牲口棚，一听何书记竟然这样问自己，立刻就感觉受到奇耻大辱。他简直不能理解何书记怎么会这样想。他对何书记说，他无论在心理上还是生理上都是一个很正常的男人，他怎么可能对一头牲畜做出这种事来。他说如果何书记不相信，可以把这头牛牵到公社的兽医站，去配种站当然更好，让兽医仔仔细细地检查一下看究竟是怎么一回事。但就在这时，跟在何书记身边的那条大黄狗却突然冲着大椿狂叫起来。何书记的这条大黄狗在全公社都很出名，不仅嗅觉灵敏，还具有超常的判断能力，无论遇到哪一类偷窃案还是男女之间的事情，只要在旁边嗅一嗅或不动声色地看一看，立刻就能知道是怎么回事。所以，它曾经协助何书记调查过很多各种各样的事情，甚至连外村发生类似的事也请它去协助破案。这时这条狗冲大椿这样一叫，立刻就引起了何书记的注意。于是何书记看了看这条狗，就问大椿，知道这条狗冲他这样叫是什么意思吗。大椿当然知道这是什么意思，他对何书记说，这毕竟只是一条狗，无论它怎样叫都不能说明任何问题，更不能据此就得出什么实质性的结论，他说他从来没有也不可能有这种荒唐的念头，如果他真对这头牛做了什么岂不是与牲畜没什么两样了。何书记听了却只是威严地哼一声，说光凭你这样解释是没有任何用处的，你用什么来证实自己说的这些话呢？大椿听了反问，可是，你们又怎能证明我对这头牛做了什么呢?

何书记立刻用手一指这条大黄狗，说它对你的态度，就可以证明。

大椿看看何书记，又看了看这条仍在冲着自己狂叫不止的大黄狗，立刻无话可说了。

何书记又冷笑一声说，你的这些话还是留着去村里向大家解释吧。这时魏主任已去村里叫来几个民兵。魏主任当即让民兵将大椿五花大绑起来，然后就押到了村里的大队革委会。

6

但是，在对这件事的处理上，何书记与魏主任却出现了分歧。

何书记认为这个叫大椿的知青一向沉默寡言，平时也不太与人交往，而越是这样的人在心理上越容易出问题，也就越有可能做出一些让常人难以理解的事情，所以坚持要在村里召开一个全体社员大会，以公审的方式让大椿当众交代，他究竟对这头花牝牛干了什么。但魏主任却觉得这样不妥。魏主任说，从这条大黄狗的态度看，大椿很可能真对这头牛做了什么，但这毕竟不是一般的事，更不适宜当众问来问去，所以最好还是先不要公开，等把事情彻底搞清楚了再说。魏主任的意见立刻得到了民兵连长和几个生产队长的支持。可是何书记仍然坚持自己的意见，主张立刻召集全村社员开大会。也就在这时，突然发生了一件谁都意想不到的事情。何书记和几个村干部正在这里研究此事，被捆绑在一边的大椿不知什么时候已经悄悄解开了自己身上的绳子，他趁这边的人不注意，突然抖开绳索呼地从角落里跳起来。他跳起的速度极快，待双脚跳离地面时又猛然改变了方向，然后用力一蹿跳到院子里接着推开院门就一路狂奔着朝田野深处跑去。这时不要说何书记魏主任和民兵连连长，就连那条大黄狗也没有反应过来。但何书记的反应速度毕竟比这条狗要快一些，他最先意识到发生了什么事，随之大叫一声就和那条狗一起追了出去。但是，老鱼说，这条狗的奔跑速度还是慢了一些，所以最终也没有追上大椿。它直到第二天早晨才耷拉着尾巴回来，嘴里只叼着大椿裤子上的一块碎片。

大椿突然这样逃走，反而进一步证实了何书记的判断。

何书记当即召集起全村社员，决定要打一场人民战争。他像撒网一样地将大家部署到村庄四周的田野里，一条田垄一条田垄地仔细搜寻。据何书记分析，大椿白天放了一天牛，晚上回来还没有来得及吃饭，加之身体又不好，所以不会跑出太远。但清水塘的人们将周围的田野沟壑都搜遍了，却始终没有发现大椿的踪迹。于是何书记就又采取了当年游击队打日本鬼子的战术，改用“麻雀战”。他指挥着大家在清水塘的四周一边敲着锣一边大声地吆喝，还不停地来回跑动，以达到让大椿心力交瘁的目的。就这样到第二天傍晚，何书记的这个麻雀战术果然有了成效。正当何书记率领着一路人马准备将搜索范围再进一步扩大时，跟在他身边的大黄狗突然将两只耳朵一竖，就冲着排灌渠旁边的一间小土屋狂叫起来。这间土屋是一个废弃的泵房，只有一人多高，由于年久失修已经破败不堪。何书记一见这条狗的反应立刻警觉起来。他先朝那间泵房观察了一下，然后就率领着民兵蹑手蹑脚地包抄过去。泵房已经没有门窗，只用几捆秫秸堵在里面，显然屋里有人。何书记轻轻来到近前，先竖起耳朵听了听，里面没动静。这时那条大黄狗已经等不及，嗖的一跃就从窗洞跳进去。何书记一见连忙也带着人推开秫秸闯进去。这时才发现，大椿果然在里面。他蜷缩在一个角落里，身体团成一团，看上去像一个S型，两个胳膊用力向前伸着，似乎要抓什么东西。那条大黄狗立刻不叫了，站在大椿的跟前静静地看着。何书记走过去，把手放到大椿的鼻子底下试了试，又在他的脖颈上摸了一下，才发现他的身上早已凉了。

于是，如何把大椿的尸体弄回村来又成了一个问题。

大椿已经僵硬，又固定在这样一个奇怪的形状上，无论怎样用力都无法将他的尸体理顺。而他的这个样子蜷缩在角落里还可以，一旦搬出来就显得有些张牙舞爪。何书记最后实在想不出更好的办法，只得让几个民兵就这样将大椿的尸体抬回村来。据老鱼说，关于大椿的死因村里有很多种猜测，有人说他是被那条狗追得在田野里拼命奔跑，心脏病突发死的，也有人说是被何书记的麻雀战活活累死的，还有人说他是自杀死的。但老鱼说，大椿的身上没有一点伤痕，倘若他真是自杀，又是如何把自己弄死的呢？

7

陈晨告诉我，他是和老鱼一起为大椿穿衣服时，老鱼给他讲这些事的。

县里最终也没有派人来验尸。村里认定大椿是自杀，就准备将他草草埋掉。但是大椿的死相很难看，两只眼睛瞪得很大，嘴也张开着，似乎还有很多话没说出来，所以村里也就没有人肯来为他换衣服。何书记没办法，只好派老鱼和陈晨来做这件事。陈晨说，这是他唯一一次见到大椿，但他已无法看出大椿生前时的样子。他的遗容确实很骇人，脸上的肌肉已经僵硬，表情也凝固得有些夸张，两个眼睛虽然睁得很大，却空洞无物，像两潭死水一样深不见底。老鱼试着想把他的两眼合上，但轻轻揉了一阵，稍一松手眼皮就又睁开了，而且越揉这两只眼睛反而睁得越大。老鱼想了一下，只好让陈晨去端来一盆温水，先用毛巾将他已经冰冷的脸焐热，然后再把眼睛合上。但这样做也仍然无济于事，大椿似乎打定了主意，就是不肯把眼睛闭上。此外为他穿衣服也是一件很困难的事情。由于他的身体还保持着那样一个形状，要想正常地为他穿上衣服几乎不太可能。老鱼最后想出一个办法，先用剪刀将衣服剪开，穿到大椿的身上，然后再用针线一点一点地重新缝起来。何书记和魏主任几个村干部来看了大椿的尸体，对这样的处理表示比较满意。但是，如何为大椿制作棺木又成了一个棘手的问题。大椿的身材虽然并不高大，可是这样团成一个S形，两个胳膊又直直地向前伸着，普通尺寸的棺木就很难装进去。这时宝宁县已有了一座火化场，何书记说实在不行就把尸体弄去烧掉。可是大椿的这个样子火化炉显然也无法装进去，总不能把尸体切碎了再一块一块地扔进炉里去烧。接着何书记又想出一个办法，说干脆用一卷苇席裹起来，去田里随便找个沟边埋掉，但魏土改却认为这样做更不妥。魏土改说这种情况在旧社会是经常有的，穷人死了用苇席将尸体裹了埋到田里，几天以后就被什么野物儿扒出来，不仅啃得七零八落还拖得到处都是。最后还是民兵连长提出一个建议，说不如就按着大椿现在这个样子做一口棺木。大家听了觉得这个办法倒还可行，于是当即派人去生产队的仓库里找来几块木板，然后就按着大椿尸体的形状做了一口特制的棺木。这口棺木做出来的确有些古怪，几乎接近正方形，看上去就像一个不伦不类的匣子。

然后，这口棺木就被埋在了这间红砖屋里。

埋掉大椿的几天以后，他家里来人收拾遗物。让何书记没有想到的是，大椿家里来的人竟然是一个只有10多岁的孩子，说是大椿的弟弟，叫小椿。这个叫小椿的孩子一进村就问，他哥哥大椿是怎样死的。何书记只听说大椿的父母是在大学里工作，因为有严重的历史问题都已被押去“五七干校”劳改，却没想到他竟然还有这样一个弟弟。何书记当然不会把这个孩子放在眼里，只是不耐烦地冲他挥挥手说，你哥哥大椿是怎样死的可以去问村里，这件事村里人都知道。然后又说，大椿生前一直住在村外的那片槐树林里，就是那间红砖屋，死后也埋在了那里，如果你想为他收拾遗物自己去就是了。

这孩子听了没说任何话，转身就去了那片槐树林。

几天以后，村里就发生了一件奇怪的事情。魏土改在一天中午喂牲口时，突然发现那头花牤牛不见了。魏土改先还以为是被谁牵去田里干活，或套车去拉什么东西，但又想一想才发觉不对，这头牛自从那次出事以后，还一直在断断续续地流血，所以村里除非有极特殊的事情，一般就不再让它出去。魏主任先到村里四处寻找了一遭，又去问了几个生产队长，却都说这天上午并没给这头牛分派什么农活。魏主任这才意识到可能是出了什么问题，于是赶紧向何书记汇报。何书记听了并没当一回事，说一头牛还能去了哪里，也许是闲着没事，自己啃开缰绳溜到村外吃草去了，说不定过一会儿就会回来。但是，魏主任在这个下午村里村外都找遍了，却始终没有见到这头牛的踪影。

8

这头牛是第二天早晨在水塘里漂起来的。它的肚子胀得像一面大鼓，所以漂在水面上就显得体积很庞大，看上去就如同一头大象。人们发现了这头牛立刻将它弄上岸来。这时何书记、魏主任和几个村干部也都已闻讯赶来。大家先对这头牛的全身进行了仔细的检查，并没发现有什么外伤。这就排除了先被人杀死然后再抛尸水塘的可能性，也就是说，它应该是在水塘里被淹死的。但令人不解的是，这头花牤牛的水性一向很好，每到天热时还经常自己下塘去洗澡，这一次怎么可能被淹死呢？也就在这时，蹲在何书记身边的那条大黄狗突然又竖起耳朵狂叫起来。何书记立刻回过头去看看它，才发现它竟然是在冲着那个叫小椿的孩子叫。这孩子不知什么时候也来到水塘边，正站在人群里，面无表情地朝这头牛的尸体看着。这时这条狗冲他这样一叫，他也回过头来，盯住它用力看了看。这条狗与这孩子对视了一下，立刻就呜的一声不再叫了，但它仍然瞪着他，喉咙里发出呼呼的声音。

何书记走到这孩子的跟前问，怎么回事？

这孩子也仰起脸看着何书记，没有说话。

何书记又问，这条狗，为啥冲你这样叫？

这孩子看看这条狗，又看看何书记，仍然没有说话。

何书记当即就命人将这孩子带到村里的大队革委会。

但是，让何书记和魏主任以及几个村干部都没有料到的是，这孩子竟然很痛快地就承认了此事。他说，是他将这头牛弄进水塘，也是他将它淹死的。他这样一说反而让当时在场的所有人都将信将疑。大家想象不出，这样一个只有10多岁的孩子，他是如何将那样大的一头牛弄进水塘，又是如何将它淹死的呢？

这孩子说，其实很简单。

何书记让他说具体一点。

这孩子说，是用蜂蜜。

用蜂蜜，杀死这头牛？

这孩子点点头，说是。

何书记越发感到不解，他想不出这孩子究竟是怎样用蜂蜜杀死这头牛的。接着就又想到一个问题，这孩子又是从哪里弄到这些蜂蜜的？

这孩子说，蜂蜜是他在为大椿收拾遗物时发现的。大椿一直患有慢性直肠炎，要经常服用蜂蜜才能排出大便。这时何书记发现，这孩子这样说着时，手里始终在摆弄着一个木制弹弓。于是上前一把抓过来，拿在手里看了看。这个弹弓的手柄是用椴木做的，拴着很漂亮的橡皮筋。何书记试着拉了拉，又抬起头向这孩子示意，让他继续往下说。于是这孩子又说，在前一天的上午，他带着这半瓶蜂蜜来到村里的牲口棚，但他并没有进去。当时牲口棚里没有人，槽子上也是空空的，只有那头花牝牛拴在那里。他为了不引起别人的注意就站在牲口棚的门口，掏出这个弹弓试着朝那头牛拴在槽子上的缰绳扣射了一下。果然，那个缰绳扣是松松的，被他这样一射险些脱落开。于是他就又朝这头牛的屁股上射了一弹弓。这头牛立刻疼得哆嗦了一下，稍一用力就将缰绳拽开了。在拽开缰绳的最初一瞬，这头牛似乎也有些意外，先是回头朝四周看看，然后就慢慢地朝牲口棚的外面走去。这孩子说，他只是不动声色地跟在这头牛的后面，等来到一个没人的地方，他才走过来，掏出那半瓶蜂蜜抹在了它的鼻子上。这头牛突然觉得鼻子上散发出一股好闻的香气，于是就忘情地朝着那片水塘走去。

这孩子对何书记说，他为了不引起村人的注意，并没有跟过去，只是远远地用弹弓一下一下射着轰它往前走。这时抹在牛鼻子上的蜂蜜就已将一些蜜蜂引来。原来对蜂蜜感兴趣的不仅仅是蜜蜂，还有许多黄蜂。这些蜜蜂和黄蜂一团一团地拥来，都围在这头牛的鼻子前面不停地嗡嗡乱飞。也就在这时，这头牛已经来到水塘边，它被这些蜜蜂和黄蜂纠缠得心烦意乱，于是就一头扎进水里，朝水塘深处游着，只把鼻子露出水面。这一来问题就更严重了，许多蜜蜂和黄蜂飞过去，都争相往它的鼻尖上落。这头牛立刻哞地叫了一声，连忙把鼻子也藏进水里。就这样过了一阵，它刚一露出鼻子，这孩子立刻用弹弓朝它射过去。他的这一下射得非常凶狠，几乎将这头牛的鼻尖削掉一块。这头牛立刻又缩进水里，一朵鲜红的血水呼地往上一冒，就再也没有上来。

何书记听了这孩子的话立刻惊得目瞪口呆。他简直不敢相信，这样一个只有10多岁的孩子竟然能以如此奇怪的方式杀死一头牛，但接着一股怒火就从心里陡然生起，他想，这孩子的心实在太歹毒了，手段太残忍了，他竟然对一头牲畜下这样的狠手。所以，何书记当即决定，他也要以同样残忍的方式来惩罚一下这个孩子。于是当即命人把这孩子弄到村外的那片槐树林里，关进红砖屋，又将门窗都牢牢钉死。何书记当然不想饿死这孩子，他只是要狠狠折磨他一下，让他真正明白干这种事要付出的代价是什么。

9

陈晨说，接下来发生的事情谁都没有料到。

何书记发现这头花牤牛的尸体虽然已经泡胀了，却还并没有腐烂，于是就决定剥皮割肉分给全村的人。但是，就在魏主任用刀子将这头牛的肚子剖开时，竟发现了一头已经成形的小牛犊。当时在场的所有人看了都大吃一惊，接着也就都明白了。显然，这头花牤牛在怀孕之后魏主任还浑然不知，仍然继续让它去干一些粗重农活，而它流血并不是被谁动了什么手脚，很可能只是一般性的先兆流产。何书记很认真地看了看这头剖出的小牛犊，才突然又想起那个还一直被关着的叫小椿的孩子，于是连忙派人去村外的红砖屋看一看。

直到这时，也才发现，红砖屋的窗子已被砸开，那孩子早已不见了。

事后据村里的拖拉机手说，这件事很可能与他有关。他说一天中午从村外回来时，经过这片槐树林就停下车尿了一泡尿。待回到村里却发现后面的拖斗上不知怎么被卡了一根绳子，而绳子的另一头竟还拴了一扇破烂的窗子。拖拉机手对何书记说，这个烂窗扇和拴在上面的绳索他至今还扔在拖拉机的拖斗上。何书记一听当即来到拖拉机跟前，扒着拖斗一看，果然，这个烂窗扇正是那间红砖屋的，而拴在上面的绳索竟然也是大椿生前使用过的行李绳。这时一个更小的细节立刻引起何书记的注意，在这根行李绳的另一头，还拴着一根四寸多长的铁钉，这铁钉显然吃过很大的力量，已被拽得有些弯曲。何书记毕竟有一定的分析能力，也有着丰富的推理经验。他根据拖拉机手所说的情况和这几件物证，想了一想立刻就分析出这个叫小椿的孩子应该是这样逃走的：正当他又饿又渴的时候，忽然发现这台拖拉机停在红砖屋的跟前，于是他就悄悄地打碎了窗子上的一块玻璃，将这根行李绳的一头拴住窗扇，又在另一头拴了一根铁钉，然后就用弹弓将这根铁钉射到拖拉机后面的拖斗上。这样，这根铁钉也就刚好卡在了拖斗边上的缝隙里。待毫不知情的拖拉机手将车开动时，窗扇也就被拖拽下来。拖拉机手听了立刻表示赞同，他说拖拉机发动起来的时候声音很大，所以他在开车时，无论后面发生了什么事情都很难听到。但是，陈晨对我说，他在当时听了却怎么也无法相信，一个10多岁的孩子，又已经一连几天没有吃饭，甚至连水也没喝一口，他就是真能逃出那间红砖屋，又怎么可能逃出清水塘呢？陈晨说，所以，在这个下午，当他来到这片槐树林，走到这间已经破败的红砖屋跟前，就又想起了当年那个叫小椿的孩子。其实他这些年还经常会想起他。他总在想，这个孩子虽然算不上天才，但至少也是绝顶聪明，他在10多岁时就能以那样的方式杀死一头牛，然后又这样令人意想不到地逃走，就是一个成年人也很难做到的。

陈晨在这个下午正这样想着，忽然听到身后叭的一响。

他立刻回过头，才发现路秋矢不知什么时候正站在身后。路秋矢用打火机点燃一支烟，一口一口地吸着。也许是刚醒的缘故，他的两眼微微有些浮肿，脸色也不像刚才那样光润了。他身上的猎装在槐树林里显得颜色很深。阳光透过枝叶散落下来，将他的身上映出很多耀眼的光斑，看上去就像是穿了一件怪异的迷彩服。

陈晨迟疑了一下，然后问他，你看到了吗？

路秋矢始终看着那间红砖屋，没有说话。

陈晨又说，刚才有个人，来到这片树林里就不见了。

路秋矢慢慢朝他转过头，嘴动了动，仍然没有说话。

这时光头F2等几个人也跳下车，说说笑笑地朝树林里走来。光头F2大声地朝路秋矢这边喊，路董，要不要把钢珠给你拿来？刚才看到一只野兔，已经肥得快跑不动了！路秋矢回头朝他看一眼，光头F2愣了一下，立刻闭上嘴不再吱声了。

路秋矢又对陈晨说，我在这里看一看，你们……先进村吧。

10

陈晨说到这里忽然问我，人的记忆究竟能保留多久。

我很认真地看看他，不知他为什么要问这样一个奇怪的问题。

他似乎想了想，又说，会不会像胎记，也随着年龄不断增长？

我想告诉他，这要看是怎样的记忆，比如很多人都记得的事情，随着大家的不断重复由于麻木了反而会淡忘，而如果是只属于一个人的记忆那就另当别论了，它真有可能像烙在心里的一块印记，会随着年龄不断生长。但我想了一下，并没有这样对他说。我只是告诉他，这件事也不是绝对的，不同的记忆情况也往往会不尽相同，但是，一个人倘若刻骨铭心地保留一段记忆也未必是一件好事。我说，你应该明白我这样说的意思。

陈晨忽然笑了。他显然很同意我的这种说法。

他告诉我，在那个下午，他一走进清水塘就有一种预感，似乎要发生什么事了。当然，他说，这似乎与考察农田无关。这时他已意识到，路秋矢此行的目的好像并不是考察，或者换句话说，将来是否将种植向日葵的农田选在这里，他早在来之前就已经定下来了。

清水塘的变化让陈晨大感意外，不仅房屋比过去整齐了，街道也都已铺成柏油路。在走进村庄的最初一刻，他还以为自己来错了地方。他们是从村南开车过来的，这是一条崎岖坎坷的老路。而在村北，有两条交叉的公路从这里斜穿而过。这就使清水塘的地理位置发生了根本的变化，变成了一个真正意义上的交通枢纽。按路秋矢的要求，他这一次来这里考察并没有通知地方的有关部门。公司老总告诉陈晨，公司事先只通过电话跟村里打了招呼，让他们安排接待一下。

陈晨想这样也好，他知道倘若通知了地方政府会是一个什么局面。让陈晨没想到的是，他竟然没有费力就找到了自己当年住过的集体户院子。这里显然已经翻修过，房屋比过去高大了很多，外面的墙皮上还贴了条形的白色瓷砖，看上去有些不伦不类。这里已经改名叫“不夜天集体户”，搞成了一个集餐饮娱乐和田园风光于一体的乡村夜总会。一个30来岁的年轻女人满脸堆笑地迎出来，对陈晨说，她已在这里恭候多时了。陈晨看了看她，这是个典型的清水塘女人，不仅皮肤很白，身材也好，看上去几乎不像是当地的女人。陈晨在记忆中搜寻了一阵，却想不出这个女人是谁。接着也才意识到，他离开这里已经30多年了，走的时候恐怕眼前的这个女人还没有出生。他这样想着，就和这女人一起走进院子。

这女人告诉陈晨，她的名字叫何花。

陈晨看看她，随口哦一声，说荷花？

这女人一笑说，姓何的何，荷花的花。

她又告诉陈晨，她就在这“不夜天集体户”住着，如果用当年知青的话说，应该算是户长。陈晨从何花的话里感觉到，她似乎并不知道自己曾在这里插过队。他想不知道也好，这样会省去很多麻烦。院子里的格局基本没什么变化，只是多了一些知青当年的生活用品和用过的农具，看上去布置得有些虚假。这时陈晨发现，在厨房的大灶跟前坐着一个男人，正在一下一下地埋头拉着风箱烧水。他拉得不紧不慢，很有节奏，随着风箱里发出的呼呼的声音，灶膛口就喷出橘黄色的火苗。这男人看上去已经70多岁，身边还卧着一条老黄狗。男人的眼睛似乎已经看不见，不时地把手伸向旁边，那条狗就伸过头将他递过来的一块玉米饼吃到嘴里。陈晨走到这个男人和这条狗的跟前，朝他们看了看。这男人似乎听到声音，稍稍愣了一下，接着就又一下一下地拉着风箱。

何花说，这是我爸。

你爸?

他不愿待在家里，就整天坐在这拉风箱。

这时那条黄狗也注意到了陈晨。它立刻站起来，喉咙里发出呜呜的声音。但它毕竟已经太老了，在站起的一瞬，四条腿微微晃了几晃。陈晨想，狗的寿命一般是15年，最多也不过20年，这条狗如果还是当年的那条狗，它怎么可能活到现在?他想问一问何花，但话到嘴边却没问出口。这时外面响起一阵嘈杂的声音。陈晨连忙从集体户里走出来，才发现是路秋矢几个人正从村南的土道上走过来。陈晨立刻被他们的样子吓了一跳。只见暴牙F3和胖子F4抬着一只羊走在前面。他们抬这只羊的方式很骇人，是将木棍从羊的屁股后面捅进去，然后又活生生地从嘴里捅出来，看上去像是要架到火上去烤。这只羊的嘴里和屁股后面仍在滴滴答答地淌血，却还没有死，只发出一声一声的呻吟。路秋矢走在后面，他的手里拎着那把弹弓，每当看到柴禾垛底下的鸡，或是水渠边上的鸭，立刻就会用弹弓射过去。他的弹弓准确有力，每射一下都会发出像枪一样清脆的声响。他的斩获已很壮观，跟在他身后的光头F2肩上背的手里提的都是被打死的禽类。有几个村民紧紧跟在光头F2的身后，他们显然是这些禽类的主人。光头F2则拿着一沓钞票，数着分发给他们。这时陈晨看到，路秋矢正在不动声色地用弹弓轰赶着一只芦花鸡。这只芦花鸡起初并不知道发生了什么事，路秋矢每用弹弓射一下，它就向前跑几步。但是，当它跑到一堵矮墙的前面才突然意识到了危险，而这时再想跑却已经无路可逃，于是它突然咯咯叫着就扇着两个翅膀飞起来。与此同时，路秋矢又不慌不忙地掏出一颗钢珠嗖地射过去，只听叭的一响，这只鸡似乎停在半空愣了一下，然后翅膀一垂就直直地落下来掉到地上。光头F2 一边鼓掌喝彩一边朝那边跑去，捡起这只鸡的尸体塞进自己身后的背囊。

11

晚饭自然是烤暴牙 F3 和胖子 F4 从村里抬来的这只羊。这是一只母羊，在剥皮开膛时，竟然还从肚子里剖出一只已经成形的小羊。所以路秋矢让光头 F2 算账时，就给了这只羊的主人两份钱。路秋矢用弹弓打来的鸡鸭也都上了餐桌，看上去就像是一桌“百鸡宴”。陈晨这时才知道，“不夜天集体户”竟然也有很多陪酒的女孩。据何花说，这些女孩基本都是清水塘的人，不过她们大多是见过世面的，去城里做过各种职业，后来村里有了“不夜天集体户”才都陆续回来。陈晨从这些女孩的装束可以看出，平时来这里消费的客人都是在城里灯红酒绿惯了的，到清水塘自然是想换一换乡村野味，所以她们也就投其所好，都是清一色的村姑打扮，但看上去却并不朴实，反而做作得有些夸张。陈晨发现，路秋矢一直在观察一个端菜的年轻女人，这女人的皮肤很黑，看上去骨骼粗大，有几分男相。

路秋矢看了她一阵，忽然问，你也是这村的？

这女人点点头，回答说，她就是清水塘的。

叫什么？

大莲。

大莲？

嗯……

姓什么?

姓……

这女人似乎有些迟疑，朝陪坐在旁边的何花看了看。

何花立刻笑起来，说问你就只管说么，怕啥。

这女人才轻声说，姓……魏……

魏大莲?

叫……魏莲。

路秋矢听了又很认真地看看她，点了点头，就对坐在光头F2身边的女孩挥了挥手。那女孩连忙站起来。路秋矢又对这个叫魏莲的女人说，来，你坐这里，陪他喝酒。

这女人立刻有些不知所措，看看路秋矢，又看了看何花。

何花越发笑起来，说让你坐就坐啵，还有啥不好意思的。

这女人似乎仍有些迟疑。路秋矢伸手用力一拉，就将她按在光头F2的身边坐下来。暴牙F3和胖子F4先是相视一下，接着就都哈哈大笑起来。

陈晨说，他直到这时才明白了“不夜天集体户”的真正含义。原来这个“集体户”里还有很多房间，每个房间里不仅备有酒菜，各种设施也很齐全。这时暴牙F3和胖子F4都已迫不及待地带着身边的女孩到各自的房间饮酒作乐去了。路秋矢看看一直埋头坐在光头F2身边的魏莲，微微一笑对他说，春宵一刻值千金啊，你们也去吧。光头F2瞥一眼自己身边的女人，似乎有些不太情愿，但是又看了看路秋矢，只好站起来。

他和这女人走到门口时，路秋矢忽然又叫住他。

路秋矢微微一笑说，你可一定要完成任务啊。

这时何花也站起来，准备回去了。路秋矢却突然伸手抓住她的肩膀，然后用力一按又让她坐下来。何花没料到路秋矢会这样做，脸上顿时微微泛起红晕，然后又笑了一笑说，路董……还要喝酒？路秋矢慢慢回过头，对陈晨说，你也去吧。

陈晨立刻知趣地起身出来了。

路秋矢又说，今晚随便，账都算在我这里。

陈晨说，他当然明白路秋矢所说的随便是什么意思，但他这时却不知为什么，突然有一种说不出的感觉。他在这个晚上拎了一瓶酒独自来到村外的水塘边，坐下来一直喝到深夜。清水塘的夜风拂过水面轻轻吹来，气味已有些陌生。让他唯一还感觉有些熟悉的，只有头顶上的月色。月色还是悬浮在水面上，随着波纹轻轻抖动着。后来他就有了些醉意。大约是在后半夜，他好像看到两个人影走进了那片槐树林。他揉了揉眼，确定自己没有看错。因为这两个人走进树林时，还惊得树上的夜鸟都飞起来，发出咕咕的叫声……

12

出事是在天亮以后。

陈晨对我说，这件事谁都没有想到。

陈晨这一晚真的醉了，就歪在水塘边睡了一夜。

天快亮时，陈晨突然被一阵狗叫声惊醒了。这声音是从水塘对面的槐树林里传出来的。接着，他就看到一个人从树林里飞奔出来。这个人显然是路秋矢，他看上去似乎衣冠不整，而且跑得踉踉跄跄，跟在他身后紧追不舍的竟然是那条老黄狗。这条黄狗一边追着一边狂叫不止。它这时突然变得骁勇起来，四条腿也显得异常灵活有力。路秋矢的脚下到处是野草和树枝，所以只跑了几步这条狗很快就追上来，它张着嘴一下一下地试图去咬路秋矢的腿，但每一次都被路秋矢及时闪开了，于是它的上下牙齿也就碰撞出响亮的砰砰声。就这样追到水塘边，路秋矢已经无路可逃了。陈晨刚要朝他喊，提醒他绕过水塘朝自己这边跑，路秋矢却慌不择路地一纵身就跳进了水塘，然后拼命朝中间游去。这条狗先是站在水塘边愣了一下，似乎在想对策。接着朝水塘里看了看，突然一跃就跳上了漂浮在水边的一团枯树枝。巨大的冲力立刻使这团树枝直冲路秋矢追去。这条狗站在这团树枝上，看上去就像是驾驶着一艘乘风破浪的快艇，浑身的皮毛都被风吹得猎猎直抖。这时路秋矢显然已经筋疲力尽，游的速度也渐渐慢下来，这条狗很快就追上来，但它追到路秋矢的近前却并不跳下水去，而只是用前爪一下一下地去抓路秋矢的头。路秋矢一见连忙把头缩进水里，但过了一会儿刚一露头，这条狗就又用前爪不慌不忙地抓了一下，路秋矢赶紧又把头扎进去。这条狗此时就像一只猫，而水里的路秋矢则像一只巨大的老鼠。就这样相持了一阵，路秋矢再也没从水里冒出来。这时，这条狗突然仰起头，冲着天空长叫了一声。陈晨告诉我，他还从来没有听到过狗竟然会这样叫，呜呜儿一声，连水面都震得抖动起来。

陈晨对我说到这里，就已经泪流满面……

牛　皮　吊

1

那一年的夏天，陶大为告诉我他要结婚了。那一年的夏天特别热，脱光衣服什么都不干仍是大汗淋漓，显然不是结婚的季节。但陶大为说，婚期已经定下来，就在这个夏天。他说到时候你们都要来，大家热闹热闹，我毕竟是咱们这帮同学中第一个在这里结婚的，这回可真要扎根了。陶大为在这里扎根我并不感到意外。他刚来插队时就曾明确表示过，将来无论招工还是选调，他都不走。他说回城去当一个工人，想一想都觉得可怕，每天朝八晚五地上班下班，像个牲口似的在工厂里昏天黑地地埋头干活，还不如在农村自在。我知道，陶大为的理想是上大学。在他看来，上大学是今后唯一的目标，只要能上大学，毕业之后干什么并不重要。陶大为的这个想法大概与他父母有关。他父母都是知识分子，在大学里教书，因此在中学时他就显出有些与众不同，用我们老师的话说，陶大为的身上有一种知识分子特有的气质。当初我们的老师在夸奖陶大为时经常会这样说，你们现在虽然是在同一间教室，学一样的课本，听同一个老师讲课，但由于每个人的条件不同，学习态度不同，所学到的东西也就会不同，这也就注定你们将来有的会成为这样的人，也有的会成为那样的人，比如陶大为，他将来就很有可能成为一个上大学的人。当然，我们这个老师没过多久就因为她的这番话受到批判，批判她的理由是，无论我们将来成为这样的人还是那样的人，首先都应该是无产阶级革命事业的接班人，而不应该仅仅是一个上大学的人。然而老师的话却更加坚定了陶大为的信念，他认为今后摆在他面前的只有一条路，就是上大学，如果这条路走不通那么再走什么路也就都无所谓了。但遗憾的是，我们老师的这个预言并没有应验。陶大为直到来农村插队后才意识到，对他来说，上大学这条路显然已经完全行不通了。当时的大学已经改变了招生制度，大学生都叫工农兵学员，要由基层推荐，再经过层层审查，尤其在政审方面甚至比参军还要严格。陶大为的家庭出身是资本家，当年他家里曾开有一间很大的工厂，而他父母又都是大学里的“资产阶级反动学术权威”，这也就注定他一辈子与大学无缘了。

如果从这个角度看，他决定在这里结婚也就没什么奇怪了。

陶大为是一个很聪明的人。他头脑清醒，随时都很清楚自己的目的是什么，为了这个目的又应该干些什么。有了这样的聪明和清醒，再有了明确的目的性，他的脑筋就总是很灵活。当初刚来农村时，我们几个同校的同学商量好，大家不管怎样都要在一起，这样彼此也好有个照顾，于是就主动要求一同去了全公社最偏远的八里庄。唯独陶大为却提出要去西马庄。事后我才明白，陶大为这样做显然是经过深思熟虑的。西马庄的经济条件在全公社算是比较好的，当时别的村一个工分的分值只有 2 分钱，最多也不过 3 分钱，这也就是说，如果干一天挣 10 分工的话也只有两三毛钱，而西马庄一个工分的分值却是 6 分钱，有时甚至还可达到 7 分钱，几乎是别的村的两倍还要多。陶大为如果从一开始就有在这里扎根的打算，自然是要选择一个好一点的村庄。但在当时，陶大为的选择却立刻遭到西马庄的拒绝。西马庄认为自己村里的人力已经足够用，他们不想再背一个知青这样的包袱。

于是陶大为无奈，只好先和我们一起来到八里庄。

但是，陶大为无论干什么都有一股不达目的誓不罢休的韧劲，他并没有就此放弃努力。他经过一段时间的观察和琢磨，不久就向公社的知青办提出一个科学改良土壤的方案。陶大为在向公社知青办提交的方案中说，据他分析研究，这一带农田之所以产量一直很低，主要是土质问题，因此要想提高粮食产量首先就要改良土壤，现在最简单也最切实可行的方法就是使用草木灰，这样成本低，或者干脆说不要什么成本，却能在尽短时间内见到成效。陶大为的这个方案立刻得到公社知青办的大力支持，知识青年要搞科学种田，将书本知识应用到生产实践中去，这当然是一件再好不过的事情，上级正愁抓不到这样的典型。于是公社知青办问陶大为，需要哪方面的帮助。陶大为立刻就又提出，据他调查，西马庄的农田应该最具典型意义，是否可以将实验田设在西马庄。

就这样，公社知青办当即与西马庄取得联系，给陶大为划拨了两亩实验田。

那段时间，陶大为几乎吃住都在实验田里。他背来成捆的秫秸和野草，点燃起来烧成灰烬，再均匀地搅拌上泥土，然后撒在实验田里。就这样到那一年秋后，果然见了明显的成效，陶大为在实验田里种的高粱和玉米都长得非常茁壮，亩产竟然比其他农田提高了一倍还要多。西马庄直到这时才真正认识到了陶大为的价值，于是没再犹豫就将他的关系迁过去。我后来有一次去公社开会遇到陶大为，曾经问过他，当时怎么会想到用草木灰改良农田？他听了笑笑说，其实这是在化学课本上早已学过的知识，这一带的农田是酸性土壤，而草木灰的主要成分是碳酸钾，一般还含有3%～4%的氧化钾，也含有钙、镁、磷和多种微量元素，又是水溶性，所以最适合改良这一带的土壤。

陶大为然后正色对我说，这就是理论与实践相结合。

2

陶大为的未婚妻是一个当地姑娘，叫大兰子。

大兰子在东马庄的荷花渡撑船。荷花渡并没有荷花，只在水边的岸坡上有一片柳林。瘦龙河水流经这里时是最宽的一段，因此也就没有建桥，只在东马庄设有一个很小的渡口。渡口的设施也很简陋，只有一根棕绳横贯河的两岸，撑船时就拽着绳索来回渡河。据说荷花渡最早是由马瞎子在这里撑船。马瞎子就是大兰子的父亲。那时马瞎子的脾气还很随和，见了来往过河的人只会笑，虽然过河的规矩是2分船钱，但给不给钱也无所谓。后来马瞎子由于害眼疾双目失明了，村里为了照顾他家的生活就让他女儿大兰子接替他来荷花渡撑船。但大兰子虽然是个女孩，性格却不像她的父亲，平时过往行人无论是谁，都要先付船钱，否则就不要想过河去。当初我们刚来这里时还不知大兰子的厉害，一次去公社喝了酒，摇摇晃晃地回来，就站在荷花渡的对岸借着酒劲高一声低一声地叫大兰子。当时已是掌灯时分，大兰子正在对面河坡上的小屋里吃晚饭，她听到我们的叫声走出来，一见对岸是几个喝得东倒西歪的知青，心里就没好气，只哼了一声说先让我们在河坡上醒醒酒，否则上船会有危险，这样说罢就又回去继续吃晚饭了。我们一见这当地女孩挺倔，竟敢把我们晾在河边不管，于是就越发怪声怪气地使劲叫起来。荷花渡就在东马庄的村外，我们这样叫也是故意想让村里听到，让东马庄的村干部知道这个负责撑船的女孩不恪尽职守，只顾自己吃饭不渡我们过河。我们就这样又叫了一阵，大兰子才从河对面的小屋里不慌不忙地走出来，她没再说话就拽着绳索将小船撑过来，我们几个都嘻嘻哈哈地上了船。大兰子却并没有立刻撑船，冲我们伸出手说，拿来吧。

我们愣了一下，问她要什么？

她说钱，船钱。

我们问，什么船钱？

她说你们过河，当然要交船钱。

我们一听就都笑了，说没有钱。

我们在这个傍晚确实已经没有钱，我们的钱都在公社的小饭铺喝酒了。我们甚至还都把各自的衣兜翻出来，拍打着给大兰子看。大兰子朝我们看了一下，没再说什么就撑着小船来到河心。在这条小船的船头上还拴有一根绳索，撑船时为了防止横贯河两岸的棕绳脱手，就将这根绳索拴了一个活动的扣袢搭在棕绳上。大兰子将这条小船撑到河心时突然停下来，她看看我们每个人，然后不动声色地问，你们是不是第一次坐我的船？

我们看看她，不知她这样问是什么意思。

她又说，今天我没见过你们在这里过河。

我们上午去公社时确实没走这里，而是从下游的水塘湾里绕了一下道。

大兰子忽然笑了，说，如果你们坐过我的船，就会知道了。

这时我们看着她，突然就有了一种不祥的预感。

果然，大兰子说，我要让你们记住。

有人大着胆子问，记住……什么？

记住在这里过河，是要交船钱的。

大兰子说着就将小船拴在棕绳上的扣袢解开了。

她又对我们说，这个荷花渡口只有这一条船，八里庄和东马庄、西马庄，三个村的人都只靠这一条船过河，你们若是把它弄翻了可担不起责任。她这样说罢就将扣袢一松手，与此同时拿起放在船边的竹篙轻轻一撑，脚在棕绳上点了一下就跳到对面的岸上去了。河水很湍急，小船一离开棕绳立刻就随着漩涡打起转来。我们没想到大兰子竟然会来这一手，立刻都有些着慌，想用手去抓棕绳把船控制住，小船却已经打着转随着水流朝下游冲去。我们虽然都会游泳，但这时天色已经黑下来，水又这样大，个个吓得面如土色，都用两手紧紧抓住船帮。就这样一直被冲到下游十几里，小船才在一个河湾处勉强停下来。我们爬上岸时都已经累得筋疲力尽，但想一想大兰子说过的话，又不敢把小船丢下，于是就只好像纤夫一样地拉着绳索沿着河岸将小船拖回到上游来。待回到荷花渡时，就已经是半夜。

我没有想到，陶大为竟然会跟大兰子这样的当地女孩搞到一起。

虽然陶大为脑筋灵活，肚子里的鬼点子也很多，但我还是觉得，他跟大兰子应该不太合适。陶大为由于生长在知识分子家庭，人很清瘦，皮肤也很白皙，看上去有几分斯文。他平时说话很少，说话时声音也不大，这就给人一种感觉，似乎他是一个很有心计的人。大兰子却是典型的乡下女孩，说话声音很大，一高兴起来笑得很远都能听到。她由于长年在渡口风吹日晒，一张鹅蛋脸红扑扑的，两只眼瞪起来有几分俊俏，嘴唇也很薄，说起话来显得伶牙俐齿。陶大为告诉我，他自己也没想到会跟大兰子走到一起。那时陶大为的关系已经迁到西马庄，村里开始大面积推广他用草木灰改良土壤的方法。陶大为针对西马庄的土质情况进一步研究，为了增加草木灰中的有效成分，就又在秫秸和野草中添加紫穗槐。紫穗槐是生长在瘦龙河边的一种低矮灌木，属木本植物，据陶大为说，如果在燃烧质中添加进紫穗槐的成分，烧出的草木灰就会更有效。那段时间陶大为每天都在村外的一片空场上将成捆的秫秸、野草和紫穗槐烧成灰烬，然后再将这些灰烬掺上泥土用车拉到农田里去。他的手和脸由于烟熏火燎被烤得漆黑，只露出两颗白眼球和一口白牙。他的事迹很快就被公社知青办报到县里去。当县里的知青办得知陶大为不仅有这些事迹，而且已经明确表示自己要一辈子扎根农村干出一番事业来时，立刻就将他树为“知识青年在广阔天地大有作为”的先进典型。当时毛泽东主席有一篇脍炙人口的文章，叫《为人民服务》，其中提到一个在平凡岗位上为革命事业兢兢业业烧炭的人物，叫张思德。烧炭与烧草木灰很相近，于是县里就把陶大为称为“七十年代的张思德”。陶大为从此就更加忙碌起来，每天不仅在村外的空场上烧草木灰，还要去参加各种会议，准备各种讲演稿。“讲演”在当时的说法是“讲用”，也就是到各种场合和会议上去为大家演讲自己活学活用毛泽东思想的事迹和心得体会。陶大为在学校时就能写一手很漂亮的文章，表达能力也很强，因此他无论到哪里讲用都很受欢迎。随着到各个公社去参加各种会议，他的名气也一天天大起来，几乎全县都知道有一个张思德式的知青先进人物叫陶大为。陶大为告诉我，那好像是一个下午，他刚从县里参加一个表彰大会回来，走到荷花渡时正好遇到大兰子要将一群羊运过河去。陶大为由于经常去公社或县里开会，总要在这里过河，所以已经认识了大兰子，只是没跟她说过话。这时他从县里赶路回来，已经又饿又乏，于是就想和这些羊一起渡过河去。但是大兰子立刻拦住他，说这样不行？陶大为问为什么不行？大兰子说这条船这样小，又已经装了这些羊，再上一个人还怎么站得开。陶大为这时已经累得有些不耐烦，而且自从在县里当了先进人物说话也有些理直气壮，就对大兰子说，站一个人的地方都没有吗，我要赶回村去还有很重要的事情。大兰子也早已听说过这个陶大为，却并没把他放在眼里，于是看看他说，我不管你有多重要的事情，在我这里过河就要听我的。陶大为立刻盯着她说，如果耽误了我的事，你负得了责任吗？大兰子想了一下，说好吧，如果你一定要上船就上吧，不过先说好，真出了事我不负责任。

陶大为哼一声说，当然不要你负责任。

他这样说罢就迈脚跳到船上。

据陶大为说，事后他曾问过大兰子，当时的这件事是不是她故意弄的，但大兰子却矢口否认。大兰子说撑船摆渡最要紧的就是要保证过河人的安全，这是责任重大的事情，她怎么可能会故意这样做呢。但是，陶大为对我说，他敢断定，大兰子当时就是故意的，因为他曾经听到过这样的传说，大兰子在撑摆渡船时胆子很大，而且做事从不计后果，她经常会把看着不顺眼的人故意弄下河去。当时陶大为上了船是站在小船的边上，由于船太小，又没有扶的地方，就摇摇晃晃有些站立不稳。就在小船来到河心时，大兰子突然将船头猛一下调转过来，陶大为没有防备，被棕绳用力弹了一下，晃了几晃身子一歪就被弹到了河里。大兰子一下笑起来，她朝正在河里扑腾的陶大为说，我已经对你说过了，如果掉到河里我可不负责。这样说罢一拽棕绳就将小船朝对岸撑去。但是，陶大为虽然很聪明，却并不会游泳，他一到水里只挣扎了几下，又吐了几个水泡就沉下去。大兰子这时才发觉有些不对劲了，连忙又将小船撑回到河心，好不容易才将他拽上船来。陶大为这时已经被河水灌得晕头转向，一上船就歪在那里不能动了，只是顺着嘴角不停地往外吐水。大兰子一见更加慌了手脚，赶紧把他弄上岸去，让他仰在河坡上，然后就一下一下地用力按他的肚子。陶大为的肚子里一定是灌了很多的水，大兰子每按一下，他的嘴里就会冒出一些。就这样按了好一阵，陶大为的喉咙里发出咕噜一响，又舒出一口气才慢慢苏醒过来。

陶大为说，也就从这一次起，他跟大兰子开始谈恋爱了。

3

我确信陶大为这一次是真的要和大兰子结婚了。

但我无法确定，他对大兰子是否真的动了感情。

在我的记忆里，陶大为是个不太讲感情的人，或者说对感情这种事很淡。当初在学校时，我们班里有一个叫冯丽的女生，人长得很漂亮，不仅能歌善舞还弹得一手好琵琶。她每次登台演出，台下的男生就都拼命为她鼓掌，争相为她喝彩，放学时也经常会有人故意在学校门口等她。但就是这样一个冯丽，却偏偏看上了一向在旁边沉默寡言的陶大为。事后我们这些男生分析，也许正是因为陶大为不爱说话，所以才反而引起冯丽的注意。当时陶大为正处在一个很关键的时刻，他父母所在学校已经决定，要将一批有政治问题的教师送去农场进行劳动改造，这其中就有陶大为的父母，而陶大为是他们唯一的孩子，自然也要一起跟去。但是陶大为并不想去，他向我们学校提出申请，想作为插队知青和我们这些同学一起走。学校为此感到很为难。陶大为响应"知识青年到农村去"的伟大号召，自己主动要求下乡插队原本是一件好事，可是他的家庭背景又是一个不容忽视的政治因素，换言之陶大为有没有资格下乡插队还是一个问题。也就在这时，陶大为突然接到冯丽塞给她的一张纸条，纸条上写的内容很简单，大致的意思是让陶大为不要主动要求去农村，还是先等一等再说，冯丽说她很愿意和陶大为在一起，如果他走了她会感到很难过。当时陶大为看了这张纸条没说任何话，但在当天下午，他就把这张纸条交给了我们的班主任老师。他对老师说，他之所以这样做就是想表明自己要下乡插队的决心。班主任老师看了这张纸条也感到很意外，他没料到冯丽竟然会给陶大为写这样一个纸条。当时破坏上山下乡是很严重的政治问题，我们的班主任老师不敢擅自处理，立刻又将这张纸条交给了学校。学校对这件事也很重视，当即对冯丽的家庭背景和各方面情况进行了详细的调查。幸好冯丽的家庭出身是血统工人，父母在工厂里的政治表现也一向很好，学校才没有进一步追究此事，只是给了冯丽一个记过处分，并在全校大会上点名批评了她。而这以后没过多久，陶大为也就被我们学校正式批准成为了一名光荣的"上山下乡知识青年"。

但是这一次，我想，也许陶大为真的是对大兰子动了感情。

首先他没有必要欺骗大兰子。大兰子不过是在荷花渡撑船的一个当地女孩，他骗她没有任何意义。其次陶大为应该知道大兰子的厉害，如果他真打算在这里扎根一辈子，也就更不敢轻易骗她。此外还有更关键的一点，我曾亲眼见过他们两人有多么的恩爱。那一次是我们大家一起去县里参加一个知青大会，会期半天。中午散了会，知青们好不容易来趟县城，就都三三两两地去逛街，或找一家饭馆聚在一起喝酒，唯独陶大为，他发现街边有卖大馅包子的，买了两斤就要急急忙忙地往回赶。当时我拦住他，让他跟我们一起去饭馆喝酒。他却只是笑了笑，说要立刻赶回去。我说大家好不容易凑到一起，这样急着回去干什么。他又看了看手里的包子，没再说什么就转身匆匆地走了。事后我才知道，他这两斤包子是特意买给大兰子的，大兰子很爱吃县城里的这种大馅包子，所以陶大为每次来县里开会或办事，都要给她带一些回去。那天傍晚我们从县城喝了酒回来，在荷花渡过河时，发现陶大为正坐在岸坡上的小屋里吃饭，饭桌上摆着热气腾腾的包子，那显然是刚在锅里热过的，旁边还放着一件衣服，看样子是大兰子一边吃饭，一边在为他缝补上衣。当时不仅是我，一起回来的几个同学也都感到有些意外，我们没想到像陶大为这样的人也会有这样温情的时候。

我立刻有一种感觉，看来陶大为是真的要在这里扎根了。

让我确信陶大为真的要和大兰子结婚还有一个理由，就是陶大为为了这件事已经决定要将自己的关系从西马庄迁到东马庄来。东马庄和西马庄紧挨在一起，中间只隔一条排灌渠，但是东马庄由于土地肥沃，人口也相对少一些，所以经济条件比西马庄还要好。据说陶大为向东马庄提出要把自己的关系迁过来时，立刻遭到东马庄大队书记的一口回绝。东马庄的大队书记叫马大头，论起来还是大兰子的远房堂叔。马大头早已在村里听到一些有关大兰子和陶大为的风言风语，这时一见陶大为动了真的，竟然还要把自己的关系迁过来，立刻就感到这件事要闹大了。但马大头也有一些顾虑，他想，陶大为毕竟不是一个普通知青，已经在县里挂了号的，又是先进典型，如果就这样拒绝他恐怕在公社那里不好交代。于是他经过再三考虑，就在一天上午来找大兰子的父亲马瞎子。马瞎子自从双目失明之后由于看不到东西，心里着急，性格就变得急躁起来，平时动辄大发脾气，而且经常因为一点小事就跟村里人大吵大闹，渐渐地还练就了一种本事，他手里的那根竹竿不仅是在走路时当探杖使，还能指哪打哪准确得惊人。有一次马瞎子坐在院子里乘凉，听到有老鼠跑出来争吃鸡食盆里的鸡食，他随手将竹竿横扫过去，竟然一下就将两只老鼠都打死了。

马大头在这个上午来找马瞎子，问他听没听说大兰子的事。

马瞎子立刻一愣，问什么事？

马大头就将大兰子和陶大为的事情告诉了马瞎子。

马瞎子起初听了还不以为然。他坚信自己的女儿不会爱上一个知青，更不会在这种事情上吃什么亏。但是马大头告诉他，这一次大兰子是真的鬼迷心窍了，现在东马庄和西马庄的人都已经知道了此事，只有他马瞎子这个当父亲的还蒙在鼓里。马大头为了让马瞎子意识到事态的严重性，又特意强调说，现在那个叫陶大为的知青已经整天呆在荷花渡，一天三顿饭都在那里和大兰子一起吃，就不知道晚上是不是也睡在那里。

马瞎子一听立刻站起来，说你说的……可当真？

马大头说当然当真，你如果不相信可以去村里问一问，很多人都亲眼见过的。

马瞎子没再说话，立刻就拎着竹竿来到东马庄村外的荷花渡。

陶大为刚好在荷花渡这里，正帮着大兰子烧火。马瞎子的嗅觉很好，一来到岸坡上的小屋门口立刻就闻到了陌生男人的气味，他皱皱眉问，谁在这里？

陶大为早就知道马瞎子，这时一见他突然来了就慢慢站起来，说是我。

马瞎子又伸过鼻子嗅了嗅问，你是谁？

陶大为说，我是陶大为。

陶大为？哪里的陶大为？

就是，西马庄的陶大为。

陶大为说着又赶紧从锅里捞出一个煮鸡蛋，敲破剥开壳，然后给马瞎子送过来，还很孝敬地说，刚煮熟的鸡蛋，您趁热吃吧。但是，他刚把这个煮鸡蛋送到马瞎子的面前，马瞎子突然倒退了一下，冷不防就抡起手里的竹竿横扫过来。竹竿准确地打到煮鸡蛋上，就像是打一个棒球，煮鸡蛋随之飞了出去，一直飞出很远才掉到了河里。马瞎子随之大吼一声说，你少跟我来这一套！陶大为一下愣住了，他睁大两眼看着马瞎子，搞不清他为什么突然发这样大的火。这时马瞎子就又将竹竿抡起来，啪地打在陶大为的腿上。

他大着声音说，你小子……还在跟我装糊涂吗?!

陶大为立刻疼得一蹦说，我……装什么糊涂了？

马瞎子说，你整天缠在这里，安的是啥心思？

马瞎子又说，你以为我是个瞎子，就好惹吗？你也不去打听打听，我马瞎子是啥人?!

马瞎子每说一句话，就用竹竿在陶大为的腿上猛抽一下，陶大为随之就疼得用力一蹦。陶大为想向马瞎子解释，自己并没有安什么别的心思，自己是真心与大兰子相爱，他将来也一定会对他们父女很好。但是马瞎子并不容他争辩，他就这样用手里的竹竿在陶大为的腿上一下一下地猛抽。这时在荷花渡等着过河的人都围过来看热闹，大家当然都认识马瞎子，也知道陶大为，见马瞎子这样在这里用竹竿使劲地抽打陶大为，都以为发生了什么不该发生的事情，于是也就不好过来相劝。就在陶大为不知如何是好时，大兰子从河对岸撑船过来了，她一见岸上的情形立刻跑过来一把夺过父亲手里的竹竿。大兰子的脾气比她父亲还要火暴，她夺过那根竹竿二话不说喀嚓一声撅成两截，随手就扔到了地上。

她瞪起两眼对父亲说，你跑来这里干什么？我的事不要你管！

马瞎子突然愣了一下，从地上拾起半截竹竿就转身探着走了。

4

陶大为的确有一股不达目的誓不罢休的韧劲。

在我的记忆里，陶大为一旦决定做什么事情还从没有失败过。马瞎子这一次拎着竹竿来荷花渡找他，并没有动摇他要将自己的关系迁来东马庄的决心。陶大为的心里很清楚，其实马瞎子对这件事的态度无关紧要。换言之，自己迁来东马庄的真正关键也并不在马瞎子，而是在于东马庄的大队书记马大头。陶大为知道马大头是不会轻易同意自己迁来东马庄的，他甚至不同意他与大兰子交往。马大头早就在村里公开说过，知青都是长翅膀的，来这里不过是暂时落一落，迟早还会远走高飞，所以跟这些人搞到一起注定是不会有什么好结果的。但就在这时，突然发生了一件事，这件事不仅震动了全公社，也让马大头大感意外。

事情是发生在西马庄。

西马庄有一个比我们早来两年的女知青叫刘燕。刘燕当初来西马庄插队时，家里的经济状况很不好，弟弟妹妹很多，而且还都很小，母亲又是一个家庭妇女，全家人只靠她父亲一个人在工厂里做工养活，所以刘燕一来西马庄插队就决定不走了，要在这里扎根落户。消息一传开，刘燕的身边立刻趋之若鹜。当地的年轻人还是很愿意讨个女知青做老婆的，所以一下就都围过来。但刘燕并不想找一个在当地有权有势的家庭，也不想嫁村干部，最后选来选去只在村里选了一个老实厚道的普通农民，叫马芋头。据说刘燕刚跟马芋头谈恋爱时不想让村里人知道，两人只是偷偷摸摸，知青集体户里人多眼杂，马芋头的家里也不太方便，两个人就经常在晚上趁着夜色去村外的野地里幽会。一个农村壮汉，一个城市少女，两人又都是为着结婚这样一个共同目标走到一起来的，到了广阔天地的草洼子里自然也就省去许多中间环节直奔了主题。就这样没过多久，事情就再也瞒不住了，刘燕的肚子已经在不知不觉中理直气壮地挺起来。村里的人们先还搞不清楚她这肚子是从哪里来的，后来一见马芋头的家里开始喜气洋洋地为他操办婚事，才突然一下都明白过来。于是村里那些没有吃到葡萄的，不仅不觉得葡萄酸反而越想越认为甜，嫉妒之余，就跑到公社去告发了马芋头，说他强奸女知青，而且还导致了很严重的后果，让那个被强奸的女知青怀了孕。公社有关领导一听立刻意识到事情的严重性，连忙又汇报到县里。于是就在办喜事这天，马芋头正跟捧着大肚子的刘燕在家里高高兴兴地举行婚礼时，几个上面派下的人突然来到西马庄，待问清楚哪一个是马芋头时，二话不说一根细绳就把他捆起来，然后才告诉他，说有人去公社把他告了，告的罪名是强奸女知青。当时按上面下发的红头文件，强奸女知青是要被枪毙的。刘燕一听立刻哇的一声扑过来，说谁去告的？要说他强奸那挨强奸的就应该是我，我本人没告还有谁去告？来人立刻问，你就是受害者？刘燕说对，我就是受害者，但我是自愿受害的。来人连忙安慰她说，你不要怕，你是响应号召下来插队的知识青年，是受保护的，现在我们来了你就安全了，一切事情都由我们为你做主，你有什么苦水只管往外倒，另外如果有什么要求也可以向我们提出来。刘燕听了哼一声问，我提要求你们能答应么？来人说当然能答应，只要你提的合理，我们一定会答应。刘燕说那好吧，我只有一个要求，你们把他放了，我们这里结婚结得好好的，你们却突然跑来说什么强奸，这不是多管闲事吗？来人这才意识到这是一件比较复杂的事情，于是研究了一下就说，我们还是先把人带回去，也许你有什么话在这里不便说出来，那就到公社去说吧。说罢就将马芋头像牵着一只猴子似的牵走了。

刘燕立刻简单收拾了一下，也挺着大肚子随后赶来公社。

刘燕赶来公社时马芋头已经被关了起来。县里来的人将她带到另一间办公室，问她究竟是怎么回事？县里的人说，你现在可以说了，不过一定要想好了再说，我们现在只要你一句话，如果你真是被马芋头强奸的，那么该怎样处理他是我们的事，你作为被害知青立刻就可以选调回城，这上边是有政策的。刘燕到了这时已经豁出去了，脸皮也不顾地说，你们是不是搞错了，要说强奸的话那应该是我强奸他，当初在庄稼地里是我先提出要做这件事的，他起初还胆小不敢干，裤子是我给他脱的，事情是我骑到他身上才干成的，如果女知青强奸男贫下中农也有罪，那你们就把我也抓起来吧！县里的人听了刘燕这番话立刻都面面相觑。这一来事情反而简单了，青年男女谈恋爱，一时把持不住先发生了关系，这在当时的农村里也不是没有的事情，如今既然人家已经结婚，也就应该不算一回事，更何况上级的红头文件里并没有说女知青不准自觉自愿地与当地贫下中农发生性关系，更没有规定在发生性关系之后不准结婚。于是刘燕在自己的证词上郑重其事地签了字，又按了手印，就领着马芋头高高兴兴地夫妻双双把家还了。就这样回到村里，又继续接着办喜事，索性还将全村的人都请过来。据说那一晚西马庄的人一直狂欢到深夜，后来将村里小卖店的地瓜烧酒都喝光了。

可以这样说，在某种程度上，刘燕这件事为我们这些知青在道德意义上正了名。她以自己的实际行动告诉那些当地的贫下中农，我们并非都是长着翅膀一心想飞的薄情之人，我们也注重感情，而且一旦出了事也敢于为自己的感情承担责任。这件事对东马庄的大队书记马大头震动更大。马大头怎么也想不明白，一个从城里下来的女知青，怎么会这样死心塌地地嫁给当地人，而且真到了关键时刻还能这样勇敢？

5

也就在这时，陶大为突然来找马大头。

陶大为在荷花渡被马瞎子打了几竹竿之后，反而被打清醒了。他觉得自己跟大兰子这件事比刘燕和马芋头要复杂得多。因为刘燕和马芋头不管怎样说还有西马庄村干部的支持，所以一切事情都好办，而自己和大兰子就不行了，还没到哪里就先杀出一个马大头。陶大为知道马大头是大兰子的远房堂叔，所以他意识到，他跟大兰子的这件事如果得不到马大头的认可将来还会有无穷无尽的麻烦。因此他经过再三考虑，就决定直接来找马大头。他清楚地意识到，有些问题要想回避是不可能的，只有当面来跟马大头谈一谈才能解决。

陶大为是在一天上午来找马大头的，当时马大头正在麦场上指挥着一群妇女扬场。所谓扬场，也就是用木铲将碾压过的粮食颗粒高高地扬到半空，由于粮食颗粒与粮食壳的重量不一样，在落下来时就会借着风力将它们分开。但东马庄的地理环境很奇怪，它是坐落在瘦龙河的一个河湾里，三面都是河堤，而且地势很低，也许正是由于这个原因所以一年四季都很少有风。这看起来似乎是一件好事，但给扬场也带来了很大困难。所以东马庄扬场的方式也就很奇特，只是由一个人站在高处端着簸箕将粮食慢慢地倒下来，另一个人则站在一旁用扇子用力地去扇，这种方式显然过于原始，不仅效率很低，也很浪费人力。陶大为来到东马庄的麦场上时，马大头正站在一个高凳上端着一个巨大的簸箕往下倒高粱，一个妇女站在一旁用一把很大的蒲扇在用力扇风。这个妇女的身材很高大，看上去也非常壮实，仍然累得满头大汗，身上的小褂都已被汗水湿透紧贴在后背上。陶大为站在旁边看了一阵，就走过去从那个妇女的手里接过蒲扇，然后一下一下地用力扇起来。马大头朝他看了一眼，并没有说话。就这样扇了一阵，陶大为忽然停下手。

他说，这样干实在太费力了，应该想个办法。

马大头只是哼了一声，仍然没有说话。

陶大为又说，应该想一个省力的办法。

马大头眯起一只眼看看他说，是啊，你给想个办法吧。

马大头这样说显然带有一些揶揄。他没有说出来的意思是，你不是“七十年代的张思德”吗，你不是在西马庄搞出了许多名堂来吗，你这一次还有什么本事就使一使吧。

陶大为听了只是看一眼马大头，放下蒲扇就转身走了。

几天以后，陶大为就扛着一个奇怪的东西来到东马庄。这个东西是木制的，看上去就像是一门大炮，但在炮口的另一端还有一根细长的竹管，这就使这门炮的样子更加怪异，像是一个巨大的水烟袋。陶大为扛着这个巨大的“水烟袋”径直来到麦场上找马大头。马大头一见这个奇怪的东西也愣了一下，皱皱眉问，这是……啥东西？

试试吧，陶大为说，也许管用。

管用？管……啥用？

扬场。

扬场？这东西……能扬场？

马大头又看看这东西，显然不太相信。

陶大为没再解释。他朝旁边的一个妇女示意了一下，那个妇女就端起簸箕将高粱慢慢地倒下来。陶大为蹲下身冲着那根细长的竹管吹了几下，只见另一端的管口就冒出徐徐的风来，将倒下来的高粱壳吹到一边去了。马大头一见立刻睁大两眼，他凑过来看了看这个装置，又回头看看陶大为说，这是……你做的？

陶大为点点头，说是，是我做的，下一步还要改进。

陶大为设计这个装置显然是经过一番考虑的。他并没有使用电力。因为在当时，农用电是没有任何保证的，即使在农忙季节，也只会在半夜时才来一来电。但是人用嘴吹的气力毕竟有限，于是陶大为就在这个装置里设计了两个用薄牛皮制成的气囊，用的时候要先将这两个气囊充满，这样一来也就对气流起到了放大的作用，再经过气口的特殊装制，气流大小也就可以调控。应该说，陶大为搞这个装置确实煞费了一番苦心，且不说这东西有多少实际的应用价值，仅凭设计和创意倘若在今天就可以去申请专利。

马大头又蹲着看了一阵，然后摇摇头说，这东西不实用。

陶大为问，为什么不实用？

马大头说，用嘴吹，这太费力了。

陶大为立刻让马大头试一试。马大头伸过头来试着吹了两下，只听装置里的气囊立刻发出咝咝的声响，接着就有气流从管口冒出来，果然并不太费力。

他想想又问，这东西……还能干啥用？

陶大为告诉马大头，其实这个装置还有很多用途，比如选种，脱粒，还可以吹猪等。陶大为所说的吹猪是指杀猪的一个程序。在我们插队的这个地方杀猪是很有讲究的，为了便于刮掉猪毛，在将猪杀死之后要先吹起来。具体做法是，先在四条猪腿的根部各割开一个小口，然后插进铁通条轻轻搅动，使猪身上的皮肉分离开，再扎起三条腿，只留下一个口子，用嘴用力地往里面吹气。这样把猪像一个气球似的吹起来，再放到热水里泡一泡，猪毛也就很容易被刮下来。但是这种传统的吹猪方法也有很多弊端，首先是很费气力，可以想象，要将一口上百斤重的肥猪吹起来绝非一件简单容易的事情。其次是可操作性差，对着猪腿吹气不仅不好下嘴，也很不卫生。所以，陶大为的意思是说，他的这个装置可以代替人用嘴来吹猪。马大头听了将信将疑，说吹猪？这东西……能把一头猪吹起来？

这时正在麦场上的人们都围过来，站在一旁看热闹。

陶大为很肯定地冲马大头点点头，说没问题，它能把猪吹起来。

马大头一听就笑了，说你知道吗，吹猪可不是随便吹着玩的，在这东马庄除了杀猪的吴老三，还没听说过谁能把一头猪吹起来呢。陶大为就不再说话了，他很认真地看看马大头，又朝身边看了看，突然走过去伸手抓住一只正在麦场边上觅食的芦花公鸡。这只芦花鸡的身架很大，羽毛也很长，看上去体格非常健壮。

马大头一见疑惑地问，你……要干啥？

陶大为并没有回答。他把这只公鸡拿过来，将装置的管口插进鸡的屁股里，然后交给马大头，让他拿好，自己就蹲下身用力地吹了几下。这时就见这只鸡的身体突然一下就像是一只气球似的膨胀起来。陶大为又用力吹了几下，这只鸡的身体随之更加膨胀，全身的鸡毛也都跟着一点一点地奓起来，看上去就像是一个怪异的毛团。这时，陶大为突然又猛地吹了一下，只听噗的一声，这只公鸡竟然就在马大头的手里被吹炸了。这只鸡在炸开之前还尖利地叫了一声，然后身子用力一挺，几乎是一眨眼的时间，马大头的手里立刻就腾起一团鸡毛，接着破碎的皮肉和血水立刻朝四周飞溅开来。正围在旁边看热闹的人们一下都被这情形吓呆了，哗的一下就朝后退着散开。马大头站在那里愣了好一阵才回过神来。显然，他没有料到陶大为的这个装置竟然有如此之大的威力。他抖了一下身上的鸡毛，又弯腰从地上抓起一把高粱叶子擦了擦手上的血水，然后才脸色难看地朝陶大为瞥了一眼。

他说，这只鸡是村里吴老三家的，你给吹死了，你要赔的。

陶大为点点头，说我赔。说罢就将这只死鸡扔到一边去了。

马大头又说，你这样做是没用的。

陶大为看看他，好像没有听懂他的意思。

马大头说，你不愧是一个知青，你这个人真是太聪明了，你当初想去西马庄，就给西马庄那边弄出许多事来，现在想来东马庄了，就又弄出这样一个东西，不过我可以告诉你，东马庄不会因为这样一个中看不中用的东西就把你迁过来的。

陶大为听了仍然面无表情地看着马大头，并没有说话。

马大头皱皱眉问，你……为啥不说话？

陶大为说，我做这个东西，跟我迁不迁过来没有关系。

马大头微微一笑说，你说这样的话，你自己相信吗？接着想了一下，又点点头说，好吧，我现在倒想听一听，我如果真把你迁过来，你下一步还准备干啥？

陶大为稍稍沉思了一下，说，我准备搞发酵饲料。

发酵饲料？

对，猪的发酵饲料。

陶大为告诉马大头，他知道东马庄的养猪业很发达。当时上级正在号召大力发展养猪事业，东马庄不仅家家养猪，生产队里也有专门的生猪饲养场。但是，陶大为发现，东马庄的饲养方式仍沿袭着传统的习惯，所用饲料以糠和麸子为主，再配以野菜和猪草，这种饲料的结构虽然比较保险，但猪上膘较慢，抵抗力也差，所以并不经济。陶大为对马大头说，他最近正在研制一种全新的发酵饲料，这种饲料如果成功，不仅用粮少，猪上膘也很快。

马大头立刻问，有多快？

预计，一天能长 4 斤。

4斤？

嗯。

你说，一天能长……4斤？

也许还不止4斤。

马大头摇摇头，又嗤地笑了。他不相信世界上还会有这样的猪饲料。

6

我不得不承认，陶大为确实是一个非常出色的知识青年。

他在农村这个广阔天地真的是可以充分地施展自己的才能，如果用当时的话说也就是大有作为。他这一次为东马庄设计的这个吹风装置，虽然马大头不以为然，但还是在扬场中得到了普遍应用，而且事实证明也的确大大提高了生产效率。

其实马大头真正感兴趣的还是陶大为所说的发酵饲料。马大头在心里算了一笔账，如果真能搞出这样一种神奇的饲料，那么猪1天上膘4斤，10天40斤，一个月就是120斤，按当时的标准优等生猪出栏是180斤，也就是说，一头30斤重的猪崽只要喂一个多月就可以出栏，这真是太划算了。陶大为也看出马大头虽然并不相信自己真能搞出这种饲料，但心里还是很感兴趣的，于是没过多久，他就拎着一桶搞出的饲料来找马大头。这种饲料看上去有些像酒糟，呈棕褐色，很松软，有一丝淡淡的甜味，但再仔细闻，似乎还有一股奇怪的味道。陶大为说，他已经在西马庄做过试验，用这种饲料偷偷地去喂了几天村里的猪，结果猪长势很好，猪的毛色油亮，而且贪吃肯长，上膘也很快。马大头听了看看这桶饲料，又抓起一把闻了闻，还是有些将信将疑。在他的养猪经验中还从没有见过这种奇怪的饲料。

于是，马大头就决定先用自己家的一头小猪试一试。

就这样喂了几天，马大头家的这头小猪虽然身架并没见明显长大，但重量却惊人地增加，看上去肥得连皮毛都紧绷起来。马大头这才确信陶大为的这种饲料果然有效，当即决定，将村里的养猪场全部改用这种发酵饲料。马大头在一天傍晚来到荷花渡。他原想让大兰子传话给陶大为，说自己想找他谈一谈。不想他来到这里时刚好遇到陶大为。陶大为刚在瘦龙河里捉了一些鱼，正准备和大兰子一起烤鱼吃。大兰子正蹲在河边为陶大为洗衣服，她回头看到马大头从河堤上下来，问有什么事？马大头朝陶大为那边看一眼，就朝大兰子这边走过来，想了一下说，我本来是要找他的，可现在也有句话要对你说。

大兰子慢慢站起来，问什么话？

马大头说，你也该注意一下了。

大兰子一听就笑了，说注意啥？

马大头说，当然是注意影响。

大兰子有些奇怪，说啥影响？

马大头又低头沉吟了一下，然后才说，你一个大姑娘家，整天在这河边跟个知青搅在一起，不光让别人看了不好看，真出点事也好说不好听。

大兰子哼一声又蹲下了，在河里洗着衣服说，有啥好说不好听的，谁爱说就说，谁爱听就听，我才不在乎那些人怎样嚼舌根呢。

马大头耐心地说，我这样说也是为你好。

大兰子笑了笑，说不用为我好，我爹都管不了我，你就甭操这个心了。

马大头说，正因为你爹管不了你，所以我才要管。马大头说到这里停了一下，又说，你毕竟是咱乡下闺女，肚子里没有那些城里来的知青弯弯儿多，你也不能太心实了，总要给自己留条后路，万一今后真有个……马大头说到这里忽然停住口，没再说下去。

大兰子回头冲他摆摆手说，你不要再说了，有啥事快去跟他说吧。

马大头摇摇头，叹息一声，就只好转身朝陶大为这边走过来。

马大头对陶大为说话直截了当，他告诉陶大为，他提出想迁来东马庄的事村里已经研究过了，应该没问题，不过陶大为毕竟是一个知青，而且还不是普通知青，在县里都已经挂了号的，像他这样的人如果想从西马庄迁来东马庄就不是一件简单的事，要先征得西马庄的同意，还要经过公社批准。所以，马大头对陶大为说，能不能这样，他去跟西马庄那边的村干部商量一下，先把陶大为借过来，下一步的事等一等再说。

陶大为听了并没有立刻表态，想一想问，要等多久？

马大头说也不会太久，只要公社一同意立刻就能办。

陶大为摇头说，暂时借过来，恐怕西马庄不会同意。

马大头说这你不用管，只要你同意，那边由我去说。

陶大为又想了一下，说好吧，你去说吧。

事后陶大为告诉我，其实在那个傍晚，大兰子等马大头走了以后曾提醒过他。大兰子虽然只是一个在河边撑船的农村女孩，对很多事却看得很清楚。她问陶大为，搞这种发酵饲料是否真有把握。陶大为说应该没问题。当时我们知青的每个集体户都发了一套叫《广阔天地　大有作为》的“知识青年丛书”，其中有一本就是专门介绍如何制作发酵饲料的。陶大为告诉大兰子，他做这种发酵饲料的方法就是从这本书上学来的，自己又摸索着作了一些改进，所以应该没问题。但是，大兰子告诉陶大为，她很理解他的心思，他完全是为了她才千方百计想迁来东马庄的，可是养猪的事毕竟跟种地不一样，猪是活物，一旦搞不好会死的，到时候真要弄出点意外的事来可就不好收拾了。陶大为对我说，后来的事实证明大兰子说的这些话确实很有道理，如果他当时能把这些话听进去，也许就不会发生后来的事了。

7

马大头没过多久果然就去了西马庄。

由于东马庄和西马庄紧挨在一起，两个村的村干部平时就经常有一些往来，但是马大头并没有说出要借陶大为过来的真实目的。他只告诉西马庄的村干部，说两个村的农田连在一起，土质也应该很相近，陶大为在西马庄搞的土壤改良很有成效，所以东马庄就想借他过来，也让他帮这边搞一下农田的土壤改良。西马庄的村干部听了并没有说什么，商量了一下也就同意了。就这样，陶大为被正式借来东马庄，接着就轰轰烈烈地搞起了发酵饲料。

陶大为的这种发酵饲料确实很厉害，东马庄养猪场里原本都是半大猪，已经长成了身架，正是上膘的时候，这样只喂了十多天这种发酵饲料，重量果然就普遍都猛增起来。马大头一见更加兴奋，索性让村里按陶大为的要求砌了一个发酵池，还专门给他配备了一切设备。

但就在这时，马大头却犯了一个错误。

马大头被胜利冲昏了头脑，一高兴就将这件事提前汇报到公社。公社领导一听说陶大为又有了新的事迹，自然非常重视，况且发展养猪事业在当时也正在大力提倡，于是就问马大头，这批生猪什么时候可以出栏。其实马大头这时完全可以给自己留有一点余地，把出栏的时间说得再长一点，但他一见公社领导如此重视这件事，一高兴就又犯了第二个错误，他告诉公社领导，如果按现在的上膘速度计算，再有几天就可以出栏了。公社领导一听更加高兴起来，当即表示，到这批生猪出栏时，要亲自来东马庄看一看。接着研究了一下又说，要不干脆这样，索性将县里的有关领导也请过来，就在东马庄开一个现场会，一来向全县推广这种新型的发酵饲料，二来也展示一下知青在咱们公社的劳动成果。

马大头一听越发兴奋，当即向公社领导表示，立刻回去作准备。

但是，也就在马大头从公社回来的这天下午，却突然出了问题。

先是马大头家里的那头小猪。马大头在这个下午回到家里，突然发现那头最先试验发酵饲料的小猪好像不太对头，不仅不再吃食，还在圈里叫着来回上蹿下跳，好像有什么话想说却又说不出来，搅得粪泥都从猪圈里溅出来。马大头不知发生了什么事，蹲下身仔细观察了一阵，发现这头小猪只是不停地喝水。就在这时，村里养猪场的人也跑来向马大头报告，说那边的猪也犯了同样的病，不吃食，光喝水，而且都像疯了一样地在猪圈里来回乱窜。马大头这才意识到出了严重问题，连忙叫人去把村里的兽医找来。东马庄的兽医就是吴老三。吴老三平时在村里杀猪，牲畜出了问题也能看一看。在这个下午，吴老三来到村里的养猪场，一看这些猪的样子也感到束手无策。他对马大头说，看这些猪的情形不像猪瘟，也不像是猪痨，他还从没见过猪会发这样奇怪的病。吴老三说着又随手抓起一把饲料，放到嘴里尝了尝，不料这一尝就尝出了问题。他发现这饲料里有一股很咸的味道。

马大头听了也感到意外，连忙也尝了尝，果然很咸。于是当即就将陶大为找来。经一再追问，陶大为才承认，他为了增加饲料的口感，也为了刺激猪的食欲，确实在饲料里掺进一些食盐。不过陶大为说，据书本上讲，在饲料里添加适量的食盐对猪是很有益处的，不仅能增强抵抗力，也会刺激生长发育。马大头这时已经不再听陶大为解释，立刻让村里的养猪场停止使用这种发酵饲料。

但这样一来又出现了新的问题。

据吴老三分析，原来猪吃了这种饲料之所以会很快增加重量，是因为饲料很咸，猪吃了之后感到口渴就会不停地喝水，也就是说，猪长的并不是肉膘，而只是一些水膘。现在马大头将这种饲料停下来，猪不再喝水，体重也就很快又都恢复到从前，有的甚至还大不如前。原本已经肥起来的猪突然又瘦下去，样子就很难看，身上的皮一下都显得松松垮垮，像是一件衣服似的披在身上。而更让马大头着急的是，再过几天公社和县里的领导就要带着人来东马庄开现场会，到时候将这样一群又蔫又瘦的半大猪弄去会场，岂不是要在全县人的面前闹了笑话？马大头越想越着急，越着急就感到坐立不安，于是想了想就又去找陶大为。马大头一见陶大为就没好气地说，你把事情弄成了这样，你现在看吧，这件事该怎样收拾？

陶大为听了想一想说，其实，这件事也很好办。

马大头立刻瞪着他说，好办？你说咋个好办法？

陶大为说，那就看你想要猪，还是想要面子了。

马大头问，要猪怎样讲，要面子又怎样讲？

陶大为说如果要猪，就不要开这个现场会。

可公社和县里都已经定下来，不开怎么行？

那恐怕就要损失几头猪了。

损失……几头猪?

马大头还是没明白陶大为的意思。

陶大为问，你能舍出几头猪吗?

马大头无可奈何地说，事到如今，还有啥舍得舍不得。

陶大为点点头，说好吧，既然这样，后面的事就交给我去办吧。

事后陶大为告诉我，他这也是不得已才想出的一个办法。这一次，他设计的那台土造的吹风装置又派上了用场。在开现场会的前一天晚上，陶大为将那台吹风装置扛去村里的养猪场。东马庄的人听到，养猪场里的猪高一声低一声地整整叫了一夜。

第二天上午，公社领导和县里的领导就带着许多人来到东马庄。陶大为已经先等在养猪场。他在前面引领着大家去几个猪圈转了一下，猪圈里的猪果然个个都是膘肥体壮。公社和县里的领导一见都很高兴，一致夸奖陶大为研制的这种发酵饲料很神奇，并说要在全县推广，还要作为一项成果报上去。这时，只有站在旁边的马大头有些摸不着头脑。他搞不明白，这些猪怎么会在一夜之间突然都肥成了这样?于是，他等公社和县里的领导一走立刻就气急败坏地来找陶大为，问他这究竟是怎么回事。但是，他一见那台放在一边的吹风装置立刻就明白了。

陶大为淡淡地对他说，把这几头猪杀了吧。

8

陶大为这一次让马大头损失了几头猪，却使东马庄村生产大队的知名度一下提升起来，几乎全县都知道了在瘦龙河边有一个东马庄，东马庄里有一个知青叫陶大为，他搞出的发酵饲料十分神奇，竟然能把一只小猪崽在一月之间就喂成一头肥猪。当时的县文化馆“毛泽东思想文艺宣传队”还将这件事编成了一段表演唱，专门歌颂陶大为的发酵饲料：

知识青年心向党
好像葵花向太阳
发酵饲料显神威
大猪小猪身体棒
广阔天地炼红心
大有作为本领强
哎呀我们大家都来学习他
哎呀知识青年的好榜样
……

陶大为确实是一个绝顶聪明的人，在他的脑子里总会有无穷无尽的创意。接下来没过多久，他就又一次让东马庄村生产大队在全公社声名大振。这一次是因为他制作了一盏牛皮灯。这盏牛皮灯有一头真牛那样大，看上去不仅逼真，也非常生动。据陶大为说，其实这盏灯就是用一头真牛的牛皮制作的。这是东马庄的一头奶牛，这头牛的品种很好，原本在产奶的同时还可以用作农用耕畜。但后来不知为什么，它突然就不再产奶了，而且自从不产奶后体力也似乎开始下降，渐渐地连下田耕地都有些吃力。马大头和几个村干部商量着想把这头牛卖掉，但这样一头已经不中用的老牛恐怕也卖不出几个钱。于是陶大为就想出了一个主意，他告诉马大头，他可以让这头牛卖个好价钱。马大头听了自然不相信，一头已经这样的牛无论如何也不会卖出太好的价钱。陶大为就告诉他，他可以利用那台自制的吹风装置，将管口插进这头牛的生殖器里，用力将它的子宫吹大，这样从表面看它的肚子就会膨胀起来，用手摸上去也会给人一种错觉，似乎这头奶牛是怀了小牛。怀孕的奶牛不仅好卖，价钱自然也就会更高一些。这种吹牛的办法显然过于残忍了，也有些阴损，起初马大头不太同意，但再仔细想一想，如果不这样也实在没有什么更好的办法，于是和几个村干部商议了一下，也就只好同意了。但是，陶大为这一次却太过贪心了，他想把这头奶牛的子宫吹得大一些，再大一些，这样从表面看去就会更加逼真，牛也显得更加肥壮。但是奶牛子宫毕竟有限，陶大为又吹得过于用力，就在他一下接一下地使劲吹时，突然听到牛肚子里发出一声很沉闷的爆响。显然，由于他将牛的子宫吹得过大，子宫就像一个气球似的被吹炸了。当时这头奶牛倒并没表现出有多痛苦，它只是有些搞不懂，不知自己的肚子里怎么会突然发出这样奇怪的一声，于是先低下头去看了看，然后又摇晃了一下身体才慢慢瘫倒下去。也就在这时，公社给各村下发了通知，说是为了庆祝全公社连续第四年获得大丰收，公社要在麦收开镰之前举行一个盛大的庆祝会，届时每个村都要出一个节目。以往遇到这种事马大头都很犯愁，别的村都有自己的拿手好戏，有跳秧歌的，有踩高跷的，实在不行还有花鼓队，唯独东马庄，却是一个像样的节目都拿不出来。但这一次，陶大为向马大头提出，他可以用这头奶牛制作一盏牛皮灯，到开会那天放到天上去，也是一个景观。马大头起初听了还不太相信，这样一头软耷耷的死牛，怎么可能会做成一盏牛皮灯？但转念再想，陶大为毕竟是陶大为，他敢这样说自然就会做得出来，于是便点头同意了。

陶大为制作这盏牛皮灯很是下了一番工夫。他先在牛屁股的后面挖开一个洞，然后一点一点地往里掏，竟然就将牛的五脏六腑和全身的骨头筋肉都从这个洞里掏出来，然后又从牛嘴里将脑袋里的东西掏干净。做完这一切，再用刀子从里面刮皮，直到将这张完整的牛皮刮得像纸一样薄，就将嘴和屁股后面的洞重新封起来。公社开庆祝会这天是在下午，待各项议程都进行完毕，各村开始表演节目时天已经黑下来。这时就见会场上空突然飘起一盏牛皮灯，这盏灯有一头真牛那样大，而且浑身通亮，栩栩如生，看上去真像是一头牛飞翔起来。这盏灯的意味真是太吉祥了，寓意也很深刻，它既表明了我们公社在毛主席革命路线的指引下五谷丰登、六畜兴旺，同时也歌颂了我们公社的领导完全彻底地为人民服务的老黄牛精神。当时会场上的人们先是都仰起头来惊讶地看着，接着就有人带头鼓起掌来。这时我也在人群里，我发现这盏灯飞起来的道理其实很简单。在我们插队的这一带，每到麦收季节，为了庆祝粮食丰收，也为了祈盼风调雨顺，仍还保留着放天灯的习俗。这种天灯是用棉纸糊成的，在下面有一根很小的蜡烛，放的时候只要将蜡烛点燃，纸灯就会借着热气飞到天上去，很像我们今天放的热气球。陶大为显然是利用了这个原理，他先用那台自造的吹风装置将牛皮吹起来，晾干定形，将它固定成一头牛的形状，然后再在牛肚子的底下挖开一个洞，装上几支蜡烛，这样一点燃蜡烛这盏牛皮灯自然也就徐徐地飞翔起来。

这盏独特的牛皮灯的确又一次为东马庄赢得了声誉。

我们公社的领导对这个节目非常感兴趣，也很满意，庆祝会一结束就把马大头叫去，问他这是不是又是那个叫陶大为的知青想出的点子。马大头点头承认，说是。公社领导一听就笑起来，说这个陶大为，真不知他还会搞出多少名堂来。这时马大头就又告诉公社领导，说陶大为已经正式决定要在这里扎根落户，现在正跟一个当地的女孩谈恋爱。公社领导一听立刻高兴地说，这可是一件好事啊！接着又问，是哪村的姑娘。马大头这才说出了大兰子，并说陶大为正想把自己的关系迁来东马庄。

公社领导听了当即表示同意，并说等他们结婚时，一定要来祝贺。

9

但是，陶大为在这个夏天并没有跟大兰子结婚。

因为就在这个夏天，突然发生了一件意外的事情。

陶大为这时已正式迁来东马庄，正在为村里实验沼气。沼气是一种可燃性气体，也是一种既经济又很清洁的能源，如果在农村普及使用沼气，不仅可以烧水做饭，晚上还能照明，这样就可节省大量的柴草。更重要的是这种沼气制作起来也很简单，原料只用人粪尿和一些腐败植物，因此，马大头就非常支持陶大为搞这个实验，为此还特意派人在村边挖了一个很大的沼气池。起初事情进展得很顺利。陶大为将人粪尿蓄进沼气池，又添加了一些腐败的青草，沼气很快就产生出来。出事是在一天下午。在这个下午，陶大为先去给大兰子修了一下渡船，又到马瞎子那里帮他理了一阵猪圈，直到傍晚时才回到沼气池这边来休息。但就在这时，他做了一件非常不该做的事情。当时不知他是怎样想的，竟然坐在沼气池的边上卷起一支旱烟，接着还划着一根火柴点燃起来。据当时在不远处看见的人说，就在陶大为点烟时，只见他的跟前突然火光一闪，接着听到砰的一声巨响，沼气池的盖子立刻就被炸得飞起来，与此同时，里面的人粪尿也随之飞溅出来。陶大为先是被抛起来，接着又重重地摔到地上，他的身上立刻被溅得臭气熏天，从上到下几乎成了一个粪人。而更为严重的是，他的头也在这爆炸中被沼气池的盖子崩伤了，虽然从表面看没流多少血，但很可能是受了内伤，所以立刻就昏倒在地。这时马大头和大兰子也闻声赶过来。马大头和大兰子一见这情形大吃了一惊。大兰子连忙冒着臭气将陶大为从里面拖出来，给他从里到外清洗干净，又换了一身衣服，然后就送去县医院。

关于这件事，我一直有些怀疑。

首先，我不相信陶大为没有如期跟大兰子结婚只是因为这次沼气池爆炸事件。因为陶大为曾经很清楚地告诉过我，他跟大兰子结婚是准备在这一年的夏天，而沼气池爆炸却是发生在初秋，前后相差将近一个月，这在时间意义上显然不符合逻辑，也就是说，应该是他们没有结婚在先，而爆炸发生在后，或者可以这样说，即使沼气池没有发生爆炸，陶大为也没有跟大兰子结婚。这就让我感到有些意外。在此之前，我一直坚信陶大为这一次是下定决心要跟大兰子结婚的，陶大为也曾多次信誓旦旦地对我说过，他已经决定了，这辈子就讨大兰子做老婆，在这瘦龙河边扎根落户了。其次，沼气池爆炸这件事的本身也很值得怀疑。沼气是一种很危险的可燃性气体，在空气中聚积到一定浓度时，一遇到明火就会发生爆炸，这对于像陶大为这样的人来说应该是再简单不过的常识，但他在事发时，却偏偏坐到那个沼气池的边上去抽烟，这就让人很难理解。我在当时甚至还做过这样的设想，也许陶大为明知在沼气池的边上抽烟会引起爆炸，他还是选择故意这样做，他甚至还在抽烟之前悄悄地做了什么手脚，他只是低估了人粪尿的威力，所以才把自己炸成了这样。但接下来的问题是，如果我的这些设想和分析都是正确的，那么陶大为的这种做法就近乎疯狂了。

可是，他的这种近乎疯狂的念头又是从何而来的呢？

事后再回想起来，我才意识到，有一件事不容忽视。就在那一年的初秋，中国发生了一件很大的事情，这件事不仅具有非常深远的历史意义，也从根本上改变了很多人的命运。今天 50 岁左右的中年人应该还记得，1977 年的 10 月 20 日是一个很特殊的日子，在这一天的晚 8 点，中央人民广播电台报道了一个让很多年轻人听了都欣喜若狂的消息，中国的高等院校要改变招生制度，又重新恢复高考了，这也就意味着所有想求学的年轻人都将被排除掉家庭出身、个人成分等一系列政治因素，又重新回归到文化考试这同一条起跑线上来。消息还同时公布，第一届招生考试的时间就定在这一年的 12 月 7 日至 9 日，也就是说，从公布消息到举行高考只有不到两个月的时间。消息一出来，几乎全国的每一个角落都兴奋起来。事后我才知道，当时全国报名的考生竟然达到 570 万人，而最后的录取名额只有 27.3 万人，比例几乎是 21∶1，这在今天看来竞争的激烈程度简直难以想象。我当时由于去外地出河工，回来得晚了一些，所以直到半个月以后的一天上午才赶去公社报名。我从公社报名出来什么事都没干，先去县城的浴池痛痛快快地洗了个澡，又找了一家最好的饭馆狠狠地吃了一顿午饭。

因为我知道，我后面就要进入艰苦紧张的复习了。

我吃过饭后又特意到县医院去了一下。我想去看看陶大为，同时也跟他说一说这次参加高考的事情。陶大为在县医院受到的是特殊待遇。我来到这里一向护士说出他的名字，立刻就被带到一间单人病房。病房里堆满锦旗和锦镜，大都是公社和县里的各个机构送来的，上面有写“广阔天地　大有作为”的，有写“扎根农村　永干革命”的，还有写“知青楷模　生根开花”的。陶大为正躺在病床上埋头看一本什么书，他一见我进来立刻将书掖到枕头底下，然后冲我笑了笑，指着凳子让我坐。我发现他的精神很好，气色也很好，不仅白了，也胖了，看上去满面红光。我跟他开玩笑地说了一句，你可真是人逢喜事精神爽啊！

他立刻很认真地看看我，问，什么喜事？

我笑笑说，当然不是指结婚。他想了想，又摇摇头，似乎还是没明白我在说什么。我索性就直截了当地问他，这一次准备怎样复习。

他眨眨眼问，复……习？复习什么？

我盯着他说，你不知道复习什么吗？

他说不知道。

真的不知道？

真的不知道。

我又朝他的脸上看了看问，前些天收音机里的新闻，你没听到吗？

他似乎想了一下，又摇摇头说，我住在医院里，听不到新闻广播。

我说，就算你听不到广播，报纸总可以看到吧，你没看报纸吗？

没看，最近总是昏昏沉沉的，精力好像也集中不起来。

我只好说，好吧，那我就告诉你吧，马上要恢复高考了。

恢复……高考？他似乎有些不太相信，这……是真的吗？

我立刻不想再说话了。我上午到公社去报名时，明明在报名册上看到了他的名字。我当时还感到有些意外，问负责报名的人，陶大为真的来报过名吗。负责报名的是公社知青办的田老师，田老师立刻将我拉到一边低声说，这件事千万不要说出去。我听了有些奇怪，问为什么？田老师说，这是陶大为来报名时特意叮嘱过的。田老师告诉我，陶大为是在一天夜里来公社的，当时田老师已在宿舍睡下了。田老师问他，这么晚了来干什么？陶大为说他是从县医院回来的，去村里取一些东西，立刻还要赶回县医院去。然后就问田老师，参加高考的事是不是已经开始报名。田老师回答说是，但接着又有些意外，陶大为是全县的知青典型，而且早已在各种场合明确表过态，要在这里扎根一辈子，他现在怎么会打听起考大学的事情呢？陶大为似乎看出田老师的心里在想什么，于是就对他说，他确实想参加这次高考。但是，他又说，他参加高考并不是真要去上大学，而只是想圆自己的一个梦。他对田老师说，他既然已经明确表示过要在这里扎根一辈子，而且还当了全县的知青典型，他当然不会食言，但是，上大学真的是他一生中的一个梦想，他这一次只想去参加考试，看一看自己是否真的能考上大学。陶大为说，如果自己真的考上了，他就是不去上也总算对自己的这个梦想有一个交代了。在这个深夜，田老师听了陶大为的这番话深受感动。田老师问陶大为，自己可以帮他做些什么？陶大为说，他只要报一个名，但他报名的事最好不要说出去，他也不想让任何人知道，否则会引起不必要的误会，也可能会扰乱其他知青的安定之心。

所以，田老师又特意叮嘱我，千万不要将陶大为报名这件事说出去。

我在陶大为的病房并没有再提这件事。我只是问他，是否还要在医院里继续住下去。陶大为皱了一下眉说，看样子还要再住一段时间，最近头总是疼得厉害，可是医生又查不出是什么原因，所以怀疑是颅内的哪根神经受到了损伤。我听了笑一笑对他说，是啊，如果真是颅内神经受到损伤可是大问题，还是留在医院好好养一养吧。

陶大为听了忽然愣了一下，抬起头用一种很奇怪的目光看看我。

10

1977 年的那一场高考真是轰轰烈烈又惊心动魄。

可以想象，在那样一个特殊的历史时期，突然举国上下有 570 万的年轻人从四面八方涌来参加这样一场考试会是一个什么场面。据说当时由于要印大量的试卷，连纸张都出现了严重短缺，中央不得不将印刷《毛泽东选集》第五卷的纸张都临时调拨过来应急。我至今仍还珍藏着当时的准考证。这是一张很粗糙的纸片，铅印的油墨已经有些发毛，在右上角贴着一张一寸的黑白照片，劣质的相纸已显得有些发皱。但是，我当时还很年轻的脸上，抑制不住的兴奋和激动还是从这些褶皱里渗透出来。

我再一次见到陶大为是去县医院参加体检的时候。

那一年由于是刚刚恢复高考，很多制度还不完善，所以就只设了“体检分数线”。当时的体检分数线是 201 分，然后各大学再从这些参加体检的考生中录取 60%。这也就是说，即使被通知体检了也未必一定就能录取，所以每个来参加体检的考生就仍然还都怀着惴惴不安的心情。让我没有想到的是，我竟然在等待体检的人群里发现了陶大为。陶大为明显瘦了很多，看上去也很疲惫。这在当时是典型的考生脸色。大家经过将近3个月的拼命复习、紧张考试和艰苦等待，脸色都是又黄又瘦。我在这里看到陶大为时感到有些意外。尽管我知道，这一年的高考题目对他来说应该是太简单了，他几乎有十足的把握可以考取，但是，如果他说参加高考并不是真的想去上大学，那么来这里参加体检的目的就应该很明确了。他当时手里拿着几张填写得密密麻麻的表格，正拼命地向前挤。他的身材并不高，看上去也有些单薄，但在人群里却挤得执着而又顽强，似乎有一点缝隙也要钻过去。我张张嘴刚要叫他，但想了想，还是把话又咽回去。

事后我才知道，自从我那一次到医院看他，他的伤势始终没有好彻底，所以直到体检时仍一直住在县医院的那间单人病房里。他是通过医院里的小护士看到体检花名册的。他在花名册上找到自己的名字，于是立刻就去了县里。这时县里的有关部门已经成立了招生办公室，招生办的人并不认识陶大为。陶大为就对他们说，他和陶大为是在同一个村里插队，这一次来县里办事，陶大为托他到这里看一下，在体检名单中是否有他的名字，如果有就顺便将他的体检通知书带回去。招生办的人立刻在体检名单中查到陶大为的名字，于是就这样，陶大为的体检通知书并没有下发到公社，而是直接就被他领走了。

陶大为的体检没有任何问题。他的视力很好，心肺功能很正常，血压和各项指标也都非常标准，可以说，他是一个很健康的年轻人。体检之后的当天下午，他就办理了出院手续。他故意没有通知公社，也没告诉村里。他想自己走回去。他在这个下午背着行李拎着网篮从县城出来，沿着瘦龙河的大堤就一直走下去。他这时的心情一定很好，脚步也非常轻快。冬天的阳光柔软而又温暖，河里的水很湍急，但流得寂静无声，偶尔可以看到几条鱼儿在水里一翻一翻，露出耀眼的银白色肚皮。

陶大为就这样，30 多里路只用了两个小时就走到了。

陶大为在这个下午原打算从水塘湾这边的大桥绕过去。他这时还不想见到大兰子，他不知见到大兰子应该说些什么。他这段时间经常在夜里梦见大兰子的那双眼睛，那双眼睛一眨一眨的似乎会说话，瞪起来也显得更加俊俏。但是，陶大为却从这俊俏里感觉到一股咄咄逼人的寒意。他在路上很认真地考虑了一下，最后还是改变了主意。他觉得这样躲下去也不是办法，现在事已至此，无论再怎样躲也无法回避。

于是，他咬一咬牙就还是朝荷花渡这边走来。

让陶大为没有想到的是，在这个下午，大兰子正坐在河边的小船上，好像已经在这里等他。一段时间不见，大兰子似乎有些胖了，脸上的皮肤在阳光下也有些发暗。她一见陶大为就从船上慢慢站起来。小船晃了晃，但她还是稳稳地站住了。陶大为立刻迟疑了一下，试探地看看她，然后才从河坡上一步一步地走下来。

他走到大兰子的跟前说，我……回来了。

大兰子看看他，又看了看他背上的行李。

陶大为把行李卸下来，拎在手里。

大兰子问，你，还要走吗?

不……不走了。

真的，不走了?

是……不走了。

大兰子没再说话，朝船下的河水看了一眼。

陶大为看她一眼，小心地问，你，怎么了?

大兰子点点头，说，我知道，你今天回来。

陶大为愣一下问，你……知道我今天回来？

大兰子忽然笑了，笑得很淡。

陶大为又试探地问，有事吗？

大兰子沉吟一下说，嗯，有事。

陶大为哦一声，看着大兰子。

大兰子说，我……怀孕了。

你——怀孕了？！

陶大为立刻睁大眼，手里的行李险些掉进河里。

大兰子很认真地看看他，怎么，你不高兴吗？

高兴……当然……高兴，可是……

可是什么？

我……还没有……我本来……想……

陶大为一下有些语无伦次了。他在回来的路上原本已在心里组织好所有的语言，见到大兰子应该怎样说，先说什么，后说什么，然后再说什么，有的话要强调说，也有的话千万不要说，还有的话要稍稍绕一下弯子再说。陶大为相信自己的口才，也相信自己的表达能力，他觉得自己有把握将这样一番发自肺腑的话语声情并茂又感人至深地向大兰子娓娓说出来。但是这时，他一下全被搞乱了。他事先几乎将所有的可能都想到了，却唯独没有想到大兰子会怀孕。他迅速地在脑子里回想了一下，他在住院期间确实曾回来过两次，但这两次都是在大兰子的经期前后，陶大为一向在这个问题上很谨慎，应该不会出什么问题，他想不出大兰子怎么会在这个时候突然怀孕。但是，陶大为毕竟是陶大为，他很快就让自己镇定下来。他先长长地舒出一口气，然后问大兰子，这是你自己的感觉，还是……去医院查过了？

大兰子没再说话，只是很认真地看看陶大为。

好吧，陶大为说，我也有件事，正要告诉你。

大兰子仍然没说话，只是一下一下地看着他。

陶大为似乎又考虑了一下，然后神情就庄重起来。

他说，我打算……把村里的沼气管道全面搞起来。

陶大为说着把手里的行李扔到河坡上，然后告诉大兰子，他这段时间在医院里认真想过了，后面将有一系列很庞大的计划，他经过精确计算，东马庄共有 342 户，人口是 1976 人，这样要满足生活需要至少就要修建 10 个以上 20 立方的沼气池，而且他还要将沼气管道联网化，通到每家每户，然后再将沼气池里清出的废渣废料综合利用，跟草木灰混合在一起搞成一种专门针对这一带土壤的农家肥。陶大为这样说着，似乎自己也被这计划激动起来。他满怀豪情地说，如果这个计划真能实现，那么东马庄将会成为全县的第一个沼气村。

大兰子仍然没说话，只是静静地看着他，听他继续往下说。

陶大为沉吟了一下又说，但是，如果要搞一个如此规模的工程就需要有很强的专业知识，所以他要作好充分的准备，恐怕要看很多书，还要回城里去翻阅大量的相关资料。

大兰子点点头，说明白了。

陶大为张张嘴还要说什么，大兰子却只是冲他笑了笑。

陶大为问，你……笑什么？

大兰子又淡然一笑，说不笑什么。

她说，你先回村去吧，马书记正在等你。

陶大为知道，大兰子所说的马书记，自然是指马大头。

陶大为在这个傍晚回到村里，想了一下就还是直接去了大队办公室。马大头果然正等在这里，马瞎子也在。马瞎子的脸上没有任何表情，他坐在门口的一个木凳上，手里没拿竹竿，而是握着一根有手腕粗细的木棒。陶大为走进来，立刻有一种不祥的预感。

马大头一见陶大为就哼的一声笑了，说好啊好啊，你终于从医院回来啦。

陶大为听出马大头的话音不对，就在门口站住了，看看他，又看看马瞎子。

马大头问，你头上的伤，彻底好了？

陶大为点点头，说好了，彻底好了。

这样说，不用再去住院了？

嗯……不用了。

陶大为已经听出来，马大头的话不怀好意。

果然，马大头笑笑说，你可真沉得住气啊。

陶大为愣了一下，我……什么事沉得住气了？

马大头冷冷一笑问，你啥时候走啊？

陶大为张张嘴，刚要说什么，马瞎子却突然抡起木棒猛地一下砸过来。事后陶大为告诉我，当时马瞎子的木棒抡得很高，幸好大队办公室的屋顶矮了一些，木棒在屋顶上碰了一下，泄了一些劲，但就是这样，这根木棒还是带着呼呼的风响准确地砸到桌上的一个茶壶上。这个茶壶啪的一声就不见了，破碎的瓷片朝四周飞溅开去，崩到墙壁上发出一阵稀稀哗哗的声音。马瞎子把手里的木棒扔到地上，慢慢转过身，从墙边拿起那根竹竿就朝门外去了……

11

我参加完体检就回城探家去了。

春节以后，我回来取大学录取通知书时，才听说陶大为出事了。

确切地说出事的并不是陶大为，而是大兰子，没有人能说出大兰子究竟出了什么事。一天早晨，人们忽然发现荷花渡上没人，只有那条小船横在河心。这在以往是没有过的事情，大兰子无论晴天雨天，刮风下雪，还从没有离开过渡口。人们起初都以为她回村去了，但村里人也说没见到她。就这样一直等到下午，又等到晚上，才发现大兰子是真的不见了。人们立刻有了一种不祥的预感。虽然大兰子的水性很好，但在这样的寒冬季节，瘦龙河水又这样湍急，倘若掉下去也很难想象会发生什么事情。有人沿着瘦龙河找到下游的水塘湾，又从水塘湾一直找了十几里，也没有发现大兰子的任何踪迹。陶大为告诉我，虽然他深知大兰子的性格，但他也相信，大兰子不会做出什么傻事的。他说，他觉得大兰子一定是独自去了什么地方，她只是不想告诉他，也不想让任何人知道。

好吧，他流着泪说，那就让她去吧。

陶大为是在一天晚上对我说这些话的。在这个晚上，他来到荷花渡，又点燃了那盏牛皮灯。牛皮灯将清冷的河水映成橘黄色，轻轻飘起来，在河面上洒下一片幽远的光……

秋　鸣　山

后来的事情都是由一个壶引起的。究竟是一个什么样的壶，由于我没有亲眼见到，所以无法描述得太详细。只听说是一个长方形的青花瓷壶，像一块砖那样大。青花瓷壶早在元代就有，由此可见，这应该是一件古董。此外这个青花壶的壶嘴也有些怪异，是翻卷开的，看上去像一朵绽放的喇叭花。据刘成说，宋福曾为他解释，这是夜壶特有的一种款式，为的是夜里摸黑尿尿时便于把东西塞进去。

出事是在一天晚上。当时宋福正躲在秋鸣山。

秋鸣山不是山，只是一座像山一样的巨大坟墓，约有两丈余高，相传埋的是宋福的祖父。坟墓前面还有几间土坯房，就是当年的"秋鸣记响行"。据说宋福家的秋鸣记响行当初在这一带很有些名气，每遇谁家有红白喜事或逢年过节，所用鞭炮都是出自这里。在出事的这天晚上，宋福又悄悄来到秋鸣山，从灶洞里掏出那个青花瓷壶在灯下把玩着欣赏。宋福在欣赏这个夜壶时的心情可以想见，他想的一定不仅仅是这个壶，还从这壶里回味到更多的东西。青花瓷的彩釉是很光润的，白底蓝花也非常爽眼，在花纹深处还有两个清晰的梅花篆字："秋鸣"。宋福猜测，当年他的祖父宋秋鸣大概就是因为这两个字才花重金从宁阳城里的一家古玩店将它买回来的。那时宋福刚好20岁。宋福一直搞不懂，祖父为什么要把这样一个烧有他名字的夜壶送给自己作为20岁的礼物，在最初的一段时间，他每当急于排泄时一看到夜壶上的这两个字，想到是祖父的名讳立刻就尿意全无。

在那个出事的晚上，宋福一边把玩着这个青花夜壶，一边心里有些黯然神伤。40多年倏忽过去，一切都已成为往事，秋鸣记响行早已风光不再，只剩了这样一座长满荒草的秋鸣山。宋福沉默了一阵，就从角落的一个旧木箱里翻出一个油纸包。打开油纸包，里边是一些做工精细的鞭炮。这些鞭炮显然已经年代久远，依稀还能看出斑驳的旧时花纹。宋福拿出几枚鞭炮，托在掌心看了看，他还记得，这应该是1930年代的产物。接着，他又拎起那个青花夜壶轻轻摇动了一下，放到耳边听了听。夜壶里立刻响起一阵浑浊的液体声。这是宋福刚刚尿进去的。他先卷起一支旱烟，吸了几口，然后就点燃一枚鞭炮放到这个夜壶的旁边。鞭炮炸响的声音仍然很清脆，叭的一声，夜壶里随之发出一阵呜呜的共鸣。共鸣声渐渐低下去，接着，竟然就有一阵若隐若现的歌声缥缥缈缈地从壶嘴的喇叭口里传出来。这显然是30年代的歌曲，声音古老娇嫩，有些软恹恹的，像秦楚楚的《花好月圆》。这件事连他自己也无法解释。他记不清是从什么时候发现的，这个青花夜壶竟然还有如此神奇之处，只要燃响鞭炮，它的里面立刻就会莫名其妙地响起歌声，而且不同年代碾制的鞭炮，歌声也会不尽相同。宋福曾经试验过，他将一枚刚刚碾制的鞭炮点燃，这个青花夜壶里竟然响起了雄壮有力的《大海航行靠舵手》。这是一首在当时极为流行的歌曲，可谓脍炙人口。在这个晚上，当宋福点燃第四枚鞭炮时，夜壶里的秦楚楚就已将那首《花好月圆》唱到了高潮。

也就在这时，张全主任突然推门闯进来。

张全主任是张村的革委会主任，如果用今天的话说也就是村委会主任。张全主任当然不是因为听到了夜壶里的秦楚楚歌声才闯进来的。他是看到了秋鸣山的灯光。秋鸣山是在田野的深处，在这样一个漆黑的夜晚，从这里发出一缕灯光自然很引人注意。但是，张全主任在闯进来的一瞬间还是听到了什么声音，接着就发现了那个放在灶台上的青花夜壶。张全主任的脸上立刻露出惊异的神色，问宋福，这是什么？

张全主任当然认识夜壶。他问宋福的意思，是指夜壶里的秦楚楚。

宋福立刻显得有些慌乱，想赶紧收起这个夜壶。但就在他抓起夜壶的同时，张全主任的手也已经伸过来了，这样一碰，一股黄绿色的液体就从那个鲜花一样的壶嘴里喷溅出来。张全主任立刻觉出这液体有些可疑，抬手放到鼻子底下闻了闻，皱起眉头说，这究竟是怎么回事？

这时宋福已将夜壶又塞回进灶洞里，说，没有怎么回事。

张全主任朝屋里环视了一下，然后盯住宋福用力看着。

你是不是，还贼心不死？

我……贼心不死？

对，梦想复辟！

宋福立刻垂下眼，说没有，我没有梦想复辟。

既然没有，这样半夜三更，你来这里干什么？

宋福想了想，觉得无言以对，于是又说，真的……没有。

张全主任听了点点头，鼻孔里哼出一声说，谅你也不敢！

然后又说，赶快回去吧，这秋鸣山，不是什么好地方。

事后宋福沮丧地对刘成说，他还是把张全主任估计过低了。张全主任表面看着很粗，其实是个非常精细的人，而且心里深得让人很难摸透。那一晚的事过去没多久，一天中午，张全主任又来找宋福。当时宋福正蹲在自己的院子里磨一把镰刀，准备下午去田里割荒草。张全主任站在宋福的身后看了一阵，然后不动声色地说，有件事，想跟你商量一下。宋福一直在专心致志地磨镰刀，听到身后的声音吓了一跳，回头一看才发现是张全主任，于是慢慢站起来。张全主任忽然叹一口气，然后说，秋天这季节不好啊，你说是不是？宋福听了眨眨眼，一时不知该怎样回答。他有些搞不明白，秋天是收获的季节，而且这一年，已经是人民公社连续第五年喜获大丰收，张全主任怎么会说出秋天不好这样的话来？张全主任瞄一眼宋福，摇摇头说，入秋天一凉，上年纪的人就又要犯老病了。宋福听了想一想，还是不明白张全主任究竟要对自己说什么。张全主任伸手在宋福的肩上拍了一下，示意他蹲下来，然后自己也蹲到他的面前，叹息一声说，我家老爷子又撂炕了。宋福知道，“撂炕”的意思是说病人瘫到炕上，再也不能起来了。但是，就在几天前，宋福还看到张全主任的父亲坐在他家的院子门口捧着一个粗瓷大碗喝玉米粥，怎么说撂炕就突然撂炕了呢？哎，就是这样快啊。张全主任皱起脸说，这几天老爷子在炕上屙，炕上尿，一盘好好儿的火炕硬让屎尿洇出一个窟窿，可把我忙坏了。

宋福听到这里，隐隐地就有了一种不祥的预感。

果然，张全主任咳一声说，要是有个夜壶就好了。

宋福仍然没有说话，只是看着张全主任。张全主任慢慢抬起头，用自己的目光跟宋福碰了一下就立刻又低下去，稍稍静了一下，才说，我的意思，你应该明白了。

宋福抓起地上的镰刀，又在沙石上一下一下地磨着。

张全主任耐心地看着他，然后又说，我说的话，你听到了？

宋福说听到了。

明白了？

不明白。

不明白？张全主任感到有些意外，我已经说得这样清楚了，你还不明白吗？

宋福仍然埋着头，将镰刀在旁边的瓦盆里蘸了一下，又继续霍霍地磨着。

好吧，张全主任点点头，那我就明说吧，我知道你这里有一个夜壶。

宋福的手慢慢停下来，抬起头看着张全主任说，不，没有。

没有？张全主任扑哧一声笑了，那天晚上，我在秋鸣山看到的是什么？

宋福说不知道，我不知道你看到了什么。

你不知道？张全主任撇一撇嘴，当时你拿在手里的，那个白底蓝花四四方方的东西，不是夜壶吗？

宋福摇摇头，说不是。

张全主任也摇摇头，说当然是。

宋福说，那一定是你看错了。

张全主任又一笑，说，我会看错一个夜壶吗？

宋福就不再说话了，只是埋下头去继续磨镰刀。事后宋福对刘成说，尽管他当时还不知道张全主任为什么对他的那个青花夜壶感兴趣，但他的心里已经想得很清楚，只要自己咬住口死不承认，张全主任就没有任何办法。然而，让宋福没有想到的是，在这个中午，张全主任却并没有再追问这个夜壶的事，只在他的背上轻轻拍了一下就站起来。就在张全主任转身要走的一瞬间，他似乎忽然想起了什么，又回过头来对宋福说，对了，还有一件事要告诉你，你家的那座秋鸣山，恐怕要被铲平呢。

铲……铲平？

宋福的浑身激灵一下。

还有那几间旧砖房，也都要扒掉。

为什么？

宋福连忙追过来一步，问张全主任这是为什么？

张全主任只冲宋福笑了一下，就转身走了。

宋福这下有些慌了。如今的秋鸣山虽然已不再是“秋鸣记响行”，但那里毕竟还埋着他的祖父。宋福想不明白，张全主任为什么突然要将他祖父的坟墓铲平。宋福站在院子里愣了一阵，就赶紧来到村里的革委会办公室。张全主任果然在这里，正在收拾自行车，看样子又要去公社。张村离公社 30 余里，但张全主任几乎三两天就要跑去一趟。据张全主任说，公社革委会的老刘主任当初是从张村提拔上去的，所以至今仍对张村的事很关心。但是张村的人都知道，张全主任早已在私下里认了老刘主任做干爹，而且已有消息传出来，过不了多久，张全主任很可能也要被提拔到公社革委会去担任办公室主任。宋福看着张全主任，心里就有些后悔了。他觉得自己刚才的态度真有些欠妥，就算不想把那个青花夜壶拿出来，也可以说得婉转一些，至少表面应付一下。宋福想，自己刚才那个样子说话，张全主任的心里一定很反感，甚至非常恼火。他想到这里，就觉得应该缓和一下。他本想问一问张全主任，他父亲的病情如何，是不是需要去公社乃至县里的医院看一看，但话还没有出口就赶紧又咽了回去。宋福刚才在来这里的路上，经过张全主任的家门口时，明明看到张全主任的父亲正坐在院子里编一只箩筐，除去表情有些迟钝，一边的嘴角还在流口水外，看上去似乎并没有什么异常。

于是，他想了一下，索性就直截了当地对张全主任说，你不能这样做。

张全主任正在给自行车的轱辘打气，听了宋福的话就慢慢直起身来。

你，说什么？

我说，你不能平掉秋鸣山。

哦，你说的是这件事啊，张全主任推起自行车，我现在要去公社，有事晚上回来再说吧。

宋福立刻走到张全主任的前面，拦住去路，就算你一定要这样做，也总得说出一个理由。

张全主任笑了笑，你一定要知道理由吗？

宋福坚决地说，当然，我当然要知道理由！

好吧，张全主任点点头说，等我回来再告诉你。

张全主任这样说着就推起自行车，车的前轱辘几乎顶进宋福的裆里。宋福本能地朝旁边一躲，张全主任就骑上车风一样地走了。宋福看着张全主任的背影，直到看不见了才转身朝家里走去。在这个下午，宋福没去田里割荒草，他的心里一直在想着秋鸣山的事。秋鸣记响行当年是宋福的祖父辛辛苦苦创下的基业，已经历了三代人，没想到最后却断送在了宋福的手里。现在，竟然连秋鸣山也要被挖掉。宋福想到这里就在心里打定了主意，他决不能眼看着张全主任带人来挖秋鸣山。宋福拿出一瓶地瓜烧酒，坐在板凳上一口一口地喝起酒来。这已是他多年的习惯，每当遇到郁闷的事，就以喝酒的方式来排遣心情。但他的酒量很有限，几口酒喝下去就会面红耳赤，所以一瓶地瓜烧酒往往能喝上一年。宋福在这个下午比平时喝得更少。他一直在提醒自己，这次喝酒并不是为了解闷，而只是要壮一壮胆子，因为他已经做出一个决定，等张全主任从公社回来还要去找他，他要当面警告他，秋鸣山是无论如何不能动的，如果张全主任一定要动，他只有以死相拼。宋福渐渐感到耳热心跳，脉搏也开始急促起来。这种血脉贲张的感觉突然让他很委屈，有些想哭，接着眼泪就不知不觉地流下来。

宋福就这样独自喝着酒，一直喝到了傍晚。

这时外面已暗下来。宋福看一看窗外的天色，就起身走出家门，摇摇晃晃地来到村口。也就在这时，张全主任刚好骑着那辆崭新的“飞鸽牌”自行车回来了。宋福立刻迎上去。这时张全主任也已经看到了宋福，但他似乎没打算下车，甚至连车速也没有减慢。宋福并不说话，只是站在路中央，朝两边伸开两只手。张全主任连忙捏住闸，车把晃了晃，用一只脚撑住地。

你，又有什么事?

张全主任显然对宋福的这种做法有些恼火。

宋福说，中午的事，咱们还没有说完。

好吧，张全主任索性从车上跳下来，你说吧。

我只想知道，你为什么要平掉我家的秋鸣山。

张全主任扑哧笑了，你家的?你家的秋鸣山?

宋福看着张全主任，觉得这是个没必要回答的问题。

张全主任点点头说，好吧，就算秋鸣山是你家的，可占的那块地却是生产队的，所以，现在要挖掉就得挖掉，不过你既然要问，我也可以给你解释一下，那个坟堆和几间旧房几乎占了一亩农田，不仅浪费生产资源，也影响农业机械的大面积耕种，明白了么，原因就这么简单。

宋福仍然看着张全主任，没有别的理由了?

张全主任问，这个理由，难道还不充分吗?

这时，宋福的呼吸就开始急促起来，被酒精烧红的眼睛也睁大了。

他瞪着张全主任，用力地说，你听清楚，我不会让你这样做的。

张全主任的脸色立刻沉下来，宋福，你是不是又喝酒了?

宋福的鼻孔里哼出一声，我喝没喝酒，跟这件事有关系吗?

当然有关系，张全主任说，你如果不喝酒，是不敢这样说话的。

宋福突然愣住了，已经张开的嘴动了几下，却没有说出话来。

张全主任又说，你大概忘记自己的身份了，以后，还是少喝点酒。

他这样说罢，就用车轱辘拨开宋福，然后朝村里骑去。

宋福瞪着张全主任的背影，浑身的血液立刻冲到了头顶。

张全主任的话的确提醒了宋福。宋福的家庭出身和个人成分都是富农，而一个富农是当然不能用这种口气跟村干部说话的。其实宋福在村里一向很本分，从不乱讲话，每到春节，他还用秋鸣记响行剩下的火药制作一些烟花鞭炮送给各家，所以在村里的口碑一向很好。

但是这一次，宋福终于觉得忍无可忍了。

早在几年前，张全主任就曾带领村里的基干民兵抄过一次秋鸣记响行，而且险些将那几间砖房统统烧毁。宋福至今想起这件事，仍然心有余悸。其实事情的起因很简单。一天下午，村里的几个孩子不知从哪里找到几枚鞭炮，于是就跑到麦场上去燃放。不料鞭炮炸响时竟将一垛刚从田里收回的秫秸引燃起来，还烧着了旁边的一堆玉米。当时还是治保主任的张全带人将火扑灭后非常恼火，经过调查，发现这几枚肇事的鞭炮竟是宋福私自制作的，他立刻将宋福找来。张全首先警告宋福，今后禁止再制作这种鞭炮，然后又问他，究竟还存有多少这种火药。宋福想了想就告诉张全，说没有了，剩下的火药已经都用光了。张全当然不肯轻信，立刻带人去了秋鸣山，果然就从一间旧砖房的角落里找到几个瓦罐，打开一看，里面全是灰褐色的火药。但宋福立刻向张全解释，说这不是一般的普通火药，而是专门用来装填烟花的，更重要的是，这种烟花火药的制作方法和具体配方只有他的祖父和父亲知道，现在他们都已不在人世，所以这些火药也就更加弥足珍贵。但张全却并不理睬宋福的这些话，当即决定，要将这几瓦罐危险品全部销毁。张全销毁这些危险品的方法很简单，他先让基干民兵将这几个瓦罐搬出来，然后就将里面的火药全部倒进附近的一条水渠。这条水渠原本长满茂盛的水草，水质也清澈碧绿，倒进这些火药后水渠立刻就变得肮脏浑浊起来，还散发出一股刺鼻的奇怪气味。但是，张全还是将事情想得过于简单了。其实宋福在当时就已经警告过张全主任，说这样干绝对不行，水渠到了冬天就会干涸，而一旦干涸很可能会出危险。但张全主任并没把宋福的话当一回事，他反而很为自己想出的这种销毁火药的方法得意，他认为，即使水渠干了也没有什么了不起，这些混在水里的火药正好可以随着渠水渗进泥土，如此一来反而更加安全。出事是在那年冬天的一个早晨。在那个早晨，村里派人到秋鸣山附近放火烧荒。当烧起的野火顺着荒草蔓延到那条水渠，又沿着水渠的岸坡烧到已经干涸的渠底，突然就闪出一片耀眼的火光。事后据宋福说，这件事的道理很简单，渠水渐渐干掉后，里面的火药一部分随着水分渗进渠底的淤泥，还有一部分就留在了泥土的表面，这样一来，整条水渠也就成了一个盛放火药的巨大容器。在那个冬天的早晨，被引燃的火药先是冒出一股浓烟，接着一个巨大的火球就像焰火一样冲天而起，随之一条水渠就都熊熊地燃烧起来。接下来还发生了一件更为严重的事情。早在张全主任率人来抄秋鸣山之前，宋福为了防止意外就已做了准备。他特意从刘成那里要了一个暖水瓶的瓶胆。这是刘成从城里带来的一个竹套暖瓶，后来外面的竹套坏了，就将瓶胆扔在了知青集体户的院子里。宋福无意中发现了这个瓶胆，觉得是一个很合适的容器，于是就要回来，在里面装了满满的一瓶烟花火药，然后悄悄地埋到秋鸣山附近的农田里。宋福当时这样做的目的显而易见，他很可能已经预感到秋鸣山要出事，为了防止意外，才将这珍贵的烟花火药像保留火种一样地保留了一点。但是，在那个出事的早晨，由于水渠里的火药被引燃起来，田里的火势也就渐渐失去了控制。就在这时，突然从水渠附近的农田里响起一声更剧烈的爆炸，接着就有一个奇怪的东西从土里钻出来腾空而起。那个放火烧荒的村民当时亲眼目睹了这个场面。事后据他说，这个突然飞起来的东西就像是美帝或者苏修放的导弹，它向天上飞着屁股后面还在冒着耀眼的火焰，它飞到半空打了一个旋，似乎在寻找降落的目标，然后猛一转身就直奔秋鸣山的那几间旧砖房飞去。宋福在那个早晨刚好睡在秋鸣山的一间旧砖房里。这是宋福多年来一直保持的习惯，每过一段时间，他就要在秋鸣山住一夜，似乎只有这样才能为这里保留一点人气。在这个早晨，他突然被一声轰隆的巨响惊醒，接着就意识到，应该是外面的屋顶出事了。这时那个喷着火的瓶胆已在屋顶上摔得粉碎，里面火花四溅，立刻引燃了屋顶上的木梁。宋福连忙从屋里逃出来，又不顾一切地爬上屋顶，用上衣扑了好一阵才总算将火扑灭了。但是，当张全主任得知此事后，却立刻让人将宋福找来办公室。他一定要让宋福说出，那个突然从农田里腾空而起，最后又喷着火焰飞到秋鸣山屋顶上的究竟是什么东西。宋福始终咬着牙，坚持说不知道，张全主任说，这东西是从你秋鸣山的附近飞起来的，你怎么会不知道？宋福低着头说，那条烧起来的水渠也是在秋鸣山附近，难道也跟我有什么关系吗。张全主任被宋福这样一问，立刻就无言以对了。

在这个傍晚，宋福看着骑车远去的张全主任，体内的酒精就开始燃烧起来。他觉得张全主任真的是欺人太甚了。他怎么也想不明白，张全主任为什么一直盯住秋鸣山不放。但是，宋福已经打定主意，这一次，他无论如何都要保住秋鸣山。宋福这样想着就转身朝田野深处的秋鸣山走去。也就在这时，他遇到了刚从田里回来的刘成。事后据刘成说，当时他一看到宋福的脸色，就预感到后面要出事了。

刘成是我中学时的同学，毕业后又一起来到这个公社。但他并没和我们分到一起，而是独自去了最偏远的张村。事后我才知道，刘成去张村是他自己主动要求的，他这样做的确很聪明。张村此前曾有十几个知青，但是到我们来时，都已被选调回城了，只还剩下一个叫胡四海的人。我去张村找刘成时曾见过这个胡四海，他是一个颓废潦倒的人，头发和胡子都很长，手指也被烟气熏得焦黄，据说还有酗酒的恶习，经常从早到晚醉醺醺的。所以，张村一旦再有选调回城的事，自然就会首先落到他刘成的头上。但是后来的事实证明，事情并非如刘成想象的这样简单。不知是因为张村太小，还是别的什么缘故，公社似乎将这个远在 30 里外的村庄忘记了，自从刘成去了那里，竟然一连几年都没有分到选调回城的名额。我曾经问过刘成，这其中是否还有其他原因。

刘成似乎有难言之隐，只是摇头叹息。

关于宋福的这些事，是刘成很多年后才告诉我的。他这时已经拥有一家颇具规模的专门生产烟花爆竹的民营企业。刘成对宋福和秋鸣记响行一直耿耿于怀。他对我说，他曾经亲眼见过宋福碾制鞭炮，那种独特的技术和制作工艺就是拿到今天也很罕见。刘成说，他最遗憾的就是没有留下一些秋鸣记响行的火药样品，他至今仍没搞清楚，这种火药究竟含有什么特殊的成分。不过有一点可以肯定，它是专门用来制作鞭炮的，他曾经注意过，这种火药在爆炸时燃点并不高，但气体瞬间膨胀的张力却极大，如此一来也就将杀伤力降到最低，而爆炸时的效果，比如声响和火光却非常的充分。刘成告诉我，其实他那时早就知道，尽管张全主任曾带人去抄过秋鸣记响行，但宋福仍偷偷地存有大量的这种火药，他的火药就藏在秋鸣山，一般人很难发现。当时张村知道这个秘密的还有一个人，就是胡四海。刘成说，他和胡四海也是偶然知道这件事的。那好像是在一个中秋节的晚上，他拿了两盒罐头去找胡四海一起喝酒。胡四海在那个晚上很伤感，刚刚喝了几杯酒就叹息着流起泪来。他对刘成说，他的心里很清楚，他这辈子恐怕再也回不去了，可是他又绝对不想留在这里，所以想一想今后的日子，真不知该怎样过下去。当时刘成看着胡四海的样子突然感到一阵恐惧。他想，再过几年，或许自己也会成了他现在的这个样子。想到这里他也禁不住一阵伤感，就和胡四海一起流起泪来。也就在这时，宋福突然走进来。刘成当时是和胡四海坐在院子里喝酒，宋福显然是听到他们说话的声音才走进来的。宋福先是看看刘成和胡四海，然后说，我那里有好酒，你们想不想喝？

胡四海抬头看看他问，你那里，能有什么好酒？

宋福笑了一下，说，你不要问，去了就知道了。

胡四海又回头看看刘成，于是，两人就一起站起来。

在这个晚上，宋福带着刘成和胡四海来到秋鸣山。这还是刘成第一次来到这个地方。在此之前，刘成只听说这里曾是宋福家的一个制作鞭炮的手工作坊，后来被废弃了，就成了一座坟墓，却并不知具体是怎么回事。所以，他在这个晚上一来到秋鸣山，立刻就感觉有一种阴森的感觉。宋福先带他们走进旁边的一间偏房，然后点上油灯，就走到一面墙壁的跟前从上面一块一块地往下抽砖。刘成发现，在这面墙壁上隐约有些痕迹，似乎是个半人高的墙洞，但倘若不仔细看就很难发现。

于是，他问宋福，你这是干什么？

宋福说，一会儿你们就知道了。

胡四海在一旁问，你的酒呢？

宋福说，就在这里面。

在……这里面？

胡四海一愣，和刘成对视了一下。

宋福回头看看他二人，忽然笑了。

刘成发现，宋福脸上的笑容似乎突然古怪起来，在昏暗的灯光里一闪一闪地发亮。那面墙壁上很快就被拆出了一个洞，刚好可以钻过一个人。宋福端起油灯，朝他两人示意了一下就先钻过去。刘成略一迟疑，也随后猫腰跟过来。直到这时他才发现，原来这里面就是秋鸣山。但出乎他意料的是，这座表面是坟墓的秋鸣山里竟然隐藏着一个暗室，里面非常宽敞。更让他大感意外的是，这里面并没有棺木，也没存放尸体，只在墙壁跟前并排放着几口粗瓷大缸。这些大缸的上面都用油布和麻绳封得很严，但仍然能闻到一股淡淡的火药香气。这时胡四海也已经跟着钻进来。胡四海显然也很意外，立刻诧异地朝四周环顾了一下，又走到那几口大缸的跟前看了看，然后回头问宋福，这里面装的是什么。宋福并没有回答，转身从墙边的一个旧木箱里拎出一个形状怪异的酒瓶。他先小心地吹了一下，又用手轻轻拂去上面的尘土，然后举到胡四海的面前说，这可是40年前的酒呢。胡四海并没有伸手去接，又指着这几口大缸问，这里面装的，是不是火药？宋福仍然不置可否，转身将这瓶酒塞到刘成的手里，脸上一闪一闪地笑着说，这可是有名的三星白兰地，当年能值十几个大洋呢。刘成对我说，那天晚上，他和胡四海对这瓶曾经能值十几个大洋的三星白兰地并没有太在意，倒是那几大缸火药，让他们牢牢地记在了心里。

刘成说，他没有想到，后来竟连自己也被搅进了那个青花夜壶的事中。

在那个傍晚，宋福在村口拦住从公社回来的张全主任并说过那样一番话之后，当天晚上就又去了张全主任的家里。这一次张全主任的态度就有些缓和了，但他显然并不想让宋福进自己的家，只在他的肩上拍了拍说，铲掉秋鸣山这件事，当然还可以再商量，不过你刚喝过酒，头脑不清楚，所以还是另找个时间吧。宋福听了立刻说，他的酒劲已经过去了，现在头脑很清楚。

张全主任很认真地看看他，你现在，真的很清楚？

宋福点点头，说真的很清楚。

唔——好吧。

张全主任这样说罢，就拉着宋福一起来到猪圈后面的小树林里。

张全主任摇摇头，叹了一口气说，你这个人啊，真不知好歹。

宋福有些摸不着头脑，眨眨眼问，我，怎么不知好歹了？

张全主任说，你知道我今天去公社，是为什么事吗？

宋福听了愣一下，他当然不知张全主任是为什么事。

张全主任哼一声说，就是为了你那秋鸣山的事情。

是为，秋鸣山？

宋福一下有些糊涂了，他不明白秋鸣山的事跟公社有什么关系。当然有关系，张全主任飞快地看了宋福一眼，然后说，我现在实话告诉你吧，铲掉秋鸣山，就是公社老刘主任的意思。张全主任对宋福说，公社的老刘主任在不久前的一次秋收总结会上偶然说到农用耕地的事，就问张全主任，张村的那个秋鸣山占了那样大一片农田，不仅浪费土地资源也很碍事，为什么还不平掉。张全主任说，既然老刘主任这样问了，秋鸣山自然也就只能平掉。宋福听了，仍然有些将信将疑。他想，老刘主任是公社革委会的主任，全公社有二十几个生产大队，他怎么会单单想到30里外的张村还有一个秋鸣山？张全主任似乎看出了宋福的心思，立刻又说，老刘主任当然能想到，他当初是从张村走的，对这里的事自然很清楚。

宋福一听张全主任这样说，就慢慢低下头，不再说话了。

张全主任沉吟了一下，又说，不过，这件事也还可以商量。

怎么商量？宋福立刻抬起头，看着张全主任。

张全主任似乎有些支吾。

老刘主任的嗜好……你应该知道。

宋福听了稍稍一愣，又想了想，顿时恍然大悟了。原来张全主任这几天跟自己兜了这样大一个圈子，又说了这么多莫名其妙的话，其实还是冲着自己那个青花瓷夜壶来的。公社的老刘主任喜欢摆弄古旧瓷器，这是所有人都知道的，不过老刘主任自己从不承认，甚至还当众澄清过此事。张全主任一直盯住自己的这个青花夜壶，原来是想拿去老刘主任那里讨好。宋福想，张全主任这样做真是太聪明了，如果老刘主任收下了这个夜壶，心里自然会感谢他，而倘若不收，张全主任又可以旗帜鲜明地把它当作“封资修”黑货交到公社革委会去，这样一来也就成为他的一项工作业绩。这时，张全主任眯起眼看着宋福，又心平气和地说，我已经了解过了，你手里确实有一个当年留下的夜壶，而且这夜壶还有一个奇妙之处，只要在里面撒了尿，再点燃爆竹，夜壶里立刻就会有人唱歌，是不是这样？

宋福低头沉默了一阵，然后抬起头说，当然不是。

不是？你说……不是？

你相信，会有这样的夜壶吗？

张全主任被问得张了一下嘴，然后点点头说，好吧，就算不会唱歌，这个夜壶你总有吧？

不，宋福摇头说，没有，我从来就没有这样的夜壶。

张全主任很认真地看看宋福，你说，没有？

没有。

真的没有？

当然没有。

好吧，张全主任忽然笑了，说，你如果真的没有，那就没什么好说了。接着，他脸上的笑容就一点一点阴下去，不过先说清楚，你如果撒谎，这件事的后果你是应该知道的。

张全主任最后的这句话显然是在警告宋福，同时也有了一些威胁的意味，一个家庭出身和个人成分都是富农的人，倘若向村干部隐瞒这样一个明显属于“封资修”黑货的旧夜壶，自然是一件很严重的事情。事后据刘成分析，很可能就是张全主任最后的这句话，才迫使宋福做出后来的决定。在那个晚上，宋福从张全主任的家里出来后就又去了秋鸣山。他拿出那个青花夜壶，一动不动地瞪着它，就这样整整瞪了一夜。第二天早晨天还没亮他就去找胡四海。胡四海一见宋福感到很意外，问他这么早来找自己有什么事？宋福先闪身进来，又朝窗外看了看，当确信外面没有人跟来，才小心翼翼地从自己的衣襟下面拿出一个麻布包。胡四海看看这个麻布包，问，这是什么？宋福仍然没说话，轻轻地打开麻布包，就露出了里面的青花夜壶，胡四海虽然是在城市长大，但也认识夜壶，他立刻被这个夜壶上的精美花纹惊呆了，拿起来看了看，又小心地放下。这几天，他已经听到村里的很多人都在偷偷议论这件事，说是宋福的手里有一个夜壶如何如何神奇。这时，他抬起头看看宋福问，这就是……那个夜壶？

宋福点点头，说是。

宋福又沉吟了一下，就将这几天发生的事告诉了胡四海。但他并没说得太详细，更没有提到张全主任一直追要这个夜壶的真正目的。最后，他又轻描淡写地对胡四海说，他已经反复想过了，现在，这个夜壶只有放到你这里才是最安全的。你是知青，宋福说，你就是做出什么事来他们也拿你没有办法。宋福这样说着，脸上的表情就更加凝重起来，沉吟了一下，他又说，我已经看出来了，你是个能信得过的人，我想托付你一件事，可以吗？胡四海试探地看看宋福，不知他要托付自己什么事。宋福深深地喘了一口气说，今后，万一我出了什么意外，请你将这个夜壶还埋到秋鸣山去。胡四海看看这个夜壶，又看了看宋福，没有说话。他当然明白，宋福所说的将这个夜壶放到自己这里才是最安全的是什么含义。胡四海在村里，尤其是在村干部那里，确实有一定的威慑力，平时无论什么事，就连张全主任跟他说话也要先考虑一下。张村的人都知道，虽然胡四海沉默寡言，表面看也是一副颓唐落魄的样子，但真到关键时刻却往往能做出让人意想不到的事来。早在几年前，他就险些要了张茂主任的命。张茂主任是张全主任的远房堂弟，也是张村革委会的前任主任。张村的人始终没有搞明白，胡四海究竟因为什么事得罪了张茂主任。就在那一年的春季，公社又传来要选调一批知青回城的消息。当时张村的知青都已被选调走了，只还剩下胡四海。但是一天中午，张茂主任却突然在街上当众对胡四海说，难道你也想选调吗，你认为自己还有被选调的资格吗？胡四海刚要争辩什么，张茂主任立刻伸手拦住他，接着又冷冷一笑说，我可以告诉你，你就死了这条心，踏踏实实地在这里呆一辈子吧！当时胡四海没再说任何话，只是用力地看一眼张茂主任，又看一眼，就拎起镢头转身走了。这件事很快就过去了，并没有人放在心上。但是没过多久，却突然发生了一件让张村所有人都心惊肉跳的事情。一天上午，张茂主任去田里耙地。其实张茂主任从不下田，但那天上午不知为什么，却一定要去。当时张茂主任套了一头雪花青骡子，吆喝着来到一块河套地。就在他耙到河边时，不知是犁铧触到什么东西，还是那头骡子踩到了什么，突然火光一闪就发出轰隆的一声巨响。这声巨响的动静很大，在张茂主任的面前崩出一个直径约六尺左右的大坑，泥土顿时被掀到半空，又像雨点一样地纷纷砸落下来。张茂主任先是也随着这些泥土飞到了半空，接着又狠狠地摔下来，几乎被活埋在了那个坑里。他好不容易从土里钻出头，稍稍镇静了一下，待呛人的硝烟散尽才发现，那头雪花青骡子已经不见了踪影。接着，就听到一阵微弱的叫声。他抬头仔细一看，原来那头骡子已经被崩到了河对岸，正叉开四条腿趴在那里咴咴地呻吟。这件事显然非同寻常，公社得知后立刻派武装部的人来进行调查。事情很快就查清楚了，这声巨响果然是火药爆炸。据公社武装部的人说，这种火药非常罕见，虽然破坏力很强，但杀伤力却并不大，否则张茂主任的后果就很难设想了。在张村出现这样的火药，当时还是治保主任的张全主任立刻就想到了宋福。但是，张全主任再想又觉得不太可能，就在前不久，自己刚刚带人去抄过秋鸣山，而且已将从那里查获的火药全都倒进了水渠，因此宋福的手里不可能再有火药。但是，张茂主任经过这件事以后却越想越后怕。张茂主任对此事有着自己的分析，他认定这次爆炸是冲着自己来的，因为按张村人的耙地习惯，一般都是一个人在后面扶犁，另一个人则在前面拉套，而张茂主任由于平时不常下田，对扶犁的技术早已生疏，因此倘若他来耙地就肯定会在前面拉套。在出事的那个上午，张茂主任是因为没有找到为自己扶犁的人，才临时套了那头雪花青骡子，否则被炸到河对岸的就不是那头骡子了，而是他自己。这起爆炸事件显然是有人故意制造的，张茂主任很认真地想了几天，却怎么也想不出究竟是谁会对自己怀有如此的深仇大恨。后来他就突然想起了胡四海，他觉得只有胡四海的嫌疑最大。果然，当张茂主任找到胡四海，向他询问此事时，胡四海虽然没有承认却也并不否认。他只是不动声色地问张茂主任，这样怀疑自己有什么证据？张茂主任说，先不要说什么证据，你究竟干没干这件事。胡四海听了微微一笑，说你如果拿不出确凿的证据，这样问我就没什么意义了。这件事最后就这样不了了之，但张茂主任却始终心有余悸，他一直在想，这一次将那头雪花青骡子炸到河对岸，下一次就说不定还会发生什么更严重的事情。于是又过了一段时间，他索性就辞职不再过问村里的事了。在这个晚上，胡四海并没有立刻答应宋福。他想了一下对宋福说，他现在每天除去喝酒，已经对所有的事情都不感兴趣了，再说这个夜壶如此贵重，倘若出一点什么闪失他也承担不起。宋福听了沉默一阵，然后对胡四海说，这件事他已认真想过了，现在，把这个夜壶放到你这里是唯一的办法，如果再出什么事，他也就认了。

胡四海听了又想一下，只好叹口气说，好吧。

关于这个青花夜壶会唱歌的事，直到很多年后，我才想起问刘成。刘成告诉我确有其事。据刘成说，他曾经请教过一位物理学家，这位物理学家是这样为他解释的：如果仅从现象分析，烧制这个青花夜壶的陶土中很可能含有一种叫硅的物质，而硅是今天制作录音磁带的重要材料。从这个原理推测，可能是若干年后，当周围的环境又具备了与当年相同的条件，保留在这个夜壶里的声音就又重现出来。所以，这位物理学家分析，看来这个青花夜壶当年的主人在尿尿时有欣赏音乐的习惯。

刘成对我说，就是通过这个夜壶的事，他才发现，其实他并不了解胡四海。

刘成还记得，胡四海是在一天下午突然来找他的。当时刘成正在用斧头劈一块木板。这是一块棺材板，刘成刚从一个无主的荒坟里挖出来的，准备劈成很小的木块，冬天用来烧火取暖。刘成正在奋力地挥动斧头，忽然闻到一股浓重的酒气，回头一看，才发现胡四海正站在身后。刘成慢慢放下斧头，觉得胡四海的表情有些异样，于是问他，来找自己有什么事？胡四海并没有立刻回答，心里好像在想什么，迟疑了一下才说，确实有点事，想跟你说一说。刘成又很认真地看看他，他发现胡四海虽然一脸酒气，眼睛里的目光却很清醒，于是又问，究竟出了什么事？

胡四海抬起头朝四周看了看，似乎欲言又止。

刘成立刻明白了，就和胡四海一起来到屋里。这时胡四海才吞吞吐吐地说，有一件很难办的事，想跟你商量一下。刘成一听就笑了，说什么难办的事，还用跟我商量？胡四海就对刘成说了宋福将那个青花夜壶存放在自己这里的事情。胡四海又说，现在的麻烦是，张全主任已经知道这个夜壶在他这里，整天逼着他要，还警告他说，这可不是一个普通的夜壶，一旦追究起来问题会很严重。刘成听了想一想，问胡四海打算怎么办？胡四海重重地叹口气说，现在，他已不想再惹任何麻烦了。胡四海对刘成说，他和张全主任的关系从表面看虽然没有什么，其实很微妙，他的心里很清楚，因为当初张茂主任那件事，张全主任一直对他耿耿于怀，总想寻找机会为他的堂兄出这口恶气。

这样说，你是想把这个夜壶交出去了？

如果不交，还有什么更好的办法？

你既然受人之托，就不该这样做。

所以，我才来跟你商量。

刘成盯住胡四海说，这可不像你说的话。

胡四海也看一眼刘成，皱起眉说，是吗。

接着，他忽然又说，要不……我还是把这个夜壶交给你吧。

刘成立刻毫不迟疑地说，可以，我倒要看一看，他张全主任敢把我怎么样。

刘成对我说，事后他才知道，胡四海在这个下午并没有对他说实话。在此之前，张全主任从没去找过胡四海，更不知道这个青花夜壶已经到了他的手里。这就让刘成感到很奇怪。胡四海这天下午来找他的目的显而易见，就是想把这个夜壶存放到他这里，他想不明白，既然张全主任并不知道此事，而胡四海又已经答应宋福替他保管这个夜壶，又为什么突然跑到自己这里说这样一番谎话呢？

当时刘成并不知道，就在胡四海来找他的这个下午，张全主任又去了宋福那里。

张全主任这一次没再提那个夜壶的事。他只是心平气和地告诉宋福，村里已经决定，准备第二天一早就派人去平掉秋鸣山。宋福听了先是沉默一阵，然后问张全主任，如果现在说实话，是否还来得及。张全主任仍然不动声色，说，那要看你说的是什么样的实话。宋福说，关于那个夜壶的事，我一开始确实是撒谎了。张全主任似乎并不意外，只是嗯了一声，说好吧，你现在可以说实话了。宋福又飞快地看了张全主任一眼，迟疑了一下才说，那个青花夜壶，确实是有的。

张全主任眯起一只眼，等着他继续往下说。

宋福说，可是，它现在已经不在我的手里了。

张全主任顿时一惊，连忙问，在哪里？

宋福慢慢低下头，似乎不敢说出来。

张全主任立刻说，你不要怕，只管告诉我。然后又一拍胸脯，无论什么事，都有我给你做主。

宋福仍有些犹豫，嗫嚅了一下，好像才下定决心。

他说，这个夜壶，已经被胡四海拿去了。

张全主任瞪大两眼问，你怎么……不早告诉我？

宋福低着头，是胡四海……不让我告诉你。

他不让你告诉我？你就这样听他的话吗？

宋福似乎满腹委屈，其实……我已经对他说过了，你也正在问这个夜壶的事，可是他说，你张全主任懂个屁，就是真把这个夜壶给了你，也只能拿去撒尿，又说这件事无论如何不准告诉你，否则让我想一想当初张茂主任的那件事，他说，他这个人可是什么事都做得出来的。

一提张茂主任的那件事，张全主任的嘴角立刻抖了抖。

他脸色铁青地问宋福，你怕胡四海，难道就不怕我吗?

宋福说，可是，这个胡四海……实在太厉害了。

好吧，张全主任点点头，说，我今天倒要看一看，他胡四海究竟有多厉害。

张全主任这样说罢，就转身来找胡四海。不料刚刚走到街心，恰好看到胡四海从小卖店里出来。胡四海显然是来买酒的，一边走着一边还在低头欣赏自己手里的酒瓶。这是一个雕花玻璃的白兰地酒瓶，形状很古怪。据刘成说，胡四海非常喜欢这个酒瓶，自从在那个中秋节的晚上，宋福把这瓶白兰地给了他，他喝完之后就一直用这个酒瓶装酒。这时，张全主任朝他迎过来，拦住去路，但立刻就被他身上散发出的酒臭气味熏得呛了一下。胡四海抬头一看张全主任，微微一愣，立刻就笑了。他舌头有些发硬地说，这可是小卖店里刚开坛的好酒，不是地瓜烧酒，而是正宗的老白干，65 度呢。张全主任眯起两眼看看他，不动声色地说，看来你的心情挺好啊，什么事这样高兴?胡四海嘿嘿一笑说，有这样好的酒喝，还能不高兴?张全主任感觉到，胡四海一张口，嘴里呼出的气味更加难闻，于是皱一皱眉说，我有件事正想问你。什么事?胡四海索性用牙咬掉瓶塞，仰起脖又喝了一口。

听说那个青花夜壶，在你手里?张全主任直截了当地问。

青花夜壶?什么青花夜壶?

你应该知道，就是宋福的那个青花夜壶。

张全主任一边说，一边用两眼盯住胡四海。

胡四海似乎仍然没想起来，翻起眼皮嗯嗯了两声，嘟嘟囔囔地说，宋福的青花夜壶，宋福只会做鞭炮，他怎么会有什么青花夜壶。张全主任终于有些不耐烦了，他意识到胡四海喝得太多了，这时就是再问下去也不会有什么结果，于是挥挥手说，算了算了，这件事以后再说吧。胡四海嘿嘿地笑了几声，又举起酒瓶喝了一口。但就在他转身的一瞬间，却有意无意地嘟囔了一句，我还以为你说的是刘成手里的那个夜壶呢，那可是一个好夜壶，正经的明代青花瓷器呢。

张全主任一愣，刚要再问，胡四海却已经摇摇晃晃地走了。

刘成对我说，他那时就已料定，张全主任绝不敢来找他。

刘成这样说当然不是吹牛，他曾给张全主任制造过很大的麻烦。

我们插队的村庄虽然离张村很远，但刘成在那里闹出的事情，我们也曾听到过一些。那好像是我们来这里的第二年秋天，正在秋收的时候突然传来消息，说是张村又出事了。后来就听说，这一次的事果然又与刘成有关。当时张全主任已经担任了张村的革委会主任。据张全主任对前来调查的人说，这件事一定是刘成干的，至少与他有直接关系。张全主任说，他这样说当然有充分的根据，因为就在不久前，他和刘成刚刚发生过一次激烈的争执。这次争执是由秋收的事引起的。早在刘成刚到张村时，他就曾对村里的干部说过，他患有严重的先天性心脏病，不适宜参加生产劳动，所以希望村里能为他安排一个轻一些的工作，比如去村里的学校当老师，或担任生产队会计什么的。但张全主任对知青的事很了解，他对刘成说，如果他确实患有心脏病是不会让他下乡插队的，换句话说，就算他真有这样的病也要去医院开一张诊断证明才行。刘成当然无法开这样的证明，于是干脆就采取了对抗的态度，没有任何理由却就是不去下田。这一下张全主任终于忍无可忍了。张全主任对前来调查的人说，就在出事的前不久，他找到刘成很郑重地谈过一次话。他对刘成说，秋收在农村是一个很重要的季节，就连村里的妇女和孩子都要去参加收割，如果刘成再不下田，就有些说不过去了。刘成却仍然是那个理由，说他有心脏病，不能下田。这时张全主任就下了最后通牒。张全主任说，给刘成一天时间，去县里的医院开诊断证明，如果没有证明仍然拒不下田，村里就要采取措施了。第二天刘成去了县里，当然没有开来证明，但第三天却仍然不去下田。张全主任当即就去公社向主管知青工作的领导汇报了此事。公社领导立刻把刘成找去，警告他说，如果再这样无故不参加生产劳动，今后恐怕就要影响选调了。公社领导的话果然起了作用，第二天刘成就拎着镰刀去了田里。但是，他只干了两天，到第三天就出了这件事。所以，张全主任对公社前来调查的人说，仅凭这一点就可以断定，这件事就是刘成干的。

这件事是发生在一个傍晚。

在那个傍晚，张全主任一回到家就开始忙着做晚饭。张全主任40多岁了还没娶女人，一直过着单身生活。他刚从公社开会回来，由于工作抓得好受到公社领导的表扬，于是就想犒劳自己一下，为自己炒一个咸菜丝。但是，就在他蹲到院里的大灶跟前，刚刚点燃柴草，突然就听到砰的一声巨响。张全主任还没有反应过来，一股火星和草灰就从灶口轰然而出。他惊魂未定地揉揉眼，才发现灶上的那口大铁锅已经不知了去向。也就在这时，他突然听到头顶上传来一阵很奇怪的声音，抬起头一看，只见那个铁锅已经飞到了半空，它就像一个巨大的飞碟，在半空不停地嗡嗡旋转，这就使它的飞行轨迹出现了问题，它原本是朝远处飞去，但不知为什么突然划了一道弧线就又径直地飞回来。张全主任立刻意识到危险，连忙朝旁边一跳，这口大铁锅哐当一声就落到大灶上被摔得粉碎。张全主任就是在这时受的伤，这口铁锅的碎片飞溅起来，将他的脸上划得鲜血淋漓。但是，张全主任对公社前来调查的人说，这点事绝不会吓倒他，当初张茂主任因为出了那件事提出辞职时，村里已经没有人再敢接替他的职务，是自己主动站出来担任这个革委会主任的。张全主任说，他既然敢当这个主任，也就做好了充分的思想准备，就是有一天自己也被炸到天上去，他也不会惧怕。

但让公社武装部的人感到百思不得其解的是，在张村村干部的身上为什么会频频发生这种怪事，而且手段也惊人地相似。公社武装部的人经过分析，确定这一次又是火药爆炸。火药显然是有人事先放进张全主任家的灶膛的，一烧灶火自然也就引燃了火药。而更令人大感意外的是，这次所用的火药竟然与张茂主任那一次也完全相同，不知这种火药究竟含有什么特殊的成分，虽然威力很大，但由于燃点低杀伤力却很小，所以出事时，尽管张全主任是蹲在灶膛跟前，却并没有被炸伤。公社武装部的人问张全主任，这一次的事与上次张茂主任那件事是否属同一人所为。张全主任立刻不假思索地说，当然不是，因为那一次据张茂主任说，他虽然没有任何证据，但也可以肯定，那次的事是胡四海干的，而胡四海在那件事之后，除去整天酗酒再也没制造过什么麻烦，他也没跟自己发生过任何矛盾。所以，张全主任很肯定地说，这件事应该与胡四海无关。

张全主任说，他已在心里反复想过了，这件事就是刘成干的。

其实张全主任心里一直在想的还是另外一件事。他始终搞不明白，制造这两起事件的人究竟是从哪里弄到这些火药的。如果从公社武装部的人分析的结果来看，尽管这两起事件并非同一人所为，但火药的成分却是相同的，这也就是说，两次事件的火药应该出自同一来源。可是这个来源又在哪里呢？张全主任意识到，在张村的某个地方，很可能还藏有火药，而且这炸药多得就像一个火药库。

张全主任想到这里，身上不禁激灵了一下。

刘成还是想错了。

就在胡四海将那个青花夜壶交给刘成的第二天上午，张全主任就来找他了。但张全主任告诉他，他来找他是有一件很重要的事要商量。当时刘成正躺在屋里翻看《资本论》。刘成自从来到张村，由于从不下田，又整天闲着无事可做，渐渐就养成了读书的习惯，“马、恩、列、斯、毛”的主要著作他几乎已经通读了一遍。在这个上午，他见到张全主任觉得很意外，慢慢放下手里的书，问他有什么事？张全主任的气色显得很平和，先在他面前坐下来，然后问，自从来到张村，感觉怎么样。刘成一下被问得有些摸不着头脑，心里立刻警觉起来，他想一想说，挺好，在张村感觉挺好。

张全主任点点头，又在刘成的肩上拍了一下，说是啊，自从你来后，村里也有很多做得不到的地方，比如在生活和其他方面就对你关心得不够。刘成又眨着眼看看张全主任，然后试探着问，来找自己究竟有什么事？张全主任这才说，公社刚刚下发了一个通知，让每个村对知青都逐一做一个综合鉴定，比如政治表现，劳动表现，接受贫下中农再教育的态度等。张全主任说，胡四海就不要说他了，整天除去喝酒已经没有别的事情，他的鉴定不用做公社也是知道的，现在关键是你。

张全主任说到这里，就盯住刘成，你觉得，村里应该怎样给你做这个鉴定呢？

刘成也看着张全主任，想了一下，觉得这是个让自己无法回答的问题。

刘成知道，张全主任说的这个通知确有其事。那时每年都要搞一次这样的鉴定，其实也就是为一年一度的选调工作做准备，这早已是大家心照不宣的事。在此之前，我到公社去办事遇到刘成，曾提醒过他。我对他说，我们村的鉴定工作已经开始，你从不下田参加劳动，这一次鉴定怎么办应该早做打算。当时刘成听了只是笑一笑，似乎并没把这件事放在心上。在这个上午，张全主任盯住刘成看了一阵，迟疑了一下说，这件事很让我为难啊，我真不知该怎样为你做这个鉴定。

刘成听了摇摇头，忽然笑了。

他说，这件事，你不该问我。

怎么，我……不该问你吗？张全主任有些惊讶地问。

对，刘成又笑笑说。

你……什么意思？

我的意思是说，这个鉴定，你可以随便写。

随便写？张全主任更加感到意外了，你……真的不在乎？

我在乎又有什么用呢？刘成不紧不慢地问，我就是在乎，你能按我希望的内容去写吗？

张全主任立刻不说话了，接着就用一种意味深长的目光看着刘成。也就在这时，刘成突然意识到了什么，于是，也用同样的目光看着张全主任。就这样看了一阵，张全主任果然说，当然，你自从来张村就一直没去下过田，这是 个事实，不过这件事……也还可以商量。

怎么商量？

比如，你如果确实有心脏病，不去下田就是村里批准的。

条件呢？刘成立刻问，你的条件是什么？

张全主任沉吟一下说，这……你应该知道。

刘成又笑着摇了摇头，说不，我不知道。

你，真的不知道？

当然不知道。

好吧，张全主任用力地喘出一口气，站起来说，好吧，你可以再考虑一下，我明天上午……他原本想说，我明天上午再来听你考虑的结果。但刘成立刻打断他，说不用考虑，我也不知道你究竟让我考虑什么。这时张全主任就又在刘成的肩上拍了一下，说，你可要想好，别等事后再后悔啊。刘成从自己的肩上把张全主任的手慢慢拿下来，然后对他说，我也许，真会后悔。

接着，他又说，我后悔的时候，说不定会做出什么事来。

他这样说罢，冲张全主任微微一笑。

张全主任一愣，就转身走了。

没过多久，这次鉴定的结果就从公社传出来。按以往规律，搞这样重要的鉴定，自然每个知青都会想尽一切办法不惜采取任何手段也要让村里为自己说一些好话，因此鉴定内容从没有出现过什么问题。但是这一次，刘成的鉴定却爆出了冷门。据说张村为他做的鉴定简明扼要，只有三条：第一，政治觉悟不高，一向消极涣散；第二，有好逸恶劳思想，从不参加劳动；第三，走白专道路，拒绝接受再教育。这三条鉴定虽然简单，但在选调的意义上却不亚于为刘成判了死刑，任何人都明白，仅凭这三条中的任何一条，刘成就永远不要再想回城了。这件事立刻在全公社的知青中被传得沸沸扬扬，大家都弄不明白，刘成究竟怎样得罪了张村的村干部，才被搞出这样一个恶毒的鉴定。

这以后没过多久，张村就又出事了。

据刘成说，这之前的一天，宋福曾经突然来找他。刘成与宋福并没有太多交往，对这个60多岁又其貌不扬的老男人也没有太在意，只知道他是富农，出自一个做鞭炮的世家，至今还有一门碾制鞭炮的手艺。但是，自从那个中秋节的晚上，宋福突然将他和胡四海带去秋鸣山看了那几缸火药后，他就开始对他注意起来。在这个晚上，宋福见到刘成并没有立刻说出来意，只是坐在那里不停地吸旱烟。刘成从不吸烟，因此很讨厌烟味，而且由于鉴定的事他心情也正烦躁，于是就没好气地对宋福说，你这样在我这里一支接一支地吸烟，熏得我都快睁不开眼了。宋福一听连忙把烟掐掉了。

刘成朝他看一眼又说，你来我这里，不是只为吸烟的吧？

宋福低头支吾了一阵，才说，我是……为那个夜壶的事。

夜壶的事？刘成眨眨眼，什么夜壶的事？

你应该知道，我说的是什么夜壶。

刘成好一会才说，我怎么会知道？

宋福仍然低着头，我刚才……去找胡四海了。

这样说，是胡四海告诉你的？

他说……把这个夜壶给了你。

好吧，刘成点点头，如果他这样说，你让他来找我。

宋福很认真地看看刘成，然后说，这个夜壶是我的。

既然是你的，怎么会到了胡四海的手里？

是……我给他的。

刘成又看一眼宋福，忽然很古怪地笑了。

实话告诉你，这个夜壶的事我早就知道了。

宋福立刻抬起头，脸上充满了希望。

刘成说，这个夜壶给我带来多少麻烦，你知道吗？

宋福有些意外，它怎么会……给你带来麻烦？

刘成哼一声，村里给我鉴定的事，你听说了？

宋福没说话。显然，他已经知道了这件事。

刘成说，如果不是因为这个夜壶，我也不会有这样的鉴定。他说着看看宋福，你心里是怎样想的我当然知道，当初你把这个夜壶放到胡四海那里，自然是有你的用意，但没想到胡四海现在又告诉你，他已经把这个夜壶给了我，你是不放心才赶紧追来向我要的，是这样吧？

宋福慢慢低下头说，这个夜壶……是我祖上传下来的，我不能没有它。

可是我告诉你，刘成说，它真的没在我这里，我甚至连见都没见过这东西。宋福抬起头，刚要说什么，刘成立刻又拦住他，如果胡四海一定要这样说，你让他来向我要就是了。

宋福听了没再说话，就站起身准备走了。

刘成又在他身后说，这件事，你从一开始就做错了。

宋福立刻又站住了，慢慢转过身，看着刘成。

刘成一笑说，你不该把这个夜壶交给胡四海。

为……为什么？宋福眨眨眼，问刘成为什么。

刘成说，你去问张全主任吧，他会告诉你。

刘成对我说，他可以断定，如果张全主任知道发生后来的事，当初是决不会给他搞出那样一个恶毒的鉴定来的。尽管张全主任到最后被弄得瞎了一只眼，甚至险些送掉性命，但责任还是应该在他自己。刘成说，让人遗憾的是，张全主任却始终没弄明白这件事。

最先出事是在张全主任的家里。

张全主任虽然一直单身，却是一个很会过日子的男人，家里不仅养了猪，还养了狗和鸡鸭一类家畜。出事是在一个早晨。在那个早晨，张全主任又像往常一样起得很早。他来到院子时并没发觉有什么异常。但也有一个很小的细节，事后张全主任回想，在前一天的傍晚，他最后一次喂鸡之后明明已将那个空掉的鸡食盆子放到窗台上，但是这个早晨，它却不知为什么自己跑到墙边去了，而且里面还装满了食物。可是这个细节在当时并没引起张全主任的注意。张全主任走过去打开鸡窝。那些被关了一夜的鸡鸭一被放出来就发现了墙边的那个食盆，于是立刻争先恐后地奔过去围着抢吃起来。张全主任朝那边看了一阵，正要转身去忙自己的事，突然就听到砰的一声爆响。这声音并不是很大，也不太清脆，听上去却非常有力量。张全主任又朝墙边看去，立刻就被眼前的景象惊呆了。这声爆响显然是从那个鸡食盆里发出来的。那群鸡鸭原本正围在那里伸着头争抢食物，随着这一声爆响，它们的脑袋突然都被炸得无影无踪，于是一下都愣在了那里，有几只公鸡由于突然辨不出方向，还拍打着翅膀伸着光秃秃的脖颈在原地不停地打转，黏稠的血水也随之朝四外喷射出来。张全主任立刻闻到一股血腥和谷糠混合在一起的奇怪气味，他感觉到，许多鸡食和可疑的碎骨飞溅到自己的脸上和身上。

这件事立刻受到公社领导的重视。公社武装部的江部长决心要将此事彻底查清，于是率人亲自来到张村。经对现场勘验，江部长认为，这一次显然又是火药爆炸。据张全主任回忆，他在事发时也确实闻到了一股类似石硝和硫黄的气味。如果这样分析，火药应该是被安放在那个鸡食盆子里，等鸡鸭去啄食的时候就突然发生了爆炸。但让江部长感到困惑不解的是，鸡食盆里的火药是如何被引发的，当时并没有人去点燃，也就是说，它自身应该有一个点火装置。但是，江部长问张全主任，如此巧妙的装置又是谁设计的呢？张全主任首先想到了宋福。在张村，能对火药的性能熟悉到如此程度的自然不会再有第二个人。其实当初灶膛被炸的那一次，事后张全主任就对自己的判断产生过怀疑。他想，刘成不过是一个知青，他在张村是不可能弄到这么多的火药的，况且倘若认真分析，有这种动机的人也不仅只有刘成，自己曾经带人去抄过秋鸣山，而且还将抄出的火药全部彻底销毁，宋福为此事肯定也会怀恨在心。这一次，张全主任想，无论这件事是不是宋福干的，至少设计这个引爆装置他有重大嫌疑。

公社武装部的江部长也很同意张全主任的这个分析。江部长认为，宋福的家庭出身和个人成分都是富农，仅凭这一点就很值得怀疑，在张村革委会主任的家里频频安放炸药，这种事如果没有刻骨的阶级仇恨是绝对做不出来的。于是，江部长当即决定正面接触宋福。让江部长感到意外的是，宋福的态度并不配合。他被叫到村里的办公室时，只是闷头坐在那里，无论问什么都默不做声。后来张全主任就有些不耐烦了，走到他面前说，我现在只问你一个问题，你必须老老实实回答！

我的那个夜壶，究竟在哪？宋福忽然抬起头，问张全主任。

你的夜壶？我怎么知道你的夜壶在哪？

刘成说……让我问你。

现在是我问你！张全主任说。

好……好吧。宋福又低下头。

当初的那件事，你是不是一直怀恨在心？

当初的……什么事？

张全主任说，就是我带人去抄秋鸣山的事。

宋福又慢慢把头低下去，不置可否。

张全主任说，我再问你，这次的事，究竟是不是你干的？

宋福仍然低着头，不说是也不说不是。

张全主任眯起眼盯着他，你不说话，是不是就算默认了？

宋福翻起眼皮看看张全主任，似乎想说什么，但只张了张嘴就又把头低下去。

这时江部长走到他的面前。江部长心平气和地说，好吧，我现在只问你两件很具体的事。第一，这个爆炸的点火装置肯定是被埋在那个鸡食盆子里的，而据张全主任说，在出事的前一晚这个食盆里已经空了，那么后来的鸡食又是谁放进去的呢，是不是你放的？

宋福慢慢抬起头，看着江部长，如果是我放进去的，那也就说明，那里边的火药也是我放的了？

对，江部长点点头，就算是吧，可以这样理解。

宋福立刻又把头低下去，不再说话了。

好吧，我们现在再来说第二件事。江部长又接着说，从现场情况看，这个点火装置的确设计得很巧妙，它很可能是利用鸡在啄食时的振动或摩擦引爆，但具体是什么原理呢？你能不能说一说？

这时，宋福抬起头，看一眼旁边的张全主任就说了一句话，我真希望……这件事是我亲手做的。江部长立刻愣了一下，这么说，不是你？

不是，宋福说，可惜不是我。

应该说，刘成在若干年后拥有了一家专门生产烟花鞭炮的企业并不奇怪。他一直对火药有着浓厚的兴趣，更重要的是，对爆炸这种事也有超乎常人的悟性。早在上中学时，他的这种悟性就已显露出来。那时他是我们班的化学课代表，也是“社会实践实验小组”的副组长，因此经常搞出一些稀奇古怪的创造发明。他的发明有时连老师都会感到惊讶。一次老师在课上讲到一种叫氯酸钾的物质。氯酸钾也叫赤磷，是一种无色晶体，是一种强氧化剂，可以用于医药、消毒、火柴、雷管和焰火等。更重要的是，我们的老师在课上讲，氯酸钾也是一种等级很高的危险品，只要稍加摩擦或振动就可能发生爆炸。当时我们听了都没在意，只是当作一个普通的化学知识记在笔记本上。但没过多久，刘成的手里就有了一种很奇怪的小纸卷。这纸卷比鞭炮还小，却远比鞭炮的威力要大。刘成想跟谁开玩笑，只要不动声色地走过去将这小纸卷在他脚下一摔，立刻就会发出砰的一响。后来他的这种纸卷终于被老师发现了，老师立刻断定，这纸卷里裹的应该是氯酸钾。回到实验室一检查，那个用来装氯酸钾的瓶子果然不见了。于是立刻将刘成找来，问他手里的氯酸钾是从哪里来的？刘成先是不承认，说他的手里从来就没有这种叫氯酸钾的东西。老师问他，如果没有，那他的那些小纸卷里又是什么东西。老师说不要忘了，这种事是瞒不过化学老师的。老师对他说，现在的问题已经很清楚，全班的人只有刘成有机会接触到那瓶氯酸钾，他一定是利用化学课代表的职务之便，在帮老师拿教具时，趁机将那瓶氯酸钾偷偷留下了。这一来刘成才无话可说了，但他仍然不肯承认私自拿了那瓶氯酸钾。当然，如果刘成拒不承认，老师也拿他没任何办法。于是这件事也就不了了之。不过在插队以后，我曾经遇到过一件事。一次我从城里探亲回来，无意中在车站遇到了刘成。他显然也是刚从城里回来，但带的行李却很少，只在手里小心翼翼地托着一个玻璃鱼缸。我先以为他是带了几条金鱼回来，但再仔细看，鱼缸里漂着的竟然是一个玻璃瓶。刘成发现我正在注意他手里的这个鱼缸，支吾了一下向我解释说，其实水也是一种很好的缓冲器，这样不仅能与周围的环境隔离，也可以减少振动。但是，那个泡在鱼缸里的玻璃瓶究竟装了什么怕振的东西，他却并没有说。

这一次发生的事让张全主任非常恼火，也觉得很没面子。自己堂堂一个张村革命委员会的主任，家里却被人搞得乌烟瘴气，今天把铁锅炸到天上去，明天又莫名其妙地炸死一窝鸡，张全主任感到再这样下去已经无法容忍了。而更让他忍无可忍的还是这种提心吊胆的生活。当时正在上映一部叫《地雷战》的影片，讲的是我胶东根据地的军民利用地雷阵打击日本侵略者的故事。张全主任感觉自己的家里也像是被人摆了地雷阵，无论点火做饭或是喂猪喂狗，都要小心翼翼唯恐再出什么事情。

但是，尽管如此，村里还是又发生了一件更令人惊骇的事情。

这件事发生在村里的街上，而且是在最热闹的井台旁边，所以当时在场的很多人都亲眼看到了。出事的是张全主任家的那只大黑狗。张全主任养的这只黑狗应该品种很好，现在想来很可能有一些藏獒血统，它的体形非常奇特，头很大，脖子也很粗，看上去就像一头黑色的雄狮。因此，张全主任为它取的名字就叫黑老狮，后来干脆就叫老狮。村里学校的几个老师曾为此表示不满，找到张全主任说，把这只狗叫老狮，很容易使人联想到老师。张全主任听了却只是笑一笑，对那几个老师说，你们这样说就没道理了，如果这只狗说，把你们叫老师它也不高兴，很容易让人联想到它，那又怎么办呢。几个老师听了一下都面面相觑。张全主任又笑着说，所以，你们当你们的老师，它当它的老狮，大家井水不犯河水。在出事的这个中午，张全主任的这只老狮来到街上。它的心情似乎很好，一会儿活动着腰肢跑几步，一会儿又跳过去追逐一只正在墙边晒太阳的猫。也就在这时，突然出事了。据亲眼目睹的人说，当时没有任何迹象，这只老狮正跑跑跳跳地玩耍，突然就响起噗的一声。这一声很沉闷，像是从一个充气的东西里发出来的。人们寻声望去，才发现竟是老狮的肚子。就在这声音响起的一瞬，它的肚子也猛一下鼓胀起来，就这样越胀越大越胀越大，渐渐地连肚皮上的黑毛都直挺挺地奓起来。接着就又是噗的一响，这只肚子终于爆裂了。当时的景象确实很骇人，老狮的肚子就像一颗巨大的炸弹，肠子连同血水一下都飞溅出来。老狮也被这股强大的反冲力震得腾空而起。它在落回到地上之后，似乎还不知发生了什么事，低头看一看自己的肚子，又用力呜地叫了一声，然后才伸展四肢趴在了地上。它的每一根肋骨显然都已被震断了，由于内脏飞溅出去肚子里也已经空空荡荡，所以趴在那里就像一张狗皮。

这一次的事，终于让江部长意识到问题的严重性。

江部长立刻提醒张全主任，下面要当心那头猪了。

但发生这件事也为江部长提供了一些线索。据村里的赤脚医生说，在出事的这天上午，刘成曾经突然去他那里要过一个避孕套。当时他还跟刘成开玩笑，问他要这东西干什么用？但刘成没说什么就转身走了。这件事似乎与老狮的这件事没有什么关系。但是，这个赤脚医生接下来说出的事就有些耐人寻味了。赤脚医生又对江部长说，在这个上午，他为刘成拿了避孕套就去村里给猪打防疫针，就在他走过村边时，突然发现刘成正坐在一垛柴草的后面吹一个什么东西。当时他感到很好奇，就悄悄走过去，这才看清原来刘成是在吹那个避孕套。他先将这避孕套吹得有一个乒乓球那样大，又举起来看了看，似乎在里面装了什么东西。然后，他就又拿出一个用玉米面做的菜团子。他先在这菜团子上咬开一个洞，然后就把这个吹起来的避孕套小心地塞进去。江部长听了越发感到疑惑，他怎么也想不出，刘成这样做究竟想干什么。接着江部长就又了解到一个情况，据村里有人看见说，就在出事的这个中午，张全主任的这只老狮刚从院子里跑出来时，刘成曾经喂过它一个菜团子。当时老狮显然有些饿，刘成又故意先逗了它几下，所以他将这个菜团子朝它的嘴里一放，老狮连嚼也没嚼就立刻吞了下去。江部长越发感到困惑不解了。这一次的事，江部长一直吃不准是否又是火药爆炸。如果是，能将这头老狮的肚子炸成这样，显然是需要足够的火药的，而这些火药又是如何装进老狮肚子里的呢？假如是刘成，先将火药装进那个避孕套里，然后再塞进菜团子喂给老狮，这种可能也是成立的，但问题还是引发装置，这些被老狮吞进肚子里的炸药又是如何被引发的？根据当时情况看，老狮出事是在街上人最多的地方，这就给人一种感觉，似乎制造这起事件的人是在有意向张全主任示威。可是，这炸药又怎么会单在这时响呢？

江部长感觉到，事情已经变得越来越复杂了。

但是张全主任的看法却与江部长截然不同。张全主任认定，这件事一定又是宋福干的。张全主任对江部长说，无论这件事怎样分析，至少有三点可以说明宋福的嫌疑最大，首先，宋福还不仅仅是由于秋明山，现在他的那个夜壶也找不到了，他的心里一定认为这一切都是他张全造成的。其次，这一次老狮的肚子显然又是被火药炸的，而在张村，又有谁最可能找到火药？最后一点，也是最重要的一点，张全主任说，从上一次的事他就这样认为，不管这个引发装置究竟是怎样设计的，能对火药掌握到如此程度的只有宋福，不会再有第二个人。所以，张全主任说，这件事不用再怀疑了，肯定是宋福。但江部长毕竟是公社武装部的部长，考虑问题更慎重一些。他对张全主任说，现在事情已经比想象的复杂，所以不能草率，还是应该再调查一下。这时张全主任终于忍不住了。张全主任对江部长说，我家现在已经成了什么样子，再不草率一点，恐怕连房子都要被炸到天上去了。江部长听了张全主任的话，很严肃地看看他问，怎么，你害怕了？张全主任立刻哼一声说我当然不怕，我有什么可怕的。

江部长点点头说，这就好，不过也不能大意，你还是看好家里的那头猪吧。

江部长还是把事情想简单了。接下来出事的并不是张全主任的那头猪，而是张全主任自己。

这一次他是在全村人的面前出的事，所以整个过程，甚至几乎是每一个细节都被大家看到了。

张全主任经过反复考虑，认为有必要召开一个全村大会。他觉得应该把这一段时间发生的事对全村人说一说，一来让大家知道，在他家里频频发生这种事并不是他软弱可欺，而是他还不想追究此事，一旦决定追究，那个躲在阴暗角落里的人是无论如何都逃脱不掉的。其次，这个大会也可以起到警告的作用，敲山震虎。但江部长却不同意张全主任这样做，江部长说，现在调查组虽然已有怀疑对象，毕竟还没锁定嫌疑人，在这个时候开这样一个大会搞不好会打草惊蛇。江部长劝告张全主任，越是在这个时候才越要沉住气，不能轻易出手，一旦出手就要捉住蛇的七寸。但这一次张全主任却坚持自己的意见，他甚至说，自己是张村革委会的主任，有权力召集全体村民开这样一个大会。江部长见说不动他，就只好拿出最后一张王牌，说自己是专案调查组的负责人，就算张全主任在村里有这样的权力，在这种特殊时期也要服从专案组的领导。张全主任听了想一想，说好吧，关于这件事的大会可以先不开，但是村里马上要搞冬季水利工程，安排挖水渠的大会总还可以开吧。

江部长一听张全主任这样说，也就只好同意了。

没有人想到张全主任会在这一次全村大会上出事。大会是在晚上召开的，地点在村里的打米房。当时张全主任站在前面的土台子上，先向大家宣布了冬季开挖排灌水渠的时间和具体安排，接着突然将话锋一转，就说到了最近接连发生的事情。张全主任一说到这里情绪就开始激动起来。他说尽管到目前为止，他还不清楚制造这几起事件的人究竟是出于什么目的，但无论是将他家的铁锅炸上天，还是将他家的鸡狗家畜炸死，都绝不会吓倒他，同时他也要正告这个人，不要再干这种事了，再这样干下去只会搬起石头砸自己的脚。张全主任说到这里，为了加重语气还将一只手举起来用力地向下一挥，同时又向前迈了一步。但是，也就在这时，他的这只脚似乎踏空了，呼地向下一陷，接着就响起轰的一声，土台子上顿时腾起一股浓烟，许多泥土也随之飞溅起来。站在台下的村民立刻惊得大呼小叫着四散奔逃，待浓烟渐渐散尽，人们才发现，刚刚还站在那里讲话的张全主任已经不见了踪影，在他站过的地方只留下一个很大的深坑。就在这时，突然有人听到一阵轻微的呻吟声，这声音好像来自头顶。人们立刻抬头朝上看去，只见张全主任竟然已被崩到了屋顶上。打米房的屋顶是三角形的木梁，张全主任就那样将身体搭在一架三角梁上，上身和两条腿软软地垂着，两根胳膊还紧紧地抱着一根立柱，看上去就像一条破烂口袋。如此一来，将张全主任弄下来就成了问题。有人立刻去搬梯子，但张全主任就像一盏灯似的挂在屋顶中央，即使有梯子也无法固定。最后还是江部长指挥着自己带来的人背着绳索从墙边攀上去，然后又像壁虎一样贴着屋顶爬到张全主任的跟前，最后用绳子将他捆牢一点一点地放下来。张全主任这一次确实伤得很重，他的脸上都是血，一条腿也可疑地歪在一边，显然已经断了。

江部长亲自将张全主任送到公社卫生院。经医生检查，张全主任的左眼球已经遭到严重损毁，估计是飞到屋顶上时，木梁的什么地方刚好有一根铁钉或细椽之类的东西，扎在了他的眼上。公社卫生院的医生说，从目前情况看只有将这个眼球摘除掉，但卫生院的医疗条件有限，不能做这样复杂的手术。于是张全主任立刻又被转去了县医院。但是，县医院的医生检查之后，又发现张全主任还有更大的麻烦。在将他送来医院的过程中，人们只注意他的那只伤眼，却忽略了这条断腿。医生说，这条腿已经是开放性骨折，又经过这样一搬动，不仅骨头破损，而且还扎到了皮肉外面，现在再想复原已经不太可能。就这样，张全主任被摘掉一只眼球，腿骨也被锯短了一截。

直到这时，江部长才告诉了张全主任一件很重要的事。

他说，他可以肯定，这一次的事与宋福没有一点关系。

为什么？张全主任瞪起唯一的一只眼睛，问江部长为什么。

江部长说，自从上一次出了老狮的那件事后，他就已经派人将宋福严密地监视起来。这次开会之前，宋福始终没有离开过被监视的范围，他在事前不可能有机会去打米房安放炸药。

张全主任听了想一想，喃喃地问江部长，那……又会是谁呢？

江部长说，我也正想问你这个问题，不是宋福，又会是谁呢？

刘成对我说，张全主任从县医院回来时，张村的人几乎不认识他了。他的那只左眼由于被摘掉了眼球，眼眶深陷进去，让人看了很不舒服。尤其是那条做过手术的腿。他的那条腿表面似乎没什么变化，但不知怎么却短了一截，这就使他走起路来有些不稳，那条短腿每迈一步，身体都要向前倾斜一下。但是，张全主任脸上的表情和说话的声音仍然没有变。他对村里人说，他已经让公社武装部的江部长带着专案组的人撤回去了，没什么了不起。他说，他不会像当初的张茂主任那样，刚出了一点事就吓得辞职不干了，这次他要跟这个一直躲在阴暗角落里的人打一场持久战，看一看他究竟还能使出什么招数。张全主任是在街心的井台旁边说这番话的，他一边说，一边还眯起那只独眼朝正在打水的刘成瞥了一眼。但刘成似乎没听见，挑起水桶就头也不回地走了。

也就在这个晚上，张全主任又来找刘成。

他一见刘成就似笑非笑地说，你这个人隐藏得很深啊。

刘成正在整理一摞书本，抬起头看他一眼，没有说话。

你伪装得也很好，如果不注意，还真让人很难识破呢。

刘成把这摞书本小心地装进行李箱里，仍然没有说话。

张全主任看着刘成，脸上忽然笑了一下。他由于一边的眼窝深陷进去，笑容显得有些怪异，他问刘成，听说，我在县医院的这段时间，你去考大学了？

刘成点点头，说是，我是去参加高考了。

刘成在这个冬天的确去参加了高考，而且和我在同一个考点。这是恢复高考的第一年，因此考生的水平普遍参差不齐，但据刘成自己说，他这次的考试成绩还算理想。刘成一直想去大学读化学，他说在自然科学里，只有化学是最神秘也最有魅力的。这次高考后，他说自己很有希望。

这时，张全主任的脸色就一点一点阴下来，他说，我不会让你走的。

刘成停下手，很认真地看着他说，如果我被录取了，就可以走。

只要我不同意，你就走不了。

为什么？

村里不会为你办手续的。

刘成立刻不说话了。在当时，如果村里不办手续，真的就不能走。

刘成沉吟了一下，问张全主任，你为什么不给我办手续？

张全主任微微一笑说，你应该知道。

刘成说不，我不知道。

嗯，如果你不知道我就告诉你，张全主任说，你以为我真会相信，那些事都是宋福干的吗？

刘成说，我没这样认为，我也从没有想过这些事，你说的那些，跟我没有任何关系。

没关系，真的没关系吗？

当然，没关系。刘成一字一句地说。

好吧，张全主任点点头，等我拿出证据来，你再说有没有关系吧。

什么证据？

这你就不要问了。

张全主任又笑一下说，不过我可以告诉你，你就是把大学考到天上去，我也不会让你走的，你就死了这条心吧。他这样说罢就转身朝门外走去，走到门口，又回头说，你走了，我跟谁去打持久战呢？

刘成这次高考成绩果然很好。按那一年的规定，达到分数线的考生还要先去参加体检，然后再从体检合格的考生中录取百分之六十。刘成的体检也没任何问题，只是由于长期不下田劳动，身体有些偏胖，但在那时体胖并不是病，反而被认为是健康的标志，所以他很顺利地就通过了。

刘成去公社体检回来的这个下午，在村外的小河边遇到了宋福和胡四海。宋福和胡四海站在小桥上，显然是特意在这里等刘成。他们一见刘成就立刻迎上来。刘成看看他二人问，你们找我有事？宋福说有事。什么事？刘成一边问着一边还继续朝前走。宋福说还是，还是那个夜壶的事。刘成一听就有些不耐烦了，对宋福说，我早已对你说过了，我从没见过你的夜壶。他一边这样说着一边就想从宋福的身边绕过去，但宋福立刻又拦住他的去路，说你不能就这样走，要先把话说清楚。刘成只好站住了。宋福说，你上一次说，让胡四海来当面向你要这个夜壶，现在他就在这里。这时胡四海就走过来。让刘成感到有些意外的是，今天胡四海的身上已经没有了酒气，两只眼睛也炯炯有神。刘成这段时间一直忙于准备高考，已经很久没有见到胡四海了，他搞不清胡四海怎么会突然一下子变得这样精神起来。

胡四海冲刘成微微一笑说，你真行啊，确实比我有本事，考上大学了。

刘成摸不透胡四海这话是什么意思，于是说，刚体检，还没有最后定。

胡四海又点点头，说好，有志气，不用等选调，自己凭本事离开这里。

刘成感觉到了，胡四海说这番话时，确实有些发自内心。

接着，胡四海又说，我要找你什么事，不用再说了吧？

刘成看看胡四海，又看看宋福，说你还是说吧。

那好，胡四海说，当初我交给你的东西，现在也应该还给我了。

你交给我的东西，什么东西？

刘成眨眨眼，似乎有些奇怪。

胡四海盯住他，你，真忘了？

我确实忘了。

好吧，我提醒你一下，就是那个夜壶，青花瓷的夜壶。

你也向我要夜壶？刘成一下笑了，这段时间，怎么所有的人都来向我要夜壶呢，这究竟是一个什么夜壶？胡四海仍然盯着刘成，用力喘了一口气说，看来，你是真的不想承认了？

刘成显得很无辜，我从没见过这东西……你让我承认什么呢？

胡四海沉吟了一下，然后尽力心平气和地说，你现在已经考上大学了，这东西就是放在你手里也没什么用处了，可是对我……也许还很重要，我说的这话你应该明白了吧？

刘成摇摇头说，我不明白，我怎么越听越糊涂？

这时胡四海就走到刘成的面前，一个字一个字地问，我是在一个下午把这个夜壶交给你的，当时你正在劈一块棺材板，我还提醒过你不要把手扎破，否则会很危险，你不会不记得了吧？

是吗，刘成眨眨眼问，当时还有别人在场吗，谁可以证明？

胡四海听了点点头，又点点头，然后说好，好好，难怪你能考上大学呢，你确实比我高多了。他这样说罢，又回过头去看看宋福，你的这个夜壶，不用想再要回来了。这时宋福已经泪流满面，他点点头，只讷讷地说了一句，我知道了……已经……知道了，就转身趺趺撞撞地走了。

我直到去天津的师范大学报到后，才听说了刘成后来的事。他果然被北京一所很著名的大学录取了，而且是化学系，化学生物学专业。但他这一次却百密一疏，险些没有走成。

刘成在接到录取通知书的当天下午，就带上那个青花夜壶去了公社。但公社革委会的老刘主任似乎并没将这个夜壶放在眼里，只用一根手指挑起来看了看，就摇摇头说，这东西我早已听说了，还弄出许多事来，原来就是一个这样的旧夜壶啊。刘成连忙告诉老刘主任，说这个夜壶虽不起眼，却有一个奇妙之处，只要在里边尿了尿，再一燃放鞭炮就会唱出歌来。老刘主任听了将信将疑，皱一皱眉问，会有这种事？刘成到了这时已经顾不了许多，当即从裤子里掏出东西就在这夜壶里尿了一泡尿，然后放到老刘主任的办公桌上，又掏出一枚鞭炮小心地点燃。但是，这枚鞭炮响过之后，夜壶里却寂静无声。刘成连忙将头凑过去仔细听了听，却只闻到一股尿骚味。老刘主任一下哈哈大笑起来，拍拍刘成的肩膀说，好了好了，你的意思我已经明白了，其实这只是一个误传，我作为公社革委会的主任，怎么会喜欢这些“封资修”的黑货呢，很多人给我送来这些破烂东西，都被我交到了县里，有的干脆就扔掉了。

老刘主任说完，就把刘成送出来。

也就是在这一天的晚上，张村又发生了一件事。

宋福在这个晚上独自来到秋鸣山。村里已经传出消息，第二天就要铲平这里。宋福从墙洞钻进墓穴，打开其中的一口粗瓷大缸。他又深深地闻了一下这些火药的气息，就将一根一尺余长的信捻插进去，然后小心翼翼地点燃。宋福做完这一切就又来到外面。他站在几间破败的砖房跟前，看着月色下的秋鸣山，想象着它即将坍塌下去的情景，脸上淡淡地笑了一下。但是，宋福还是低估了这些火药的力量。他最先感觉到的并不是声音，而是脚下剧烈的震动，随之才是一声沉闷的巨响，接着又是一声，又是一声……宋福觉得自己脚下的土正在松动，渐渐地似乎往下塌陷，然后，他就随着翻卷的泥土沉下去……

据说这爆炸声传得很远，连几十里外的公社都听到了。在这个晚上，公社的老刘主任刚刚躺到床上，突然就听到墙边的那个青花夜壶发出一种很奇怪的声音，再仔细听，似乎是一个年轻女人躲在里边轻轻地唱着什么。老刘主任先以为自己出现了幻觉，连忙过去又听了听，果然是一个女人在忽高忽低地唱。老刘主任当然不知道秦楚楚，更不知道《花好月圆》，但这女人的声音软恹恹的真是很好听。

于是，第二天一早，老刘主任就给张村的张全主任打去一个电话。

但刘成说，他真正怀念的并不是那个青花夜壶，而是宋福的火药。

事　迹

1

那是一个英雄辈出的时代。收音机和报纸上经常会推出一个什么人物，然后是一番轰轰烈烈的事迹报导，再然后就是掀起一个热火朝天的向这个英雄人物学习的高潮。这样的英雄事迹一般是由三部分组成，一是英雄人物的事迹本身，或简单或曲折，或平凡或壮烈，但大都感人至深催人泪下。二是英雄人物的日记，或平实或深刻，或发自内心或充满警语警句，但读来都会令人振奋且发人深省。三是英雄人物的豪言壮语，多是朗朗上口铿锵有力，坚定刚毅且掷地有声，让人看了不仅激情澎湃而且会感到热血沸腾。记得那一年的秋天又涌现出一个英雄人物，叫什么名字已记不清了，好像是黑龙江省一个在江边林场插队的知青。当时报纸上和收音机里几乎每天都在宣传他的感人事迹。他的事迹也的确很感人。那一年的秋天突然洪水泛滥，林场堆放在江边的木材泡到水里，眼看就要被汹涌的波涛卷走。当时这个英雄人物看在眼里，急在心上，于是一个念头立刻像闪电一样在他的脑海中划过，决不能让国家财产受损失！洪水就是敌人！险情就是命令！他想到这里向身边的同伴大喊一声：跟我来！然后就带头跳进奔腾的江里。江水很急，到处都是漩涡，这个英雄人物却毫无惧色，当他将一堆一堆的木材推到江边之后，自己也终于用尽了最后一点气力，就这样，他被无情的洪水卷走了。当时读了这个英雄人物的事迹，我一连几天都感到惴惴不安。我不断地在心里问自己，我也是一个插队知青，如果我遇到这样的情况会怎样做？我会为了保护那些木材而奋不顾身吗？我想，我没这个把握。这个想法让我很沮丧，一度甚至让我感到有些自卑。我比那个英雄人物只小几岁，我为什么不能像他那样为了保护国家财产而献出自己年轻的生命呢？高林也同样很沮丧，但他的沮丧却与我截然相反。高林做梦都想成为这样的英雄人物，他一直在向我抱怨，为什么我们插队的这个村庄附近就没有一条江呢？为什么我们这里就不闹一次洪水呢？他就像一个急于想展示自己却又没有用武之地的英雄，每天都在摩拳擦掌跃跃欲试。我对高林说，英雄人物并不是谁都可以当的，这要有机遇，也就是适当的机会，这种适当的机会是包括很多种因素的，往往缺一不可。但我尽管这样说，我却不得不承认，在高林的身上的确存在着当英雄人物的潜质。

从这一点看，高林应该比我要强。

后来的事实证明，我的判断没有错，如果有了适当的机会高林的确可以成为英雄。在开展向这个英雄人物学习的活动不久，我和高林遇到一件事。当时我们插队的这个村庄已开始将收割的玉米归仓。所谓归仓，就是将收到场上的玉米脱粒，然后用粮囤囤起来。粮囤是用苇席做的，将苇席连接起来围成圆形，待将粮食装满，再在上面用席子苫起来。那是一个下午，刚刚下过一场小雨，我和高林将最后一筐玉米抬到上面倒进粮囤时，突然发现了一个问题。当时我们是站在粮囤的跳板上，所以看得比下面清楚，我发现，这个粮囤正在一点一点地向旁边倾斜。粮囤倾斜显然很危险，它导致的后果就是倒塌，而如此一来这一囤粮食也就都要倾泻到泥水里。我发现这个问题之后第一反应是有些迟疑。我已经看清了问题的所在，粮囤倾斜的原因是底下基座的一块木板由于没有垫结实塌陷下去，所以尽管粮囤只是微微倾斜，但它倾斜到一定的角度立刻就会轰然倒塌。这时如果跳下去将松动的木楔重新钉进去，粮囤还有可能保住，但这样做也很危险，倘若没能挽救住粮囤，倾泻下来的玉米粒也就会将底下的人活埋，那后果就不堪设想了。我当时迅速地在心里算了一笔账，那时的玉米是 6 分钱一斤，而粮囤里大约有 5000 斤玉米，也就是说，即使这一囤玉米都倾泻到泥里，生产队也不过是损失 300 元钱，我会冒着生命危险去保护生产队里价值 300 元的财产吗？也就在我这样迟疑的时候，高林显然也已发现了危险，他立刻毫不迟疑地从粮囤上跳下去。我这时才醒悟过来，我意识到如果再晚一点下去粮囤就有可能倒塌，于是连忙也紧跟在后面跳下去。但是，高林跳到地上并没有跑开，他立刻找了一把木槌就直奔粮囤的底下，然后用后背用力顶住倾斜的粮囤。他的目的显然是想先用自己的身体将粮囤顶正。高林的肩膀很单薄，身材也并不高大，但他这时却像一根刚劲有力的木梁靠在那里，两只脚已经深深地陷进泥里。然而他这样做却非常困难，可以想象，一个盛满 5000 斤粮食的粮囤是很难被撼动的，于是他放弃了这个想法，立即又用木槌拼尽全身的气力将松动的木楔重新钉进去。

就这样，粮囤保住了。

高林直起腰，抹了一把脸上的汗水，长长舒出一口气。高林做这件事前后不过用了将近三分钟时间，而我却亲眼目睹了一个英雄人物为了保护集体财产而不顾个人安危的英勇事迹的全过程。但令人遗憾的是，在事发的当时只有我和高林两个人，并没有第三个人在场。高林也为此感到有些沮丧。我想对高林说，这就是我所说的一个人要想成为英雄人物所需要的适当的机会，其中一个重要因素就是，无论你做出什么事迹，都必须要有能使你成为英雄人物的人看见，否则就只能甘当无名英雄，而无名英雄和收音机、报纸上宣传的以及我们学习的英雄人物虽然本质相同，结果却是完全不一样的。

但我想了一下，还是没将这些话说出口。

这件事以后，高林请我喝过一次酒。他在喝酒的时候对我说，事后他越想越感到后怕，当时那个粮囤倘若真的倒塌下来后果是不堪设想的，所以，这样说起来，他也算是死过一回的人了。他说这话时不停地用眼睛一下一下地看我，接着又说，其实英雄人物的事迹都是在事后被别人说出去的，比如我们现在正在学习的这个英雄人物，他在事发的当时就已经牺牲了，他的事迹别人又怎么会知道呢，自然是他身边的人向有关领导说的。

我立刻明白了高林的意思。他是在暗示我，想让我将这件事告诉村里。但我想了想，还是觉得不告诉村里为好。首先是我的身份，我并不是当地人，而是一个知青，一个知青去村里为另一个知青说这种事，总让人感觉有相互吹捧之嫌。再有就是这件事的性质。其实这件事如果认真分析起来是很难讲清楚的。那个粮囤原本好好的，它是在我和高林装满粮食之后才发生倾斜的，是不是我们装粮食的方式有什么问题？如果这样想，我和高林就应该也有一定责任。但我毕竟喝了高林的酒，所以不好将这些话直接讲出来，于是就绕了一个弯子问他，有必要告诉村里吗？他想了一下，对我说，这可不是一般的事，并非每个人都能做到的。他这样说罢又飞快地看了我一眼。我当然明白他说这话的意思，他说的其实只是半句话，那没有说出的后半句是，比如说你，你在当时就没有做到，你不是已经被那个快要倒塌的粮囤吓得不知所措了吗？我的脸立刻有些发热，沉吟了一下才讪讪地问，难道……你就这样想当英雄人物吗？高林喝了一口酒，抬起头很认真地反问我，当英雄人物有什么不好吗？

我被他问得一愣，张张嘴，一时不知该怎样回答。

他把脸凑近我说，有些事恐怕你还不知道。

高林告诉我，他在学校时曾有一个同学，他哥哥下乡插队去了内蒙古，只因为有一次从河里捞出一个贫下中农，还是个死的，一下子就成了英雄人物，接着没过多久就被保送去复旦大学上学，后来还被分配到北京的一个什么部里当了干部。还有一个同学，他姐姐在农村插队时不知干了什么事，成为当地的英雄人物，很快就被挑到部队上去，据说后来还被送去解放军的指挥学院学习，一毕业就是连级军官。高林说到这里，眼神就有些飘忽起来。他说，英雄人物并不一定都要牺牲，牺牲了还有什么意义，要当就当活着的英雄，只有活着，所有的事情才有价值。我这时已经明白了高林的心里是怎样想的。他渴望当英雄还不仅仅是想被保送上大学，想去部队当军官，他本身就喜欢那种被人簇拥的感觉，无论到哪里都是鲜花，都是掌声，被人采访，被人拍照，去各种场合演讲，参加这样或那样的活动。

我想，高林是一个热爱荣誉的人，他真正渴望的其实是这些。

2

我经过认真考虑，最后还是决定把这件事告诉村里的大队书记。

我插队的这个村庄一共有三个大队书记，除去一个正职抓全村工作，还有两个副书记，一个分管生产，另一个负责民兵，也包括我们知青。管我们的这个副书记姓马，叫马有根。马有根书记生得眉清目秀，身材修长，看上去不太像农村人。他只有 30 来岁，按年龄原本是当不上副书记的，但他的家庭背景有些特殊。据说马书记的父亲在抗日时期曾是这一带的游击队长，手使一把手枪，百步穿杨神出鬼没，让日本人闻风丧胆。后来他在一次与敌人的遭遇战中不幸壮烈牺牲。所以，马书记说起来也算是烈士后代。马书记平时说话很少，表情也有些忧郁。据村里人说，在我们之前村里还来过几个知青，马书记曾与其中的一个女知青谈过恋爱。那个女知青长得很漂亮，眼睛大大的，皮肤也很白，看上去像一个电影演员。她与马书记的性情也很相投，两人谈了一段就好到如胶似漆的程度。但后来这个女知青在马书记的帮助下被保送去城里上了大学，从此一去就再也没有音讯。这件事对马书记的打击很大，所以，马书记对我们这批知青就总有一种很复杂的感情，有时似乎很亲近，有时又表现出莫名的敌视。我对马书记说了关于高林抢救生产队粮囤的事，马书记听了并没有什么反应，只是淡淡地问了一句，那个粮囤现在怎样了？我告诉马书记，粮囤已经没有问题，事后生产队里派人将粮囤加固了一下，险情已彻底排除了。

马书记点点头，只是哦了一声。

我和马书记是站在我们集体户的院子里说这件事的。马书记好像有些心不在焉，听我说话时，不时地用眼角朝旁边瞥一下。我发现，马书记是在看杨娟。杨娟是高林的女朋友，据高林说，他和杨娟在学校时同班，而且都是学生干部，经常在一起研究工作，就这样好上的，所以插队时两个人就一起来到我们村。杨娟这时正蹲在院子的角落里为高林洗一件蓝上衣。上衣泡到水里很硬，所以杨娟洗起来就有些吃力，不时地将衣服拎起来抖一抖然后再泡进水里。马书记来我们集体户是通知杨娟，第二天上午跟他一起去县里开会。马书记告诉杨娟，这次的会很重要，是全县基干民兵积极分子经验交流会，每个公社只能去三到五个人，他是费了很大劲才从公社为她争取到的一个名额。马书记还暗示杨娟，可不要小看这个积极分子，并不是随便谁都能当的，而且今后说不准在什么时候就会起到关键性的作用。但杨娟听了却只是笑笑，对马书记说，她在村里根本不是基干民兵，平时连枪都没摸过，怎么可能去当积极分子。马书记听了就很耐心地为她讲解，基干民兵不像军人，并不需要什么加入组织的严格手续，按照毛主席《论持久战》的伟大思想，全民皆兵，每个人都可以认为自己是基干民兵，这跟摸没摸过枪没有任何关系。但杨娟又说，她第二天上午没时间，她已跟高林约好，要去赵村的知青集体户办事，赵村集体户有一个她中学时的同学，突然病了，而且病得很重，他们约好要去看看他。马书记听了立刻严肃地问，是去看同学重要，还是去县里参加积极分子会议重要？杨娟说当然两个都重要，但她并不是什么积极分子，所以去看同学就更重要了。

马书记听了张张嘴，没再说出话来。

这时，马书记似乎突然想起来，又回头对我说，你把刚才说的事写下来吧。

我知道马书记说的是关于高林抢救生产队粮囤的事，心里一阵高兴。

于是连忙问，写成什么形式，是汇报材料还是表扬好人好事的文章。

马书记说，当然是汇报材料，最近公社知青办正需要这方面的事迹。

马书记正这样说着，高林拎着镰刀从田里回来了。他走进院子刚好听到马书记说的最后一句话，于是看看马书记，又看看我，问要汇报谁的事迹。

马书记哦一声，说，我正在跟王松说关于粮囤的那件事。

高林似乎没听懂，眨眨眼问，粮囤的事，粮囤的什么事？

马书记有些奇怪地问，你自己做过的事情，难道忘了吗？

高林立刻不好意思地笑了笑，但笑得不太自然。

马书记又对我说，你抓紧时间把材料写好，明天上午就送到公社去。

高林连忙问，明天上午……就把材料送到公社？

马书记说是啊，这几天知青办正在让各村汇报关于知青的先进事迹。马书记说到这里又似乎有些遗憾，看一眼高林说，可惜你明天上午有事，不然跟着一起把材料送过去，也可以当面再把那天的事向知青办的张主任讲一下，这样效果会更好。

高林立刻问，谁说的……我明天上午有事？

马书记没说话，只是回过头去看一眼杨娟。

高林对马书记说，我明天上午没什么事。

马书记问，你……真的没事？

高林说真的没事。

那好吧，马书记点点头说，你明天就一起去公社吧。

3

马书记让高林和我一起去公社，这是我没想到的。

高林显得很高兴，第二天上午去公社的路上一直在对我说他这段时间学习英雄人物事迹的心得体会和那天抢救粮囤时的思想活动。我心里很清楚，他这样对我说不过是想先将头脑梳理清楚，也就是做好腹稿的准备，这样一会儿到了公社知青办，他就可以思路清晰而且很有条理地将自己想说的话全对知青办的人讲出来。

我得承认，在高林的身上的确具备当英雄人物的潜质，他不仅反应机敏，表达能力也很强。来到公社后，我只将写好的汇报材料交给知青办的张主任，然后就不再说什么话了。高林立刻抢上前来，先告诉张主任，他就是这份材料上写的高林，然后就将那天发生的事从头至尾详详细细地又对张主任讲述了一遍，他先说了那个粮囤大约有多高，里面大约装了多少粮食，然后又说了当时的地上有多么泥泞，如果粮囤倒塌下来，粮食倾泻到地上会造成多大损失。当然，他最着重讲的还是那个粮囤倾斜的程度以及当时站在下面的危险性，倘若那个巨大的粮囤真倒塌下来他会是一个什么样的后果。张主任对高林并不熟悉，但是对他的口才很感兴趣，一边注意听，一边还将他随口说出的一些很有光彩的话语在本子上记下来。但是，当高林说到最后时，张主任却显得有些失望。张主任也会算账，高林已经说了那个粮囤里装的玉米大约有 5000 斤，也就是价值约 300 元，一个价值 300 元的事件显然太小了。其次在这样一场事件中即使没有牺牲至少也应该有受伤或流血的情节，没有受伤，也没有流血，这就总让人感觉事件还不够壮烈。因此张主任一再问高林，在事发的当时他受没受伤，流没流血？然而高林并没有领会张主任的意思，他告诉张主任，由于自己及时果断地排除了险情，所以他并没受伤也没有流血。张主任听了放下笔，合上本子，点点头哦了一声，然后说，他会很认真地看一看这份汇报材料。接着又说，最近各村报上来的材料很多，但大多是一些琐事，虽然于细微处也可以见精神，从这些琐事中能看出我们当今知青的思想境界和精神风貌，可是要想树为典型，还总觉得分量不够。张主任说到这里就皱皱眉头，他告诉我和高林，现在别的公社已涌现出很多典型人物，报到县里很受重视，如果我们公社再找不到典型就要落后了。张主任说着收起材料，就将我和高林送出来。

我感觉到了，张主任对我送来的材料并不太感兴趣。这让我有些失落，同时也感到不平。尽管高林在这件事中没有受伤，也没有流血，但他在当时毕竟是冒着生命危险冲上去的，这是我亲眼所见，张主任怎么能因为他没有受伤没有流血就认为这件事不够分量呢？难道干出这样事迹的人都必须流血牺牲才能成为英雄人物吗？但是，高林的感觉却跟我不一样。他从公社一出来就显得很兴奋。因为张主任在说话时曾流露出，最近正准备去县里上报一批典型人物的事迹，而且又表示，他还要再仔细看一看这次送去的汇报材料，这就让高林充满希望。他反复问我，这份给张主任送去的材料是怎样写的？我告诉他，这份材料的内容大致分三部分，第一部分是粮囤那件事的详细过程，我特意将这件事上升到“以粮为纲”和“抓革命，促生产”的高度。第二部分是高林在平时的一些表现，比如虚心接受贫下中农再教育，在农业学大寨的挖渠工程中一不怕苦二不怕死等。第三部分则是他说过的一些豪言壮语，比如“不怕苦和累，干劲增百倍！”，再比如“不怕牺牲和流血，广阔天地炼钢铁！”，以此来说明他在粮囤那件事的关键时刻冲上前去并不是偶然的，而是平时就很注重自己思想和世界观的改造。高林听了眨一眨眼，似乎想不起自己在什么时候说过这样的话。我立刻为他解释，写这种材料就是这样，要善于总结和发挥，你平时虽然没有说过这样的话，但类似的话总还是说过的，这样提炼出来就朗朗上口了。高林听了越发兴奋起来，为了向我表示感谢，也想庆贺一下，当即要请我喝酒。我对喝酒从来没有多大兴趣。医生曾告诉我，在我的体内比普通人多一种酶，这种酶对酒精有很强的消解作用，所以喝酒就像喝水，没有任何感觉。而更令人奇怪的是，我无论喝了多少酒身上都没有一点酒气。因此我一向认为喝酒没有任何意义，或者干脆说是一件很无聊的事情。但高林坚持要请我喝酒，他说即使我不爱喝酒，请我吃一顿饭总还可以吧。我盛情难却，就只好跟他走进路边的一个小饭铺。

我没有想到，就是这顿饭，竟然改变了我后来的命运。

我和高林在这个中午喝了很多白酒，大约有一斤，就这样一直喝到下午。我当然没有任何感觉，高林却不行了，先是由兴奋渐渐开始胡言乱语，再后来就语无伦次了。我看一看天色将晚，就搀扶着他从小饭铺里走出来。幸好公社离我们村不太远，只有五里路。但就是这五里路，我扶着他跌跌撞撞地走回来时天也已经黑下来。这时已经远远地能看到村庄，高林的酒也渐渐醒了一些，他说走不动了，想歇一歇，我就扶他在路旁的水渠边坐下来。秋天的夜晚风很清爽，天是透明的深蓝色，银白的月光落到田里，将砍倒的高粱映得像一个个白色的雪堆，深深地吸一口气，就能闻到空气中飘浮的一丝粮食成熟的醇香。

就在这时，我突然看到田里闪过一个黑影。

我吓了一跳，脱口朝那边喊了一声，谁——

但再定睛看时，却并没有发现什么。这时我感觉浑身的汗毛一下竖起来。我看清楚了，在路边的田里是一片破败的坟茔，刚才的那个黑影就是闪到一个坟堆的后面不见了。这时高林也清醒过来，他问我什么事？我轻声告诉他，刚才有个黑影，在坟堆的后面一晃就不见了。我得承认，高林的警惕性的确比我要高，他立刻意识到，田里还有收割下来没有运回村去的高粱，于是低低地说了一句，有人偷粮食！然后就起身朝路边的田里猛扑过去。我这时原本想拉起高林赶快离开这里，我想不管那田里是人是鬼，都与我和高林没有任何关系。但是，还没等我拉住他，他就已经像条猎犬似的蹿进那片坟地。他这时的动作突然灵活起来，但在跳到那个坟堆的旁边时还是趔趄了一下。我连忙过去扶住他，他却推开我的手，比划着做了一个从两边包抄的手势。我明白了他的意思，他是想让我从左边绕过去，他从右边绕过去，这样就可以将躲在坟堆后面的那个黑影捉住。但我这时已经没有这个心思，我只想尽快离开此地，我拉了高林一把，意思是让他快走。但是，也就在这时，我突然看到那个黑影从坟堆的后面站起来径直朝旁边跳去。我借着月光终于看清了，这黑影是一个人，而且是一个我认识的人。他是附近赵村的地主分子，叫赵金福。我们村和赵村联合开批斗会时，我曾经亲手押过他，所以这时我借着月色一眼就认出了他。接着我就看清了，田里还扔着一个箩筐，里面装了一些零散的高粱穗。果然，赵金福是来我们村的田里偷高粱的。我知道赵村的阶级斗争意识比我们村要强，所以对待“黑五类”分子也更加凶狠，甚至很严酷，据说他们村几乎不给“黑五类”分子任何口粮，只让这些人吃野菜和树叶，他们说这些阶级敌人在旧社会让贫下中农吃尽了苦，现在也该让他们尝一尝这种苦的滋味了。在这个晚上，赵金福一定是饿急了才跑来我们村偷粮食的。这时赵金福已朝坟地的外面逃去，显然，他是吓坏了。当时在农村偷秋收粮食是被视为重罪的，何况赵金福是被管制的“黑五类”分子，他这样偷粮食如果被抓住是什么后果自然可想而知。这时高林的酒已经彻底醒了，他立刻变得斗志昂扬起来，朝着赵金福逃跑的方向大喝一声，站住！然后就起身追上去。我也只好跟在他的身后朝那边跑过去。但就在这时，我的一只脚突然被田里的高粱茬子狠狠绊了一下，由于惯性身体猛地一跌就横起来，向前冲了一段才重重地落到地上。我立刻感到身上一阵剧痛，哼了一声就不能动了。这时跑在前面的高林听到我的声音，立刻停住脚步跑回来，他想将我扶起来，但我连忙向他摆手，我已经感到肩膀、腹部和大腿几处疼痛难忍。我意识到，是高粱茬子扎在了我的身上，尽管还搞不清楚被扎了几处，但能感觉到，扎得很深，而且正有很多血从身上流出来。我似乎听到了那些血从我身体里流出的汩汩声，它们涓涓地四处流淌着，渗进我身子底下的土里，将泥土也浸润得温热起来。这时高林也已经看出了事情的严重性，他叫我先不要动，然后就起身飞奔回村去喊人。

我趴在田埂上突然感到一阵恐惧。我觉得身上越来越冷，渐渐地意识也模糊起来，周围秋虫的叫声似乎越来越远，田野里的月光也变成了黏稠的红色。

接着，身体在一点一点地下沉，然后就昏了过去。

4

我再醒来时，发现自己已经躺在公社卫生院的病床上，床前围了很多人，高林正对马书记和杨娟说着什么。他的身上仍然散发出浓重的酒气，但说话的频率很快，吐字也很清晰。他好像正在说着关于赵村的那个赵金福的事情。他说刚刚去赵村了解过情况，那个赵金福回村以后企图畏罪自杀，从生产队里偷了一瓶“1605”农药喝下去，但幸好被村里及时发现，给他灌了一些脏东西把农药都吐出来，现在已经没事了，赵村的基干民兵将他关在仓库里，已严格地控制起来。高林说到这里发现我醒过来，立刻跑去叫来医生。

医生来到我的床前为我检查了一下，问我有什么感觉？

我艰难地说，伤口很疼，而且……浑身没有一点气力。

医生点点头说，你失血过多，身上无力是正常的，好在你很年轻，应该很快就能恢复。

我看一看病房的窗外，外面正有明亮的阳光照射进来。

我艰难地动了一下，又感到身上一阵剧痛。

我问，现在是什么时候？

马书记走过来，说我从昨晚一直昏迷，现在已是第二天上午。

医生告诉我，我的伤势并不很重，只在肩膀、腹部和大腿根部被扎伤了几处，而且都不太深，但是很危险，其中扎在腹部的伤口距离心脏只有几寸，倘若再往上扎一点后果就很难设想了，再有就是大腿根部的伤口，刚好是扎在股动脉的旁边。医生说着笑了笑，又用带有当地口音的普通话说，你很幸运啊，两处伤口同时躲过要害部位，这还真不多见。

这时马书记说，他和杨娟还要回县里继续去开基干民兵积极分子的经验交流会，会期是三天，剩下的两天内容很重要。杨娟立刻说，县里的会她就不去了，她留在卫生院，看还有什么事情。马书记说卫生院这边有村里人照顾就行了，再说还有高林，他对这件事很清楚，公社知青办的张主任一会儿要带人过来了解情况，他正好可以汇报一下。

高林立刻对杨娟说，你只管跟马书记去吧，我留在这里等张主任。

杨娟看了他一眼，似乎还想说什么，但张了张嘴只好跟马书记走了。

知青办的张主任是下午来到卫生院的，还带来了公社的宣传干事。张主任一看到我身上缠满纱布，上面还有斑斑血迹，立刻就兴奋起来。他先去医生那里询问了一下我的伤情，又问现在可不可以跟我谈话。医生说可以，从目前情况看应该没什么问题。张主任立刻就回来坐到我的床前，又让宣传干事在一旁拿出笔，打开笔记本，拉开要详细了解情况的架势。我当然明白张主任这时是怎样想的，他一定对昨晚的事极感兴趣，他这一次终于看到了受伤和流血，他甚至希望我伤得更重一些乃至牺牲了才好。但我这时却并不想说话，我躺在病床上回忆起昨晚发生的事情，觉得没什么意思。赵村的那个赵金福虽然是地主分子，但他不过是因为没有吃的实在饿急了才跑来我们村的田里偷粮食，况且如果认真说起来还不算是偷，因为我在当时就已看清了，赵金福不过是在田头捡了一点收割时掉下的高粱穗，这些高粱穗就是不捡也会烂在田里，这是其一。其二，我昨晚受伤也并不是因为要制止赵金福偷粮食，事实上赵金福一看见我们就已经扔下箩筐逃走了，我只是自己不小心在田里绊了一下才被高粱茬子扎伤的，这应该与赵金福没什么关系。所以，我看了看张主任，做出很痛苦的表情说，我现在还不能多说话，一用力身上的伤口就很疼。

张主任立刻表示理解，连忙说，这样吧，你先把昨晚这件事的过程大致说一下，我整理材料要用，具体的细节过一两天，等你的伤好一些了再说也可以。

这时站在一旁的高林说，昨晚我和王松在一起，还是我来说吧。

张主任听了回过头，看看高林。

张主任显然认出了高林，但立刻被他身上浓重的酒气熏得皱起眉头，于是又朝他看一眼问，你……喝酒了？高林点头承认，他说是昨天下午和我一起喝的酒，不过也正因为喝酒，所以傍晚回村时才遇到了这件事。高林确实有很强的表达能力，讲述昨晚发生的事不仅简洁，也很生动。他告诉张主任，昨晚的事很突然，也非常令人意外。当时他和我是在离村庄很近的田里发现地主分子赵金福的，赵金福正在疯狂地盗窃我们村的粮食。不过这个赵金福非常狡猾，他特意选择在一片坟地的附近，这样一旦被发现了便于躲藏。高林对张主任说，尽管他昨天下午喝了很多酒，几乎是被搀扶回来的，但是，当走过那片坟地时，一发现赵金福在偷窃生产队的粮食立刻就清醒过来，他清楚记得，当时他和我并没有考虑，也没有商量，立刻就毫不犹豫地一起朝田里扑过去。这时赵金福也已发现有人过来，连忙扔下偷窃的粮食躲到坟堆的后面，接着就朝水渠方向逃去。高林说，其实这时完全可以不用去追他了，因为他和我借着月色已经认出这个人是赵村的地主分子赵金福，也已经看到他仓皇丢下的粮食，但是，他和我不约而同地想到要抓个人赃俱获，而且担心他下一步还要继续搞破坏活动，于是立刻又一起追上去。他说，王松也就是在此时，由于跑得用力过猛才摔倒在高粱茬子上的。

我得承认，高林在向张主任讲述昨晚的过程时说得比较客观，除去在说地主分子赵金福那部分稍有夸大外，其余的并没有刻意去表现他自己，也没有将我们两个人的行为过于美化。张主任听了看一看高林，又看一看我，然后又回过头去看了看宣传干事手里的那个笔记本，似乎觉得还有些意犹未尽。

他问，完了？

高林说完了。

张主任问，你们后来……没追到那个叫赵金福的地主分子？也没跟他展开殊死搏斗？

高林说这时已经顾不上了，因为他发现我已负伤，所以立刻就跑回村去喊人了。张主任点点头，说好吧。然后又回过头来对我说，你是为了保护生产队的集体财产才受伤的，这很好，你先安心养伤吧，我们回去要认真研究一下。

张主任这样说罢，就带着宣传干事匆匆地走了。

高林立刻兴奋起来，不停地在病房里走来走去。他对我说，他有一种预感，可能我们两个人要出名了。我对他笑笑说，这点事有什么好出名的。高林立刻走到我的床前，睁大两眼很认真地对我说，这件事可没有这样简单，赵金福是什么人？是“黑五类”，是被管制的地主分子，他跑到田里去偷粮食就不是一般的偷粮食了，这是破坏秋收，是搞阶级报复，如果从这个高度看咱们昨晚就是跟阶级敌人作斗争了。高林这样说着忽然愣了一下，好像又想起了什么，他说，对了，刚才还有一个细节忘记对张主任说了，当时赵金福的手里还拿着一把锋利的镰刀，而且已经凶相毕露，如果咱们追上去，他很有可能会狗急跳墙地朝咱们砍过来，那后果就更难设想了，可是你和我并没有惧怕危险，更没有被他凶恶的样子吓倒，照样奋不顾身地冲上前去，也正因为这样你才受伤的。他这样说着又低头想了一下，然后说，不行，我现在就去公社告诉张主任这个细节，这对他们可能很重要，也许在写上报材料时用得上。

我想对他说，这样一点事，就没必要再去说了。

但还没等我开口，他已经转身出去了。

5

高林下午一直没有回来，这让我感到有些奇怪。公社的办公所在地就在卫生院旁边，我想，高林去找张主任谈话总不会谈这么长时间吧。我不得不在心里佩服高林，他的阶级觉悟的确比我高，政治嗅觉也比我灵敏，他竟然从昨晚的事中看出如此重大的政治意义。我甚至感到有些遗憾，如果这时躺在病床上的不是我，而是他就好了。

我很清楚，高林是多么渴望而且需要这样一个机会啊。

高林是晚上回来的。他的情绪好像突然低落下去，一走进病房就垂着头坐到我的床前，半天没有说话。我看看他问，发生了什么事？他又沉默一阵才对我说，果然如他所料，这一次事情真的要闹大了。我一听就笑了，对他说闹大了还不好，你不是一直希望把这件事闹大吗。他抬起头看看我，嘴唇动了动说，是啊，可闹得再大……也只是你一个人的事情。我一个人的事情？我听了有些摸不着头脑，我对他说，怎么可能是我一个人的事情，昨晚的事是咱们两人一起遇到的，也是一起经历的，怎么会只是我一个人的事情呢？

高林摇摇头，没再说什么就起身出去了。

他过了一会儿回来，才告诉我，他只把事情估计对了一半。他下午去找知青办的张主任时，张主任刚刚开完了会。张主任告诉他，公社已经做出决定，现在正是需要英雄人物的时候，而且需要英雄人物的英勇事迹，恰在这时发生了这件事，知青为了保护集体财产与阶级敌人作斗争，这正好可以作为一个典型的英雄事迹，所以，公社准备大力宣传一下。但具体树几个典型却是一件很难定夺的事情，从以往惯例看，英雄人物的出现每一次大都只是一个，比如少年英雄刘文学，拦惊马的英雄欧阳海，堵枪眼的英雄黄继光等，这一次如果说是“保护集体财产的英雄王松和高林”，叫起来就不太上口，也有些啰嗦。同时树两个英雄人物的只有“草原英雄小姐妹”，现在总不能再来个“知青英雄小兄弟”。此外还有一个问题，据向村里人了解，昨晚高林回去喊人时，脚步踉踉跄跄还带着一身酒气，这如果宣传起来就有损英雄人物的形象，英雄总不能是在酒后干出这番英勇事迹来的，因此经过再三考虑，公社最后决定，在宣传此事的时候还是只树一个典型，高林就不再提了。我听了立刻大感意外，我觉得公社将这件事本末倒置了。事实上昨晚真正表现英勇的是高林，果断地冲到前面去抓赵金福的也是高林，我只是不得不跟在他的身后，尽管我由于不慎绊了一跤被田里的高粱茬子扎伤了，但这并不能成为只把我一个人树为英雄人物的理由。我从心里为高林感到不平，我立刻说，事情绝不能这样办，等知青办的张主任再来时，我对他说。

高林苦笑了一下，说还是算了吧。

我说怎么能算了，总要实事求是。

他说，你就是说了……也没用的。

他这样说罢摇摇头，就起身回村去了。

知青办的张主任和宣传干事是两天以后再次来卫生院看我的，还带来了一份材料。张主任告诉我，这是这两天整理出来的关于我的英雄事迹，当然只是草稿，还不完整，有许多具体细节尚待补充进去，现在只是让我看一看，先把大致的内容熟悉一下。张主任特意叮嘱我，公社广播站和县里宣传单位的人很快就会来看我，从现在起，这份材料上的内容就是唯一的口径，无论回答谁的问题都要以这份材料为准。

我翻开这份材料看了看，立刻吓了一跳。

我问张主任，这件事……怎么会是这样？

张主任用力看看我，反问说，事情不是这样吗？

我张张嘴，立刻明白了张主任的意思，他只是让我把这材料上的内容记下来，至于真实与否，或者说有多少真实的成分并不重要。这份材料上说，我在那天晚上是刚刚从公社开完“接受贫下中农再教育经验交流会”，回村的路上心情格外舒畅，我想着今年的秋天在“农业学大寨”的正确思想指引下又喜获一个大丰收，田里到处是收割下来等待运回村去的粮食，我看着这一切就不禁充满豪情地唱起歌来：“麦浪滚滚闪金光，田野一派好风光……”但就在我走到村庄附近时，突然听到路边的田里传来一阵异常的声响。我立刻警惕地站住了，定睛朝田里看去，发现邻村的地主分子赵金福正在鬼鬼祟祟地干着什么。这时我的脑海中立刻有一个念头迅速闪过，是阶级敌人在搞破坏！于是大喝一声：站住！不许动！然后就朝路边的田里直冲过去。这时我已看清了，果然，地主分子赵金福正拎着一桶汽油疯狂地往田里的高粱上浇，他妄图烧掉贫下中农“农业学大寨”的胜利果实。田里的粮食是集体财产，决不能让敌人的罪恶阴谋得逞！我想到这里就奋不顾身地扑向地主分子赵金福。这时赵金福发现自己的行径已经败露，立刻抽出别在身上的镰刀穷凶极恶地挥舞着朝我砍来。但我毫不畏惧，我的脑海中在这一瞬间闪出了无数的英雄人物，因此我并没有躲避砍过来的镰刀，而是勇敢地迎上去与阶级敌人展开了殊死搏斗。可是我毕竟赤手空拳，凶残的地主分子赵金福一刀砍在我的肩膀上，我的身体摇晃了一下就栽倒了，他接着扑过来又一连在我的身上砍了数刀，我忍着剧痛仍在高喊："抓坏人！抓坏人啊……"我的喊声传出很远，惊动了村里的贫下中农，大家立刻举着火把朝村外跑来。当人们在田里发现我时，我已经奄奄一息地倒在血泊里。但是，我睁开眼的第一句话是问："阶级敌人……抓到了吗？"当我听说地主分子赵金福已被抓住，生产队的粮食保住了，我的脸上露出胜利的微笑，接着一阵剧痛袭来就又昏了过去……

材料中接下来的内容就是我说过的一些话，其中有两句我看着很眼熟，一句是："不怕苦来不怕累，革命豪情增百倍！"另一句是："不怕流血和牺牲，广阔天地逞英雄！"

我想了一下对张主任说，这两句话不是我说的。

张主任看看我问，是谁说的？

我说，好像是……高林说的。

张主任很严肃地说，高林说过，但你也说过，虽然内容不太一样，可意思是相同的。张主任这样说罢，又用力地看看我。我稍稍迟疑了一下，还是抬起头问张主任，这份材料里……为什么没有提到高林？我说，其实在那个晚上，高林表现得比我勇敢。张主任似乎并没有听到我说的话，他指指材料说，这一份就留在你这里，一定要多看几遍，随时有什么问题，或者想起还要补充什么细节，可以让医院通知我，我立刻让宣传干事过来。这时站在一旁的宣传干事就又拿出笔记本，走过来对我说，你再想一想，平时还说过哪些类似的话？

我问，你指的是哪些类似的话？

嗯……就是……就是豪言壮语。

我想了一下，一时想不出自己还曾说过什么豪言壮语，事实上我平时说话很少，而且并不喜欢那种朗朗上口的口号式语言。我告诉宣传干事，我好像没说过这样的话。宣传干事显得有些为难，但还是表示理解，点点头说好吧，我回去……想办法吧。

这时张主任又对我说，还有一个任务，要交给你。

我问，什么任务？

张主任说，你肯定没写过平时学习的心得体会吧？

我一时没有听懂，问哪一方面学习的心得体会？

张主任说，当然是政治学习的心得体会。

我迟疑了一下，只好如实告诉张主任，我们集体户平时很少政治学习。

张主任听了皱一皱眉问，那你们每天收工以后，都干什么？

我说喝酒，睡觉，或者做一些自己想做的事情。

张主任点点头，嗯一声说，我已经想到了。

张主任说着拿出一叠纸交给我。他告诉我，现在急需几份我关于政治学习的心得体会，不仅在向上级汇报的材料中要用，在对外宣传的材料中也要用，而更重要的是，这些心得体会能直接反映出我的政治思想觉悟，因为要树立一个英雄人物不能只是事迹，那样会流于表面，还要有政治思想觉悟做支撑，而政治思想觉悟则要由平时政治学习的深刻体会来体现。所以，张主任说，现在他要交给我的任务是，我必须在最短的时间内赶写几篇这样的政治学习心得体会，文章不要长，但内容要充实，而且要紧密联系实际，最好能与向英雄人物学习以及广阔天地炼红心等几方面内容结合起来，再有就是语言要生动，要有力，还要便于推广和引用。

我听了立刻意识到，这件事真的有麻烦了。

张主任的用意显而易见，他其实就是想让我制造几篇英雄人物式的激情豪迈的文章，而更要命的是他要的还不是一般的激情豪迈，其中还要体现出对政治学习的深刻认识，这就有些难为我了。我平时最怕的就是政治学习，尤其对那些枯燥抽象莫名其妙的政治术语，感到既不知所云更不知该如何理解。但我明白，张主任的要求是无法拒绝的，也不能拒绝。

于是想了想说，我肩膀上的伤……

但我刚刚说到这里，张主任立刻打断我，他说，他刚才已经去医生那里问过了，我现在的伤势恢复得很好，拿笔写字应该没有任何问题。

张主任这样一说，我就无话可说了。

6

我用了两天时间总算将几篇心得体会赶写出来。张主任看了还比较满意，说我果然有思想觉悟，否则不会写得这样快。我当然不能告诉张主任，我是从人家的文章里抄来的。那时还不讲抄袭，报纸上发表的文章，收音机里广播的文章，印发的学习材料上的文章，基木上都是一种腔调，所有文章的结构也都是一个路数。

我完成了张主任交给的任务，就向他提出，我是否可以出院了，因为我觉得身上的伤确实已经好了，体力也已基本恢复了。但张主任听了却不同意，他不仅不同意，还让我立刻躺回到病床上去，说要对我的身体负责，一定要在这里再治疗一段时间。我明白张主任的用意。这段时间已经不断地有县里各部门的人来看我，我这样躺在病床上，可以增加我作为英雄人物的效果。张主任甚至要求医生，连缠在我身上的纱布也不要去掉，而且一定要用最初的纱布，因为那上面还留有斑斑血迹。张主任告诉我，县里的知青办要出一本画册，内容主要是反映知识青年在广阔天地大有作为的先进事迹，他们已经打来电话，说马上要派人来为我拍一些照片。张主任特意叮嘱我，拍照片时一定要将胸前带血的纱布露出来。

让我没有想到的是，县里知青办的人竟是高林带来的。

高林看上去情绪很好，他显然与县知青办的人很熟。来的人为我拍照片时，他一直跟着忙前忙后，还不时地在旁边出一出主意，说拍一个这样的角度或那样的角度是不是会更好。等拍完照片，来的人都走了，我才问他，怎么会跟县知青办的人搞到了一起。高林笑笑说，他刚从县里开完会，所以顺便就将知青办的人带过来。我问他开的什么会，他说是县知青办召开的一个座谈会，主要是请各公社的知青代表去谈一下，既为了解大家的思想动态，也带有一点表彰的意思。高林告诉我，就在我住院这段时间，公社知青办的张主任又把他找去谈过一次话。张主任对他说，一定要正确对待这件事，公社领导这样决定自然有这样决定的道理，但并不等于就将高林做过的事全部抹杀了，恰恰相反，公社领导很清楚，高林同样也具有较高的政治思想觉悟，所以，希望他在外面说话时与公社的口径保持一致，不该说的话不要乱说。张主任说到这里就问高林，是否听懂了他的意思。高林当然听懂了，高林说请张主任放心，他决不会在外面说不利于领导工作的话。张主任听了表示满意，接着就又提到粮囤那件事。张主任说，从粮囤那件事就可以看出，高林干出勇于保护集体财产的事绝不是偶然的，他在平时就很注意世界观的改造，所以思想才过硬，关键时刻也才冲得上。张主任接着就告诉高林，县知青办要召开一个知青代表的座谈会，公社研究决定，准备派他去参加这个会。高林对我说，就这样，他就作为我们公社的知青代表去县里参加了这个座谈会。高林说到这里低头沉吟了一下，然后慢慢抬起头对我说，他现在已经戒酒了。

我听了感到奇怪，笑笑问他，好端端的为什么戒酒？

高林又沉吟了一下，才说，这件事他想起来就感到后悔，如果那天中午他没有喝那么多的酒，也许在那个晚上当场就将地主分子赵金福抓住了，而倘若真是这样，现在这件事也就不会是这样的结果了。他这样说着，有些羡慕地朝我瞥了一眼。我当然明白他此时的心情，但我想告诉他，当英雄人物也并不是什么好事，别看躺在这里挺风光，身边堆满鲜花，床头挂满锦旗，其实也很难受，每天都要接待一批又一批来这里探望的人，对领导要说一种话，对宣传单位的人又要说另一种话，还要被逼着看一些自己不愿看的材料，写一些自己不想写的东西，虽然是躺在病床上却被折腾得比下田劳动还要累。但我想了一下，又觉得这样说似乎有得了便宜还卖乖之嫌，所以话到嘴边就又咽回去了。

这时我忽然想起来，问他杨娟怎样了？

这段时间我听到一些风声，好像马书记经常把杨娟叫到村外的瘦龙河边去谈话，下一步还准备培养她入党。我想提醒高林，让他去对杨娟说一说，最好不要跟马书记走得太近，马书记想培养杨娟当然是好事，不过从马书记以往的为人看，他这样培养她的目的就不能不让人往多处想一想了。但我考虑了一下，觉得这样说似乎太直白，于是就换了一个方式对高林说，杨娟最近好像挺忙，其实……她不太适合这样忙。高林却对我的话并不在意，他告诉我，杨娟最近正在帮马书记搞一份总结，过两天好像还要跟马书记去别的公社取经。

高林笑笑说，最近一段时间我忙她也忙，所以就只好各忙各的了。

他说罢又告诉我，还要去公社汇报一下，然后就匆匆地走了。

7

接下来我也开始忙碌起来。

每天来卫生院看我的人越来越多，不仅是县知青办和一些宣传单位，其他部门的人甚至别的公社听说了我的事迹，也都纷纷派人来表示慰问。有的时候一批人还没走，另一批人就已经等在外面。我按着知青办张主任的要求躺在病床上，连躺的姿态也是张主任亲自为我设计的，枕头要垫高一些，上身微微抬起，这样便于说话，也可以随时与来看望我的人交流，同时盖在身上的被子要稍稍往下拉一点，露出我胸前缠裹的纱布，说话时声音也要压低一些，放缓一些，这样反而会使人听得更清楚。我觉得自己就像是一个道具，今天被摆弄成这样，明天又被摆弄成那样，同时又像一台老式的手摇留声机，每天从早到晚都在放着同一张唱片。我机械地向来看望我的人重复着同样的内容，我向他们讲述出事那天晚上的详细过程和每一个细节，当然也包括我在当时的每一个细微的思想活动，我一遍又一遍地重复着知青办张主任和那个宣传干事为我写下的一些豪言壮语，我还要不断地重复自己在心得体会中写下的一些带有警语警句意味的深刻话语，有的时候甚至要将整个段落都背下来。渐渐地我说话就形成了一个固定的模式，先讲什么后讲什么，然后再讲什么，我对自己讲述的内容越来越熟悉，张主任给我的那份材料已经印在了我的脑海里，由于重复的次数太多了，连我自己也认定这份材料中所写的内容都是真实的。我坚信自己在那个晚上曾与地主分子赵金福展开过殊死的搏斗，而且如果不是因为我的及时出现，生产队里的粮食就会蒙受巨大损失。我也坚信自己身上的伤就是被穷凶极恶的地主分子赵金福用镰刀砍的，其中有一刀还几乎扎到了心脏，是医院的白衣战士奋力抢救才将我从死亡线上挽救回来。我每当讲到动情处，甚至连自己也被感动了。我渐渐地有些恍惚起来，好像是在做梦，连自己都有些不认识自己了。我在心里问自己，我怎么突然就变成了这样一个高尚的人？一个纯粹的人？一个有道德的人？一个有着很高的思想觉悟的人？一个为了保护集体财产甚至可以牺牲自己年轻生命的人？我为自己是这样一个人而感到欣慰，感到自豪，感到骄傲。来看望我的人听了我的讲述也都表示出同一个意思，他们被我的英勇事迹深深感动了，他们表示一定要将我的事迹带回去，让更多的人都来向我学习，同时希望我安心养伤，保重身体，身体是革命的本钱，只有把身体养好了才能继续干革命，才能更好地在广阔天地炼红心。我就这样从早到晚接待一批又一批的人，由于来的人越来越多，病房门外也已经站不下了，于是就不得不在院子里排起长队，出来一批人，再放进去一批人，看上去就像是在等候向遗体告别。这样一来卫生院的秩序就被搞乱了，已经无法再正常工作，知青办的张主任一看这样下去不是办法，只好跟卫生院商量，专门为我腾出一个房间作为病房。这个房间靠近院子门口，这样一来等候的人们就可以到院外去排队了。

不过我有时也在心里问自己，我这样就是一个英雄了吗？

8

这天下午，马书记带着杨娟去公社办事，顺便来卫生院看我。

马书记给我带来一个消息，说赵村的那个地主分子赵金福还是死了。赵金福死得很奇怪，发生偷粮食那件事以后，赵金福企图喝农药畏罪自杀，被村里的基干民兵及时发现就严格看管起来。后来公社武装部专门派人去赵村审问过赵金福几次，但赵金福每次交代问题时说的都不一样，有时候承认，他在那天晚上就是企图搞破坏，想烧掉贫下中农“农业学大寨”的胜利果实，但有时又说，他趁着天黑溜到田里只是想偷一点粮食，还有时则说，尽管他在那天晚上实在饿坏了，去田里也没敢偷粮食，他不过是捡了一点掉在地头的高粱穗。赵金福的态度将公社武装部的人激怒了，公社武装部的人认为他不老实，对问题不仅避重就轻还百般抵赖，于是就准备在村里召开一个声势浩大的批斗大会，打一打赵金福的气焰。但就在这时，赵金福又闹出事来。他在一天夜里偷偷钻进村里的牲口棚，他溜到牲口槽子的跟前，一见里面有拌了草料的高粱糠，立刻就不顾一切地用两手捧着吃起来。也就在这时，牲口棚里的饲养员发现了他，大喊一声扑上去打了他一木棍。赵金福被打得跌倒在地，慌乱之中爬起来就仓皇地逃走了。第二天早晨，当村里的基干民兵来到赵金福的家里时，发现他已经死在了炕上。经对他家进行勘验，没有发现任何异常，只在灶上的铁锅里发现了一些吃剩下的高粱糠熬野菜。据分析，他有可能是从村里的牲口棚里偷了一些高粱糠回来，连夜熬了一锅野菜，就这样，把自己撑死了。

我听了这件事沉默很久，一时不知该说什么。

马书记拍拍我的肩说，看来你的判断是对的。

我抬起头，看看马书记。

马书记说，这个赵金福就是想奔着集体的粮食下手的。

我这时感觉脑子里有些混乱起来。我这段时间已在心里认定赵金福是一个穷凶极恶的阶级敌人，他是想搞阶级报复才妄图烧掉生产队的粮食，而现在他却被一锅高粱糠熬野菜撑死了，这似乎不应该是我所熟知的那个地主分子赵金福干出的事情。

马书记冲我笑了笑，说赵金福也是死得罪有应得。

我有些含混地说，是啊，他……确实罪有应得。

马书记又问我在医院住得怎样？

我说还好，没有什么问题。

马书记哦一声，又叮嘱我安心养伤，然后就准备带杨娟一起去公社。马书记带杨娟去公社是要到武装部汇报村里的民兵工作，但杨娟不想去，杨娟对马书记说，有马书记一个人去汇报就行了，她在这里等他。马书记听了立刻严肃地说，你不去怎么行，总结材料是你写的，村里民兵工作的很多情况你比我更熟悉，如果武装部的领导问起来，你还要当面汇报。

杨娟说，我写总结只是给你帮一帮忙，汇报工作这种事我就没必要参与了。

马书记立刻坚决地说，不行，你一定要去，我对你说过的话难道你忘记了吗。

杨娟一听脸就微微红起来。

但她想了一下，还是说，我就不去了。

接着又说，我……还有点事。

马书记问，啥事？

杨娟说，我要跟王松……说几句话。

马书记这才点了点头，说好吧。

他这样说罢就起身一个人走了。

我看着马书记出去了，才问杨娟，要对我说什么事？

杨娟低头沉吟一下，抬起头对我说，高林最近出事了。

我听了吃一惊，连忙问，出什么事了？

杨娟告诉我，高林那一次去县里参加知青座谈会回来，原本情绪很好，但他没过多久就跟马书记争吵起来。当时公社要开展冬季水利工程，为卫星河清淤。卫星河是我们公社一条重要的水利河道，因为是在中国第一颗人造卫星上天的那一年挖的，所以由此得名。马书记一接到公社通知就找到高林，告诉他，经村里研究决定，这一次出河工准备派他去。但高林听了却说，他不想去。马书记问为什么？高林说这次一去就要两个月，他的手头还有很多事情要做，而且县知青办找他也还有事。马书记听了立刻有些不悦，说你是咱们村的知青，当然要听从村里的调派，村里让你干啥，你就应该干啥。高林却立刻反驳说，话不能这样讲，村里的事情和县知青办的事情比起来，哪个更重要呢？马书记赌气说，如果你听县知青办的，那以后就去县知青办领工分好了。高林看着马书记也不肯示弱，他很认真地说，我如果在村里参加劳动了，村里就应该给我工分，我们社会主义国家的分配原则是按劳取酬，你是村里的大队副书记，这个道理不应该不懂，至于我为县知青办做什么事，他们给不给我报酬，那是我和县知青办之间的事，与村里无关，换句话说，我如果想为他们做事，就是一分钱报酬没有我也心甘情愿。马书记一听高林这样说脸色就越发难看起来，他看一看高林问，你想过没有，你这样说话会是什么后果？高林这时火气也上来了，对马书记说，你这样说是什么意思，你要威胁我吗？马书记冷笑一声说，我当然不是威胁你，我只是提醒你想明白了再说话，你不要以为去县里开过一次座谈会，有县知青办的人为你撑腰了，就不把村里放在眼里，你将来的事情还是村里说了算。

应该承认，马书记的这番话确实有一定道理。作为一个知青，将来无论想上工农兵大学还是想选调回城，都要先由村里推荐，也就是说，如果过不了村里这一关是哪也去不成的。如果从这个角度讲，高林跟马书记这样争吵就有些反常。当时在村里，几乎每个知青都想竭力表现得好一点，甚至不惜一切手段跟马书记这样能决定知青命运的村干部拉关系，而高林怎么敢如此不顾一切地跟马书记这样说话呢？我知道，高林自从上一次的粮囤那件事以后一直对马书记心存不满。他曾经对我报怨，那一次如果马书记能在公社知青办的张主任那里说一说话，哪怕是站在村里的角度对他这种舍身保护集体财产的行为肯定一下，张主任都会更加重视这件事。但是，马书记却没有为他说一句话。

高林曾对我说，这件事让他很失望。

杨娟告诉我，高林最终也没去出这次河工，这让马书记耿耿于怀。马书记原打算等高林出河工以后跟杨娟好好谈一谈。马书记曾向杨娟透露，说知青集体户原来的户长被选调走以后，村里原打算让王松接替户长，但现在王松由于受伤，又被公社知青办树为先进典型，已经顾不上村里的事情，所以，他跟村里研究，就准备让杨娟接替集体户户长的工作。但杨娟立刻表示不同意，她对马书记说，她不想也不适合当什么户长。马书记听了立刻批评她不要求上进，马书记说，针对她的思想问题，也包括今后为她的打算考虑，他准备跟她很深入地谈一次。但高林没去出河工，马书记也就没再提跟杨娟谈话这件事。

杨娟说，如果高林去出河工，也许这一次就不会出事了。

高林出事就在前不久。这时村里已进入冬闲，生产队派高林去放牲畜。生产队里的牲畜每到初冬季节都要去田野里放一放，吃一些干枯的冬草，这对牲畜很有好处，同时也可以为生产队节省一些饲料。那是一个上午，高林赶着几匹马和几头骡子去瘦龙河边的河坡上放养。当时天气很好，牲畜也没有表现出任何异常，高林看没什么事就坐到堤坡上拿出日记本开始写日记。高林一直有记日记的习惯，不过他的日记从不给任何人看。杨娟告诉我，事情也就是在这时发生的。就在高林正专心致志地写日记时，一匹正在堤坡上吃草的枣红马突然朝河边走去。这时已是初冬季节，虽然河水还没有结冰，河面上也已飘起淡淡的寒意，可是不知为什么，这匹马一步一步地走到河边，然后就径直朝水里走去。但是，杨娟告诉我，关于这个细节，事后高林还曾向她透露过另一个版本，当时他是用一个玉米先喂了那匹马几口，然后随手丢进水里，也就是说，其实那匹马是为了吃那个玉米才下到水里去的。杨娟说，如果真是这样，发生后来的事情也就并非偶然了。当时那匹马一下到水里立刻就有些站立不稳。这一年的河水比往年要大，水流也很湍急，高林看一看那匹马很快就要被水冲走，连忙丢下日记本朝河边飞奔过去。但他还是晚了一些，等他赶到河边时，那匹马已经走到了河心，由于水很深，它只露出两个鼻孔，正被河水冲着一点一点朝下游移动。高林来不及脱衣服就纵身跳进河里朝那匹马冲过去，然而他却忘记了一点，他并不会游泳，当他接近那匹马时，突然感觉两只脚够不到河底了，似乎身体在水里悬起来，接着就开始往下沉。他看到眼前是一片土黄色，耳边发出咕咕的水声，许多水从他的嘴和鼻孔涌进来，呛得他喘不过气来。他拼命挣扎着将自己的头露出水面，也就在这时，他才发现，原来马是会游泳的，而且游得很自如，这时，那匹马一边舒服地在水里游着，还不时地打着响鼻，在水面上发出一串呼噜呼噜的声音。但高林这时再想回岸边却已经回不去了，他感觉自己快要坚持不住了，嘴和鼻孔里灌满了河水，憋得肺几乎要炸了，而更要命的是身体还在一点一点地往下沉。他没有想到事情竟会是这样，他用尽全身的气力伸出两手拼命抓了几下，终于抓住了这匹马的尾巴，身体才勉强稳住了一些。这时那匹枣红马也似乎在水里游得尽兴了，转身朝河边游去。高林就这样，拽着马尾巴才被拖到岸边来。但接下来的事情就更严重了，高林这时已被河水呛昏了，爬上岸时仍然不敢松手，还死死地揪住那根救命的马尾巴，大概是那匹马被揪疼了，立刻跳起来朝后踢，这一下正好重重地踢在了高林的小肚子上。

高林立刻被踢倒了，只觉眼前一黑就昏了过去。

当时河坡附近没有人，高林就这样一个人躺在草地上，直到中午，一个去河边打草的村人无意中发现了他，才连忙将他弄回村来。高林回到村里慢慢苏醒过来，但不能动，稍稍一动就感到腹内疼痛难忍。村里人见他这样浑身湿漉漉地躺在河坡上，都不知发生了什么事。高林只是说，他不小心被牲畜踢了一下，却并没有说出下河救马的事情。

我听了想一想，担心地问杨娟，高林是不是被踢坏了。

杨娟说，她曾劝他来卫生院看一看，但高林说不用，休息一下就没事了。杨娟说到这里又深深地叹了一口气，说，我真不明白，他就这样想当英雄吗。

9

我很认真地考虑了一下，最后还是决定把这件事告诉公社知青办的张主任。

关于这件事，实际上杨娟对我说的是两个版本，一个版本是那匹马自己莫名其妙地下河去的，而另一个版本则是高林用一个玉米将它引到河里去的。但无论是哪个版本，最后的结果却都是一样的，高林不顾一切地跳下河去救马，所以，我还是宁愿相信前者。我觉得这不是一件普通的事，它的意义已经不在于事情本身。换句话说，究竟是高林救的那匹马还是那匹马救了高林也已经都不重要，关键是高林在跳下河去那一瞬间的动机。他在当时想的是要去救那匹马，这就足够了，而他自己并不会游泳他却已经忘记了，仅从这一点看，高林这一次就应该算是真正的英雄行为。什么是英雄？英雄首先是应该有自己明确的目标，而在关键时刻还可以为了这个目标舍生忘死，可以将个人的一切置之度外，只要有这个动机和过程就已经够了，至于结果如何则是另外一回事。我由此想到英雄罗盛教。罗盛教是中国人民志愿军战士，他在朝鲜是为了抢救落水儿童舍身跳进冰窟里而牺牲的，在当时是一个人尽皆知的英雄。但是，可以想象，在那个上午，如果高林所面对的河里不是一匹马而是一个人，他也同样会跳下去，而且肯定会更加奋不顾身。这不是英雄行为又是什么？我想到这里，看一看病房墙壁上挂满的锦旗和身边堆放的鲜花就感到有些惭愧。

我觉得这一切都应该属于高林。

但是，让我没有想到的是，公社知青办的张主任听说了这件事却并没有什么反应。张主任只是淡淡地说，高林下河去救马？他是不是脑子有毛病，马到水里游得恐怕比他还要好呢，用他去救吗？我想对张主任说，这不是救不救马的问题，关键是他的精神，一个知识青年，为了保护集体财产三番五次地奋不顾身见义勇为，难道这还不值得大力表彰一下吗？但我看一看张主任脸上淡漠的表情，立刻明白了，张主任现在已经将我树为一个众人瞩目的英雄人物，有了我这样一个道具就已经够用了，他不再需要别的什么人。

张主任对这件事的态度不仅出乎我的意料，也让我有些失望。

接下来我也开始遇到了麻烦。一天上午，张主任突然来到卫生院的病房对我说，有件事要跟我商量一下。我看一看张主任脸上的表情，发现他似乎面有难色，于是立刻意识到，这大概不是一件对我很有利的事情。果然，张主任告诉我，这一年的冬季选调工作已经开始了，而且我们村里已将我的名字推荐上来。但他接着又说，不过公社领导认为，我现在不能走。我听了心里立刻往下一沉，我连忙问张主任，为什么我现在不能走？张主任沉吟了一下，对我说，你应该明白自己现在的状况，你是咱们公社树起的一面旗帜，现在你这面旗帜甚至已经“送”到了县里，连县知青办也号召全县的知青都来向你学习，你在这个时候怎么能走呢？我听了还是有些搞不懂，难道就因为我是全县知青学习的榜样，就不能走了吗。张主任说当然不能走，你现在不仅是为了保护集体财产而受伤的知青英雄，还是在农村扎根落户的典型，如果你这个典型带头先走了，那别人怎么办？张主任说，不要忘了，现在全县的2600多名知青可都用眼睛看着你呢。我立刻不再说话了。我直到这时才意识到事情的严重性，我作为一个全县闻名的知青英雄，一个被树立起来的先进典型，要付出的代价就是失去选调资格。

我想，这代价也太大了。

我一连几天打不起精神。恰在这时，我突然发起了低烧，于是就借输液的机会把自己关在病房里，每天谁都不见。张主任听到消息立刻来卫生院看我，他对我说，他很清楚我在想什么，我现在并不完全是身体健康问题，主要还是思想。他提醒我说，作为知青典型要经受住考验，怎么能因为一次选调就把我给打倒了。他说，这样的考验以后还会有，而且很可能越来越多，所以我要有足够的心理准备。

我想告诉张主任，我只是一个普通人，我经受不住这样的考验，如果我当初知道被树为典型的代价竟是要放弃选调机会，我是绝不会同意的。

但我看一眼张主任，张张嘴，并没把这些话说出来。

10

张主任没有说错。这以后没过多久，公社就又有了推荐上大学的任务。这一次张主任没告诉我。我的心里也很清楚，他就是告诉我也没有任何意义，公社仍不会放我走的。

所以，我也就没再问张主任。

我是从杨娟的口中得知这个消息的。杨娟来公社的供销社买东西，顺便到卫生院来看我。她告诉我，这一次上大学她原本是有资格被推荐的，但她不仅没走成，还为此事跟高林闹翻了。我听了感到奇怪，问她为什么？她显得有些难过，低头沉吟了一下，才对我说，其实在最初的时候事情挺顺利，她一得到消息立刻就去公社武装部，找到武装部的江部长，说自己这一次想去上大学，请江部长在公社的有关领导那里说一说好话。江部长听了当即表示，杨娟在村里一直表现很好，不仅坚持下田劳动还经常帮助马书记做一些村里的民兵工作。江部长说，杨娟写的关于秋季民兵训练的总结材料他很认真地看过，写得确实很好，不仅有文采，政治水平也很高，所以，江部长说，杨娟这一次完全有资格被推荐上大学。但江部长又说，不过还是要按公社规定的程序办事，根据有关规定，要先由村里把名单推荐上来，然后公社再层层审查层层筛选，在公社这里他当然可以为杨娟说一说话，可是关键还得村里先把她的名字报上来。杨娟一听立刻说，村里那边她可以回去说，马书记肯定会同意的。果然，杨娟回到村里对马书记一说，马书记当即表示同意。杨娟以为事情办到这一步就已经没有问题了，但是，就在几天前的一个下午，当她再去公社江部长那里打探消息时，江部长却告诉她，村里并没将她的名字报上来。杨娟一听连忙赶回村来问马书记。这时马书记才告诉她，她的名字确实没有报上去，但马书记没有说出任何理由，只是对她说，上大学的事不用急，以后还会有很多机会。杨娟直到这时才想起村里曾有人提醒过她的话。村里曾有人对她说，别看马书记现在这样培养你，将来无论选调还是上大学，他都不会让你走的。当时杨娟还不相信，问为什么？提醒她的人说，马书记过去已经吃过这样的亏，他培养了一个女知青结果飞走了，现在培养你，还会让你再飞走吗。这时，杨娟才恍然大悟，她终于明白了，马书记从一开始就没打算把她的名字报到公社去。杨娟感觉自己受到了欺骗，两眼盯着马书记半天没有说出话来。马书记原本还要跟她商量一下村里民兵下一步的工作，但她没说任何话，扭头就回集体户去了。

当天晚上，马书记又来集体户找杨娟，这时杨娟已哭得两眼通红。马书记耐心地对她说，要跟她谈一谈，又说集体户里不方便，还是到外面去说。然后就带着杨娟走出来，径直来到村北的瘦龙河大堤上。杨娟对我说，其实她在当时就已经觉出跟马书记来大堤上有些不妥，已经这样晚了，又只有她和马书记两个人。但她不知马书记要对自己说什么，所以就只好跟过来。马书记先对杨娟进行了批评，说她娇气，为了上大学这一点事就闹情绪有小资产阶级思想，又说无论他自己还是村里别的干部都对杨娟寄予了很大期望，只要她踏踏实实地在村里接受贫下中农再教育，将来无论上大学还是选调招工应该都不成问题。杨娟这时已渐渐平静下来，她明白自己将来的命运还掌握在马书记的手里，因此不能把关系搞僵，于是也就不再说什么。接下来马书记又跟杨娟谈了很多，他为杨娟描绘村里将来的美景，又说作为这一代知识青年建设社会主义新农村应该是多么的光荣和自豪。杨娟这时已经没心思再听马书记说这些，但又不得不耐着性子听下去。后来马书记说得激动起来，就问杨娟冷不冷。杨娟立刻说有些冷。杨娟这样说的意思是想告诉马书记，她想回去了，但马书记却立刻将自己的上衣脱下来，披在杨娟的身上。

也就在这时，恰好被从大堤上迎面走来的高林看到了。

高林在这个晚上被村里安排来瘦龙河的大堤上放冬水，他扛着铁锹走过来时，一看到马书记和杨娟立刻站住了，脸上露出惊异的神色。这时马书记仍在为杨娟披衣服，一只手还搭在杨娟的肩上。马书记抬头看到高林，也愣了一下。

但他立刻笑笑问，今天夜里……是你值班放水吗。

高林没说话，仍然看着马书记搭在杨娟肩上的那只手。

马书记立刻将手收回来，对高林说，我……正在跟杨娟谈工作。

这时杨娟对马书记说，你先回去吧，我跟高林还有点事情要说。

马书记一听就连忙转身走了，但是，高林看着杨娟身上披的那件马书记的上衣，仍然没有说话。他就这样看了一阵，然后扛着铁锹从杨娟的身边径直走过去了。

杨娟告诉我，就从那天晚上起，高林再也没跟她说过话。

11

我没有想到，我也遇到了大麻烦。

这一年的元旦过后，我的身体状况突然恶化了，先是由低烧转成高烧，而且持续不退。卫生院的医生考虑到各种可能性，为我换了很多种不同的药物，但不见效果，有时高烧勉强退下来，但立刻就又升上去了。接着我就感到身体越来越虚弱，渐渐地连走路的气力都没有了。这时我已作为全县知青学习的先进典型，经常被各公社请去作报告，当时叫“讲用”，也就是向大家宣讲自己活学活用毛主席著作在广阔天地炼红心的心得体会。这样的讲用形式一般对讲用者的要求很高，不仅口才要好，思路的条理要清晰，还要有很好的体力，否则连续几个小时激情澎湃地讲下来是很难支撑的。麻烦是出在一个上午。在那个上午，我应邀去一个叫东棘坨的公社讲用，当时台下坐了两百多名知青，还有一些当地干部。起初我并没感觉有什么异常，只是觉得有些口干、气短，但讲到一半时，突然感到眼前一阵阵发黑，心跳得几乎喘不上气来，接着就浑身大汗淋漓。主持讲用会的人发现我的脸色不对，连忙在一旁小声问我，是不是身体不舒服？我只是点点头，却已经说不出话来。我感觉周围的一切似乎离我越来越远，主持人的嘴在冲我一下一下地动着，可是他说的是什么我却一点都听不见。我挣扎着想站起来，但只动了一下就昏倒在台上。

我这一次直接被送到县里的人民医院。医生仔细检查后，说我的身体果然出了大问题。医生先问我，此前究竟是怎样受的伤？我听了迟疑一下，一时不知该怎样回答。如果实事求是地讲，我当然是被田里的高粱茬子扎伤的，但我这段时间无论是接受采访还是为人家讲用，却一直都说是被地主分子赵金福用镰刀砍伤的。我这时凭直觉意识到，被高粱茬子扎伤和被镰刀砍伤在医学意义上很可能有着关键的不同。果然，医生告诉我，从我身体目前的状况看，身上的伤口应该不是被金属利器砍伤的，所以，医生对我说，现在这个细节很重要，我究竟是怎样受的伤，希望能把真实的情况告诉他们。

我只好如实地对他们说，我身上的伤是被高粱茬子扎的。

这就对了，医生点头说，如果是这样，问题的原因就找到了。

医生告诉我，经过化验，发现我的体内感染了一种罕见的霉菌，而田里砍倒高粱后的茬子上很可能就有这种霉菌。我看看医生，小心地问，问题是不是很严重？医生说很严重，目前还没有能控制这种霉菌的药物，至少县医院没有，所以，他们建议我尽早去大城市的医院看一看。我听了立刻有些紧张起来，但还是故作镇定地问医生，这种霉菌究竟有多厉害，会不会有生命危险？几个医生听了相互对视一下，并没有直接回答我，只是说，还是抓紧时间回城去看一看吧，说不定城里的医院还能想出办法。

我意识到，这一次是真的遇到大麻烦了。我没跟公社知青办的张主任打招呼，准备从县城直接回家去看病。我这时已经有些慌了手脚，什么知青英雄，什么扎根典型，我想，只有保住命才是最重要的，如果没有了生命一切也就都没有意义了。

高林在这个晚上闻讯来县医院看我，我一见他立刻吓了一跳。我只有一个多月没有见他，发现他竟然像是变了一个人，脸很瘦，皮肤泛黄，一头长发乱糟糟的看上去很憔悴。我发现他在说话时仍然下意识地按着小肚子，我想，大概他被马踢的内伤还没有好。

我已听杨娟说了，自从那一次高林在村北大堤上碰到杨娟和马书记在一起，没过多久他们就正式分手了。两个人都没说为什么，就这样淡淡地结束了。据杨娟说，高林不久前又在村里出了一件事。这件事虽然不大，却很危险，而且连公社知青办的张主任都知道了。按照往年的惯例，村里入冬以后要积春肥，为养猪场的猪圈起猪粪。起猪粪不仅很脏，也很辛苦，要光着脚跳进猪圈，冒着恶臭将圈里的猪粪一锹一锹挖出来，所以谁都不愿干，但高林却毫不犹豫地挽起裤腿带头跳进猪圈。猪圈的围墙是用土坯垒起来的，约有一米高，里面再向下挖两尺多深，猪就养在里面。起猪圈一般是将积存在池子底部的猪粪挖出来，但在那个中午，高林却不知为什么竟然挖到了土墙的下面。这样一挖就危险了，土墙先是悬起来，接着突然就向里倒塌下来。当时这个圈里有几头肥猪，养得膘肥体壮都已快要出栏，倘若被土墙砸在下面生产队就要蒙受重大的经济损失。所以，就在土墙倒塌的一瞬间，高林立刻扔下铁锹奋不顾身地朝那几头肥猪扑过去。但让他没有想到的是，那几头猪比他还要灵活，他还没有扑到近前它们就早窜到安全的角落躲避起来了，反而是高林自己，被土墙重重地压在了下面。杨娟对我说，幸好当时压在他身上的只是土墙的一角，倘若整个土墙将他压在粪里，那后果就不堪设想了。

在这个晚上，高林的脸色很忧郁，看得出他的心情很不好。他告诉我，他又开始喝酒了，他想拉我到街上好好喝一顿，跟我聊一聊。

但我这时已经没有喝酒的心情。

我告诉他，我明天还要赶路。

他说，少喝一点，不行吗？

我说，还是算了，不喝了。

他问，为什么？

我犹豫了一下，想告诉他我现在的病情，但想了想还是没有说出来，只是拍拍他的肩膀勉强笑笑说，等我回来吧，回来以后陪你好好喝一次。

高林有些失望，又坐了一阵就回去了。

12

我没有想到，这竟是我和高林最后一次见面。

我这次回城里看病就再也没有回农村去。我的身体确实出了很大的问题。城里医院的医生为我检查之后，得出的结论与县医院的结论基本一致，他们直言不讳地告诉我，我感染的这种霉菌很顽固，而且溶进血液里会随着血液循环破坏身体的各个脏器，而更严重的是，他们目前也找不出任何有效的控制方法，只能摸索着尝试。我这时反而感到轻松下来。我感染了这种莫名其妙的霉菌，也就相当于得了不治之症，一个得了不治之症的知青英雄要无限期地留在城里治病，这自然是名正言顺的。

我想，我终于可以不用再回去当那个英雄了。

如果从这个角度说，我这一次也算病得其所。

半年以后，我在街上无意中遇到杨娟。杨娟这时也已经病退回来。当时的上山下乡政策还是很人性化的，如果插队知青确实有病，而且有医院的诊断证明，确属不适宜在农村参加农业劳动，可以无条件地回城，这在当时称为病退。杨娟就这样，不知在哪里搞了一张患有高血压症的诊断证明，就病退回来了。

我一见到杨娟立刻问高林怎样了？

杨娟低头沉吟了一下，才告诉我，高林已经出事了。

杨娟说，高林是在几个月前出的事。关于这件事始终是一个谜。后来公社和县里也曾来人调查过，却一直没有查出结果。事情的起因是，这一年的春天高林被村里安排去开拖拉机，我们村里有一台四轮的“东方红”拖拉机，但只有20马力，由于功率太小不适合农耕，就一直被村里当作运输工具使用。高林的父亲是卡车司机，因此，高林对机械方面的事也略懂一些。他负责开拖拉机以后，对车很爱惜，只要没事的时候就将机盖打开，擦拭里边的每一个部件。当时有一张很著名的照片，雷锋站在汽车前，手里拿着一块抹布，仰起头面带微笑地正在擦拭汽车，于是高林也学着雷锋的样子拍了一张这样的照片，还拿到县知青办去让他们刊登在当时的报纸上。出事是在一天傍晚，当时高林刚去县里送玉米秸回来，于是就将拖拉机的机盖打开，拆下里面的部件逐一擦拭。杨娟说，事后从现场分析，高林应该是在一个盆里倒了一些汽油，将机械部件放到汽油里浸洗。但就在这时，突然轰的一声，那个盆里的汽油竟燃烧起来。事后公社和县里来调查的人始终感到困惑不解。经向高林身边的人了解，他平时从不吸烟，而当时在那台拖拉机的附近也没有任何火种，那么这火又是从哪里烧起来的呢？汽油的燃烧是爆燃，因此那盆汽油一烧起来立刻就无法控制，高林的身上很快也被溅上汽油燃烧起来。但他这时已顾不上自己，当他发现火势正在向拖拉机蔓延时，连忙将那个燃烧的火盆朝远处踢去。而这时他已被烧成了一个火人，只向前跑了几步就跌倒在地上，然后将身体蜷成一团不停地在街上滚动，很快就滚成了一个熊熊燃烧的火球。待村里的人们朝他跑过来时，他身上的火已经渐渐熄下去，只剩了一团发黑的骨架。人们发现这具蜷缩的骨架仍还保持着一个姿态，似乎在胸前紧紧地抱着什么。有人试图将他的身体打开，但只是轻轻一碰，这具骨架立刻就散开了。这时人们才发现，他胸前抱的竟是拖拉机上的一个部件。公社知青办的张主任赶来村里时，高林散落的尸骨已被收拢起来，装进一个箩筐里。张主任看了看说，高林毕竟是为了保护集体财产牺牲的，不能让他就这样走。于是，马书记让人打了一口薄薄的棺木，然后将公社卫生院的一个医生请来，把高林的尸骨重新在棺木里拼接成一个人形，就拉到村外埋了。杨娟说，知青办的张主任还亲手在高林的墓前钉了一块木牌，上写：知青英雄高林之墓。

我听了半天没有说话。我也在心里想，是啊，那个盆里的火，究竟是从哪里来的呢？

杨娟忽然抬起头，看看我。

她说，其实……这件事……

我立刻抬起头问，怎么？

她轻轻叹息一声，摇摇头说，算了，还是……不说了……

我想，不说也罢，无论怎样，高林这一次总算当上英雄了。

双 驴 记

直到若干年后，马杰才告诉我，他终于真正了解了驴这种畜生。他是在大学里学到这些知识的。他读的是农学院，这让我很不理解。我和马杰同是 1977 年参加高考，而且是同一考点的同一考场。但后来，我去师范大学数学系报到时才听说，他竟然考上了农学院的牧医系。说牧医好听一些，其实就是兽医。那时电话还不普及，农学院又在市郊，交通很闭塞，所以直到上大三时我才给他写了一封信。我在信中对他选择这种专业表示质疑。那时还是计划经济，大学包分配，这个说法今天的大学生未必能懂，也就是毕业后学校负责分配工作，因此一旦学了什么专业也就如同嫁人，注定一辈子要从事这种工作。我在信中对他说，农学院，又是牧医系，将来的去向可想而知，大城市里的骨科医院或妇产科医院自然不能为牲畜治病，难道你去农村插队几年，在那种地方还没有呆够吗？我又在信上说，你对哺乳类动物感兴趣不一定非要学兽医，人也是哺乳动物，你完全可以去读医学院。当时我想，我在信中的言词可能过激了一些，而且事已至此，再说这些话也没什么意义，当然，马杰也未必会上心。马杰一向是个很自信的人，无论什么事都有自己的主见。几天以后的一个上午，我刚下课，系办公室的老师来叫我，说有我的电话。我立刻猜到了，应该是马杰，别人找我不会把电话打到系里去。果然是他。他的情绪听上去很好，说话还是那样不紧不慢。我在心里想象着，他这时大概正穿着一件肮脏的白大褂或扎着一条黑皮围裙，刚摆弄完一个什么动物。我似乎已经闻到，从电话的那一端传来一股腥臊气味。果然，他告诉我，他是在解剖教室打来的电话，他们刚刚解剖了一头驴。你能想到吗，这是一头成年雄性亚洲驴，而且还是活体。他并没有提那封信的事，听上去似乎颇为得意。他说，看来我过去真没猜错，驴确实是一种不可思议的动物，从解剖学的意义上讲，它还是马的一个亚种呢。他说话的口气已明显跟过去大不一样，似乎有了些学院派的味道。接着，他又说，它们应该同属哺乳纲，当然，如果在野生环境里，驴应该更适于生存，因为它的耐力和生命力都要优于马，比如寿命，马是 30 年，驴却可以达 40 年甚至更长。而且，他又意味深长地说，它的智商也的确很高，比你想象的还要高。

我忽然有些伤感。我终于明白了，马杰对过去的事还一直耿耿于怀。

其实我对驴也并不陌生。早在农村插队时，我就知道，驴作为牲畜是分为两种的，一种是草驴，另一种则是叫驴，其中草驴是雌性，而叫驴泛指雄性。当然，这些也都是马杰讲给我的。我和马杰插队并不在一个村，他在北高村，我在南高村。那时他经常去公社粮站拉草料，每次路过我们村都要来集体户里坐一坐。他还告诉我，驴的后代也分为两种，一种是驴，另一种就是骡子。骡子自己是不能生育的，要由驴和马来交配。当然，马也分两种，儿马和骒马，前者雄而后者雌。叫驴与骒马配出的是驴骡子，草驴与儿马配出的则是马骡子。由此可见，马杰说，牲畜之间所形成的关系链与人相似，也是以雄性为主，应该属于父系社会。那时我就搞不懂，马杰也生长在城市，他的这些知识究竟是从哪里来的?

后来因为一件事，竟然连北高村的当地人对他也很服气。

这件事很奇怪，至今想起来仍然令人感到不可思议。当时北高村有一个绰号叫大茄子的女人，由于下体溃烂病死了。据说这女人很放荡，性欲也很旺盛，在丈夫死后经常跟村里的男人胡搞，很可能因此才得了这样一种脏病。大茄子的死并没有什么奇怪，奇怪的是她的女儿。她的女儿叫彩凤，彩凤去墓地埋葬了她母亲大茄子，一回来突然就精神失常了。她的这种精神失常极为罕见，虽然神志不清，语言混乱，但说话的口气和腔调却似乎都已不是她自己，而是酷似她的母亲大茄子，一个20来岁的姑娘竟能说出一些不堪入耳的话来。村里人立刻感到很惊骇，认为她是被大茄子的鬼魂附了体。后来有人说，彩凤很可能是得了癔病。但当地人对这种病症却有另外一种解释，认为彩凤是被一种叫黄鼬的野物迷住了。据当时一起去墓地的人回忆，彩凤在回来的路上曾去过田边一间废弃的土屋里小解，如果她真的是被黄鼬迷住，那么黄鼬就在那里。

尽管大家这样猜测，却并没有人敢去看一看。

马杰听说此事，当即就去了村外的那间土屋。

那间田边的土屋曾是用来浇水的泵房，由于闲置多年早已没有门窗，屋顶和坯墙也都已破败不堪。马杰走进来仔细搜寻了一阵，果然就在墙角的一堆干草里发现了一窝吱吱乱叫的黄鼬。这窝黄鼬还很小，刚长出茸茸的皮毛，看上去就像一堆黄色的棉花球。它们的父母大概是听到动静逃走了或出去觅食还没有回来。马杰蹲下看了一阵，就去端来一杯水，又在水里滴了一些地瓜烧酒，然后喷到这些小黄鼬的身上。当时村里人都感到疑惑，不知马杰这是在干什么。但是当天夜里，人们就都明白了。在那天深夜，两只大黄鼬悄悄地潜回来。它们突然闻到小黄鼬的身上有了一种奇怪的异味，就满腹狐疑地不敢再去接近，只是围着这些嗷嗷待哺的幼仔来回转着不停地叫。就这样，那窝小黄鼬和两只大黄鼬高一声低一声地整整叫了一夜。第二天一早，村里的大队书记就来找马杰。北高村的大队书记姓胡，因为长了一脸络腮胡须，都叫他胡子书记。胡子书记在这个早晨闯进知青集体户，问马杰究竟对那些黄鼬干了什么，说再让它们这样叫下去恐怕村里还要出事。马杰听了并没有说话，立刻又来到那间土屋。他先用铁锹将那窝小黄鼬铲出来，然后浇上柴油，划一根火柴就点燃起来。当时的情形可想而知。黄鼬这种动物的皮毛里积存着很多油脂，被火一烧就呲呲地冒出来，这些小黄鼬立刻被烧得一边惨叫着一边乱爬，如此一来橘黄色的火焰也就越烧越旺。正在这时，突然又发生了一件更令人意想不到的事情。就在那些小黄鼬在火里吱吱惨叫时，突然从田野深处窜来两团黄乎乎的东西，还没等人们反应过来，它们就以快得难以想象的速度钻进火里，火堆的上空立刻腾起两团冒着黑烟的火星。直到这时，人们也才看清楚，竟然是那两只大黄鼬。它们显然是想从火里将那些小黄鼬叼出来，但此时的小黄鼬虽然还在吱吱惨叫，身上却都已喷出耀眼的火苗，大黄鼬刚叼到嘴里这团火苗就散落开，变成一摊黏稠的油脂流淌到地上。这时两只大黄鼬的身上也都已着起火来，这火燃烧着还发出一种奇怪的声响。接着，它们很快就在火里安静下来。它们先是将身体紧紧靠在一起，然后揽过那几只小黄鼬用力掩在自己的身下，就这样趴在火里不动了。这堆大火足足烧了有一支烟的时间。因为当时胡子书记点燃一支烟，却没有顾得上去吸，就那样愣愣地举着，直到他发觉烧了手，这堆大火才渐渐熄灭下去。也就在这个上午，人们发现，彩风的神志也清醒过来。

其实马杰初到北高村时并不起眼，包括胡子书记在内，村里人都以为他只是个很普通的知青。但是，自这件事以后，人们立刻对他刮目相看了。胡子书记曾经很认真地问过他，为什么一开始没有去烧那窝小黄鼬，而只是往它们的身上喷酒。马杰说，他原本也不想烧它们，他之所以这样喷酒，就是想改变一下它们身上的气味。马杰说动物之间都是靠气味交流的，大黄鼬发现它们身上的气味变了，也就不肯再去接近，如此一来它们也就会自己慢慢饿死。但是，他说，他后来发现这种办法不行，倘若让它们一直这样叫下去很可能会引来更多的同类，而那就会给村里带来更大的麻烦。所以，他说，他用火烧也是迫不得已。胡子书记直到这时才发现，马杰在这方面竟然有着特殊的才能，于是当即决定，将他调到村里的牲口棚看管牲口。

马杰从这时开始，才真正接触到了驴这种动物。

那时北高村的大牲畜除去马和骡子，只有两头驴，一头叫黑六，另一头叫黑七。马杰觉得这名字有些奇怪，就问胡子书记，黑六黑七是怎么回事？胡子书记告诉他，因为这两头驴的家庭出身都不好，往上追溯几代，它们的曾曾祖父曾是村里大地主高久财家养的，整天吃香喝辣，住的牲口棚里都砌了火墙，比咱贫下中农可舒坦多了。胡子书记说，据当年亲眼见过的人说，那是一头白嘴唇大鼻子的板凳驴，长耳朵长脸小短腿，专门让高久财的小老婆骑着回娘家的，每次都是红樱铜铃紫缎鞍垫，走在街上很是气派。胡子书记忽然嘿嘿一笑，又说，这种驴自然不能算咱无产阶级，该划入“黑五类”，可“黑五类”是“地、富、反、坏、右”，没有驴，村里就给它排个第六，这一头叫黑六，那一头是它兄弟，就叫黑七。

马杰觉得有趣，从此就很注意这头黑六。

马杰很快发现，黑六和黑七的待遇并不一样。黑六虽然出身不好，却被分槽喂养，每天要吃精草细料，而且从不拉车，更不下田参加劳动。当然，黑六也有得天独厚的生理条件。马杰注意到，它竟然有着一根极为罕见的阳具。它的这根阳具硕大无比，尤其尿尿时，几乎可以垂落到地上。因此它唯一的工作也就是配种，专为生产队繁殖后代。据说也曾有贫下中农提出过质疑，说黑六毕竟是这样一种家庭出身，总让它繁殖后代，生产队的牲畜血统是否会受到影响。但黑六的品种也确实很好，它生出的后代从身形到骨架都很匀称，而且有着很强的体力和耐力，不仅可以拉车，也适合田间的各种劳作。但是，马杰对此却有着自己的看法。马杰认为，黑六不能只管配种。驴的发情周期每年只有一次，而每次的时间也并不是很长，如此一来，它不发情时也就无事可干。马杰认为这不仅不合理，也是一种资源浪费，生产队里总不能整天用好草好料供养着这样一个骄奢淫逸只会做爱的寄生虫。

于是，他当即决定，要让这个黑六参加一些力所能及的体力劳动。

马杰给黑六驾辕，准备去麦场拉一些干草。黑六一被套上绳索立刻就警觉起来，它显然从没受过这样的待遇。当它明白了马杰是要让它驾辕拉车，立刻就像受了侮辱似的一边乱踢乱咬一边呜啊呜啊地拼命狂叫。马杰却不管这一套，不由分说就给它勒上了嚼子，但是，就在他转身去拿鞭子时，黑六突然将身体往后一蹲，又猛地向前一蹿就拉着这辆空车朝街上狂奔而去。马杰顿时慌了手脚，连忙上前追赶，还在它的后面狠狠甩出一个响鞭。马杰的这根鞭子与众不同。一般车把式的鞭子都很柔韧，鞭杆用几根竹枝拧结而成，鞭绳也是细而短，这样甩起响鞭不仅省力，也便于使用，更重要的是这种响鞭只具有威慑力，打到牲畜的身上却并不疼。马杰的鞭子则是向村里的拖拉机手要来几根机器上的废三角带，用上面拆下的胶皮绳编织而成，而且上粗下细，足足有八尺多长，木柄则是一截粗短的镰刀把，这样掂在手里就像是一根凶悍的霸王鞭，甩起来也震耳欲聋，几乎让所有的牲畜听了都心惊胆战。但这一次，黑六却对马杰的鞭声充耳不闻，它就那样拉着一辆空木板车叮叮当当地朝街里绝尘而去。那辆木板车原本只是用一些木条和竹片拼接而成，并不结实，被黑六这样拖着一跑很快就甩掉了两个轱辘。但黑六仍不肯停下来，尥着蹶子拖着车架子在凸凹不平的街上狂奔。车架子很快就被颠得面目全非，街上到处是散落的木板和竹片，待胡子书记和生产大队长发现时，黑六身后拖的就只剩了两根光秃秃的车辕。北高村的生产大队长是一个很健壮的女人，姓高，叫高大莲，村里人都叫她大莲队长。据说这个大莲队长曾经担任过全公社的妇女突击队长，在“农业学大寨”大搞水利建设的工程中干出过许多成绩，因此很有些名气。在这个下午，胡子书记和大莲队长刚从外面开会回来，迎面正好看到从街上狂奔而来的黑六。大莲队长走上前去，吆喝一声就将黑六拦住了，这时马杰也拎着鞭子气喘吁吁地从后面赶过来。胡子书记看看黑六，又看了看马杰，皱起眉问，这是怎么回事？马杰并不回答，扑过来就抽了黑六一鞭子，黑六立刻疼得哆嗦了一下。大莲队长已经看明白了，于是对马杰说，你不该让它拉车，它的工作比拉车更重要。黑六似乎听懂了大莲队长的话，连忙将头扎进大莲队长的怀里，像是受了很大的委屈。胡子书记伸手拍了一下黑六，也说，我们对“黑五类”成分的人还要给出路，让人家改造自己重新做人，更不要说黑六，它毕竟还是一头牲口！事后马杰对我说，当时他简直不敢相信，这头叫黑六的畜生竟然如此虚伪，甚至比人还要阴险。它听了胡子书记和大莲队长的话先是在他们面前温顺地垂下头，接着就又开始哆嗦起来，似乎是由于刚刚挨了鞭子疼痛难忍，后来这哆嗦竟还渐渐地变成了抽搐，好像痛苦得随时都要瘫倒下去。直到胡子书记当即宣布，扣掉马杰这一天的工分，并让他用软毛刷子为黑六刷洗一遍全身，它才好像好了一些。

在这个下午，马杰没再说话就将黑六牵回牲口棚。但是，他刚按大莲队长的要求为它拌好一槽精细的草料，再回头看时，却发现黑六早已若无其事，正打着响鼻跟邻槽的一匹枣红骒马摇着尾巴调情。马杰盯住它看了一阵，慢慢放下搅料棍，转身又拎起了自己的鞭子。这时黑六也已注意到了，它立刻丢下那匹骒马，两眼一眨一眨地看着马杰。马杰冲它冷笑一声说，你不用看，大莲队长不是让我给你刷毛吗，我现在就给你刷。他说着将鞭子在头顶用力甩了一下，鞭绳立刻在空中扭出一个很好看的花结，然后悄无声息地落下来。马杰的鞭技一向很精湛。我曾经亲眼见过，他竟然可以一鞭就将一只落在树上的麻雀抽下来。他得意地告诉我，北高村的牲畜都很怕他，他的鞭子不仅很疼，而且可以不留任何痕迹。一般的车把式用鞭子抽打牲畜都会有一条一条的鞭印，那是因为将鞭绳整个落下去，他则不然，他只用鞭绳的末梢，这样落到牲畜身上就只是一个点，而且想抽哪里就抽哪里。其实马杰抽打别的牲畜时，黑六一定亲眼见过，因此也就应该深知这根鞭子的厉害。但是这时，它看着马杰，脸上的表情却忽然轻松下来。马杰起初有些不解，但接着就明白了，黑六是有恃无恐。刚才胡子书记和大莲队长让他用软毛刷子为它刷毛，过一会就肯定要来检查，而倘若他用鞭子抽了它，即使痕迹不明显他们也能一眼就看出来。所以，黑六断定，尽管马杰将那根鞭子在自己面前挥得呼呼生风，却并不敢真落到自己身上。

但黑六毕竟是一头牲畜，它还是想得过于简单了。

马杰看懂了它的心思之后，只是微微一笑，就将它牵到旁边的一片空地上。黑六搞不懂马杰这是要干什么，有些不解地看着他。马杰不紧不慢地弯下身，将它的缰绳拴在一根木桩上，然后倒退几步用力抖了抖手里的鞭子。这时黑六才开始紧张起来，但它仍然紧盯着马杰，似乎想看一看，他今天究竟敢不敢用鞭子抽打自己。马杰先将鞭绳在手里拽着试了试，然后举起木柄，突然用力一甩，啪的一声，那根长长的鞭绳打了一个旋就发出一声脆响。黑六的一条后腿猛地颤抖了一下，它这时才感觉到，自己这条腿的腋窝里像被刀子狠狠割了一下，但是，还没等它回过神来，就又是啪的一声。这一次它站不稳了，它感觉到另一条后腿的腋窝里又狠狠地疼了一下，这疼痛就像一股电流立刻通遍全身，接着它的两腿一软就跪了下去。马杰一手抓住鞭绳，对它说，站起来，黑六又艰难地站起来。黑六直到这时才终于明白了马杰的险恶用心。在牲畜身上，四条腿的腋窝处应该是最隐蔽的地方，如果不钻到肚子底下是绝对看不到的，而且和人一样，这也是最敏感的部位，倘若用鞭子抽到这里也就更加疼痛难忍。而就在这时，马杰又做出一个更可怕的举动，他拎来一桶凉水，将鞭子在里面蘸了一下。黑六起初还不明白马杰这样做的用意，但是，当这根蘸了水的鞭子又抽在它两条前腿的腋窝里时，它立刻意识到，这样的疼痛竟然比刚才更可怕。

马杰就这样用这根湿漉漉的鞭子轮番抽打黑六四条腿的腋窝，每抽一下，黑六的全身都要剧烈地抽搐一下。但是，这根鞭子实在太长了，甩起来要花费很大的气力，而如此一来也就渐渐影响了准确性，这是马杰事先没有想到的。就在他又一次举起鞭子时，突然感觉自己的手臂酸了一下，他原本是想抽打黑六的左后腿，因为他当时是站在它的左前侧，这样就只有将鞭子朝相反的方向甩才能使鞭梢落到它左后腿的腋窝里，由于他的手臂突然感觉不对劲，就稍稍向里偏了一点，于是鞭梢也就落到了不该落的地方。事后马杰对我说，他绝没有想到会是这样，他发现，黑六那根硕大的阳具突然抖动了一下，然后就像一条探出身体的蛇倏地缩了回去。马杰直到这时才意识到，是自己的鞭子出了问题。他立刻蹲下身去观察，发现黑六的那里已完全缩进身体，连两个睾丸都不见了踪影。马杰的心里一下有些慌，他知道这件事意味着什么。但他这时还在安慰自己，他想这东西应该伤得并不太重，否则黑六就不会这样安静了。这时黑六看上去也的确很安静，它似乎还在暗暗庆幸，由于自己的下体出了这样一点意外，才终于躲过了马杰的这一顿鞭子。

但是，马杰没有意识到，事情远比他估计的要严重得多。

接下来的问题是出在第二年春天。

在这个春天，黑六没像往年一样按时发情。北高村与我们南高村一向在繁殖牲畜方面保持着协作关系，这时我们村已让几匹有生产任务的骒马作好各种准备，如此一来也就产生了误会。我们村认为北高村说黑六没有按时发情不过是一个借口，黑六每年的发情期比日历还要准，说它不发情就如同说骡子发情一样令人难以置信。我们南高村认为，北高村一定是出于什么利益的原因为黑六另寻了新欢，而他们这样做不仅不道德，也是一种极不讲操守的行为。北高村的大莲队长听说此事特意来向我们村解释，她说没有别的原因，任何原因都没有，就是黑六不发情。大莲队长无可奈何地说，牲畜不发情是谁都没有办法的，你就是给它们硬来也没用，这跟人是一样的道理。大莲队长说到这里，脸一红就不好再说下去了。

我们南高村很快了解到，大莲队长说的话的确属实。黑六在这个春天不知为什么，竟像是将发情这件事忘记了。往年它早早地就会躁动起来，哪怕碰一碰皮毛或摸一摸脖子，都会立刻张大嘴吐出一些白色的黏液，走在街上遇到外村的骒马或草驴拉车经过，也要追在后面打着响鼻去向人家献殷勤。但这一次它却毫无迹象，就是将再漂亮的红鬃骒马或花背草驴牵到它面前，它的反应也很淡漠，似乎已心如止水，万念俱灰。大莲队长当然不甘心。村里一向待黑六不薄，对它的照顾几乎比对五保户和伤残军人都要高，大莲队长不相信它的身体好端端的会出什么问题，于是就亲自将它牵到公社的兽医站。但兽医站的兽医也看不出任何问题，兽医很认真地检查了一番，摇摇头说，牲畜的生殖力也是一种能量，既然是能量就总有释放完的时候。兽医拍了一下黑六的屁股，得出结论说，它已经没用了。

大莲队长直到这时也才终于相信，黑六的历史使命是彻底完成了。

黑六从此就失去了一切待遇。它被拴到大槽子上，和干粗活的牲畜一起乱踢乱咬，一起去抢吃掺着粗茬干草的混合饲料。每天的早晨和下午也要被套上绳索去拉车，或被轰赶到田里去干各种农活。但是，直到这时，它身上致命的弱点也才暴露出来。原来它的体力竟然很差，由于长年养尊处优，到田里踩着松软的泥土连站都站不稳，更不要说去拉犁耕地。胡子书记这时就又想起它当年的曾曾祖父，也就是那头白嘴唇大鼻子长耳朵长脸小短腿的板凳驴。胡子书记突然发现，这头黑六的长相竟与它当年的曾曾祖父极为相像。于是，经过与大莲队长和其他村干部商议，就做出一个新的决定，既然黑六不适合干农活，索性就让它继承祖业也去充当交通工具，专门供村里的干部们骑着去办事。我想，这对于黑六来说应该更是一种奇耻大辱，如果让它自己选择，它肯定宁愿去拉车耕地也不想这样供人驱使。

也正因为如此，才发生了后来的事。

那是一个初夏的上午，北高村的贫协主任要去公社参加贫协代表联席会。其实这个贫协主任完全可以搭乘村里顺路的拖拉机，即使步行也不过几里路，但他却坚持要骑黑六。他说当年大地主高久财的小老婆经常骑着它的祖先回娘家，他看了一直很眼热，所以现在他也要骑它尝试一下，看一看当年的那个女人坐在上面究竟是一种啥样的感觉。贫协主任这样说着就牵出黑六，然后翻身骑上去。其实贫协主任很瘦，所以骑到黑六的背上，应该不会有太重的分量。但他并没有意识到，这样骑在黑六身上还用木棒抽打它的屁股就已不是简单的重量问题了。当时贫协主任只顾高兴了，他发现这样骑着黑六的确感觉很好，不仅舒服，还有一种高高在上的优越感，再看眼前的一切似乎都变得居高临下起来，所以，他也就没有注意到黑六脸上的表情。事实上他就是注意到了也无法看到，因为这时的黑六正将脖子直直地向前伸出去，两眼不停地向左右搜寻。事后据亲眼目睹的人说，黑六驮着贫协主任就这样走了一段路，突然转身朝着道边的一棵槐树走过去。那是一棵几十年的老槐树，树干已经粗糙皲裂。黑六走过去只是不动声色地把肚子在树上轻轻蹭了一下，又蹭了一下，贫协主任突然惨叫一声就滚落下来。当时正在田里耪地的人们连忙赶过来，将贫协主任抬回村里。待将他的裤腿撕开，发现这条腿只是膝盖以下有些发红，除此之外并没有什么伤痕。

但是，人们很快发现，贫协主任的伤势似乎并没有这样简单。

他这条腿已完全失去知觉，而且像充了气似的迅速肿胀起来。

胡子书记意识到事情的严重性，立刻派人将贫协主任送去公社的卫生院。卫生院的几个医生看过之后都面面相觑，摇着头说卫生院没有这样的设备，恐怕要去县医院。送去的人问什么设备？几个医生说，锯腿的设备。大家一听立刻惊得目瞪口呆，有人问，只是让驴在树上蹭了一下，就要锯腿？一个医生说，锯腿已经是轻的了。另一个医生也摇摇头，说这头驴实在太厉害了，你们不要看这条腿表面没什么，其实它里面已受了严重的挤压，现在皮肉跟腿骨已经完全脱离开，如果不尽快锯掉，恐怕连性命都很难保住。

就这样，贫协主任又被转去县医院，将这条伤腿从根部锯掉了。

那天直到傍晚，马杰才在村外的一片树林里找到了黑六。

马杰走到黑六跟前，立刻吓了一跳，只见它的嘴里满是鲜血，许多树干都已被啃掉树皮，乳白色的树干上沾着黏稠的血迹。马杰立刻明白了，黑六显然知道自己闯了大祸，也意识到这一次是在劫难逃，所以就想尽快一死了之。但它实在想不出什么更好的自杀办法，只能采取这种笨拙徒劳而又只会增加痛苦的原始方式。黑六看到马杰，立刻惊恐地向后退了几步。自从那一次挨了鞭子，它再见到马杰时就总是心惊胆战。这时，它已经完全崩溃了，慢慢退到一棵树的旁边，四条腿不停地打战，两个耳朵也相互叠着耷拉到一起。它认为马杰一定是来找它算账的，它已经料到，马杰这一次决不会轻易放过它。但是，它很快发现，马杰的手里并没有拿着那根可怕的鞭子，脸上也没有太多的表情。他只是走过来，从地上捡起缰绳，就牵着它朝村里走来。这时胡子书记和大莲队长已经等在牲口棚。

胡子书记迎过来，掰开黑六的嘴看了看，发现黑六的牙齿已经脱落得所剩无几。

于是，他回过头去，跟大莲队长对视了一下。

大莲队长嗯一声说，看来也只能这样了。

胡子书记点点头说，杀了吧。

杀……杀了？

马杰有些意外，看着胡子书记。

大莲队长说，刚才，生产队里已经研究过了，既然它不能干活，骑又不能骑，留着也就没啥用处了。胡子书记说，现在它的嘴又成了这样，以后连草料也不能吃，生产队里总不能用粮食养着这样一个废物，痛痛快快杀了它，大家还能分一些肉吃。

事后马杰对我说，他当时就已预感到，杀黑六这件事肯定会落到他的头上。因为他是饲养员，一向熟悉牲畜的习性，而更重要的是当地农人是轻易不肯自己动手杀牲畜的，他们都很迷信，认为牲畜的一辈子不容易，倘若杀它们会遭报应。果然，在这个傍晚，胡子书记和大莲队长临走时对他说，这件事，就由你来干吧。马杰连忙说不行。他说自己确实不行，他平时杀一只鸡都下不了手，更不要说杀这样大的一头牲畜。胡子书记又跟大莲队长对视一下，就走到马杰的面前说，有些事，还是不要说得太明白了，这头黑六原本好好的，每年都能按时配种，可到你手里还不到一年，怎么就成了废物呢，现在你不杀它还让谁来杀？

大莲队长也说，不要说了，这件事就这样决定了。

当天晚上，村里的胡屠户来到牲口棚找马杰。胡屠户是胡子书记的堂弟，在村里专门负责宰杀猪羊一类家畜。马杰一看见胡屠户就像是见到了救星，连忙对他说，你来得正好，你杀猪有经验，黑六还是由你来杀吧。胡屠户却摇摇头说，你这话就外行了，屠户也并不是啥都能杀的，杀猪跟杀驴可不是一回事，我来是给你送工具的。胡屠户说着就打开一个麻布包，里面是刀子钩子和一些看不出用途的利刃。胡屠户拿起一把细长的牛角弯刀，这把刀大约有一尺多长，看上去像一勾弯月，刀刃很薄，刀尖也很锋利。胡屠户用拇指在刀锋上试了试说，我给你挑了这把长一些的牛角刀，刚才还磨了一下，驴的脖子比猪脖子要长，但杀起来道理是一样的，只要将这把刀从脖子底下插进去，一直插到胸口，然后用刀尖在心脏上划开一个口就行了，记着，放血要用大盆，驴血是大补可不要糟蹋了。

胡屠户说罢，放下这些刀具就走了。

这时马杰才发现，槽子上的黑六正朝这边看着，一直在很认真地听。

马杰经过反复考虑，最后还是决定不使用胡屠户送来的这些刀具。胡屠户杀猪马杰是见过的，尽管他的技艺很精湛，但猪在死时也很痛苦，总要挣扎半天才会断气。因此，要想让黑六死得痛快些就只有另想办法。在这个晚上，马杰从草垛旁边搬来一口铡刀。这铡刀是专门用来给牲畜铡干草的，马杰从木槽上卸下刀片，这爿刀片已有些生锈，而且由于长期铡草，刃口也很钝。马杰拎着刀片来到牲口棚，在牲口棚的角落里有一眼石井，这是用来饮牲畜的，井台上有一块很大的青石。马杰将铡刀放到井台上，淋了一点水就用力磨起来。刀片约有四寸宽，三尺多长，磨起来霍霍的声音就很响亮。马杰这样磨一阵，停下来用水冲一冲，然后再磨。黑六始终站在旁边，还不时晃一晃耳朵，伸过头来看一看。马杰一回头，突然发现它也正在看着自己，他跟它的目光碰到一起，心里突地一颤。于是，他将刀片立在旁边，去拎来一桶水，就开始用软毛刷子为它刷洗全身。马杰刷时还特意摸了摸它的脖颈，它的脖颈很柔软，隐约可以感觉到里面的颈骨。

就在这时，他又看到了黑六的眼睛。

黑六的眼睛很湿冷，黑得深不见底。

马杰杀黑六是在第二天上午，地点就选在牲口棚。

杀牲畜是一件大事，北高村的全村特意歇了半天工。村里的人们虽然不肯亲自动手杀牲畜，但吃肉的欲望却很强烈，早早地就都在家里刷锅烧水做好一切准备，然后端着盆或簸箩来到牲口棚等着分黑六。马杰看一看大灶上的水已经滚开起来，就将黑六从槽子上牵出来，拴到那片空地的木桩上。这时人群里就响起一阵唏嘘的声音。马杰朝人群里看一眼，就转身去拎过那把铡刀，铡刀的锋刃已磨得雪亮。马杰为了顺手，还特意在铁柄上缠了一些麻绳。他来到黑六面前，掏出一块黑布将它的两眼蒙起来。

但黑六用力一摇头，将黑布甩掉了。

马杰再蒙，又被它甩掉了。

然后，它慢慢回过头，睁大两眼看着马杰。

事后马杰对我说，你能相信吗，驴这种畜生竟然会笑。当时黑六的脸上皱了皱，眼角居然还出现了一些细碎的鱼尾纹。他说他看出来了，它的确是在笑，它是在冲着他微笑，他甚至还听到它的嘴里发出一阵嘿嘿的声音。马杰顿时有些心慌意乱，立刻举起铡刀就呼地砍下来。在此之前，马杰已在黑六的脖颈上看好了位置，他发现它稀疏的鬃毛间有一个不大的缺口，这缺口离头颅很近，而且恰好是脖颈最细的地方，他想如果把刀砍在这里，应该会省力一些。但是，由于他的刀举得过高，在挥下来时有些发飘，这就使落刀的位置发生了一点偏离，似乎靠上了一些。马杰感觉到了，这把铡刀的确磨得很快，因此尽管靠上，在落下的一瞬间也几乎没遇到什么阻力，只听咔嚓一声，黑六的头颅就从脖子上齐刷刷地滚落下来。这颗头颅如同一个巨大的冬瓜，在地上骨碌碌地滚出很远。那个失去了头颅的身体并没有立刻倒下去，似乎沉默了一下，突然就有一股黏稠的血水从脖腔里直喷出来。这血水一直喷溅出很远，如同一团猩红的烟雾朝人群里落下去。

人们惊叫一声，立刻朝四处散开了。

失去了头颅的黑六似乎犹豫了一下，又犹豫了一下。

它迟疑着朝前走了两步，然后，才慢慢地瘫倒下去。

马杰没去清洗黑六的内脏，只是将它的皮剥下来。

这是一张完整的驴皮，非常柔软，看上去栩栩如生。

马杰犯了一个错误，他不该在牲口棚里杀黑六。

在这个上午，马杰并没有注意到，从他用那口铡刀砍下黑六的头颅，直到在血泊里用牛角尖刀一点一点地将它的皮剥下来，始终有一双眼睛在注视着他。这就是黑七。其实马杰在事先已考虑到这个问题，他想，在杀黑六时不应该让其他牲畜看到这个血腥的场面。牲畜的身材虽然高大，心胸却很狭窄，胆量也很小，这样的场面会对它们的情绪产生严重影响，搞不好还有可能发生炸棚。炸棚是指由于某种突发的刺激，使牲畜们同时受到惊吓而狂躁起来，这种情况一旦发生是很难控制的，牲畜也会因为互相踩踏和撞击而受到伤害。但是，马杰将所有的牲畜都牵去了别的院子，却唯独忽略了拴在角落里的黑七，所以，黑七也就目睹了马杰砍杀黑六的整个过程。马杰直到拎着黑六那张血淋淋的驴皮朝牲口棚的外面走去时，才无意中发现了黑七。黑七正站在槽子旁边，目不转睛地盯着他和他手里的那张驴皮，眼睛里似乎有些湿润，尾巴也像一根木棒直挺挺地撅起来。在此之前，马杰并没有注意过这头黑七。黑七的外形与黑六很相像，也是长耳朵长脸四肢短小，但阳具也很小，所以也就没有配种任务。其实严格讲，这种板凳驴是专供人骑的，并不适于田间劳作，因此黑七的主要工作只是拉车。但它的性格却与黑六不同，平时沉默寡言，因此也就很少引起人们的注意。

马杰没有料到，黑七接下来竟会弄出一场如此之大的事故。

马杰觉得自己在这场事故中很无辜。尽管胡子书记和大莲队长一致认为，这件事的责任完全在他，也就是说，是由于他的疏忽大意造成的。但马杰却坚决否认，马杰一口咬定是黑七所为。马杰说，在这件事发生前的最后一瞬，他是亲眼看到的。他说黑七当时干的事简直不可思议，没有人会相信它竟然能这样做。胡子书记当然不能认同马杰的这种说法。胡子书记说，黑七不过是一头哑巴畜生，无法为自己辩解，这就让人怀疑是马杰故意要将责任推给黑七。大莲队长也这样认为。大莲队长说，黑七再怎么说也只是一头驴，而且是一头比黑六还要老实的笨驴，它不会也不可能像马杰说的那样故意做出破坏集体财产的事来。

这起事故是发生在杀黑六几天以后的一个上午。在这个上午，别的牲畜都被牵去下田了，牲口棚里只剩下黑七和一匹怀驹的骒马。马杰是故意将黑七留下的，他准备套它去公社粮站拉一些饲料。他在临走前先为那匹骒马饮过水，又在槽子里添了一些草料，然后拿过棕刷为它的全身刷了刷毛。马杰在照料临产牲畜方面很有经验，他知道经常为怀驹的骒马刷一刷毛，会使它的产门肌肉松弛，这样可以有利于将来的生产。但是，就在他为这匹骒马刷毛时，他突然听到了一种奇怪的声音，这声音似乎是来自他的身后，又像是在头顶。接着他就感到，好像整个牲口棚都嘎吱嘎吱地响起来。他连忙回过头去，才发现黑七正在不动声色地啃咬着牲口棚里的一根立柱。在牲口棚里大约有五六根这样的立柱，但这一根最粗，而且刚好竖在牲口棚的中央，是专门用来支撑整个棚顶的关键部位。事后马杰说，他一直搞不懂，黑七怎么会知道选择这样一个要害的部位。当时黑七发现马杰正在看着自己，于是就停下来，也抬起头看看他。但它接着就又埋下头去，若无其事地继续啃咬那根立柱。它咬得不慌不忙又非常卖力，为使这根立柱尽快松动，它还用头去顶住它的根部用力晃动，于是整个牲口棚立刻也跟着摇晃起来。牲口棚的棚顶虽然只铺了一层秫秸，但由于潮湿已有了相当的重量，这时这根立柱已被黑七啃咬得拔出地面，再这样一晃动，棚顶就开始渐渐地向一边倾斜。马杰突然明白了黑七的意图，立刻丢下手里的棕刷朝它扑过去。但为时已晚，整个牲口棚随着晃动扭了几扭，突然发出一阵巨大的断裂声就轰然塌落下来。而就在这一瞬，马杰看到黑七朝旁边轻轻地一跳，就跳到了牲口棚的外面。北高村一共有二十几头牲畜，因此牲口棚也就具有相当的规模，这时这样一坍塌情形自然可想而知，顿时尘土飞扬狼藉一片。但是，牲口棚坍塌还只是这场事故的开始，在马杰身后的立柱上，还挂有一盏仍然亮着的马灯。这是马杰给牲口添夜草时拎过来的，后来一忙就忘在了那里。这时棚顶坍塌下来，这盏马灯也就被砸在了里面，煤油流淌出来引燃秫秸，立刻就着起了大火。这场大火烧得很快，火势也很猛，随之迅速蔓延，整个牲口棚里转眼间就成了一片熊熊的火海。闻讯赶来的村人想用水桶救火，但试了试却都无法靠近，只能眼睁睁地看着火焰夹着浓烟越烧越旺。也就在这时，人们突然闻到了一股奇怪的气味。这显然是烤肉的香味，非常香，与燃烧的烟气混在一起就似乎更加诱人，很像今天街上卖的烤肉串。这时大家才突然想起那匹怀驹的骒马和黑七，接着就又想到了马杰。但人们很快就发现了黑七。黑七并不在火里，它正站在不远的地方，面无表情地向火里望着。这就可以断定，仍然在火里的只是那匹骒马和马杰，也就是说，这股烤肉的香味应该是从它或他的身上散发出来的，又或许是同时散发出来的。其实人与牲畜的区别并不大，这样用火一烧，根本分不出谁是谁的气味。人们想象着正在大火里被烧烤的那匹骒马和马杰，立刻都感到不寒而栗。

这场大火烧了一阵才渐渐熄灭下去，牲口棚已变成一片废墟。人们果然在灰烬里发现了那匹骒马的骸骨。它显然被烧得无处躲藏，于是扎到一个角落里，浑身的骨头都已被烧得黑漆漆的，还在冒着淡淡的蓝烟。但是，却没有发现马杰。胡子书记和大莲队长皱着眉对人们说，再找一找，仔细找一找，那样大的一个活人再怎样烧也总会留下一点痕迹的。但是，人们将整个火场都仔细搜寻了一遍，仍然不见马杰的踪影。就在这时，一个女人突然惊叫了一声，胡子书记和大莲队长连忙走过来，那女人一边向后退着，一边用手朝地上指着说，那里……就在那里。这时胡子书记和大莲队长才发现，在地上正有一堆灰烬向上一拱一拱地微微动着，接着猛地一翻，一颗人的脑袋就从里面冒出来。这颗脑袋已经与那些灰烬浑然一色，脑袋用力喘出一口气，然后张开嘴打了一个很响的喷嚏。

人们围过来仔细看了一阵才认出来，竟然是马杰。

马杰虽然已被烧得面目全非，身上却毫发无损。原来就在牲口棚坍塌的那一瞬，他不知怎么竟被压进了那眼石井。这一来反而救了他，他先是将身体在井水里浸泡了一下，然后就像一只壁虎似的紧紧贴着井壁，直到上面的大火渐渐熄灭，他才试探着一点一点爬上来。

胡子书记和大莲队长当然不相信马杰所说的话，他们认为这件事与黑七没有任何关系。黑七之所以能在这场大火中幸免于难，是因为它当时刚好站在牲口棚的边上，而这也正说明它不可能做出马杰所说的那种事来。胡子书记对马杰说，黑七从没有啃缰绳的习惯，你是饲养员应该最清楚这一点，既然它连缰绳都不啃，又怎么可能像你说的那样去啃那根立柱呢。大莲队长也说，不管怎样说，这件事也是你的责任，就算这根立柱是被黑七啃倒的，也说明它早已不太结实，好好的一根立柱，怎么可能就这样轻易地让驴给啃倒了呢，你作为牲口棚的饲养员事先就没有发现吗，或者发现了，又为什么没有及时加固呢。大莲队长最后得出结论说，由此可见，这起事故是迟早都要发生的。幸好当时别的牲畜不在，否则后果就更不堪设想了。胡子书记严肃地说，可那匹怀驹的骒马还是烧死了，一尸两命，这给生产队的集体财产也造成了很大损失。接着，胡子书记就当众宣布了对马杰的处理决定，首先要扣掉马杰全年的工分，其次，马杰要尽快将火场清理干净，协助村里搭建起新的牲口棚，然后将这里的所有工作移交给新任饲养员。

胡子书记对马杰说，也就是说，你已经被撤职了。

马杰对我说，直到这时，他仍然没把黑七往太深处想。他认为黑七在那个上午啃倒那根牲口棚的立柱并没有什么很明确的目的，也许它只是出于无聊，因为对于这样一头驴，除去无聊他实在想不出它还会有什么别的用意，但是，接下来的事终于让他警觉起来。

他突然发现，这个黑七确实不是一头简单的驴。

马杰用了整整一天，直到傍晚才将牲口棚的废墟清理干净。然后，他就按着大莲队长的要求套了一辆木板车，准备将这些炭灰拉到田里去当肥料。但是，他又犯了一个错误，他不应该让黑七驾辕。他刚刚把车装好，正在清扫最后一点灰烬时，黑七突然拉起车就径直朝那眼石井走过去。它走得不紧不慢，而且声音很轻，来到石井跟前还绕了一下，待马杰回头发现时，它已经将屁股用力向上一撅，高高地扬起车辕，然后呼噜一声就将整整一车炭灰都倾倒进了井里，井口立刻腾起一团黑色的烟雾。这眼井是专门饮牲畜的，这样倒进一车炭灰井水显然也就不能再用。大莲队长刚好在这时来到牲口棚。大莲队长立刻走过来，扒着井口朝里看了看，然后抬起头对马杰说，看来，胡子书记真的是看错你了。

看……看错我了？

马杰看看大莲队长，不明白她这话是什么意思。

大莲队长说，这一次是我亲眼看到的，你还怎样解释？

马杰沮丧地说，既然你都看到了，我当然不用再解释。

大莲队长冷笑道，你是不是又要说，是黑七存心搞鬼？

马杰说难道不是吗？

大莲队长立刻反问，你认为是这样吗？

马杰说当然是这样。马杰说，黑七是自己把车拉过来的，又是它自己把车上的灰倒进井里的，不是它在搞鬼又会是谁呢，难道是我吗？可是，大莲队长说，牲口是听人吆喝的，你如果不吆喝它，它又怎么会跑到这里来呢？这时，马杰终于忍耐不住了，他不明白大莲队长为什么一定要将责任强加给自己，于是很生气地说，我根本就没吆喝它！

你没吆喝吗？

我当然没吆喝！

马杰觉得大莲队长这样指责自己简直没任何道理。黑七是擅自把车拉到井边来的，他想问一问大莲队长，这样简单的事她怎么会看不出来。大莲队长点点头说，我当然看出来了，这件事就是你故意做的，你对村里处理你的决定心怀不满，所以才让黑七把这一车炭灰倒进井里，好给下一任饲养员增加一些麻烦。大莲队长摆摆手说，你不要再说了，淘井的事我会安排别人来干的，实话告诉你，现在让你来淘我还真有些不放心呢。大莲队长临走时又说，你尽快把这里收拾干净吧，村西还有一堆人粪肥，从明天开始，你去田里送粪。

大莲队长说罢，又用力看了一眼马杰就转身走了。

马杰看看大莲队长结实的背影，又扭头看一看仍站在井边的黑七。这时，他发现黑七也正在看着自己，它一下一下地眨着眼，眼角忽然皱起一些鱼尾纹，这些鱼尾纹很细，如果不仔细看几乎不易察觉。马杰立刻明白了，它这是在笑，它正在冲着自己笑。黑七的这个笑容立刻让马杰想起当初的黑六。马杰突然有一种感觉，他发现这个黑七竟然比当初的黑六心计更深，也更阴险。好吧……你就笑吧，咱们看一看究竟谁能笑到最后，马杰冲它点点头，就转身朝不远处的灶屋走去。

马杰来到灶膛跟前，用一根火通条在里面拨了拨，就拨出一块烤白薯。这块白薯是红皮的，几乎有两个拳头大小，由于刚在灶膛里烧过也就非常烫手。马杰一边吹着气将它在两只手里来回颠倒着，又抬头看了看黑七。这时黑七眯起两眼，正朝这块烤白薯贪婪地看着。马杰就笑了，他知道黑七还在饿着肚子，他从早晨到现在还一直没有给它喂过草料。于是，他舀了一瓢凉水，将这块烤白薯在里面泡了一下，然后走到黑七面前，心平气和地对它说，吃吧，快吃吧，这东西很好吃呢。他一边说，一边把这块散发着香甜气味的烤白薯送到黑七的嘴边。黑七立刻迫不及待地一口就咬到嘴里。由于这块烤白薯刚被凉水泡过，所以吃到嘴里也就很舒适，但是，黑七一嚼就出了问题。它没有想到白薯的里面竟然如此之热，立刻被烫得浑身一激灵。接着它就又做出了一个更错误的判断，它以为只要这样继续嚼就可以将这东西的温度迅速降下去，于是就更加卖力地嚼起来，嘴里竟还冒出腾腾的热气，连鼻孔也被烫得翻卷起来。黑七很快意识到，这样嚼下去显然是错误的，它应该尽快把这个热得可怕的东西吐出来。但它刚要张嘴，马杰已经看透它的心思，于是一伸手就将它的嘴给捏住了。黑七被烫得呜的一声，两眼用力向上一翻，立刻鼓起两个很大的眼白。马杰开心地看着它，欣赏着它的表情，过了一会才慢慢松开手。

但这时，黑七已将那块滚烫的烤白薯咽了下去。

它用力张大嘴，哈哈地喘着气，肚子里发出一串咕噜咕噜的声音。

黑七一连几天没吃草料。马杰知道，它的嘴里肯定已烫起了水泡。他故意拌了一些精细的饲料倒进黑七面前的食槽子里。饲料散发出一阵阵谷物的香气，但黑七只是用嘴唇一点一点拱着，却并不能吃进去。大莲队长也感觉黑七出了问题，来牲口棚看过几次。她发现黑七一直在槽子里用嘴唇拱着草料，就以为它是在吃，反而还表扬了马杰几句，说他这样做就对了，善始善终，只要一天没将饲养员的工作交出去就对集体的牲畜负责任。马杰受到表扬往田里送粪也就干得更加卖力，每天让黑七饿着肚子从早晨一直干到天黑，车也越装越满。但是，马杰这时并没有注意到，黑七的眼神也越来越有些异样。

马杰还是把黑七估计过低了。后来的事情是发生在一天傍晚。在这个傍晚，马杰终于完成了大莲队长交给他的任务。他将最后一车粪肥装好时，连自己也感觉有些饿了。他赶着黑七来到村外，无意中摸了摸它的屁股，发现它身上已渗出汗水，于是看一看四周没人就对它说，你现在肯定是又饿又累，对不对？黑七似乎没听见，仍然低着头，拉着粪车慢慢地向前走着。马杰笑一笑说，你知足吧，跟黑六比起来你幸福多了，你还没尝过我的鞭子呢，那滋味可比现在难受。马杰这样说着，粪车就已来到一座桥上。这是一座很窄的石板桥，刚够一辆粪车通过。桥下是一条水渠，虽然不深，但已积了很多淤泥。

马杰正说得高兴，黑七已拉着这辆粪车走到石板桥的中间。

就在这时，马杰突然感觉有些不对劲了。他发现黑七回过头来看了自己一眼，在它回头的一瞬间，他又从它的眼角看到了鱼尾纹。马杰立刻意识到，这时黑七冲自己笑应该不是好兆，他赶紧冲它大喝了一声：吁——他这样喊是想让黑七停下，但是，黑七却似乎充耳不闻，并没有要停下来的意思。马杰连忙又去拉车辕上的手闸，仍然无济于事。黑七的四条短腿突然变得强健有力，就这样拖着车闸硬是朝石板桥的边上走去。马杰慌了手脚，他意识到如果继续坐在车辕上是很危险的，但就在他要往下跳时，只见黑七的身体猛地往下一塌，又用力一缩，竟然就从辕套里钻了出去。装满粪土的木板车顿时失去了平衡，朝旁边一歪就从石板桥上翻了下去。这时马杰仍坐在车辕上，他向下坠落着，只觉耳边呼呼的风响，渐渐地头已经朝下，接着许多散发着恶臭的粪团就噼噼啪啪地冲他砸过来。这时他的心里还很清醒，知道倘若一直这样栽下去后果将不堪设想，他的头很可能会插进渠底的淤泥，而那样一来自己也就要像一株植物似的栽在了渠里，所以，他立刻试图让自己的身体正过来。但这座石板桥的高度毕竟有限，还没等他做出努力，他和这辆木板车就已轰然掉进了水渠。幸好这时他已从车辕里挣脱出来，于是被狠狠地抛到了一边。他感觉自己的身体是平着落入水中的，接着那些粪团便铺天盖地砸下来。他用尽全身的气力，好不容易才从水里伸出头来。

就在这时，他发现，黑七正面无表情地站在岸边看着他。

马杰这一次遇险最先惊动的是我们南高村。因为这条水渠恰好是两村的界河，而就在他出事时，我们南高村的人又正在附近的田里锄地，因此大家立刻赶来搭救他。马杰确实被搞得很惨，险些就丢了性命。大家七手八脚地将他从渠里捞上来时，他身上简直臭不可闻，而且从鼻子和嘴里仍然不断地有水流出来，那水的颜色和气味也很可疑。

马杰就这样被送回了北高村。胡子书记和大莲队长当然不相信黑七会做出这种事，胡子书记摇着头说，黑七这样老实的一头驴，况且又不会缩身术，如果将它套牢了它怎么可能从辕子里钻出去？不可能，胡子书记十分肯定地说，再怎样说这也是不可能的。大莲队长去村外的水渠边找到黑七，将它牵回来时发现，在它的肩胛处有一道明显的擦伤。大莲队长认为，这显然是因为套车的绳索没有拴牢，滑脱时挂伤的。大莲队长说，黑七的出身虽然有些问题，但在村里一向表现很好，它拉车拉了这么久，还从没有出过这样的事情，如果把缰绳拴牢了它是不可能跑出去的。大莲队长还特意将黑七牵来知青集体户，似乎要让它与马杰当面对质。但这时的马杰已说不出话来。他由于肚子里灌进了太多的脏东西，一直在不停地呕吐，先是将前几次吃的饭菜都呕出来，渐渐吐的就只剩了黄绿色的胆汁。

彩凤一直守在马杰身边，只是不停地流泪。

彩凤那一次得了癔病，因为马杰烧死那一窝黄鼬才清醒过来。从此她就经常来集体户帮马杰烧水做饭，或为他洗衣服。北高村的人都有些惧怕大莲队长，但彩凤却不怕。彩凤在这个傍晚对大莲队长说，你还是把黑七牵走吧，他已经成了这个样子，你再跟他说这些话还有啥用呢。彩凤说，就算他没把那辕套拴牢，也是为了给生产队拉粪，城里的工人出了事故工厂还要照顾呢是不是？大莲队长看看彩凤，就不再说话了。但是，这时谁都没有注意到黑七。黑七一来到集体户就始终盯着门外的那面墙壁。在那面墙壁上钉着一张黑色的驴皮，它的四肢向两边伸展开，似乎是很舒服地趴在墙上，虽已有些干硬，但那身皮毛仍然闪着黑亮的光泽。旁边还有一小块驴头形状的毛皮，两只眼睛已是两个洞，似乎瞪得大大的。

接着，黑七就做出了一个很奇怪的举动。

它慢慢走过去，伸出舌头在那张驴皮上舔了舔。

马杰直到夜里仍在不停地呕吐，还发了高烧，嘴里一直嘟嘟囔囔地说着胡话，似乎在跟黑七争论着什么。胡子书记看了，皱着眉说这样下去不行，还是赶快送医院吧，灌了一肚子大粪，弄不好会死人的。就这样，马杰就直接被送到了县医院。

其实我早就知道马杰和彩凤的事。那时马杰去公社粮站拉草料，经常带彩凤一起出来，偶尔也到我们集体户里坐一坐。彩凤很大方，看上去不像农村女孩，皮肤很白，五官长得也很细，只是稍微胖一些，身上圆圆的很丰满。那时女知青嫁给当地农民的有很多，但男知青跟当地女孩子谈恋爱却不多见，因此马杰和彩凤的事也就引起很多人的关注。据说胡子书记曾经找马杰很严肃地谈过一次，问他是不是真想跟彩凤搞对象。胡子书记说，彩凤这孩子不容易，从小死了爹，她妈又是那样一个女人，这些年一直没有人疼，你如果没这心思，可不要害她。但马杰听了胡子书记的话并没有说什么，马杰认为也没必要跟胡子书记说什么。他觉得无论自己有没有这个心思，或者彩凤是否这样想，都只是他们两人之间的事，跟别人没有任何关系。但马杰曾对我说，他的确很喜欢彩凤，他说他喜欢胖一些的女孩，所以彩凤很合他的心意，至于她是不是农村女孩则无关紧要。

马杰很认真地说，彩凤也是读过高中的。

马杰这一次在县医院住了将近一个月。其实医生为他注射了催吐针剂，将胃里的脏东西吐干净也就很快没事了，但他的心理还是有一些问题。马杰在心理上一直摆脱不掉那件事的阴影，他一想起自己的嘴里曾经灌满那些脏东西就感到恶心，接着就又会不停地呕吐，无论医生用什么手段都无法控制。后来县医院的医生只好无可奈何地告诉他，这已是精神卫生方面的事，他们只是内科医生，也无能为力了。医生对他说，要想彻底痊愈只有去做心理治疗，或者自己慢慢调整，平时多想一些干净的美好的事物。

就这样，马杰只好出院了。

马杰是在一个夏天的上午出的院。彩凤赶着大车来县里接他，马杰已经很长时间没有看到彩凤，见面一高兴竟然连呕吐的事也忘了。但是，当马杰拎着东西一走出医院的大门立刻就愣住了。他发现，彩凤赶来的大车竟又是黑七驾辕。黑七这时也已看到马杰，但它只是漫不经心地朝这边瞥一眼，然后晃了晃头就把眼垂下去，似乎继续在想着自己的事情。马杰这时毕竟刚刚见到彩凤，正在兴头上，所以不想让黑七破坏了自己的心情。于是，他将手里的东西扔到车上，又让彩凤坐上去，自己就赶起大车从医院里出来。

夏天的上午已开始热起来，但微风轻轻一吹，还是有些凉爽。马杰的心情很好，刚刚出了县城，看一看前后没人，就迫不及待地将身后的彩凤搂过来。彩凤满脸含羞地推了他一下，说这里人多，再往前走一走吧，于是马杰在黑七的屁股上用力拍了一下就让它跑起来。大车来到瘦龙河边，这里只有一条被树荫遮掩的蜿蜒小道，只要继续往前走就可以直接通向北高村。马杰看一看路边，发现有一片灌木林，就将大车赶进去。接下来的事情自然也就可想而知。那时县级医院的条件还很差，住院病人要自己带被子。马杰没有想到，他带来的被子在这时竟然派上了大用场。他先和彩凤亲热了一阵，然后又将大车赶到一片枝叶更茂密的地方，把黑七的缰绳拴在一棵树上，就将车上整理一下，抖开了那床被子。这架大车的宽窄刚好像一张双人床，马杰和彩凤躺上去钻到被子里，这架双人床立刻就像一条小船似的晃晃悠悠摇荡起来。就这样从上午一直摇到中午，又从中午摇到了下午。后来他们摇得实在太累了，困倦了，就不知不觉地相拥着在被子里睡着了。

马杰和彩凤绝没有想到会发生后来的事。

在这个上午，黑七先是看着身后的木板车在一颠一荡地摇着，并没有什么反应，直到耐心地等到了中午，又从中午等到了下午，看一看车上安静下来，渐渐地还传出均匀的鼾声，它才开始伸过头去不慌不忙地啃咬拴在树上的缰绳。其实马杰拴的是一种莲花扣，这种绳结不要说牲畜，就是人也很难解开。但黑七这样啃了一阵，不知怎么竟将这绳结啃开了。黑七又回头看一眼，就拉起大车悄悄地走出这片灌木林，然后沿着蜿蜒的小道径直朝前走去。它走得很轻，四蹄慢慢地抬起来又慢慢地放下，因此身后的木板车也就平稳得像一条船。下午的阳光透过繁茂的枝叶洒落下来，地上斑斑点点的如同微微泛起的波纹。当黑七拉着车走进北高村时，已是傍晚收工时间，去田里锄地的人们都在陆陆续续地往回走。这一来事情就好看了。马杰和彩凤仍在车上很舒服地相拥睡着，他们在梦里已完全没有了时间和空间的概念，他们不管自己在哪里，也不管是中午还是下午，只是沐浴在夏日的阳光里惬意地睡着，他们觉得只要这样相拥在一起也就拥有了这世界上的一切。但就在这时，他们恍惚中似乎隐约听到了什么声音，于是一起睁开眼。这时，他们才突然发现，这辆大车不知怎么竟然停在村里的十字街口，四周已经围满了人，大家正好奇地伸过头来向他们看着，就像在欣赏什么表演。彩凤立刻尖叫一声就将头缩进被子里去，马杰本想翻身起来，但意识到自己还一丝不挂，又赶紧躺下了。就在这时，车辕上的黑七突然扬起头，将脖子一伸就嘹亮地叫起来。人群里不知是谁实在忍不住了，扑哧笑了一声，接着大家就立刻都跟着笑起来，这笑声和着黑七的叫声，如同是在伴唱。

当天晚上，马杰拎着一瓶地瓜烧酒来到牲口棚，牲口棚里的新任饲养员是贫协主任。贫协主任自从失去了一条腿，由于无法再去公社开会，就主动辞去了主任职务，但村里的人们仍然习惯叫他贫协主任。马杰对贫协主任说，他心里不痛快，想跟他一起喝一喝酒。贫协主任一听当然很乐意奉陪。其实贫协主任并没有太大的酒量，但马杰还带来了一盒沙丁鱼罐头，这盒罐头非常诱人，贫协主任想，自己当然不能只吃人家的罐头而不喝酒，那样会显得过于嘴馋，于是，他为了这盒沙丁鱼罐头也就只好硬着头皮陪马杰喝起来。

就这样喝了一阵，贫协主任很快就醉了。

马杰伸手推一推，见贫协主任已睡过去，就起身来到牲口棚。

黑七这天晚上的食欲很好，一直在悠闲自得地吃着草料。这时，它一抬头看见马杰，先是愣了一下，接着就本能地向后倒退了几步。马杰并没有说话，走过来解下缰绳，就将它从牲口棚里牵出来。他神不知鬼不觉地将黑七牵到村外，又来到那条水渠的边上。这时黑七已闻到马杰身上的酒味，立刻就有了一种不祥的预感，它一扬脖颈张嘴想叫，却立刻被马杰用事先准备好的笼头套住嘴。马杰将它牵到石板桥的下面，把缰绳拴在水边的一根木桩上，然后就将手里的鞭子轻轻抖开。马杰事先已将这根鞭子作了处理，在鞭梢上拴了一块一寸左右宽的牛皮。他先在水里把鞭子蘸了一下，然后走到黑七的面前，看着它说，我真不明白，你为什么总跟我过不去？

这时黑七的眼角已经耷拉下去，嘴里紧张得不停地嚼着。

它瞥一眼马杰手里的鞭子，两只耳朵颤抖着扭了几扭。

马杰又说，我知道你害怕了，可现在已经晚了，我对你一直是一忍再忍，可你总以为我好欺负，你现在把我搞到了这步田地，我已经无法再在这村里待下去了，还有彩凤，她怎么惹着你了？你干吗要把她也扯进来？马杰说着哼一声，又用力点点头，你一个畜生能把我折腾成这样，你也够有本事了，好吧，今天咱们就把这笔账好好算一算吧。

他说着突然用力一甩，就把鞭子抽下来。他的鞭子抽得很讲究，只有那块鞭梢的牛皮挂着风声落到黑七的身上，而整条鞭子却没有发出一丝声响。由于这块牛皮很宽，所以落到黑七身上也就只留下一块灰白的印迹，倘若不仔细看几乎看不出来。但疼痛却是一样的，黑七的身上立刻抖了一下，马杰的鞭子接着就像雨点般地落下来。他抽打得很有条理，也很均匀，黑七的身上渐渐地就出现了排列整齐的印迹。马杰在这天夜里就这样往黑七的身上抽打一阵，去水渠里蘸一下鞭子，接着再继续抽打。直到后半夜，他才终于停下手，将鞭子在木柄上缠了缠，然后走到黑七的面前说，我希望今天夜里的事，你能牢牢记住，下一次可就没有这样简单了。他这样说着，又用手拍了拍黑七那颗硕大的头颅，但这时，黑七反而平静下来，它盯着马杰，突然眯起眼，又在眼角皱出了一些鱼尾纹。

好吧，你就笑吧，马杰点点头说，只要你有胆量，咱们就走着瞧。

他这样说罢，将鞭子插进身后的腰里，就将黑七悄悄地牵回来。

第二天早晨，贫协主任酒醒之后来牲口棚里添草料，突然发现黑七的身上起了变化。黑七原本是纯黑的，这时却不知怎么变成了灰驴，而且不是正灰，隐约还能看到一些泛红的斑点，似乎一夜之间就成了一头雪花青。贫协主任以为是自己看花了眼，走到近前又仔细观察一阵，就发现了一件更奇怪的事情，黑七的脸上竟然还是本色，而且一头乌黑的皮毛显得更加油亮。贫协主任觉得这件事非同小可，恰在这时，胡子书记和大莲队长来到牲口棚。胡子书记和大莲队长先是很认真地看了看黑七，也没看出究竟是什么问题。但就在这时，胡子书记突然闻到贫协主任的身上有一股酒味，立刻问他，你昨晚喝酒了？

贫协主任点点头，说喝了一点。

大莲队长一听也立刻警觉起来。

于是问，昨晚，还有谁来过这里？

贫协主任迟疑了一下才说，知青马杰。

大莲队长和胡子书记对视一下，当即就奔知青集体户来。

马杰这时还没有起床，仍然仰在炕上酣然大睡。胡子书记一走进来就闻到一股浓重的酒气，于是上前一把拽起马杰，沉着脸问，你昨晚去牲口棚，都干了啥好事？

马杰坐起来，揉揉眼，愣了一下才看清是胡子书记和大莲队长。

他懒散地说，我现在，还能干什么好事。

大莲队长问，你去跟贫协主任喝过酒吗？

马杰说，喝了，心里烦，喝一点酒散散心。

大莲队长又问，黑七的身上是怎么回事？

马杰说我是跟贫协主任喝酒，又不是跟黑七，它的事我怎么知道？

胡子书记明白了，马杰是无论如何不会承认的，而且，他也实在想不出马杰究竟用了什么手段才使黑七变成这样的，于是说，好吧，你赶快起来，抓紧时间收拾行李吧。

去哪？马杰有些奇怪。

去工地。胡子书记说。

胡子书记告诉马杰，公社马上要动工挖一条排灌渠，已经下发通知，让每村至少派一名劳力，还要出一头牲畜，立刻去工地报到。这时大莲队长也缓下口气，对马杰说，你现在的情况，自己心里应该最清楚，这一次闹出的事在村里影响很不好，非常不好，我已经派人把彩凤送去了她姨家，你这一阵也不要待在村里了，就先出去挖渠吧。

马杰听了想一想，觉得这对自己倒是一件好事。

胡子书记又说，关于派牲畜的事村里也已研究过了，就让黑七跟你去。胡子书记盯住马杰，又意味深长地说，虽然这一阵，黑七跟你闹出一些事来，可毕竟一直是你用它，你们彼此熟悉，况且它在村里除去拉车也没别的用处。马杰一听是黑七，立刻要说什么，胡子书记却冲他摆一摆手，说别的话就不要再说了，这件事已经决定了。

马杰这次来工地时就已有预感，后面可能还会出事。

但让他没有想到的是，这一次闹出的事竟然不可收拾。

马杰对我说，其实在他出来前，北高村的贫协主任就已提醒过他。贫协主任对他说，他早已看出来，黑六和黑七这两头驴的心计太深，不知是不是它们出身的缘故，好像总跟人民公社不是一条心。贫协主任指着自己的那条断腿告诫马杰，驴要歹毒起来可比人厉害，尤其这头黑七，表面看着不声不响，心里更比黑六深得没底，带它出去可千万要小心。

这一次挖渠任务，我也被南高村派出来，但与我一同出来的还有一个当地农民，所以牲畜的事也就不用我去操心。关于黑七，马杰早已对我说过一些，因此我对它并不陌生。我很认真地观察过这头黑驴，却没看出有什么特别，我甚至觉得它比一般的驴还要猥琐，看上去不仅没精打采，还有些呆头呆脑。按公社规定，各村派出的劳动力工地上是统一管饭的，但牲畜不管，要自己解决。马杰虽然也带来很多饲料，却从不喂黑七，他将这些饲料都拿去跟附近村里的农民换了旱烟和地瓜烧酒。马杰说对黑七这种畜生就要采取虐待的方式，如果让它吃饱喝足，它就又会有精神生出一些事来。所以，他只是将它牵来附近的水塘边，喂一些树枝树叶或塘里的水草。这些东西黑七当然难以下咽，马杰却并不在意，爱吃不吃，渴了就让它喝水塘里的水。这是一个死水塘，青黄色的塘水已有些发臭，上面还漂了一层肮脏的浮萍。有时黑七宁肯伸着头去舔吃那些水面上的浮萍，也不愿吃树叶。

就这样，黑七很快瘦下去，渐渐地连肚子两侧的肋骨也显露出来。

最先发现问题的是工地上的质检员。质检员姓杨，来公社之前也曾在村里喂过牲畜，因此对这方面很在行。杨质检是从黑七的粪便里看出问题的，于是一天傍晚就来找马杰，问他这头驴是怎么回事？马杰有些奇怪，说没什么事啊，很正常。

杨质检摇摇头说，可是看它的粪便，好像不太正常。

杨质检问，你每天给它喂的，是什么饲料？

马杰说牲畜还能喂什么饲料，当然是草料。

杨质检问，哪一种草料？

马杰说就是一般的草料。

杨质检说不对，我怎么看着好像还有树叶。

马杰一听笑着说，可能是它自己从地上捡着吃的。

杨质检点点头，说这样最好，现在工程很紧，上级要求的时间更紧，所以不仅是人，牲畜的任务也很繁重，一定要让它们吃好喝好，还要注意它们的休息，这样才能确保工程正常进行。杨质检临走时又特意叮嘱，你要注意了，这头黑驴的肚子好像有问题。

黑七的肚子确实有了问题。由于马杰经常给它吃一些树叶水草之类的东西，又喝塘里的脏水，黑七很快就拉起稀来。黑七拉稀也与众不同，它的肚子里似乎胀满了气体，每次拉稀前总要先放一个很响亮的屁，然后东西才随着气体一起喷出来，看上去就像一团黄色的烟雾。如此一来，这也就给马杰增添了许多麻烦。这条排灌渠其实就是一条河道，按设计要求不仅具有相当的宽度，深度也达五米左右，因此岸坡就非常陡峭，从渠底挖了泥，仅凭人的力量根本无法用手推车推上来，必须要用牲畜在前面拉。马杰将黑七的绳索拴得很短，这样便于他一边推车一边用鞭子抽打。但黑七在拉坡时一用力，往往憋不住肚子里的气体和稀屎，就经常会直接喷向在后面推车的马杰。如此一来马杰就要时时提高警惕，每当听到很粗闷的一声，立刻就要低下头去迅速将自己藏到车后，接着他的头顶上也就会出现一片昏黄的雾气，这让马杰苦不堪言。

发生这件事是在工程接近尾声的时候。这时水渠已挖到最底层，地下水也渐渐渗出来，因此工程也就更加艰难，大家不再是挖泥，而是用铁锹在水里捞泥。那是一个上午，当时马杰正赶着黑七爬坡。岸坡不仅泥泞，也越来越湿滑，就在黑七快要爬到坡顶的一瞬间，它突然站住了，四个蹄子用力在地上刨着不停地打滑。马杰立刻看透了它的心思，以往黑七也曾耍过这样的伎俩，爬坡时故意表现出筋疲力尽的样子，上去卸车后好趁机休息一下，但这一次马杰却不想让它休息。就在前一天的晚上，工地刚刚为劳力们"加钢"，所谓加钢也就是改善伙食的意思，每人一大碗油汪汪的炖肥肉，外加八个浑圆雪白的硬面馒头，因此马杰这时仍然浑身是劲，马杰抡起鞭子就朝黑七抽了一下。他这一下非常狠，正抽在黑七的耳根上。马杰当然知道，牲畜的耳根是轻易不能抽打的，由于这里过于敏感，牲畜往往会因为突然的疼痛而受惊。但是，马杰故意要这样做，他就是想警告一下黑七，让它明白，他已看透了它的小聪明。黑七挨了这一鞭子突然一愣，然后把身体微微地向后顿了一下。这时它的四个蹄子已深深地插进泥里，浑身的骨头也将毛皮用力地绷起来。它慢慢回过头，朝马杰看了看。

马杰突然发现，它的眼角又皱起了一些鱼尾纹。

他原本已经又一次举起鞭子，这时突然停住了。

也就在这时，黑七将身体猛地一缩，又用力向前一蹿。它的用意显而易见，是想故伎重演再一次从辕套里钻出去。但马杰已接受了上一次的教训，事先早有防备，将黑七牢牢地在辕套里拴死了。如此一来事情也就更加严重，黑七拉着车原本是绷紧气力的，这时稍一松劲，泥车立刻就顺着岸坡开始向下溜去，而且越溜越快。待黑七意识到自己根本无法从辕套里钻出去，再想将车控制住时已为时已晚。于是，这辆装满湿泥的手推车就拖着黑七一直向下冲去，接着又猛地一颠，便裹挟着马杰一起翻下沟底。马杰的两手仍然紧紧抓住手推车的把手，他只觉天旋地转，很快就被一股巨大的力量抛向一边。

马杰这一次险些丢了性命。他从泥里被挖出来时，耳朵、鼻子和嘴里都已塞满了泥浆，憋得几乎透不过气来。杨质检立刻指挥大家拉过一根胶皮管，将其接到一台抽水泵上用力朝他冲了一阵，直到将他冲出本来面目，又狠狠打出几个喷嚏，吐出一些泥沙为止。

但是，黑七却没有这样走运，它的一条前腿被砸断了。

马杰已有预感，这一次的事还刚刚只是开始。

他对我说，这种预感是回北高村以后才有的。

在那个出事的上午，工地的杨质检亲自用一台拖拉机将马杰和黑七送回村来。北高村的知青集体户是在村口，所以杨质检没有进村，直接就将马杰和黑七拉来集体户。马杰送走杨质检，回到集体户的院子时，突然发现黑七又站在了门口那面墙壁的前面，正冲着墙上的那张驴皮发愣。它的两个耳朵软耷耷地垂下来，鼻孔里发出喘息声，那条伤腿还不时地往上抬一抬，似乎想触摸一下墙上的那张驴皮，但这驴皮挂得实在太高了，它触摸不到。它的眼里似乎蒙了一层雾气，接着就有一些像泪水一样的浑浊液体流淌出来。马杰走到它跟前，抓住缰绳用力拽了拽，想把它从这张驴皮的前面拉开。但他使劲拉了几下，却没有拉动，黑七仍然执着地朝墙上看着，四个蹄子像是钉在了地上。

黑七突然回过头，盯住马杰一下一下地看着。

马杰与它的眼神碰到一起，不禁也愣了一下。

就在这时，胡子书记和大莲队长带着几个村干部来到集体户。他们正在村里开会，研究秋收的事，听到消息就立刻赶过来。胡子书记先询问了一下马杰和黑七的伤势。马杰说自己倒没有太大问题，只是肺里呛了一些泥水，还有些咳嗽，身上和腿上也被砸了几处，并没有伤到筋骨。但贫协主任很快便发现，黑七的问题却很严重。贫协主任将它的那条伤腿搬起来看了看，发现已断成三截，于是摇摇头说，这畜生废了，以后没啥用了。

胡子书记还有些不死心，看了看贫协主任。

要不要……再牵到公社兽医站看一看？

大莲队长也说，牲畜的事，最好慎重。

马杰却在一边说，不用看了，没用了。

没用了？大莲队长问。

没用了，马杰说。

胡子书记和大莲队长商议一阵，然后，胡子书记就点点头说，好吧，看来杀是一定要杀了。

大莲队长说，喂一喂也好，秋天正是牲畜上膘的时候。

胡子书记看一眼马杰，说，等喂得肥一些，还是由你来杀吧。

就在这时，谁都没有注意到，站在旁边的黑七慢慢抬起头，朝胡子书记和大莲队长这边看了看，又用力瞥一眼马杰和贫协主任，然后转过身，就一瘸一拐地向门外走去。

接下来的事情就更有了一些传奇色彩。

马杰对我说，这件事确实令人不可思议。

那时已是初冬季节。田里的粮食收到场上，都已用苇席一垛一垛地囤起来。马杰因为身体还没有完全康复，就被派到场上守夜。在那个出事的夜晚，马杰确实感到有些异样。就在这一天的下午村里刚刚做出决定，第二天上午，要由马杰动手杀掉黑七。尽管马杰一再向村里提出，他的身体还很虚弱，杀黑七不是一件简单的事，恐怕自己还没有这样的气力。但胡子书记的理由却似乎更加充分。胡子书记说，首先，当初黑六就是由你杀的，而且事实证明，你这种砍头的方法也很好，不仅可以使牲畜少受痛苦，浑身的血一下被放出来，肉也更加好吃。再有，胡子书记说，让你来杀黑七应该也最合适，黑七这段时间没少跟你找麻烦，起初大家还怀疑，是不是你对村里有什么意见才故意在黑七的身上出气，但现在看来，应该不是这么回事，而且经公社的杨质检证实，这一次在工地上，黑七还差一点就要了你的命，所以，胡子书记说，让你杀黑七也正好可以出一出心头的闷气。胡子书记最后又说，还有一点也很重要，村里人都不愿动手杀牲口，这你应该是知道的，所以让你来杀也算是为村里做了一项工作，大家的心里都有数，对你自然是很感激的。

马杰听胡子书记这样一说，也就不好再说什么了。

在出事的这天夜里，天很阴，到后半夜时还飘起了细碎的雪花。马杰像往常一样，先去四周巡视了一遭，看一看没有什么事，就在场边点起一堆火，然后掏出一瓶地瓜烧酒独自喝起来。这时四周万籁俱寂，只有远处的田野里偶尔传来土獾或黄鼬的叫声。马杰喝着酒，忽然想起彩凤，心里就不免有些伤感。据大莲队长说，彩凤的姨家是在关外，她的姨已在那边又给她找了一个对象，而且很快就要结婚了。

马杰想，他和彩凤也许今生今世都不会再见面了。于是他就又想到了黑七，他觉得他和彩凤的事弄成今天这样完全是黑七造成的，他怎么也想不明白，这个黑七不过是一头驴，它为什么会对自己怀有如此刻骨的仇恨。

马杰正想着，忽然听到一阵轻微的笃笃声。

这声音时断时续，又非常清晰，似乎越来越近。

他慢慢回过头，朝黑暗里看了看，就看到了黑七。

黑七显然是啃开缰绳溜出来的。它的一条前腿仍然高高地抬起来，走路的样子有些奇怪，像在跳一种舞蹈。这时，它走到马杰的面前，歪起头很认真地看看他。马杰借着火光突然发现，它的眼角又皱起了一些鱼尾纹。它的脸已明显地胖起来，因此这些鱼尾纹看上去也就更像是一种很怪异的笑纹。马杰慢慢站起来，也盯住它看着，就这样对视了一阵，黑七就慢慢转过身，不慌不忙地朝着附近一间堆放工具的土屋走过去。在那间土屋的门口放着两个巨大的油桶，黑七走到一个油桶跟前，低下头去用力顶了一下，又顶了一下。就在这时，马杰突然有了一种不祥的预感，他立刻朝那边扑过去，但是已经晚了，那个油桶被顶得晃了几晃，咕咚一声就倒在了地上，里面的柴油立刻汹涌地流淌出来。接着，黑七又做出了一个更令人吃惊而且不解的举动，它慢慢躺下去，在那流淌的柴油里滚了几下。它身上的皮毛虽然短却很蓬松，所以这样一滚那些柴油立刻就被吸进去。它又滚了一阵，之后用力站起来，然后就一瘸一拐地朝马杰走过来。它的那条前腿仍然高高地抬着，似乎在挥舞着一个拳头。马杰突然明白了，立刻转身朝场边跑去。在那边堆放着两垛秫秸，而秫秸垛的旁边就是一囤一囤的粮食。但黑七的动作却比马杰更快，尽管它瘸着一条腿，看上去仍然异常灵活，它只在那堆火上一跃而过，身上就立刻燃烧起来。接着，它一扭头就猛地朝马杰直冲过来。马杰向后倒退了两步，转身朝着粮垛相反的方向跑去。事后他对胡子书记和大莲队长说，他这样跑当然是想将黑七引开，因为他已明白了它的企图，他决不能让它的阴谋得逞，更不能眼看着贫下中农辛苦一年的劳动果实付之一炬。但是，他却告诉我，他当时这样跑其实已是慌不择路，倘若他再跑慢一点浑身燃烧的黑七就会朝他撞过来，而那样他的后果也就不堪设想。在那天夜里，马杰就这样不顾一切地向前狂奔着，黑七则跟在后面紧追不舍。黑七身上的火焰越烧越旺，几乎将村外的田野映得通亮。直到马杰在村外绕了一圈，又跑回知青集体户，黑七追到门口终于无法再跑了。这时它的身上已着起了熊熊大火，皮下的油脂吱吱流淌着，耀眼的火焰一直升腾到半空。它就那样站在知青集体户的门外，睁大两眼瞪着惊魂未定的马杰，那条伤腿仍在一下一下地用力挥动着……

天亮时，雪已越下越大，清新的空气里弥漫起一股肉香，但这香味有些奇怪，隐约地含着一些焦煳味，似乎还混有一些柴油的气味。北高村的人们寻着这气味来到村外，就赫然看到了黑七。这时的黑七仍站在大雪里，身上只剩了一具灰褐色的骨架。这骨架还在冒着一缕缕坚硬的青烟，就那样硬挺挺地站立在雪地里。

烟盒上的月光

1

于非有一个皮制烟盒。据他说，这个烟盒是用公牛生殖器的外皮制作的，所以看上去细细腻腻的很别致，闻着似乎也有一股特殊味道。那时中学生还严格禁止吸烟，吸烟的多是流氓学生，用今天的话说也就是讲求时尚的学生。于非一向很规矩，从没有流氓行为，但他很讲究时尚。他那时经常在学校的厕所里吸烟，因为厕所里的气味重，可以将烟味遮盖住。我曾经见过他吸烟时的样子，他总是将身子斜倚在厕所的窗前，一边跟蹲着屙屎的同学闲聊，一边从上衣兜里掏出那个皮制烟盒。他打开烟盒的姿态也很优雅，把烟盒放在掌心，用中指轻轻一抠弹簧啪地弹开，从里面捏出一支烟叼在嘴上，看上去有一种漫不经心的懒散。那时的香烟一般还不带过滤嘴，但于非总习惯用牙齿咬在嘴上，点燃之后甩掉火柴，再深深地吸一口。他喷吐烟雾的样子很老练，从嘴里吐出来立刻就被鼻孔吸进去，然后再吐出来再吸进去，一口烟可以这样循环很多次。他吐烟圈也很在行，能将旋转的烟圈一个接一个地套在一起。何军却对此表示不屑。他曾跟于非打赌，说于非一口气吐出的烟圈最多不会超过8个。于非听了只是笑一笑，他问何军，如果自己吐出8个以上的烟圈怎样说？何军低头想一想，一时想不出自己的身上能有什么可以用来下赌的筹码。何军跟于非这样打赌是在课间休息的时间，何军正蹲在茅坑上屙屎。于是于非说，这样吧，如果我能吐出8个以上的烟圈，你就蹲在这里不准起来，一直蹲到放学。何军听了当即表示同意，但立刻又问，如果你输了呢？于非想了想，将手里的皮烟盒一掂说，如果我输了，这个烟盒就归你。当真？当然当真。何军显然低估了于非喷吐烟圈的技艺，这一次打赌，于非竟一口气吐出十几个烟圈。那些淡蓝色的烟圈大大小小地套在一起翻滚着交织着，漂浮在厕所的空中非常壮观。最后的结果当然是我们都去上课了，只留下何军蹲在厕所里，就这样一直蹲到下课，蹲到放学，他才艰难地从茅坑上站起来，提上裤子跌跌撞撞地从厕所里出来。这时我们的班主任夏老师也正在寻找何军。她一见何军从厕所里出来立刻叫住他，问他这两节课去哪了？何军想不出别的理由，只好如实地告诉夏老师，他一直蹲在厕所里。夏老师听了感到奇怪，问蹲在厕所里干什么？何军就说出他和于非打赌的事情。夏老师听了立刻吃惊地睁大两眼。她感兴趣的并不是何军和于非打赌的内容，而是于非手里的那个皮制烟盒。于是她当即就将于非找来。夏老师找到于非并没立刻说出什么事，只是让他自己交代。于非说，是不是抽烟的事。夏老师说不止这些。于非又说，那就是跟何军打赌的事。夏老师说还有。于非很认真地想了想，说没有了，实在想不出还有什么事了。夏老师这才问，那个烟盒是怎么回事？夏老师见于非似乎没有听懂，就又提醒说，就是那个皮制的烟盒，棕色的皮制烟盒。于非立刻就不再说话了。于非当然听懂了，他只是没料到何军竟会如此卑鄙，将这样的细节都告诉了夏老师。夏老师慢慢伸出手，意思是让于非主动交出那个烟盒。于非无奈，只好不情愿地将烟盒拿出来交给夏老师。夏老师一见到这个烟盒表情更加吃惊起来，她将烟盒拿在手里反复看了看，又抬起头看看于非，然后才问，你这个烟盒……是从哪里来的？于非当然说不出这个烟盒是从哪里来的，他想想说，是自己买的。

夏老师听了冷冷一笑，就将他带到学校的政教处来。

政教处的安主任一见于非立刻也皱起眉头。安主任在不久前刚刚因为一件很恶劣的事情处理过于非。安主任在一次全校大会上给大家讲话，提到遵守纪律的问题时说，表面不遵守纪律是不遵守纪律，暗地里不遵守纪律更是不遵守纪律，尤其是那些“臭老九”家庭出身的人，更要注意。安主任所说的“臭老九”是指知识分子。那时将社会职业分为 9 大类，而知识分子是最为人们所不齿的第 9 类，所以在当时就被蔑称为“臭老九”。安主任说，那些“臭老九”们仗着自己比别人多懂一点知识，就经常在暗地里搞一些阴谋诡计对抗无产阶级专政，所以这种人更值得注意！安主任说到这里就点了于非的名。安主任警告于非说，不要以为自己的父母是知识分子就自以为是，就看不起老师，就在学校兴风作浪，其实知识分子是什么？是狗屎！安主任的话立刻引起大家的哄笑。当时于非面无表情地站在下面，没说任何话。但是当天下午安主任就出了事。当时安主任正站在自己办公室的门口，掏出一支烟点燃，但刚刚吸了一口，突然叭的一声爆响，那支烟就在他手里炸开了，幸好安主任正好将烟从嘴边拿开，否则后果不堪设想。显然，这支烟里被人放了爆竹。安主任立刻怀疑这件事与于非有关，却又找不出任何证据，而且于非平时一向斯斯文文的也不像是干这种事的人。但安主任最后还是找了一个理由，让于非停课，在操场的太阳底下狠狠地站了一个下午。

在这个中午，安主任一见夏老师拿来的这个皮制烟盒立刻也吃了一惊。他经过仔细辨认，确定这个烟盒正是自己在不久前刚刚丢失的那一个。据安主任说，这个烟盒还是一个朋友送给他的，但他还没有用，只在办公桌的抽屉里放了一天就不见了。可是让安主任感到百思不得其解的是，他把这烟盒锁在自己的办公桌里，而抽屉又丝毫没有被撬动过的痕迹，于非又是用什么办法将这个烟盒偷走的呢？于非当然不承认这个烟盒是他偷的，他说是在学校的操场上捡的。他为安主任分析，很有可能是偷窃者误将这个皮烟盒当成了皮钱夹，等拿出来才发现并不是钱夹于是就随手丢弃在外面了。但于非这样说显然不符合情理，且不论这个皮烟盒的外形与钱夹有多大差异，就算是偷窃者看错了，也不会舍得将一个做工如此精美的烟盒随便扔掉。于非面对夏老师和安主任的诘问，最后不得不如实说出，这个烟盒的确是他拿的，就是在安主任办公桌的抽屉里拿的。这一来就越发勾起了安主任的好奇心。安主任一定要于非再演示一下，他想看一看，于非当时究竟是用什么方法从抽屉里拿出这个烟盒的。于是于非就在安主任的办公桌跟前蹲下来，缩起头钻到里面去。于非从底下钻到办公桌的中间，然后从抽屉的后面伸进手去，轻而易举地就又拿出一些东西来。这显然是一个超出常人想象的偷窃方法，安主任看了立刻大吃一惊，他没有想到，自己看似很坚固的办公桌竟然也有这样大的漏洞，更没想到这个叫于非的学生竟会有如此高超的偷窃技艺。

于非最终为这个皮制烟盒付出了代价，被学校给予严重警告处分。

但是，事情还并没有到此为止。细心的人不难发现，在这件事的过程中还存在着一个很微妙的逻辑问题。据安主任说，这个皮烟盒是一个朋友送给他的，他一天还没有用就在抽屉里被人偷去了，这也就是说，他有这个烟盒应该并没有人知道，可是我们的班主任夏老师在得知于非的手里有一个皮制烟盒之后却立刻就准确地说出了这个烟盒的颜色，而且在看到这个烟盒时竟一下就认出是安主任的，她又是怎样知道的呢？应该只有一种解释，夏老师很可能早就知道这个烟盒。而如果再进一步想，这个烟盒会不会就是夏老师送给安主任的呢？我们的夏老师是一个很漂亮的女人，丈夫长年在外地工作，而政教处的安主任则是一个清清瘦瘦很帅气的男人，虽然早有家室，却经常因为学校的事住在教师的单身宿舍里，平时也经常跟夏老师一起研究工作，有的时候还研究到很晚，这就不能不让大家往多处想一想了。但接下来随着事情的发展，人们很快就无暇再去猜想夏老师和安主任的关系了。安主任在查出于非偷窃自己皮烟盒的事情以后，没过多久又突然检查了他的书包，这一查就又查出了一些奇奇怪怪的东西。其中有一支钢笔最引人注意，这是一支“英雄”金笔，在笔杆上还镌刻着一行小字：“奖给市级劳动模范朱大成同志。”这也就是说，这支金笔原来的主人应该是一个叫朱大成的市级劳动模范。安主任立刻问于非，这个朱大成是谁，跟他是什么关系？

于非支吾一下，想了想一时回答不上来。

安主任又问，这支金笔，是从哪里来的？

于非眨一眨眼，仍然无法解释。

于是，安主任当即就对这支金笔展开了调查。

这件事的线索显而易见。那时的市级劳动模范就像今天的歌星或娱乐明星，经常会在报纸或新闻广播里露面，因此安主任没费多大气力很快就找到了那个叫朱大成的市级劳模。经朱劳模仔细辨认，这支“英雄”金笔果然是他的。但朱劳模说，他的这支金笔是被人偷去的，至于具体是怎样偷的，他至今仍还想不明白。朱劳模回忆说，他在不久前的一个星期天带着自己的儿子去劝业场逛街，经过一个书店时，儿子一定要进去买一套书，这让他很生气，他训斥儿子说花钱买书是最不值得的事情，书上又没有告诉怎样盖大楼怎样造机器，现在是工人阶级领导一切，你将来应该做一名光荣的工人，不要学那些知识分子的臭样子整天去啃书本。他正这样说着，忽然有一个年轻人迎面走过来，只轻轻碰了他一下，等他回家之后就发现这支别在胸前的金笔不见了。安主任听了点点头，问朱劳模是否还记得这个年轻人的样子。朱劳模想一想说，应该还有一点印象。于是安主任当即就将朱劳模请来学校，让他来我们班上辨认。朱劳模一下就认出来，果然正是于非。安主任送走朱劳模立刻将于非叫来办公室，问他这究竟是怎么回事？于非先是沉默一阵，接着就承认，这支金笔的确是从别人那里得到的，但他说并不是偷，这只是一个误会。于非说，他那天去新华书店买了一张世界地图，卷在手里出来时无意中与一个中年男人碰了一下，结果回来后就发现，在这卷地图上竟然挂着一支金笔。安主任听了将信将疑，当即让于非演示一下当时的情形。于是于非就将一卷报纸竖着拿在胸前，与安主任擦肩而过时只轻轻一碰，安主任别在上衣兜里的钢笔竟真的被于非不动声色地用报纸挑过去了。但是，于非所说的误会显然并不成立。可以想象，一个人的手里拿着一卷地图，如果不是出于故意是无论如何也不会将别人胸前的钢笔挑过去的。而就在这时，何军又一次主动来政教处作证。他告诉安主任，于非在此之前还用这种办法偷过学校别的老师的钢笔，曾经有人表示不相信，他还在班里为大家做过示范表演。何军说，于非的确只用一卷报纸就可以轻易地将人家别在胸前的钢笔挑过去。

这一次事后，学校对于非的处理又加重了一步，由严重警告改为记大过处分。

于非对此没说任何话，他只是问何军，你就这样恨我吗？

2

于非的第二个烟盒是一个黄色的金属烟盒，亮闪闪的。那时的电镀工艺还很简陋，这种颜色的金属除去镀金，里面还有一种物质叫电化铝。但据于非讲，这个烟盒绝不是电化铝的，而是真正的镀金，18K的。他为了证实自己的话，还特意用牙齿在烟盒上咬了一下。他解释说，一般的电镀有很强的硬度，而镀金则不然，镀金相对要软一些。他说罢将烟盒拿给大家看，烟盒上果然有几个清晰的牙印。但是，当于非在何军的面前摆弄这个烟盒时，何军却立刻鼓起两眼盯住于非手里的烟盒。他看了一阵当即断定，这个烟盒是他父亲的。他告诉大家，他甚至可以说出这个烟盒的来历。何军说他父亲当年曾参加过中国人民志愿军，去朝鲜抗美援朝时认识了一个朝鲜人民军的副连长。后来这副连长牺牲了，在临死前将这个烟盒送给了他父亲。当然，我们的心里都很清楚，何军关于他父亲的这段经历只说了一半，实际情况是，何军的父亲在那个朝鲜人民军副连长牺牲后，又曾去他的家里看望过他的妻子，而且后来还跟那个朝鲜女人发生了一段恋情。按当时中国人民志愿军的军规，志愿军士兵是绝不允许与当地妇女有任何感情瓜葛的，何军的父亲为此受到很严厉的处分，并提前回国转业了。我们想，如果这个烟盒真是何军父亲的，那么就应该是当初那个朝鲜女人送给他的定情物。于非当然不同意何军的这种说法。于非说，如果何军说的话确实属实，那么这个烟盒就应该是朝鲜的，但烟盒上并没有朝鲜文字，怎么能说明是朝鲜的呢？何军说朝鲜的东西并不一定都有朝鲜文字。于非立刻说不对，你见过哪样朝鲜的东西没有文字呢？于非告诉何军，这个烟盒是一个铁匠铺的铁匠送给他的，据这铁匠说，他的师傅当年是一个很有名的首饰匠，这个烟盒就是他师傅亲手制作的。所以，于非说，在这烟盒上不可能有朝鲜文字。

于非和何军这样争执时，已经是在农村。

于非原本是可以不插队的。他有一个哥哥去了黑龙江的生产建设兵团，按当时的政策，他应该留在城里分配工作。但于非因为那个皮烟盒的事曾受过学校处分，而更严重的是，由于这个皮烟盒还牵扯出了我们班主任夏老师与政教处安主任的微妙关系，这给夏老师和安主任带来很多麻烦，也让安主任很恼火。于是安主任就以于非的家庭有政治问题，本人也有严重的资产阶级思想，应该去农村接受贫下中农改造为由，让他和我们一起下乡插队了。何军也和我们一起下来，而且分到同一个村里。何军插队是因为他的父亲。他父亲不仅在抗美援朝时犯过生活作风方面的错误，而且还是投诚过来的国民党兵，因此被认定有严重的历史问题。因此，尽管何军在学校时一向表现很积极，不仅在政治上要求进步，在努力为班里工作的同时还经常向老师汇报一些同学的动态，但最后还是和我们一起下来了。

于非和何军关于这个金属烟盒的争执最终也没有一个结果。但何军始终为此事气不过，他认定是于非到他家去玩时，趁他不注意时随手将这个烟盒抄走的，于是就将此事汇报给我们村的马书记。我们村的马书记是一个40多岁的男人，看上去似乎很精明，其实头脑却经常犯糊涂，而且是一个很爱贪小便宜的人。我们来村里之后，不知何军暗里给了他什么好处，平时就总是对何军格外关照。马书记听了何军说的这件事倒并不以为然。马书记对何军说，现在村里人对你的印象都很好，认为你虽然家里有这样或那样的政治问题，但本人表现积极，在生产队里不仅埋头苦干，也能跟贫下中农打成一片，所以，马书记提醒何军，生产队正准备让你去负责村里的小卖店，你可不要在这种时候因为一点小事再生出别的枝节来。何军接受了马书记的忠告，果然没再纠缠此事。但没过多久，于非的那个金属烟盒就被人莫名其妙地踩扁了。于非是在一天早晨发现这个被踩扁的烟盒的。在前一天晚上，他发现烟盒突然不见了，当时也没太在意，但第二天早晨就在屋子的门口发现了这个烟盒。发现这烟盒时是在几片高粱叶子的底下，已经被人踩成两块薄薄的铁片，这就使人很难判断，既像是被人无意中踩的，又像是被踩过之后，故意用高粱叶子遮盖起来做出的一种假象。

于非捡起这个烟盒只是看了看，没说任何话就随手扔掉了。

接下来没过多久，我们村里的小卖店就发生了失窃案。

3

这时何军已经接管小卖店的工作，刚刚将账目整理清楚。

经查看，被窃物品主要是香烟。当时小卖店里卖的香烟有四种牌子，“战斗”、“永红”、“恒大” 和 “前门”。其中 “前门” 香烟最昂贵，要三角五分钱一包，也就是三元五角一条，因此被窃的就都是“前门” 香烟。据何军清点，大约丢失了六条。小卖店里一下丢失了20 多元的货物，而且还都是香烟一类高档商品，自然是一件惊天动地的大事。村里的马书记当即向公社报了案。公社专政组的罗组长得到消息，当天上午就冒雨赶来我们村调查此事。罗组长是复员军人，身材不高，但很精干，两个眼睛一闪一闪的有些让人捉摸不透。他当年在部队时曾当过侦察员。关于罗组长，有很多极富传奇色彩的传说。据说当年有一次，在我国某沿海地区的沙滩上发现了一条橡皮艇，经检查分析，很可能是美蒋特务偷渡登岸时丢弃的。于是上级就派当时罗组长所在的侦察连去参加搜捕行动。那时的罗组长还是罗班长，罗班长带领战士在附近的一座山上一连搜索几天，但由于山高林密地形复杂，一直没有发现敌人的踪迹。一天深夜，罗班长率领几个战士来到一片橡胶林，突然，他耸耸鼻子，回身做了一个手势，战士们立刻散开就将树林包围起来。果然，天亮时就从树林里搜出几个美蒋特务，其中一个还是中央情报局的少校副组长。事后开庆功会时，部队首长让罗组长讲一讲，他在那天夜里是根据什么判断出敌情的。罗班长说其实很简单，他当时闻到一股梳头油的气味，战士们都是短平头，而且部队有规定，平时不准涂抹这类东西，当地老百姓则都是渔民，也不会用，而在这种偏僻的山林里，又是深更半夜，自然更不会有卖梳头油之类的小商贩，所以他当即断定，应该是敌人潜藏在这里。罗班长的这段英雄事迹后来被广为流传。当时曾有一本连环画叫《寂静的山林》，讲的是解放军侦察兵智擒美蒋特务的故事，据说就是根据罗班长的事迹编写的。后来罗班长从部队复员回来，专门负责公社专政组的工作，又一连破获了几起重大的刑事案件，因此他的名气也就越来越大，还经常被县里调去协助破案。

在这个下着小雨的上午，罗组长带人来到我们村。他先对小卖店的现场进行了勘察。小卖店处在村里的十字街口，紧靠大队办公室，后面是一所小学校，应该说是一个比较显眼的地方，现场没留下任何泥水痕迹。罗组长据此推断，窃案应该是发生在前半夜，也就是说，是在下雨之前，但偷窃者还是在一张包装纸上留下了一个残缺不全的脚印。罗组长根据这个脚印的长度和印痕特征分析出，偷窃者是一个男性，身高在1.75米左右。但是，让罗组长感到困惑不解的是，如果仅从印痕看，这个人的体重只有50公斤左右，这显然与从足迹长度推测出的身高不符，因为一个身高在1.75米左右的男人，体重至少应该在70公斤以上。这就出现了两种可能，或者此人很瘦，体重比普通人要轻很多，或者身体比例严重失调，虽然个子不高，却长着一双出奇的大脚。接着，罗组长经过对现场留下的蛛丝马迹进行分析，又得出一个新的结论，罗组长认为，偷窃者很可能是一个知青。罗组长这样推断的依据是，从现场遗留的脚印看，此人穿的应该是一种高腰球鞋，但当地人一般不穿这种鞋。此外，在现场还有很多更实用的生活用品，可是此人都没有动，却唯独选择了“前门”香烟，这就说明，这个人在平时很可能只习惯吸卷烟，而当地人一般都吸旱烟，习惯吸卷烟的大多是知青。经罗组长这样一分析，怀疑目标立刻就集中到我们集体户来。

根据办案常规，罗组长首先考虑的是监守自盗。

小卖店的售货员是何军，而何军正是知青，因此他理所当然地就成为第一个被怀疑对象。罗组长首先利用何军去井台打水的机会远远地观察了一下他的体貌和走路的步态。但罗组长立刻发现，何军的体貌特征与现场的分析结果并不吻合。首先何军的身材比较矮小，只有1.60米左右，其次他走路的样子有些外八字，而更重要的一点还是何军的体重，何军基本是一个矮胖子，体重在70公斤左右，这与对现场足迹的推测结果相比较也大相径庭。这时村里的马书记也为何军辩解。马书记说何军平时并没有吸烟的嗜好，因此不可能是何军。罗组长听了却不同意马书记的这种说法。罗组长说，案犯偷香烟，并不能说明他就一定会吸烟，他也可以将这些香烟拿去卖掉，或者去跟别人换一些对自己有用的东西，这种可能性也是有的。马书记立刻又说，即使这样也不会是何军，因为村里刚刚让他负责小卖店，他不可能自己偷自己，这样只会给他带来很多不必要的麻烦。罗组长听了微微一笑，说这个逻辑还说得通，不过这个何军也可能恰恰利用了这个逻辑，故意反其道而行之，这种可能性也不是不存在。当然，罗组长又说，我们现在这样说还只是初步分析，在没有真正查明事实之前，一切可能都仅仅是可能，而且其他与何军有关联的人也可能会成为被怀疑的对象。正是罗组长的最后这句话，突然提醒了马书记。马书记立刻想起何军在不久前刚刚对他说过的那个烟盒的事，他连忙将此事告诉了罗组长。马书记最后又强调说，据何军说，这个于非在学校时手脚就不干净，还曾经因为偷东西被学校处分过。

马书记的话立刻让罗组长警觉起来。

罗组长稍稍考虑了一下，当即让马书记安排一个机会，想侧面观察一下这个于非。马书记想一想说，要想观察于非很容易，他去田里耪地了，中午收工回来时，只要等在村口的水塘边就可以看到他。罗组长听了点点头，临近中午时，他就来到村口水塘边的一丛灌木后面。等了一支烟的时间，果然就见于非远远地从田里回来了。于非走过水塘时并没有发现罗组长，扛着锄头径直朝集体户走去。罗组长很认真地观察了他一下，发现他的身材与自己的分析倒有些接近，但他体重显然远远超过50公斤了。

4

这一来案情就陷入了僵局。

罗组长开始怀疑，是不是自己对案情的分析在哪里出了问题？比如，是调查方向出了偏差，还是自己对现场脚印的分析不够准确？但罗组长是一个很自信的人。他当年在部队时，最擅长的就是痕迹分析，甚至曾被身边的战友称为鹰眼，一般情况下是不会出错的。罗组长又很认真地考虑了一下，最后决定，开始正面接触我们集体户的人。

罗组长首先接触的自然是何军。

其实罗组长刚刚来到我们村里时，已经向何军了解过一些情况。何军没想到罗组长还会再找自己谈话，一下就有些紧张起来。他不等罗组长提问就先表示，一定会积极配合公社专政组的调查工作，只要是他知道的保证全说出来。罗组长并没有理会他说的话，只是不动声色地问，你叫何军？何军听了立刻感到浑身一紧。他明显意识到，罗组长跟自己说话的口气已经跟先前有所不同，分明带有了一些审问的意味。

于是，他只好点点头，是，我叫……何军。

小卖店售货员？

是……售货员。

出事那天夜里，你在哪？

我在，在集体户。

你平时睡在哪里？

睡在……小卖店。

那天夜里为什么没在小卖店？

我，喝酒了，太晚就没回去。

跟谁一起喝酒？

跟……跟于非。

还有别人吗？

还有几个人。

都是谁？

都是，集体户的人。

你们一直在一起？

是，一直在一起。

后来呢？

后来就都喝醉了。

何军说到这里就委屈地流下泪来。他对罗组长说，不要跟他用这种口气说话，这件事不是他干的，真的不是他干的，他说无论集体户还是村里，很多人都可以为他作证，他在那天晚上已经醉得不省人事，怎么可能还有气力去干那种事呢？何军流着泪说，况且他如果真想拿小卖店里的几条香烟也可以有很多办法，何苦搞得这样满城风雨。

罗组长立刻问，你还有什么办法，说出来我们听听？

何军被这样一问更加慌乱起来，连忙解释说自己不过是打一个比方，并不是真的有什么具体办法。罗组长这才点点头，说好吧，你回去再好好想一想，出事那天在你身边还发生过什么可疑的事情。何军连忙答应，说他回去一定认真地想，仔细地想。这时罗组长的口气也缓和下来，拍拍何军的肩膀说，你也不要有思想负担，我们决不会冤枉一个好人，当然也不会放过一个坏人，不管怎样说事情总会搞清楚的。

罗组长这样说罢，就让何军先回去了。

罗组长接下来又调查了我们集体户的每一个人。在调查过程中，确实证实了何军说的一部分话。在出事的那天晚上，于非不知从哪里弄来一只老母鸡，据他说是一只瘟鸡，去外村办事时从一个当地人手里买来的。于是我们就将这只鸡炖了，又让何军从小卖店带回二斤地瓜烧酒，就这样大家一直喝到很晚。后来何军先喝醉了，接着于非和我们大家也都醉了，所以后面的事就什么都记不清了。不过罗组长还是了解到后来的一个细节，据我们集体户里的一个人回忆说，他半夜起来撒尿时，曾看到于非扶着何军在墙根呕吐。当时何军确实已醉得很厉害，摇摇晃晃几乎站立不稳。这个细节显然没有太大意义。首先，一个人在喝酒之后，醉与没醉是很难辨别的，也就是说，只要他不是喝得太多，即使真醉了也可以硬挺着表现出没醉，同样，他也可以并没有喝醉但出于某种目的故意装成喝得烂醉的样子。其次，经常喝酒的人都知道，即使是真喝醉了只要把手指伸进喉咙轻轻一抠吐出来，立刻就会清醒过来，这是一个常识，因此就算喝醉酒也不能说明就不会再干出别的事来。但如果换一个角度看，这个细节似乎也具有相当重要的意义，它至少将最值得怀疑的对象集中到何军和于非两个人的身上来，因为在那天夜里大家都醉了，只有于非还搀扶着何军在外面呕吐，何军吐完之后发生了什么事情，于非又去了哪里，就没有人能说得上来了。

于是罗组长当即决定，下一步正面接触于非。

5

罗组长凭经验意识到，这个平时沉默寡言的于非不同于何军，跟他接触很可能比较棘手，因此，他在找于非谈话前就做好了充分的思想准备。但让罗组长没有想到的是，跟于非谈话竟然出奇的顺利。于非很配合，态度也很好，在谈话的过程中一直是有问必答。他甚至还主动向罗组长提供了一些新的情况，比如在那天夜里大家喝醉酒之后，何军曾又回小卖店去拿过几包香烟。于非说他记得很清楚，当时已经下起小雨，这也就是说，如果按罗组长的分析，盗窃案是发生在下雨之前的话，那么何军这一次回去拿烟就应该发现失窃了，但他却似乎毫无察觉，回来之后也没说任何话。再比如，于非说，何军第二天早晨酒醒之后就回小卖店去了，当时大约是五点多钟，而他在小卖店里闹起来，说发生了失窃案已是早晨七点多钟的事情，那么这中间的将近两个小时他在小卖店里干了什么，难道就没有发现任何情况吗？

罗组长听了很认真地想一想，觉得于非说的也有些道理。

于是罗组长就又将何军找来，问他关于这两个情况该作何解释。何军听了先是一脸的茫然，想了想才说，那天夜里因为喝醉了，具体的事情已经回忆不起来了，不过他好像确实回过一次小卖店，是于非让他回去的，他当时连灯也没有开，迷迷糊糊地拿了几包烟就又回来了。至于第二天早晨再次回到小卖店的事，由于脑子还昏昏沉沉的也已经记不清了，他只记得一回到小卖店就又趴到床上睡着了，一直到七点多钟醒来时，才突然发现小卖店里失窃了。罗组长对何军的这番解释并不满意。罗组长对何军说，一个人在醉酒之后确实会出现暂时失忆的情况，但他就是再失忆也不可能什么事都想不起来。罗组长很明确地告诉何军，关于那天夜里和第二天早晨这两个细节很重要，一定要回忆起来，否则有些问题就很难说清楚了。罗组长这样说过之后就又向何军提出一个更关键的问题，罗组长说，还有一件事你始终还没做出合理的解释，从小卖店失窃的现场看，门锁没有任何被撬过的痕迹，窗户也都是好好的，这就让人产生怀疑，案犯究竟是怎样进入小卖店的呢，是不是直接用钥匙开门进去的？可是据了解，小卖店的钥匙只有你一个人才有，这又该怎样解释呢？

这显然是一个更致命的问题，何军张张嘴立刻无言以对了。

罗组长点点头，说好吧，你先回去，再认真地考虑一下吧。

罗组长跟何军谈完之后，就又来村里找马书记。罗组长对马书记说，从目前调查的情况看，案情的很多疑点都越来越集中到于非和何军的身上来，不过何军的嫌疑显然更大一些。马书记听了立刻大感意外，说怎么会是何军的嫌疑更大一些呢，难道于非的嫌疑就小吗，我倒觉得，这件事应该是于非干的。罗组长不动声色地说，问题是于非的嫌疑都可以解释，而何军却无法解释，这就不好办了。罗组长说到这里又向马书记强调了一句，他说，现在可以很明确地讲，何军已经有重大嫌疑，如果他想证明这件事与他无关，那他就要拿出证明自己与这件事无关的强有力的证据，否则他就有脱不掉的干系。

其实公允地讲，罗组长当时所说的这番话如果在今天看来是完全不符合法理的。今天在法律上有一个很著名的说法，叫“无罪推定”，意思是说，当面对一个被怀疑对象时，在没有寻找到证明他有罪的证据之前只能先推定他无罪，而这个有罪的证据也只能由指控方去寻找。现在罗组长把证明自己无罪的责任推给了何军，这用今天的说法也就等于“举证倒置”，显然是有悖法理的。但在那个时代还不讲无罪推定，也没有举证倒置这样的说法，因此罗组长提出这样的要求也就显得理直气壮，马书记即使不同意，也拿不出任何理由来反驳他。当然，罗组长这样做也是采取了一个很聪明的策略，何军要想证明这件事不是他干的，自然就要拿出不是他干的证据，而最有力的证据就是他能证明这件事是别人干的，因此他一定会拼尽全力去寻找别人的证据，如此一来罗组长只要以逸待劳，坐收渔人之利也就可以了。

罗组长的这个办法果然很奏效。

第二天上午，村里的马书记就匆匆来找罗组长，说何军正在小卖店里，有很重要的情况要向罗组长汇报。罗组长正在和一起来的几个人商议别的事情，一听马书记这样说立刻就跟他来到小卖店。何军已经等在这里，他一见罗组长连忙关上小卖店的门，然后有些神秘地说，他已经知道那个偷窃的人在那天夜里是怎样进来的。罗组长听了立刻精神一振，其实这也正是一直困扰着罗组长的问题。罗组长曾经反复勘察过现场，小卖店的门窗都完好无损，又没有任何被撬动过的痕迹，如果这件事确实与何军无关，那么案犯又究竟是怎样进来的呢？换句话说，就算真是何军干的，他也不会愚蠢到公然用钥匙打开门，然后再堂而皇之地进来偷几条香烟这样的程度，他用的又是什么办法呢？

罗组长立刻问何军，案犯是怎样进来的？

卸门板，何军说，他是卸掉门板进来的。

罗组长一下没有听懂，说卸门板，怎样卸门板？

何军当即为罗组长演示，他先将小卖店的两扇门板重新锁起来，然后在外面使出浑身的气力搬起其中的一扇门板。在我们插队的这个地方，房屋的门板在安装时大都不用金属合页，只在门框的上下方各凿出一个洞，然后将门板一侧凸起的地方插进去，这样即使锁了门，只要将门板从圆孔里拔出来仍然可以轻而易举地卸下来。罗组长看了立刻惊讶地睁大两眼。他没有想到，两扇看似如此坚固的门板竟然也能这样轻易地就被卸下来。但接着罗组长就又想到一个问题，这种卸门板的方法绝不是一般人能想出来的，而何军又是如何想到的呢？如果再进一步想，他既然能想出这样的方法，会不会这件事就是他干的呢？何军似乎从罗组长脸上的表情看出他的心里在想什么，立刻又有些紧张起来，他连忙说，这件事不可能是他干的，再说他就是想干也干不了，因为他的身材矮小，胳膊也短，所以不可能把门板搬起来。况且，况且……何军说到这里忽然支吾了一下，似乎还有什么话没有说出来。

罗组长看看他问，你还想说什么？

何军又迟疑了一下，然后才说，他已经猜到这件事是谁干的了。

罗组长立刻问，是谁？

何军迟疑了一下，说，

于……于非。

何军想一想又说，除了他，别人是不可能干出这种事来的。

罗组长盯住何军问，你根据什么说是于非干的呢？

何军又支吾了一下，抬起头看看罗组长，却没再说出话来。

6

何军这一次学聪明了，他并没将所有的事都对罗组长讲出来。

何军当然知道，于非不仅能卸门板，甚至还能干出更多的事来。当初在学校时，我和何军还有于非经常在一起，所以，班里只有我和何军最了解于非。于非的父母都是高级知识分子，在一个专门研制飞机心脏部件的设计院里工作，于非就住在这个设计院的职工宿舍院里。那时于非曾告诉我们，他家有一个邻居，他们设计院里的孩子都叫他刘叔叔。这个刘叔叔非常了不起，也很神秘，据说当年曾在国外搞情报工作，也就是特工，所以他平时在设计院里虽然不很起眼，但给人的感觉却总跟普通人不太一样。于非说，这个刘叔叔还有一个警卫员，平时他无论走到哪里警卫员都跟在身边，但这个警卫员的工作不仅是保护刘叔叔，同时也是为了监视他，据说，他甚至随时都可以打死他。当时我和何军都觉得于非的话有些夸张了，不管怎样说一个警卫员还不至于亲手打死自己负责保护的首长。但我们又想，如果这个刘叔叔确实曾被派往国外去做特工，那么就一定会掌握许多不为人知的高度机密，如果从这个角度看，有一个警卫员整天跟在身边也就不足为奇了。于是，于非说的这个刘叔叔也就引起我和何军的浓厚兴趣。后来在我和何军的一再要求下，于非就带着我们去了这个刘叔叔的家里。这个刘叔叔40多岁，看上去相貌平平，只是眼睛很大，而且一转一转的非常有神。当时何军向刘叔叔提出一个很愚蠢的问题，他让刘叔叔看一看，在我们三个人中谁最有当特工的潜质。刘叔叔听了只是微微一笑，说这个问题一下很难回答，因为从理论上讲，每个人都或多或少地具有一些潜能，只不过表现的方式不一样。他这样说罢想了一下，然后就告诉我们，在他的书架上放着一套《毛泽东选集》，每一本的第 7 页和第 8 页之间都夹着一张书签，让我们去给他拿过来。我和何军听了连想都没想就立刻朝书架走过去，只有于非站在那里没动。刘叔叔立刻笑着摇摇头。显然，他的意思是说，在这件事上我和何军都比不过于非。何军有些不服气，立刻问刘叔叔为什么？刘叔叔问，我刚才说的话你们听清楚了吗？何军说听清楚了。刘叔叔又问，那为什么你们过去，而于非却站在这里没动呢？我和何军也感到奇怪，相互看了看，又看看站在那里始终没有说话的于非。刘叔叔又笑了一下说，还是让于非告诉你们吧。于非这时才说，书本的通常印刷规格都是从右页开始的，所以在第 7 页和第 8 页之间不可能夹任何东西。何军朝我看了看，似乎仍然没有听懂。我却已经明白了，如果书是从右页开始，也就是说第 1 页是在右页，那么第 1 页和第 2 页也就应该是同一页，同样道理第 7 页和第 8 页也应该是同一页，所以这中间是不可能夹什么东西的。何军听了仍然表示不服气，说这不能说明任何问题，要看就看真本事。刘叔叔点点头，说好吧，那现在就看一看你们的真本事吧。他说罢从书架上拿过几副相同的扑克牌，从其中一副里抽出一张“红桃 K”，先让我们看清楚，然后就和另几副牌里的“红桃 K”混在一起，再让我们把刚才的那一张挑出来。何军看了一下立刻说，这几张牌都是同一版印出来的，应该一模一样。刘叔叔却摇头笑一笑说，在这个世界上没有任何两张牌是一模一样的，你如果仔细观察就会发现，无论墨色还是线条都会有区别。果然，于非很仔细地看了一阵，就将刚才的那张“红桃 K”挑出来。刘叔叔说，这就是考验一个人的记忆力和观察力，如果连这点能力都没有，就不要说去当特工了。那天从刘叔叔的家里出来，于非告诉我和何军，他曾听刘叔叔的那个警卫员说过，当年刘叔叔在国外工作时，曾凭借他超凡的职业能力出色地完成过一次任务。当时他接到从国内发来的一张传真照片，照片上是一个40多岁的亚裔男子，据说是在我们国家窃取了重要机密后跑到国外去的，因此上级命令他，要不惜一切代价将这个人抓住。但就相貌辨别而言，男人通常比女人要难，而40多岁的亚裔男人就更加困难，因为亚裔男人都是扁平脸，铲形齿，而且到40岁以后从外表看就更加趋同，这也就给从照片到本人的辨认带来难以想象的困难。但刘叔叔虽然根据上级指示立刻将这张传真照片销毁，经过一个多月的寻找，一天傍晚还是在街上一眼就认出这个人，并迅速将他抓获。刘叔叔的这个充满传奇的故事立刻引起我们的无限遐想。可以想象，在那个时代，这种带有浓厚神秘色彩的特工生活对于几个十几岁的少年来说确实充满了诱惑。

但不管怎样说，于非跟我和何军相比还是显示出其过人之处。

后来有一次，我们又去刘叔叔那里，何军再一次不知深浅地向刘叔叔提出一件事，他说想学跟踪技能。何军提出这样的要求显然有些不自量力，他不仅不具备观察能力，甚至连起码的记忆能力都很差，在学校时经常因为忘记带课本或作业本受到老师的惩罚。但刘叔叔还是当即答应了何军。刘叔叔说，如果想学跟踪技能就要先练基本功。何军问基本功是什么？刘叔叔说这样吧，你先试着憋10天不屙屎。何军听了不解，问为什么？刘叔叔告诉何军，这是对一个特工最起码的要求，否则你正在跟踪目标，突然想起要屙屎，等你屙完了屎目标也早已跑得无影无踪了。何军起初觉得这并不是一件多困难的事，当即表示没问题。但他很胖，饭量也很大，这样光吃不拉只忍了一星期就坚持不住了。一天他捂着肚子对我和于非说，现在他的肚子里已经全是屎，照这样下去就要变成茅坑了。我发现何军的脸色已经又黑又绿，就劝他不要再坚持了，我警告他说，照这样憋下去搞不好会憋出病来。但何军这一次却表现得很顽强，他说再坚持一下就是10天了，他一定要挺住。就这样，到10天以后何军再想屙屎已经屙不出来了，他的肚子里像是装满了石头，用手按上去一块一块的很硬，而且每按一下他都会疼得叫出声来。我感到事情有些严重了，连忙陪他去了医院。医院的医生为他检查之后皱着眉说，现在他的肠子里积存的已经不是大便，而是粪结石，如果再不尽快将这些石头弄出来会形成肠梗阻，那就有生命危险了。医生为何军掏取大便是一个非常复杂而又肮脏的过程，他们先让他喝了一小杯香油，待那些粪结石在肠子里有了松动，一个身材魁梧的男医生就戴上胶皮手套将手指伸进何军的肛门，然后将大便一点一点地抠出来。那些大便果然都硬如顽石，每抠出一块扔到托盘里都会发出当啷一声。幸好何军的肛门比较松弛，也比常人的要大一些，那个男医生几乎可以将几根手指同时伸进去。就这样抠出满满一托盘粪结石，搞得肛肠科的诊室里臭气熏天。事后刘叔叔听说了此事，就摇摇头对何军说，看来你确实不适合干这一行。刘叔叔说，一个正常人像你这样10天不屙屎肯定会出问题的。何军听了立刻委屈地说，我10天不屙屎，当初不是你让我这样做的么。刘叔叔笑笑说，我让你10天不屙屎，可没让你这样不屙屎，于非也坚持了10天，他怎么就没出问题呢。刘叔叔说罢就让于非告诉何军他是怎样做的。于非这时才告诉何军，如果决定10天不屙屎，就要尽量控制进食，而且每天都要大量饮水，这样才能保证肠道通畅。

直到很多年以后，我再想起这个刘叔叔时就感到有些可疑，也许他当年确实曾被派去国外搞过什么特工之类的工作，但绝不是

"007"或《谍中谍》里的那一类特工高手，他只会搞一些扑克牌或不屙屎之类的简单把戏，充其量也只是一个小角色。但他对何军和于非的评价却很准确，无论从智商还是应变能力看，于非都远远要高于何军。

当然，对于这一点，何军也有自知之明。

7

何军告诉罗组长，虽然他分析出案犯很可能是卸掉门板进入小卖店的，但他自己却不可能有这样的能力，最大的嫌疑应该就是于非。何军说，在此之前，有一次我们集体户的库房钥匙找不到了，于非就曾经卸过一次门板，而且卸得很娴熟。当时不仅是他，很多在场的人都亲眼看到了，于非甚至没靠任何人帮助，他先是搬起一扇门板的一侧，然后轻轻一翘又用力一抬，那扇门板就轻而易举地被卸下来。罗组长听了虽然表面没动任何声色，心里却立刻振奋起来。他觉得何军提供的倒是一个有突破性的思路，如果这个偷窃者果真是用卸门板这种方法进入小卖店的，那么很多难以解释的问题也就都可以解释得通了。

何军接着就又向罗组长说出一个新的情况。

何军说，他并不是无端怀疑于非的，就在出这件事之前，刚刚发生过烟盒的事。罗组长立刻问，什么烟盒的事？于是何军就把自己父亲的那个烟盒不知怎么跑到了于非的手里，而于非又拒不承认，后来这个烟盒又被人莫名其妙地踩扁的事都对罗组长讲出来。何军信誓旦旦地对罗组长说，这个烟盒不是他踩的，绝对不是他踩的，他怎么可能踩扁自己父亲曾经用过的烟盒呢。但罗组长这时对究竟是谁踩扁的这个烟盒已经不感兴趣，他立刻又问何军，你能确定，这个烟盒就是你父亲的？何军说当然能确定，他从小就在父亲的跟前玩这个烟盒，怎么可能认错呢。接着何军就又将于非在学校时曾经偷过政教处安主任的一个皮制烟盒，还偷过一个劳动模范的一支金笔而且为此还受过学校处分的事情都对罗组长讲出来。罗组长听了越发感到吃惊，他凭经验意识到，如果何军说的这些情况的确属实，那么这个于非的嫌疑就真的应该很大了。首先，他在学校时曾经干过类似的事情，而且据何军说，他在偷那个皮烟盒和那支金笔时，用的都不是一般的手段，这就说明于非不仅有前科，而且干这种事也应该有相当的经验。其次，罗组长在此之前也曾怀疑过于非，但总觉得于非的动机不够充分。因为罗组长经过观察发现，于非虽然吸烟，但烟瘾似乎并不大，平时吸的也不多，一个吸烟并不很多的人在一般情况下是不会铤而走险去拧门撬锁盗窃香烟的。那么现在根据何军所说，于非的动机就应该很充分了。当初在学校时，于非跟何军曾有过宿怨，而这一次他又因为那个烟盒的事跟何军发生了激烈争执，接着这个烟盒又被人莫名其妙地踩扁，这一定会使于非很恼火，于非会认定这件事就是何军干的。而这时何军刚刚接手村里小卖店的工作，于非去偷小卖店是想为何军制造一些麻烦，也就是说，他很可能是出于报复何军的目的才这样干的。此外还有一点，罗组长从部队转到地方以后，毕竟参加过一些大大小小刑事案件的侦破工作，因此已经养成一种职业上的直觉，他来村里以后，曾跟于非有过一些正式或非正式的接触，直觉告诉他，这件事很可能跟于非有直接关系。

于是罗组长当即决定，再次正面接触于非。

但就在这时，公社传来消息，在公社的大院里也发生了一起失窃案，而且失窃的正是罗组长的住处。罗组长的家是在县城，所以他平时就住在公社的单身宿舍。由于宿舍是在公社大院里，因此罗组长对门锁也就没太在意，只是安了一个门吊，然后挂了一把很普通的铸铁锁。罗组长在得到消息的当天早晨就匆匆赶回公社。据公社大院值班的人说，失窃案应该是发生在后半夜。因为在午夜 12 点左右他曾经到后面的院子巡视过，还一切正常，天快亮时再过来就发现出事了。当时罗组长宿舍的门敞开着，值班的人以为是罗组长回来了，待走到跟前才发觉不对了，他看到屋里并没有人，那把铸铁锁也扔在地上。罗组长立刻将自己的屋里仔细检查了一下，但并没有发现什么线索。门吊上没有任何被撬过的痕迹，铸铁锁也完好无损，显然，这个人又是用了什么特殊方法才将门锁打开的，屋里也没有明显被翻动过的痕迹。罗组长又查看了一下抽屉，只丢失了几包“前门”香烟，而放在旁边的钱夹和一些粮票却都没有动。这个人进来之后似乎不慌不忙，他待了一会儿，竟然还吸了一支烟，临走时还将罗组长忘记拔掉的电炉子给拔掉了。这就给人一种感觉，似乎这个人打开门锁进来只是想让罗组长知道，他来过这里了，仅此而已。但罗组长又仔细检查了一下，还是发现丢失了一个拉链包。这个拉链包是人造革的，并不值几个钱，但里面的东西很重要，有罗组长从部队转业的一些证件，还有几枚立功奖章，都是很心爱的东西。罗组长沉下心来仔细分析，立刻联想到我们村里的案子。他想，如果将这两件事联系起来看，似乎有一些相近的地方。首先，村里小卖店的失窃现场门锁没有被撬，而自己这里的门锁也没有被撬，这是偶然巧合还是有什么必然联系？其次，村里小卖店丢失的是“前门”香烟，而自己这里丢失的也是“前门”香烟，这又意味着什么？是不是这个来这里作案的人有意这样做，目的就是想暗示自己，村里小卖店的事跟这里的事是同一个人所为？罗组长沿着这个思路继续想下去，如果这两件事确实是同一个人所为，那么这件事就应该有些意思了，这说明自己在村里已经触摸到了事情真相的边缘，很快就要将盖子揭开了。也正因如此，这个人才跑到这里搞出这样一件事。他的目的很明显，就是想把水搅浑，将自己的注意力从村里吸引出来。

罗组长想到这里更加坚定了信心，当天下午就又赶回我们村来。

8

罗组长回到我们村并没有立刻找于非谈话，而是召集全村人开了一个大会。罗组长在会上很严肃地告诉大家，就在昨天夜里，他的住处也被盗了，虽然没受太大损失，但这件事毕竟是发生在公社大院里，而且偷的还是他专政组长的住处，所以影响极坏。现在公社领导已经提出要求，要限期破案，因此村里这边的事就只能先放一下了，他要立刻赶回公社去，全力以赴处理那边的案子。罗组长说到这里很威严地朝会场上的人扫视了一下，然后又说，他是军人出身，也算是个大老粗，没有多少文化，但他最不怕的就是跟有文化的人较量，正如毛主席所说，与天斗其乐无穷，与地斗其乐无穷，与人斗其乐无穷，这些年他无论在部队还是在地方，还从没有遇到过较量的对手，美蒋特务也好，再狡猾的阶级敌人也好，都没有逃出过他的掌心，所以这一次他也有把握，一定能侦破这两个案子，同时他也要警告那个躲在阴暗角落里的人，不要自以为聪明，更不要低估了无产阶级专政的力量，否则只会搬起石头砸自己的脚。罗组长接着又说，他已跟马书记商量过了，这段时间村里一直在调查小卖店的事，搞得人心惶惶，所以他回公社这几天就先让大家放松一下，在小学校的操场上放几场电影。罗组长告诉大家，他已跟公社放映队的人说过了，下午就带几部片子过来。

村里人一听说要放电影都很高兴。当时放电影还是大事，大家听说公社放映队的人要来，而且能一连几天看到电影，立刻感到兴奋不已。

但是，散会以后何军立刻来找罗组长。何军问罗组长，小卖店这边的事是不是就这样放下了，罗组长说当然不会放下，他只回去几天立刻就回来。何军摇摇头说，恐怕没有这样简单，村里的事已经调查这些天了还没有头绪，公社那边的事会这样快吗。罗组长听了笑一笑说，你也太低估我们的破案能力了。何军苦着脸说不是我低估，这边的事要赶快有个说法，否则我刚接手小卖店就出了这样的事，不光跟村里没法交代，我自己也有脱不掉的嫌疑。罗组长听了点点头，说好吧，你这几天也先放松一下，暂时不要想这件事了，我已经想过了，也许，我们前一段都想错了。

何军立刻问，想错了，哪里……想错了？

罗组长说，这个作案者，也许是外面的。

外面的？你说……是……别的村的？

唔，有这个可能。

不会吧？何军一下有些糊涂了。

罗组长说好了，这件事先不要说了。

罗组长这样说罢，当天傍晚就带着人回公社去了。

罗组长这样做显然是经过一番考虑的。他是想缓解一下村里的气氛，同时也让那个看不见的对手松懈一下。罗组长毕竟有着丰富的经验，他知道，只要对手松懈了就会放松警惕，而一旦放松警惕就有可能露出马脚。罗组长想给对手制造一种错觉，自己已经被牵着鼻子走了，他已无暇再顾及村里这边，要赶紧回公社去处理那边的事情。罗组长估计，如果自己的分析是正确的，那么放电影的这几天晚上村里就肯定还会发生什么事情。

罗组长想看一看，这个对手下一步还准备做什么。

所以，在这天晚上，就在村里小学校的操场上放映电影《奇袭白虎团》时，罗组长就又从公社悄悄地潜回村里来。但罗组长并没有发现，这时于非正坐在操场上的人群里，并吸着“前门”香烟朝他这边看着。

9

于非在这个晚上看到罗组长悄悄回来，并没有感到意外。

他只是微微笑了一下，就起身朝放映机这边走过来。放映机是安放在学校操场的后面，马达沙沙地转着，一束变幻不定的光柱朝前面的银幕投射过去。于非来到放映员的跟前，先递过一支烟，又问是不是想喝水。放映员是个胖胖的年轻人，也不客气，接过香烟抽着说，的确有些渴了。于非立刻说他去烧一些水来，然后就径直朝村里的牲口棚走来。村里的牲口棚也是生产队办公室，这时何军正坐在这里跟生产队的会计说话，生产队的会计姓马，叫马小雨，是村里马书记的女儿。马小雨长得不太好看，但嘴角两边有两个酒窝，一笑起来很甜。何军平时有事没事总喜欢来办公室找马小雨说话，但马小雨却并不爱理睬何军，她认为何军总来向自己献殷勤动机不纯。她曾经直截了当地问过何军，如果自己不是马书记的女儿，何军还会不会这样爱跟自己说话？何军被马小雨问得有些尴尬，但想一想还是厚着脸皮说，他喜欢跟马小雨说话是因为马小雨可爱，这跟她父亲是不是村里的书记没有任何关系。马小雨听了并不相信，她笑一笑对何军说，她早已看出来了，何军是集体户里最聪明的人。她这样说罢又问何军，你知道什么样的人是最聪明的人吗？何军想了一下摇摇头，马小雨说，其实最聪明的人也就是最傻的人。于非在这个晚上来到生产队办公室，何军一见他稍稍愣了一下，马小雨却立刻高兴起来。马小雨平时很喜欢跟于非说话，她喜欢于非说话时的样子，漫不经心，懒散懈怠，但给人的感觉又很认真。于非一见马小雨就问，为什么没去看电影？马小雨说正在算账，接着又笑笑说，不过也算不下去了，何军一直在这里说话。何军一听就知趣地站起来，看看于非没话找话地问，不去村里看电影，来这里干什么？

于非说，要在这里烧一些开水。

何军问给谁烧开水？

于非说放映员，是给放映员烧水。

马小雨站起来说，我来帮你烧吧。

于非笑笑说好吧，那就让何军和你一起烧吧，然后把水送到小学校的操场上去，于非这样说罢就从牲口棚里出来。事后何军对罗组长说，在这个晚上，他是亲眼看着于非从牲口棚里出去的，而且一出去就不知去向了。但于非却说并不是这样，他从牲口棚里一出来就碰到了村里的醉鬼杨三儿。醉鬼杨三儿 40 多岁，是村里的一个羊倌儿，平时总是喝得烂醉，而且一喝了酒就找人赌钱。他赌钱的方式很简单，就是翻扑克牌比大小。醉鬼杨三儿似乎有一种特异功能，越是喝醉酒手气越旺，因此村里人见到他就都远远地躲开。于非一遇到醉鬼杨三儿立刻就被缠住了，醉鬼杨三儿一定要跟他赌一赌。于非没办法，就跟着醉鬼杨三儿来到他家里赌起来。醉鬼杨三儿这一晚的手气又很好，很快就赢了于非 4 元多钱，于是他一高兴就又拿出一瓶酒，一边跟于非赌着一边兴致勃勃地喝起来。后来醉鬼杨三儿就喝醉了，歪在炕上搂着一堆揉得皱巴巴的钞票睡过去。于非又推了推醉鬼杨三儿，见他不动了，才从他家里走出来。这时小学校的操场上已经在放第二部电影，第二部电影是《南征北战》，激烈的枪炮声和爆炸声响彻全村。于非悠闲地朝村东头走来，想到这边透一透气。

但于非这样的说法只是他的一面之词。

关于这一晚的事，何军还有另外一种说法。据何军说，有人看见，在这个晚上，就在小学校的操场上放到第二部电影时，有一个人来到村东头的麦场。在一个麦秸垛的后面放着一辆自行车，于是这个人骑上车就出了村口，直奔东面的东马村来。东马村与我们西马村相邻，两村的距离不过二三里，所以这人在夜色里很快就到了。他先将自行车放在附近的一个小树林里，然后就朝村里走来。这时已是夜里 11 点多钟，东马村的街上很静，也很黑，因此这个人就不得不用手摸着街边的土墙，踮起脚尖一步一步试探地走。就这样走了一阵，就来到东马村小卖店的门前。由于东马村比我们西马村要大，所以这里小卖店的规模也更大一些，不仅卖烟酒食品，也卖一些简单的日用百货。这个人先在小卖店的门口站了站，又朝街的两头观察了一下，然后凑到近前看一看门上有锁，说明店里没人，于是就搬起一扇门板轻轻挪到一边，侧身闪进去又将门板重新装好。小卖店里很黑，借着窗纸透进的夜色隐约能看清货架上摆放的货物。这个人似乎想了一下，先拿起几条“前门”香烟，之后拿了一包花头巾，然后就从小卖店里出来。他来到村口骑上自行车，一直骑出一段路才在道边停下来，借着夜色将这包头巾打开看了一下，这是一种方形的麻织头巾，农村妇女普遍都爱使用，平时戴在头上可以防晒，下田干农活时也可以防土。这时，这个人是站在由东马村通往我们西马村的路上，就在他将这些头巾重新包好时，突然看到后面不远处的路上有个人影轻轻一闪。这个人显然也有一辆自行车，但没有骑，他先是走走停停，然后从路的一边绕到另一边，又从那边绕回到这一边，却犹犹豫豫地始终不敢过来。于是，这边的这个人稍微想了一下就拿出一条头巾包在自己头上，然后蹬上自行车径直朝前面骑去。他先从我们西马村南边的小路斜插到前面的大道，然后就朝常家店的方向一直骑去。常家店是我们公社的革委会所在地，这里是一个小镇，镇上有一个供销社。这个人来到供销社时天色已经微微放亮，他想了想拿出那包头巾，朝四周看了一下就扔到供销社门口的台阶上，然后自己躲到一片蓖麻地里去吸烟。就这样等了一阵，只见一个年轻女人推着自行车走过来。这个年轻女人显然是供销社的售货员，在这个早晨是来上班的。她来到供销社的门口刚要开门进去，突然发现了那包扔在台阶上的头巾，她立刻愣了一下，先抬起头朝四周环顾了一下，然后就弯腰将这包头巾捡起来。但就在她打开这包头巾时，躲在蓖麻地里的人朝她走过来。

这个人来到这女人的跟前说，你不该打开它。

年轻女人立刻充满戒备地看着他问，为什么？

这人说，这包头巾不是你的。

这女人说，它是……是我的。

这人笑了，问，你说是你的？

女人说，当然……是我的。

这人说，我看到它是放在这台阶上的，如果你晚一步，我就捡到了。

年轻女人立刻不说话了，低头想了一下，抬起头问，你想……咋办？

这人又笑笑说，这样吧，你便宜点卖我一条，这件事就算我没看见。

年轻女人问，多少钱？

这人说，一毛钱。

一……一毛钱？年轻女人愣了一下，立刻慷慨地说，我送你一条吧。

这个人摇摇头，说不，我花一毛钱，这条头巾就是我买的。

那……好吧。

年轻女人又犹豫了一下，只好同意了。

于非对何军的这个说法并不承认，却也不否认。因为他在这个早晨的确从公社的供销社买回一条头巾，同时还去猪站买回二斤猪肉。他先把猪肉放回到集体户，然后就不慌不忙地来牲口棚找马小雨。当时马小雨正在整理账目，抬头看见于非进来就问他，有什么事？于非笑笑说，送你一点小东西。马小雨听了感到奇怪，抬起头看看于非，问他要送自己什么东西？于非就拿出那条头巾，抖了抖扔给马小雨。这条头巾是天蓝色的，有一些白格子，看上去非常鲜艳。马小雨接过头巾看了看脸立刻红起来，她问于非，好端端的干吗要送自己头巾？于非说，早晨去公社办事，在供销社看到这条头巾很漂亮就买回来。

马小雨问，可是你买回来，为什么……要送我呢？

于非说，这条头巾的颜色很好，你戴了一定好看。

他这样说罢又朝马小雨笑了笑，就转身走了。

10

罗组长是当天下午得到消息的，说东马村的小卖店也失窃了，经盘点丢失了几条“前门”香烟，还丢了一包头巾。罗组长听到这个消息并没有感到太意外，他立刻意识到，这件事肯定是前两件事的延伸。他这几天故意让村里的气氛松懈下来，原本是希望那个作案的人能在村里露出一些蛛丝马迹，却没料到，他竟然又跑到东马村的小卖店去搞了一下。罗组长立刻赶来东马村的小卖店，经对现场勘察，又发现了一个新的情况。东马村的小卖店由于比我们西马村要大，因此各种商品也更加齐全，在小卖店的货架上明明摆放着更高档一些的“郁金香”香烟，但这个偷窃者拿走的仍然是“前门”香烟。罗组长想，这些“郁金香”香烟就放在“前门”香烟的旁边，这个人不会看不见，可是他为什么放着好烟不拿，却偏偏还要拿“前门”烟呢？他是不是想以此来告诉自己，这件事仍然是他干的？这让罗组长有些恼怒起来。罗组长已经感觉到了，这个躲在暗处的对手非常狡猾，他作案的动机似乎已经不仅仅是为了拿几包香烟或一点什么东西，而是有意在向自己挑战。罗组长咬一咬牙在心里想，好吧，如果是这样，那咱们这次就斗一斗吧，魔高一尺道高一丈，狐狸再狡猾也斗不过好猎手，我倒要看一看，究竟是你的阴谋诡计力量大，还是我无产阶级专政的力量大！

罗组长在查看小卖店里丢失的头巾时，突然感到这种蓝白相间的花色有些眼熟。他仔细想了想，才想起我们村的生产队会计马小雨也戴了一条这样的头巾，而且看上去很新。罗组长想到这里遂向小卖店要了一条头巾，就立刻赶回我们村来。但罗组长毕竟是罗组长，考虑问题总要更周密一些，他想，马小雨是村里马书记的女儿，因此跟她谈话就要谨慎一些，况且就算马小雨戴的这条头巾真跟东马村小卖店丢失的一模一样，也不能说明就一定有什么问题，如果是她去东马村的小卖店买的呢？如果是别人买了送给她的呢？所以，罗组长在这个下午来生产队办公室找到马小雨时，就故意绕了一个弯子跟她说话。

马小雨这时果然戴着一条蓝白相间的头巾，像红领巾似的围在脖颈上，再配上绿上衣显得很好看。罗组长故意做出不经意的样子朝马小雨的头巾看了看，然后笑了一下似乎开玩笑地问，现在天气并不凉，你戴头巾干什么，就为漂亮啊？

马小雨整理着账本随口说，戴着玩的。

罗组长又问，你这条头巾……是哪里买的？

马小雨说不是买的，别人送的。

罗组长立刻问，哦……谁送的？

马小雨一笑说朋友，朋友送的。

罗组长又问，什么时候送的？

马小雨放下手里的笔，慢慢抬起头说，怎么，这条头巾有啥问题么？

罗组长这才说，是……是这样，东马村的小卖店刚刚发生了失窃案。

马小雨立刻睁大两眼问，你怀疑……我这条头巾是从东马村偷来的？

不不……罗组长连忙说，我不是这个意思，只是，只是随便问一问。

好吧，我告诉你，马小雨说，这条头巾是于非送我的。

于非，你说是……于非送给你的？

罗组长看着马小雨，立刻又追问一句。

是啊，怎么，他也是偷来的吗？

他……是什么时候送给你的？

就是今天，今天上午。

他没说，这头巾是从哪来的？

说了，他说是买的。

在哪买的？

公社的供销社。

供销社？他说，是从供销社买的？

是啊，你如果不相信可以去问他。

罗组长立刻从生产队的办公室里走出来，罗组长的心里顿时感到一阵抑制不住的兴奋。他想，这件事的线索终于跟于非联系起来了。于非送给马小雨的这条头巾究竟是不是从公社的供销社买的，应该很好印证，只要去问一下立刻就会清楚了。于是罗组长当即就来到我们集体户。于非在这个下午没去下田，他将买来的那二斤猪肉切成很薄的薄片，然后放在一个小盆里用盐码起来。他码肉的方法很细致，先铺一层粗盐，然后放一层肉片，再铺一层粗盐，再放一层肉片。罗组长进来时于非似乎并没有察觉，仍在埋头做着手里的事情。过了一会儿，他无意中抬起头看到罗组长，才笑了笑解释说，这是最简单的腌肉方法，冬天蒸熟下酒，非常好吃。罗组长面无表情地看看他，然后说，你应该知道，我来找你是什么事吧。于非想了想，眨着眼摇一摇头说，不知道……什么事？

罗组长盯住他，又问了一句，你，真的不知道吗？

于非说，当然不知道，你没说，我怎么会知道。

好吧，罗组长点点头说，那条头巾是怎么回事？

于非似乎没听懂，愣一下问，头巾，什么头巾？

罗组长说，就是马小雨戴的那条头巾。

哦，于非说，那条头巾是我送给她的。

哪来的？

买的。

哪买的？

供销社。

从哪个售货员的手里买的？

一个年轻的女……

于非说到这里忽然停住了，看看罗组长问，怎么，这条头巾有什么问题吗？

罗组长仍然用两眼盯住于非，然后一个字一个字地说，这条头巾，可能牵扯到一件很重要的事情，你现在能跟我去一趟供销社，找到那个卖你头巾的售货员吗？

当然可以，于非立刻说，可是……你要告诉我，究竟牵扯到什么事了？

罗组长点点头说好吧。罗组长先朝于非的脸上看了一下，然后告诉他，就在昨天夜里，东马村的小卖店也失窃了，这一次丢失的又是几条“前门”香烟，还有一包头巾。于非一听就笑了，把手里的肉片扔到盆里，很认真地看着罗组长问，你是怀疑，我送给马小雨的那条头巾也是从东马村小卖店里偷来的？罗组长刚要说什么，却立刻被于非伸手拦住了。于非点点头，说好吧，我现在就和你一起去公社的供销社指认那个卖我头巾的售货员。

他一边说着一边洗了手，就和罗组长一起出来，骑上自行车直奔供销社。

这时已将近傍晚，供销社已经下班。一个年轻的女售货员推着自行车走出来，抬头看见于非朝这边走过来，身后还跟着罗组长，立刻怔了一下。这个女售货员当然认识罗组长，她慢慢停住，看看于非，又看了看罗组长。于非径直走过来，伸手朝她指了指，然后对罗组长说，喏，就是她，我早晨就是从她手里买的那条头巾。然后又回过头去问那女人，我今天早晨，是不是在你这里买了一条方头巾，浅蓝色的，还有一些白格条纹？

年轻女人一时有些不知所措，只是茫然地点点头。

罗组长走过来问，早晨那条头巾，是你卖给他的？

是……

头巾是哪里的？

当然是店里的，于非立刻在一旁说。

对，是……店里的。

罗组长立刻回过头，用力朝于非看了一眼。于非就不再做声了。罗组长又拿出一条头巾，朝这个年轻女人抖了一下问，你看清楚，是不是这样的花色？

年轻女人很认真地看了看，说是。

这种头巾，你们供销社里还有吗？

应该……还有。

年轻女人立刻打开商店的门，柜台里果然还挂着几条这样的头巾。年轻女人又说，下面村里的小卖店也有卖这种头巾的，都是从我们这里进的货。

罗组长听了没再说话，回头看一眼于非，就从商店里走出来。

11

罗组长再次来找于非是在第二天早晨。

这时于非拎着锄头，正准备和生产队里的人一起下田去耪地。罗组长走到他面前说，你今天上午不要下田去了。于非停住脚步，回头问罗组长又有什么事？罗组长说走吧，去你们集体户里说话吧，说罢就走向集体户，于非只好放下锄头也跟进来。罗组长先掏出烟朝于非递过来，说抽烟吧。罗组长由于在外面当过几年兵，所以也养成了吸卷烟的习惯。但他只吸一角八分钱一包的“战斗”。于非看一眼罗组长手里递过的香烟，摇摇头，就掏出自己的“前门”香烟，抽出一支点燃吸起来。罗组长眯起眼看看他问，你只吸“前门”香烟吗？于非朝手里的烟灰吹一下说，如果有“前门”，就不吸别的牌子。

罗组长点点头，忽然说，“前门”烟的价钱挺贵呢。

于非立刻抬起头，很认真地朝罗组长看了一眼。

罗组长这才说，好吧，咱们今天就不绕弯子了，我先问你一个问题，你说那条头巾，是昨天早晨在公社的供销社买的？于非说是，昨天咱们去供销社，已经找到那个售货员了。可是，罗组长立刻又问，你昨天早晨去公社干什么呢？于非听了笑一笑，很认真地说，去买猪肉，我腌的那一小盆猪肉你看见了，就是昨天去公社的猪站买的。

罗组长点点头，想了一下又问，前天晚上……你干什么去了？

于非眨眨眼说，前天晚上？

对，就是村里演《奇袭白虎团》和《南征北战》的那个晚上。

于非认真回忆了一下，说，我在……小学校的操场上看电影。

可是后来有人看见，你只看了一半就走了。

对，后来放映员想喝水，我去给他烧水了。

我也问过那个放映员，他说你走后就再也没有回来。

我是在牲口棚烧的水，当时何军和马小雨也在那里。

我也问过何军了，据他说，你并没有烧水，只在那里晃了一下就走了。

于非听到这里就不再说话了，只是低着头一口一口地吸烟。

罗组长接着又说，据何军说，后来水是他和马小雨一起烧的，你从牲口棚一出去，就不知去向了，现在你能告诉我，你在那个晚上从牲口棚出去之后究竟又去了哪里吗？于非又想了一下，然后抬起头说，好吧，我可以告诉你，我那天晚上从牲口棚出去之后遇到了醉鬼杨三儿，他把我硬拉去他的家里，跟他……赌钱去了。

一直在他家里赌钱吗？

对，一直在他家赌钱。

于非对罗组长说，醉鬼杨三儿一喝了酒就爱赌钱，这是村里人都知道的，那天晚上他将他拉去家里，一边喝酒一边硬拉着他用扑克牌赌钱，就这样一直赌到后半夜，后来醉鬼杨三儿喝醉了，他才从他家里出来，在街上走了走就回集体户来了。于非这样说着，无意中朝窗外看一眼，恰好看到醉鬼杨三儿正赶着一群羊从窗外走过。于非立刻对罗组长说，那不是醉鬼杨三儿吗，你现在就可以问问他，我前天晚上是不是在他家里。罗组长朝窗外瞥一眼，想了想，就走出来叫住醉鬼杨三儿。醉鬼杨三儿一大早显然刚喝过酒，浑身散发出一股呛人的酒气。他来到罗组长的跟前，问有什么事？罗组长闻到他身上的气味立刻皱了皱眉，然后让他回忆一下，前天晚上都干什么了。醉鬼杨三儿以为罗组长又要抓赌，连忙说没干什么，前天晚上喝了酒就睡觉了。这时于非就走过来，在一旁说，你放心，罗组长今天不抓赌，你只要实话实说就行，前天晚上，我是不是在你家赌钱了？醉鬼杨三儿看一眼于非，又看一眼罗组长，才点头承认，说前天晚上，是跟于非在一起赌钱了。罗组长盯住他问，赌到什么时候？醉鬼杨三儿翻一翻眼皮，一会儿说赌到半夜，一会儿又说赌到天亮。罗组长问，你那天晚上是不是喝醉了？醉鬼杨三儿立刻说没喝醉，他如果喝醉了怎么还能赢钱，他赢了于非五块多钱呢。罗组长看一看醉鬼杨三儿说话颠三倒四的样子，没再问什么，就让他走了。

这时于非看着罗组长，又问，还有什么事吗？

罗组长想一想说，暂时没有了。

于非一听就笑了，说，我们知青每年要在生产队里出多少个工，按规定是有一定要求的，如果达不到这个要求将来就没有资格参加选调，今天上午就因为你问我这几句话，耽误了我半天出工，这应该怎样算呢，总不能算我是无故不出工吧？

罗组长想想说，这件事，我会去跟马书记说的。

于非点点头，就起身将罗组长送出来。

罗组长直到从我们集体户里出来才意识到，自己又犯了一个错误。他觉得不应该这样直截了当地来跟于非谈。他应该知道于非是一个什么样的人，如果只在这个层面上跟他谈话，就是再谈也不会谈出什么结果的，相反还会将自己掌握的情况全暴露给他。罗组长反省自己，是不是由于这段时间始终没有理清事情的头绪，自己的情绪有些急躁了？他仔细在脑子里梳理了一下，在东马村小卖店出事的那天晚上，于非的行踪看似没有任何问题，几乎每一步都可以找到一个人为他作证，但也恰恰是这种表面的没有问题，却总让人觉得似乎有什么问题。罗组长感觉到，自己好像在不知不觉中真的已经被人牵着鼻子走了，如果照这样查下去恐怕会越来越被动。恰在这时，公社突然打来电话，通知罗组长马上回去开会，但罗组长这时还不想回去。我们西马村小卖店的失窃案还没有侦破，又出了他自己住处被窃的事情，而就在这两件事还没有搞清楚的时候，东马村小卖店又被窃了，罗组长这时已经越来越清楚地意识到，这个躲在暗处的对手的确是在有意向自己挑战，因此在这种时候，他决不能走。可是公社领导在电话里说，这几个案子加在一起也不过是一百多元的事，虽然影响很坏，但现在暂时放一放并不是说就这样放下去了，事情迟早还要解决，只不过现在上级下来更重要的指示，要掀起一个农业学大寨、兴修水利大搞农田基本建设的新高潮，所以只能先抓主要矛盾了。罗组长一听公社领导这样说才无话可说了，只好立刻赶回公社。

12

转眼进入秋收季节，村里开始忙碌起来。

但就在开镰不久，何军却突然回城去了。

这段时间，何军的心情一直很不好。村里小卖店的事情始终没有着落，因此还不能开张，何军就只好仍回生产队下田参加劳动。但他的身体很差，稍稍累一点就会不停地咳嗽。村里的马书记看他实在坚持不住，就只好又安排他去看仓库。

何军回城十几天才回来。他看上去精神似乎好了一些，理了发，刮了脸，还穿了一身洗得发白的绿制服。就在这天晚上，他来到集体户找于非。于非已经睡下了，何军把他叫起来，从挎包里拿出一瓶65度的“芦台春”酒和几个午餐肉罐头。他向于非解释说，他没有别的意思，只想在这个晚上跟于非一起喝喝酒，聊聊天。于非并没有说什么，揉揉眼爬起来就跟何军一起喝起来。就这样喝了一会儿，他才放下酒杯说，说吧，什么事？

何军的酒量并不大，这时已喝得有些红头涨脸。

他对于非说，这件事……不要再闹下去了。

于非听了皱皱眉，似乎没有听懂他的意思。

他问何军，闹什么？你指的……是什么事？

何军苦笑一下说，你跟别人可以这样说话，跟我就不用了，咱们从小学就在一起，谁对谁还不了解，我今天请你喝酒，就是想把事情摊开了，大家打开天窗说亮话。

于非听了先是低下头去沉吟了一会儿，然后点点头说，好吧，你说吧。

何军说，其实我早就猜到了，村里小卖店的事就是你干的，对不对？

于非看着他，没说话。

何军又说，我知道你的心里一直恨我，当初在学校时，我在老师那里没少打你的小报告，可是我也有苦衷，我家里有政治问题，这你是知道的……后来你因为恨我，才偷了我的烟盒，我现在可以告诉你，那个烟盒就是我踩扁的，我是心里气不过，既然你不承认，又不肯还我，那咱们大家就谁都别要，接下来你是因为想报复我才去偷小卖店的，对不对？

于非看着何军，仍然没有说话。

何军接着又说，不过后来的事情就有些变了，罗组长在全村大会上说他这些年还从没遇到过对手，你是存心想跟他作对，所以才去公社偷了他的住处。何军说到这里喝了一口酒，又歪嘴一笑说，当然，我知道，你这样做也是想转移罗组长的视线，不过我告诉你，罗组长这个人可不是好惹的，这件事你最好趁早收手，否则再这样闹下去就不好收拾了。

于非始终不说话，只是一边喝酒，一边看着何军。

这时何军已喝得有些醉意，额上的青筋也爆起来。

他探过身来告诉于非，说自己已经在这里待不久了，最近公社有消息传下来，这一年的秋季选调已经开始，村里的马书记已明确告诉他，只要村里有一个选调名额就会让他走。不过……何军又摇摇头说，他很清楚，他家里的政治问题在这次选调时也是一个障碍，所以他为这件事很费了一番周折。他父亲曾告诉他，当年他投诚过来时，在解放天津的战役中还立过一次战功，只是当时没来得及颁发奖章，也没有凭证，所以他这次想，如果能找到他父亲当年的老上级，哪怕是老战友给证明一下，这对他选调的事肯定会有些帮助。何军告诉于非，就在他这次回去的这几天，竟然真的找到了他父亲当年所在班的那个老班长，但这人已经患了晚期癌症，躺在医院里，他赶在他咽气之前总算让他写了一份证明材料，还按了手印。何军说着打开自己的挎包，很神秘地拿出一张纸，在于非的眼前抖了一下连忙又收起来。他说，所以，现在有了这个证明材料就好办了，他这次选调一定可以走了。

于非一下一下地看着何军，仍然没有说话。

这时何军又想了想，对于非说，咱们做个交易吧。

于非问，什么交易？

何军似乎有些犹豫，迟疑了一下才告诉于非，他知道于非的一个秘密。

于非一听就笑了，说你能知道什么秘密，我这人从来就没有秘密。

不见得吧？何军诡谲地一笑说，我如果能说出来呢？

于非不动声色地说，你如果知道，当然可以说出来。

何军说好吧，村里放电影的那天晚上，你去哪儿了？

于非想想说，放电影，哪天放电影？

何军说，就是放《奇袭白虎团》的那天晚上。

于非一听就笑了，说，你怎么也问这个问题。

何军立刻问，还有谁问过？

于非摇摇头说，没有谁。

何军又追问，你还没回答我，你那天晚上究竟去哪了？

于非说，你去问一问村里的醉鬼杨三儿，他会告诉你。

何军哼一声说，我不用去问醉鬼杨三儿，那天晚上的事，他大概还没有我知道的多呢，当时我已经觉出你有什么事，所以你从牲口棚出去之后，我随后也跟出来，我看到你去醉鬼杨三儿的家了，可是没一会儿就又出来，你后来又去了哪儿了？

于非慢慢放下酒杯，面无表情地问，你，看到什么了？

何军嘿嘿一笑说，我看到一个人溜出村，朝东边去了。

于非为自己的杯里斟了酒，端起来喝一口，没再说话。

何军又说，我找了一辆自行车，随后也跟着出了村，后来就看到这个人又骑着自行车从东马村那边回来了，这个人担心被人认出来，还在自己的头上包了一块花头巾，接着他又去了常家店，在那里跟供销社的一个年轻女人说了一阵话，好像还在她的手里买了一条头巾。

何军问，你猜一猜，这人……是谁？

于非放下酒杯，坦然地说，这人是我。

何军立刻愣了一下，显然，他没料到于非竟会如此泰然自若地承认这件事，这样一来，他准备在后面要说的一些更重要的话反而说不出来了。

于非说，不错，那个在供销社门口买头巾的人就是我。

于非漫不经心地告诉何军，那一包花头巾是他在去公社的路上偶然捡到的，他原本是去公社的猪站买肉，不想在路上拾了一包这样的头巾，看一看又没什么用，就给供销社送去了，供销社为了感谢他，就很便宜地卖了一条给他，他回来之后就将这条头巾随手送给马小雨了。何军听了张一张嘴。于非说的这番话似乎合情合理，让他一时无法反驳。他想了一下，又说，好……好吧，就算那包头巾是你在路上捡的，这件事不说了，可是在那个晚上，去东马村的那个人又是怎么回事呢？他从麦秸垛后面推出的那辆自行车，总不会也是捡的吧？

何军笑一笑问，这个人又是谁呢？

于非问，是谁？

何军说是啊，是谁？

于非就又不说话了。他低着头喝了一会儿酒，就放下酒杯站起来，到外面去撒了一泡尿，然后回来又坐到何军的面前，点点头说，你要跟我做什么交易，说吧。何军并没有直接回答，只是微微一笑说，这件事，我在罗组长回公社之前，已经告诉他了。

于非立刻皱皱眉，说，你已经……告诉罗组长了？

何军说，不过，我说没看太清楚，只是像某个人。

于非沉吟了一下，说，好吧，你究竟……想怎么样？

何军说，这件事很简单，我能让罗组长相信，也能让罗组长不相信，比如我可以告诉他，那天夜里是我看错了，其实是东马村的一个妇女，夜里有急事来咱们西马村找人的。

条件呢？于非问，你要什么条件？

何军说，你应该知道是什么条件。

于非笑笑说，我怎么会知道。

好吧，何军点点头说，那我就明确告诉你，我的条件很简单，你去马书记那里，承认村里小卖店失窃这件事是你干的，我已经跟马书记讲好了，只要你承认，这件事就算过去了，他保证不会告诉罗组长，更不会为难你。于非一听就笑了，说既然这样，你为什么一定要让我承认？我承认不承认还有什么意义呢？何军说当然有意义，你如果咬住口，坚持死不承认，就算罗组长相信了我的话这件事也不会立刻有一个结果，而村里小卖店是由我负责，如果这件事不能立刻有一个最后的结果，我这一次选调的事就要耽误了。

于非听了端起酒杯，跟何军碰了一下扬头一饮而尽，然后说，可是，这件事不是我干的。

何军立刻被咽下一半的酒呛了一下。

不是你？你说……不是你？

于非说，你的话只说对了一半，你对罗组长说那天夜里看到的是我，他不会轻易相信，你说不是我，他也不会轻易相信，你没有任何证据，凭什么说那天夜里看见的人一定就是我或者一定不是我呢？于非说着又为何军斟了一杯酒，也为自己斟了一杯，然后端起来跟他碰了一下喝下去说，你如果拿不出有力的证据，就算罗组长相信了也没有任何意义。

何军并没有喝酒，他端着酒杯盯住于非问，你……想好了？

于非笑笑说，你威胁我？

何军拧起脸说，就算……威胁吧。

好吧，我告诉你，我想好了。

那你就等着瞧吧！

何军这样说罢，就将杯里的酒一饮而尽。

13

何军深知这次的秋季选调是一个难得的机会。

他偷偷告诉我，他已经认真分析过了，从目前情况看，我们集体户里所有人的条件都不如他。何军说于非当然更没有希望，且不论村里人对他是如何评价，只凭他父母的情况就不会通过政审。于非的父母由于是高级知识分子，虽然还在工作，但一直被单位控制使用，而且在政治上也始终没有定论，他这样的家庭背景自然不可能通过选调的。所以，何军对我说，他一定要抓住这次机会，决不能让小卖店失窃的事影响选调，而且他也明白，事不宜迟，小卖店的事如果再拖下去，说不定会夜长梦多又生出别的枝节来。

何军毕竟了解于非，因此这一次跟于非喝酒之前就已经想到有可能会谈不拢，所以已经做好了第二手准备。他想，如果谈不拢就只好破釜沉舟，去公社找罗组长摊牌。既然于非自己不肯承认这件事是他干的，他就找罗组长把那天晚上看到的事原原本本都说出来，只要罗组长相信东马村的事是于非干的，那么西马村的事就应该也是他干的，这样村里小卖店的事自然也就可以了结了。但是，让何军没有想到的是，他第二天一早赶到公社时，却并没有见到罗组长。罗组长这段时间很忙，何军一直等到下午，也没见着罗组长，只好饿着肚子回村来。

何军并不知道，在这个下午，村里这边还有一件更麻烦的事在等着他。

何军一回到村里就看到马书记。马书记正在焦急地等着他，一见他回来就说，你这一上午跑到哪去了，再不回来就要把大事耽搁了。何军连忙问是什么事？马书记这才告诉他，他们事先的估计果然没有错，何军报上去的选调材料已被打回来，理由是他父亲的历史问题不清楚，另外还有一点，如果他父亲在解放战争时期确曾立过战功，那就要有相应的证明材料，而且必须是当时在场的见证人最直接的证明材料，否则就不足以采信。马书记说，你要赶快想办法，如果几天之内拿不出证明材料，这个选调名额就要落到别人头上去了。何军一听是这件事立刻松了一口气，他告诉马书记，他这一次回城就是办这件事去了，证明材料已经搞到了，他马上就可以拿给他。马书记一听立刻跟何军一起来到集体户，但是，当何军打开自己的箱子时，却发现昨天晚上还在的那份证明材料竟不翼而飞了。何军先还以为是自己放错了地方，或压在衣服底下或是别的什么东西下面了，但他满头大汗地将箱子里的东西都倒出来，也没有发现那张纸片。马书记问，你是不是记错了？何军哭丧着脸说怎么会记错，他昨天晚上还把这张纸拿出来给于非看过。他说到这里突然愣了一下，连忙拿过箱子上的锁看了看，锁是完好的，再仔细查看一下箱子，箱子也没有被撬过的痕迹。

但何军已经意识到了，事情很明显，应该只有一种可能。

何军立刻来找于非。于非正在田里收玉米，杂交玉米有齐胸高，因此在田里走起来就比较费力，但于非掰玉米的技术很娴熟，脚步也很轻盈，远远看去就像是漂浮在庄稼里。何军用手拨着庄稼走到于非的面前，一把拉住他说，你……你还给我吧。于非站住了，把背上的箩筐慢慢放到地上，歪过头看看何军问，还给你什么？何军已经快哭出来，他说，你应该知道的，这份证明材料对我来说有多重要。于非想一想问，你是说，昨天晚上给我看过的那份证明材料吗？何军说是啊，你赶快把它还给我吧，只要你把这份材料还给我，我立刻就去对罗组长说，我那天夜里看到的不是你。于非一听就笑了，转过身来说，你这样说话有些莫名其妙，第一，那份证明材料是你的，没在我这里也不可能在我这里。第二，你去不去跟罗组长说，说什么，也跟我没有任何关系。何军立刻虎起脸说，如果是这样，那我就要去报案了！于非说报不报案是你的事，我直到现在还不明白，你那里究竟发生了什么事？

何军这才告诉于非，他的那份关于他父亲曾立过战功的证明材料突然不见了。

何军说，我昨晚只给你一个人看过，然后明明放在箱子里，怎么会不见了呢？

于非听了，说，你仔细回忆一下，你能保证这东西只给我一个人看过吗？

何军立刻说当然能，但想了想，似乎又有些不敢肯定。他的记忆力本来就很差，这时一着急脑子就更加混乱起来，他皱着眉想了想说，好像……没给别人看过。

于非说，如果确实没给别人看过，那就应该不会丢。

何军说，可是……我已经找遍了所有的地方啊。

于非说，你再去找一找，也许在你想不到的地方。

何军一听立刻鼓起眼，他感觉于非的话里似乎有话。

他连忙问，我……再去找一找……就可以找到吗?

于非笑笑说我怎么知道，你去找找就是了。

那，那好，我……再去找一找……

何军说罢就转身又跑回村里来。

但何军将箱子里的东西又仔仔细细地翻找了一遍，几乎将箱子拆了也没有找到那份证明材料。他这时才终于明白了，这份证明材料绝不是自己忘记了放在什么地方，它肯定是被人用什么方法偷去了。无论这个偷证明的人出于什么目的，他既然偷走它就不可能再让自己找到。马书记一看也很着急，说如果没有这份证明，选调材料再报上去肯定还会被打回来，接着又想一想说，现在只有一个办法了。何军连忙问什么办法?马书记说，你立刻赶回城里去，再开一份证明来。何军听了想一想，事到如今也只有这一个办法了。

于是，他赶紧收拾起东西就又回城里去了。

14

何军这一次回去没能开来证明。

他父亲当年的那个老班长在上一次为他写了那份证明材料之后不久就去世了。这位老班长的家人很热情，看到何军焦急的样子，当即表示他们可以代逝者为他出一份证明，或者出一份逝者曾经出过这个证明的证明，但这样的证明显然没有什么意义。于是，何军在向他父亲当年的那个老班长表过哀悼，又向他家人表示过慰问和感谢之后，就又准备立刻往回赶。但就在这时，他的家里又出了事。他父亲听说自己当年的老班长去世之后心里很难过，又听说这一来无法再为何军出具证明材料，一着急也病倒了。何军的父亲有很严重的胃痉挛，平时情绪稍有波动就会发作。何军赶紧将他父亲送去医院，就这样又耽搁了几天时间，看一看他父亲的病情稍稍缓解了一些，才赶紧又回村来。

但何军刚回到村里，马书记就告诉他一个惊人的消息，何军的这个选调指标果然已经落到别人的头上去了，而且，这个人竟然是于非。这听起来似乎有些令人难以置信，于非在村里的表现并不突出，而且在前一段时间发生的一连串失窃案中还有重大嫌疑，这个选调指标就是给我们集体户里的任何一个人也不会轮到他头上的。但是，马书记告诉何军，于非这一次并不是单纯的选调，他的父母已经被落实政策，而他们工作的那个单位又属于特殊机构，因此允许将本单位职工的适龄子女按招工指标招进去。而于非正在农村插队，就算被他父母的单位招工也要占用选调指标，这一来也就正好用了何军的这个名额。何军听了张大嘴瞪着两眼，半天没有说出话来。但马书记又告诉他，不过事情也没有这样简单，首先，于非在办理手续时村里是不会为他盖章的，而且公社的罗组长也已经明确表示，在这几起失窃案还没有彻底查清楚之前，公社也不会为他盖章，而如果没有村里和公社的这两级公章，就算于非父母的单位同意招工，于非就是有再大的本事也不会办成手续离开这里的。

但是，马书记和何军还并不知道，就在他们这样说话时，于非已经带着一应手续去公社的粮站办理粮食关系了。公社粮站为他办好粮食关系，又给我们西马村打来一个电话，正式通知我们村知识青年于非的粮食关系已经办结，可以为他结算了。村里的马书记一听立刻吃了一惊，说他办粮食关系？我们村还没有给他盖章，你们凭啥为他办粮食关系？公社粮站的人听了感到奇怪，说他所有的手续都很齐备，而且明明已盖了你们村里和公社的两级公章，我们有什么理由不给他办粮食关系呢？马书记一听连忙又给公社的罗组长打电话，罗组长也在电话里坚称，在于非的事还没有彻底查清楚之前，公社是不会也不可能为他盖公章的。

马书记听了越发感到奇怪，既然这样，于非的这两个公章又究竟是怎样盖的呢？

于非从公社粮站办完粮食关系后并没有再回我们西马村，而是直接就回城里去了。

几天以后，于非给何军寄来一封信。信的内容很简单：打开箱子吧，看一看。何军连忙打开自己的箱子。他这时才发现，自己苦苦寻找了很久的那份证明材料竟然就在箱子里，旁边还有一个人造革的拉链包。这个拉链包被擦得干干净净，而且开线的地方也都被仔细地缝上了。包上压着一沓钞票，还有一张字条，上写：请转交罗组长，谢谢。

掩 骨 记

第一章

我真正了解这件事的真相已经是很多年以后的事情。

这时王鸥已大学毕业。但她并没有学声乐，而是学了地球物理探矿，应该说与艺术没有任何关系。这让我大感意外。王鸥在中学时唱歌很好，就是我们的音乐老师也认为，且不说她的音乐感和嗓音条件，仅从气息和发声位置看就已经接近专业水准。我们的音乐老师甚至断言，如果王鸥这样唱下去，将来极有可能成为一个很出色的歌唱演员。但是，王鸥告诉我，后来发生的事也正是因为唱歌。从那件事以后，她就下决心永远不再唱歌了。王鸥当年的这件事我是知道的，的确影响很大，几乎轰动了全公社，甚至还惊动了县里。那时我插队的地方离王鸥的村庄很近。我在芦花村，她在莲花村，相距不过 5 里，但我那时候已被安排到村里的广播室工作。当时正在热火朝天地开展“农业学大寨”活动，每天都要广播各种通知，还要写一些零碎的宣传报道表扬好人好事，因此我很少有时间去莲花村。只听说王鸥出事以后，被借调去了公社卫生院，再后来就回城了。

王鸥告诉我，这件事的真正起因是那一年县里搞“知青文艺汇演”。当时已是上山下乡运动后期，开始陆续有知青选调回城。于是人心也就浮动起来，大家都在想方设法寻找回城的门路，知青的管理工作也就越来越难搞。就在这时，县里的有关部门为了稳住涣散的人心，增强凝聚力，就决定在全县范围搞一次大规模的“知青文艺汇演”。这次汇演是分段进行，先由各村的集体户出节目，报到公社，经初审之后在本公社首演，接着再进行第二轮筛选，最后每个公社确定两到三个节目报送到县里参加汇演。县里为了激发大家的积极性，还特意做出明确规定，凡被选送参加县里文艺汇演的节目，作为奖励，表演者都将被增加 45 个出勤日。这项规定一公布，立刻在全县的知青中引起强烈反响。按当时的选调政策，知青每一年在生产队里参加农业劳动的出勤日是有严格要求的，一般至少要达到 240 天，也就是 8 个月以上才有资格参加选调，如果两个人是同等条件，那么最后比的也就是出勤日。而这一次倘若能去县里参加文艺汇演一下就可以增加 45 个出勤日，也就是一个半月，这对于已经无心参加农业劳动而又渴望选调的知青来说诱惑力自然可想而知。于是全县的知青立刻兴奋起来，每个人都跃跃欲试，摩拳擦掌，想在这次汇演中一显身手。知青当中多才多艺者自然大有人在，我们公社在很短的时间内就报上许多节目来，有“革命样板戏”清唱，有男声独唱女声独唱，有器乐独奏器乐合奏，甚至还有快板、三句半和京东大鼓。王鸥原本并没有报名。王鸥在学校时虽然经常登台演出，而且在各种文艺汇演中获过很多奖项，但她的性格却很内向。她来农村插队之后就再也没有唱过歌，因此他们村里的人也就并不知道她有这方面的特长。但是，他们集体户的户长赵四海却对王鸥很了解。赵四海在学校时是我们班的班干部，经常组织各种文艺活动，因此很清楚王鸥会唱歌。于是这一次就找到王鸥，劝她也报名参加县里的汇演。赵四海说，凭你的水平只要报名，肯定能被选送到县里去。王鸥听了却说，她不想参加这种汇演。赵四海立刻严肃地说，这不是你想不想参加的问题，公社的通知明确说了，这一次也是政治任务，我们应该积极配合上级的工作。赵四海说，况且如果去县里参加汇演还可以加分，这也是一个难得的机会。王鸥说，她不在乎这四十几个出勤日。赵四海耐心地说，你不在乎，可是别人在乎，你就算替别人着想也应该报名。

这一次在赵四海的努力劝说下，王鸥最终还是报了名。王鸥报的是女声独唱，革命现代芭蕾舞剧《白毛女》插曲《北风吹》、《扎红头绳》和《大红枣儿甜又香》。王鸥是标准的民歌嗓子，她曾经凭借这 3 首歌曲去参加全市的中学生文艺调演，而且获过优秀奖。但这一次，她的这个节目却被搞成一个很奇怪的组合。他们集体户里的每个人都想借这个机会得到那 45 个出勤日的加分，因此也就都要求在这个节目中担任一个伴奏角色，于是有敲锣的，有敲木鱼的，还有打鼓的，把一个女声独唱的节目搞得不伦不类。在参加公社演出时，王鸥的节目一上台，坐在底下的领导都有些莫名其妙，搞不清这敲敲打打的究竟是一个什么节目。但王鸥的歌唱水平毕竟很高，她的嗓音甜润，而且极富表现力，将《白毛女》这几首插曲唱得声声入耳，字字动情，立刻博得全场的热烈掌声。公社革委会的陈主任没有想到，在自己公社的知青中竟然还有如此出色的文艺人才。公社陈主任正在想尽一切办法要调到县里去，这一次如果自己公社的知青在全县文艺汇演中取得好成绩，自然在政绩上又可以增加一个筹码。于是当即决定，就将王鸥这一个节目报送到县里去。陈主任这样做的意图显而易见，是想孤注一掷，将全部精力集中在一个节目上，争取在这次的文艺汇演中拿到最好成绩。不过陈主任也对王鸥的这个节目进行了一下调整，认为那几个敲锣打鼓的伴奏没有必要，于是就都去掉了，另在公社中学里找了一位会拉手风琴的女教师，专门为她借来一架“鹦鹉”手风琴，让她为王鸥伴奏。这时距县里的文艺汇演时间已经很近，公社陈主任做出指示，让王鸥和这个女教师加紧排练。陈主任又专门给莲花村大队的牛书记打了一个电话，让村里全力配合王鸥的排练。当时正值炎炎夏季，白天的气温高达38度以上，而从王鸥插队的莲花村到公社要走十几里路，所以陈主任特意提出要求，为了让王鸥保持体力，她每天来公社排练时，村里要有专人用马车或拖拉机接送。牛书记接到公社陈主任的电话自然不敢怠慢，当即安排自己的小儿子牛蛋，每天专门负责开着拖拉机接送王鸥。

事情也就是从这时开始的。

王鸥告诉我，她事后回忆，其实牛书记的这个小儿子牛蛋在接送她去公社排练的那些天里已经有些不正常。但她当时只想着排练的事，所以并没有注意到这些。牛书记的小儿子牛蛋当时二十几岁，是一个面色黑红，毛发很重，看上去非常粗壮的年轻人。王鸥曾听村里人说，这个牛蛋从十几岁时就力大过人，他曾经拽住一头骡子的尾巴，生生向后拖了十几步远，最后竟将这头骡子拖倒在地上。后来他到二十几岁时，食量更是大得惊人，他曾与人打赌，一口气吞下三十几个生鸡蛋，然后还喝了一瓢凉水。但牛书记却并没让这个小儿子去干农活。村里以他小学毕业，有文化为由，安排去开了拖拉机。据说当时这件事曾在村里引起一些议论。有人说，村里有文化的年轻人很多，有的还是初中毕业，为什么一定要让牛书记家的这个牛蛋去开拖拉机呢。关于这件事，牛书记是这样解释的，拖拉机在田里耕种或拉运货物时经常会陷进泥里，这样就要去很多人推车或用牲畜拖拽，而他的小儿子牛蛋一个人就可以将拖拉机抬出来，这就为村里省去许多人力和物力。

其实在此之前，王鸥说，她并没有注意过这个牛蛋。但她却不知道，这个牛蛋早已在暗中注意她很久。那时王鸥的身材很好，看上去不高不矮，不胖不瘦，而且肤色也很白皙，即使来农村几年仍然没有被晒黑，这就使得她无论到哪里都显得有些出众。王鸥说，她事后回忆起来，就在她刚去公社排练不久曾发生过一件事。那是一个上午，当时她和那个女教师找了一间没有人的办公室刚刚开始排练，由于天气很热，屋里又只有她们两个女孩，她就脱掉外面的衬衣，只穿了里面一件薄薄的小衫。就在这时，她突然听到窗外有很奇怪的声音，接着就是重重的咕咚一响。那个女教师立刻开门出去，接着就呀地叫了一声。这时王鸥已经隔着窗子看到了，是牛蛋。牛蛋正四脚朝天地仰在地上。显然，他是扒着窗子朝屋里看，不知怎么一失脚就摔了下去。女教师吓了一跳，问他怎么回事，为什么还没走？牛蛋却半天没有说话，仍然那样呆呆地坐在地上，两眼直勾勾地盯着窗子，脸上是一副很古怪的表情。王鸥对我说，她在当时只是觉得这个人好笑，却并没把这件事放在心上。事后想一想，如果她那时就警觉起来，也许就不会发生后来的事了。

接着几天以后，又发生了一件事。

王鸥说，那是一个下午。在那个下午，由于她和那个女教师要赶时间，所以排练得晚了一些，这样牛蛋再开着拖拉机来接上她往回走时，就已是将近傍晚。王鸥在排练时有一个习惯，由于唱歌要用嗓子，为了保持喉咙的湿润和通畅就必须不停地喝水，这样一来也就要不停地去厕所。但在这个傍晚，因为从公社出来得急就没有顾上去厕所，接着坐在拖拉机的拖斗里在土路上一颠就感到越来越憋。王鸥当然不好意思向牛蛋提出让他停车，自己下去小解一下，而且凭着隐隐的直觉她也不愿这样做，于是就想忍一忍。但十几里的乡间土路却越走越长，后来王鸥实在忍不住了，就只好向牛蛋提出，让他停车，自己要下去一下。当时牛蛋没说话就将车停下来。王鸥跳下车特意走出很远，才在一蓬灌木的后面蹲下来。就在她小解时，无意中一回头，突然在灌木枝叶的缝隙里看到一双眼睛，她发现这双眼睛也正在一眨不眨地看着自己。王鸥顿时浑身一紧，刚要尖叫一声却立刻又忍住了。她知道，此时不能刺激这双眼睛，否则后果将不堪设想。于是她赶紧低下头去，在灌木丛的底下将身体紧紧地团起来。过了一阵，才听到灌木丛的那一边传来渐渐远去的脚步声。在这个傍晚，王鸥回到拖拉机上没说任何话，牛蛋也没有说话，就这样若无其事地开起拖拉机回村去了。

王鸥对我说，发生这第二件事之后，仍然没有引起她足够的警觉。那时当地的贫下中农偷看女知青洗澡或上厕所之类的事时有发生，因此她也就并没有太当一回事。

王鸥这一次去县里参加文艺汇演，果然取得了骄人的成绩，那时还没有一、二、三等奖或最佳表演奖，她获得了优秀奖，而且是优秀奖的第一名。颁奖典礼之后，县里招待获奖演员吃饭。王鸥平时从不喝酒，但县里的领导都夸奖她唱歌唱得好，说是很像郭兰英，于是在县领导的劝说下就还是喝了一些白酒。这样吃过午饭从县里出来，再坐上牛蛋的拖拉机往回走时就已是下午。牛蛋在这个中午也喝了一些白酒，这让王鸥隐隐地有了一丝不祥的预感。王鸥倒并不是担心他酒后驾车，她觉得牛蛋喝酒之后，看自己的眼神似乎有些不太对劲。

王鸥说，接下来的事情证明，她当时的预感是准确的。

在这个下午，王鸥坐在拖拉机的拖斗里，出了县城被风一吹，感觉酒劲有些往上涌，然后就昏昏沉沉地睡着了。不知过了多久，她突然感觉喘不上气来，似乎自己的身上压了什么沉重的东西，接着就惊醒了。她这时才发现，拖拉机不知什么时候已经停下来，牛蛋正趴在自己身上，呼呼喘着气，两只手在自己的身上乱摸乱捏。王鸥突然感到一阵恶心，啊地叫了一声，一翻身就从牛蛋的底下挣脱出来。牛蛋没有防备，立刻被王鸥掀翻在一边。他稍稍愣了一下，接着就呜的一声又朝这边扑过来，与此同时还伸出两手来抓王鸥。但他这一下又抓空了，王鸥朝旁边一闪，然后趁机跳下拖拉机的拖斗就朝路边的灌木丛里跑去。王鸥直到跑了一阵才突然意识到，她这样做是非常错误的。倘若她留在路边，或许有过往的行人或车辆牛蛋还不敢太放肆，可是她这样往灌木丛深处一跑就危险了，在客观上反而帮了牛蛋。但此时已经容不得她多想，牛蛋已在后面追上来。牛蛋虽然生得粗猛，但在灌木丛里跑起来却灵活得像一只野兔。他三步两步就撵上了王鸥。王鸥本想绕到一棵柳树的后面去，可是刚一迈腿就被牛蛋猛一下扑倒在地上。牛蛋扑的这一下很凶猛，就像是老鹰扑一只兔子，呼的一下就将王鸥按倒在底下。他这一次省去了许多繁琐的动作，直奔主题就来撕扯王鸥的衣服。王鸥到了这时反而冷静下来，她突然想到两个问题，第一，倘若自己的衣服被牛蛋撕得稀烂，那么她也就无法再回村里去了。第二，即使自己的衣服被牛蛋彻底撕烂，她也不可能有能力保住自己的贞洁，这个牛蛋能将一头骡子拽倒，自己这样单薄的气力又怎么可能招架得住呢。王鸥想明白这一切之后，就不再挣扎了，她为了不使自己的衣服被撕破，甚至还主动解开了纽扣和裤带，然后就任凭牛蛋在自己身上尽情地做了想做的事情。这个牛蛋果然精力过人，他在王鸥的身上持续的时间简直令人难以想象，几乎每一个阶段之后，没有间断地就又开始了新的一轮，就这样循环往复一直持续到傍晚。后来王鸥虚弱地说，你不要再干了，如果我死在这里，这件事你就无法收拾了。牛蛋这才悻悻地从王鸥的身上爬起来。他穿起裤子看一看王鸥问，你回到村里……会说这件事吗？王鸥低头整理着自己的衣服，没有说话。

牛蛋又问，你会去公社告发我吗？

王鸥停下手，慢慢抬起头，看着牛蛋说，我……只有一个条件。

牛蛋说，你说吧。

王鸥说，从今以后，你不要再来骚扰我。

牛蛋立刻问，我不骚扰你……你就不去告发了？

王鸥没有回答。

牛蛋又朝王鸥的身上用力看一眼，点点头说，好吧。

他这样说罢，就转身朝路边的拖拉机走去……

但是，王鸥说，她还是把这件事想简单了。

大约一个月以后，王鸥发现自己怀孕了。在知道这件事的最初一刻，王鸥感觉眼前发黑似乎天都要塌下来。在那个时代可以想见，一个没有结婚，甚至还没有谈恋爱的女孩子遭人强奸而且还怀了身孕，这是一件比死都还要严重的事情。王鸥感到惊惶茫然，一下有些不知所措了。但她很快就让自己镇定下来。她意识到，事到如今，她应该去找牛书记了。那是一个晚上，牛书记正在村里的大队办公室召集村干部开会，研究抗洪防汛的准备工作。牛书记被从办公室里叫出来，看一看王鸥的脸色立刻就意识到，一定是发生了什么不寻常的事情。但他还是问了一句，有啥事？王鸥说，我刚从县医院回来。她这样说罢，就将手里的一张纸条递给牛书记。这是县医院开具的一张诊断证明，上面清楚地写着：妊娠反应，阳性。牛书记看了看这张纸条，似乎意识到了什么，立刻抬起头睁大两眼看着王鸥。王鸥点点头说，对，是你的儿子牛蛋。牛书记又愣了片刻，忽然笑了，摇摇头说，你说是牛蛋，有啥证据，你们集体户里的那些知青整天男男女女的住在一起，还说不定会弄出些啥事来呢。王鸥很认真地看了看牛书记，从挎包里掏出一件男人的内裤抖了一下说，这条内裤，你认识吧。牛书记一见这条内裤，脸上立刻变了颜色。这是一条典型的农村男人穿的内裤，虽然已肮脏得看不出花色，但还是可以清晰地看出上面有斑斑的黑紫色血污。那个时代还没有 DNA 技术，但王鸥还是在那一刻趁牛蛋志得意满又疲惫不堪的时候偷偷将他的内裤藏起来。牛书记看一看这条内裤，这显然是一件无法诋毁的证据。但他稍稍沉思了一下，又笑了，抬起头看着王鸥语重心长地说，年轻人搞对象，用你们城里人的话说叫谈恋爱，一时把持不住先把生米做成熟饭的事也是有的，好吧，这件事没啥大不了的，咱们可以慢慢商量。王鸥听了很认真地看看牛书记，然后一个字一个字地说，你觉得，我会跟你的那个儿子谈恋爱吗？

牛书记听了立刻一怔，稍稍愣了一下。

王鸥又说，这是强奸，我被他强奸了。

她这样说罢就转身走了。

应该说，王鸥最后的这句话说得很重。当时上级已下发文件，明确规定，凡强奸上山下乡女知青者一律严惩不贷。接着没过多久，为了落实这个文件，也为警告那些对女知青心怀不轨的人，又在全国范围对一批强奸女知青的犯罪分子进行了一次声势浩大的公审，一下就枪决了三十几个人。这件事在全国影响很大，对那些仍在暗中觊觎女知青的人也的确起到了一定的震慑作用。所以，牛书记对这件事自然也就掂得出分量。几天以后，牛书记又来找王鸥，对她说，这几天他认真想过了，其实王鸥说的这件事是没有任何依据的，就算她手里的那条沾有血迹的内裤确实是他儿子牛蛋的，可是王鸥又怎么能证明那血迹就是她的呢，就算可以证明血迹是她的，又怎样证明这血迹就是从她的那个地方流出来的呢，而如果证明不了这一切，那么这条内裤也就没有任何意义了。牛书记接着又说，现在上级有明确的文件，他是知道的，凡是强奸女知青的人都要受到严惩，受害者也可以照顾提前回城，所以，王鸥这样做也是可以理解的。牛书记振振有词地说到这里，就宽宏大量地表示，正是考虑到这些他也就不想再追究这件事了。但是，他立刻又说，这样一来也就又出现了一个新的问题，如果他不再追究这件事，实际上也就等于承认了这件事是他儿子牛蛋干的，可是他儿子牛蛋是无论如何也担不起这个罪名的。牛书记说到这里稍稍沉吟了一下，然后说，所以，他必须想一个稳妥一些的办法。

他这样说着眯起眼看一看王鸥，接着又说，你选调回城的事就包在我身上，但无论我做什么，怎样做，你都不要说任何话，你只要等着回城就是了。

牛书记这样说罢点点头，又嗯了一声。

他说，好吧，这件事就这样决定了。

第二章

我终于知道了在那个秋天里究竟发生了什么事情。

在此之前，我一直认为那个秋天的事情是一个谜。

在那个秋天里，似乎所有的事情都来得很突然。先是赵四海和我约好，中秋节要来我这里喝酒，但他却莫名其妙地没有来。事后我才知道，赵四海刚刚因为两个接连发生的意外事件在全公社成为红极一时的风云人物。那一年的秋天突然连降了几场大雨，瘦龙河水暴涨起来，眼看已经威胁到堤外几个村庄的安全。公社立刻下发通知，要求各村的基干民兵轮流上堤巡逻，昼夜监视水情。当时知青都是基干民兵，因此也要上堤巡逻。一天夜里，就在赵四海值班的时候，突然发现大堤上一个已经封死的涵洞正在漏水。这时再去村里喊人显然已经来不及，而赵四海独自一人又不可能用草袋堵住这个涵洞，于是情急之下，他就跳进河里用自己的身体堵在这个涵洞上。就这样一直到第二天上午，来大堤上接班的民兵才发现了他。他这时已在冰冷的河水里浸泡了十几个小时，被救上来时已经虚弱得说不出话来。但他仍然用手指着那个涵洞，告诉大家那里有险情。这件事立刻被上报到公社。公社知青办认为这是一个很好的典型事例，立刻派人来村里详细了解情况，之后就将此事汇报给了公社革委会的陈主任。陈主任也意识到，这又是一个宣传点，如果在自己的公社出现这样一个具有典型意义的英雄人物，应该也算是自己工作的一项业绩，于是当即做出指示，要求公社知青办立刻着手整理一份关于赵四海的详细材料，准备报到县里去。

也就在这时，赵四海又有新的事迹传来。

原来赵四海那一次从河里被救上来之后，村里立刻将他送去了县医院。他在县医院住了一段时间，身体很快康复，于是就要求出院回村继续参加防汛。也就在这时突然又出了一件事。那是一个上午，正准备出院的赵四海来到县医院的院子里，等待来接他的拖拉机。就在这时，突然有一辆马车从医院门口狂奔进来。这辆马车是来送病人的，它原本停在医院外面的路边，但驾辕的那匹枣红马不知怎么突然受了惊吓，一下就横冲直撞地朝院子里狂奔而来。其实客观地说，当时的情形也并没有多么危急，虽然院子里有很多等待看病的病人，也有病人家属，还有医生和护士，但人们一见这辆冲进来的大车就都纷纷躲开了。可是让这样一匹惊马拖着大车跑进院子毕竟不安全，于是赵四海来不及多想，就在这辆大车轰然来到他近前的一瞬间，他突然纵身一跃就抓住了那匹枣红马的缰绳。幸好这匹马勒着嚼子，赵四海死死抓住缰绳拼命向后拽去，就这样又被向前拖了一段才终于将这辆大车停下来。院子里的群众安全了，而赵四海自己却被甩到车轮底下，额头撕开一道几厘米长的血口子。公社陈主任听到这个消息更加兴奋起来，立刻让公社知青办的人先写一篇报道，给县里的小报和有线广播站各送去一份。据说知青办的人写这篇报道时，在对赵四海这两次英雄行为的称谓上曾发生分歧，由于赵四海用自己的身体去堵涵洞，很容易使人联想到黄继光舍身堵枪眼，而他奋不顾身拦惊马又会使人想起舍身将惊马推出铁轨的欧阳海，所以，有人就主张把赵四海称为“黄继光式的欧阳海”，但也有人主张叫“欧阳海式的黄继光”。可是这两种称谓又都有一个共同的问题，黄继光用身体堵的是正在喷着火舌的枪眼，而欧阳海拦惊马面对的是急驰而来的火车，这两者都比赵四海的英雄行为力度要大，于是最后就决定，把赵四海称为“新时代的欧阳海和黄继光”，这样将两个英雄形象并列起来，也就强化了赵四海的事迹。

我听说赵四海的事以后，对他稍稍有些不满，认为他是当了英雄，就不屑理睬过去的老同学了。但后来再想一想，又觉得也可以理解。当了典型，成为英雄，自然也就不会再像普通人一样随便。这时我已经常听到关于他的消息，或者去县里出席什么会议，或者又被哪个公社请去作报告。如果从这个角度想，他没时间来找我喝酒也是正常的。

但没过多久，我又听到一个惊人的消息，赵四海出事了。

赵四海出的是一件无论如何都让人意想不到的事情，他竟然犯了强奸罪，而且强奸的还是一个女知青。消息是从他们莲花村传出的。据说是他们村里有人去公社举报，说赵四海在一次酒后强奸了他们集体户的女知青王鸥，并且造成严重后果，致使王鸥怀孕了。在那时候，强奸上山下乡女知青已经是一件极为敏感而且非常严重的事情，公社知青办的人接到这个举报自然不敢怠慢，立刻向公社革委会的陈主任作了汇报。陈主任听到这个消息也很震惊。王鸥刚刚在全县的知青文艺汇演中荣获大奖，而赵四海也正在风头上，已经被树为全公社的知青典型，而且正准备去县里为他申报“上山下乡先进个人”，这样两个为公社争得了荣誉的典型人物，在这种时候怎么会突然闹出这种事来？公社的陈主任当即决定，这件事由他亲自处理。他要到莲花村了解一下，看一看究竟是怎么回事。但是，当陈主任来到莲花村，调查到的所有证据，包括村里贫下中农的证词证言却都直接指向了赵四海，甚至有人进一步揭发说，虽然赵四海在村里一向表现积极，在政治上也要求进步，但他的道德品质一直有很严重的问题，村里早有妇女反映，说在田里干农活时，赵四海经常偷看女人小解。这让陈主任大感意外。陈主任对村里的牛书记说，像赵四海这样一个知青，怎么会干出这种事来呢？牛书记也沉痛地点点头，说是啊，他刚听到这些事时也不敢相信，赵四海怎么可能是这种人呢。牛书记说，事实就是这样，如果村里的贫下中农都这样说，那就不能不相信了。而且，牛书记又说，王鸥也不会乱讲话的，她的手里还握有赵四海强奸她的证据。陈主任听了立刻问，什么证据？牛书记说，好像是……赵四海的一条内裤，上面还沾有血迹。陈主任说，把这条内裤拿来，我要看一看。牛书记翻起眼皮想一想说，忘记放在哪里了，总之这条内裤他是亲眼见过的，很多人也都看到过。牛书记又说，如果不是考虑到避免让王鸥再受刺激，这件事可以去问一问她，她的证明应该是最直接的。

陈主任听了沉吟一下，没再说话。

接着，陈主任又在集体户意外地了解到一个情况。赵四海当初在学校时，原本是可以不下乡插队的。他已经有一个哥哥去了黑龙江的生产建设兵团，虽然还有一个姐姐留在城里分配了工作，但他本人在学校时一向表现突出，又是班干部，所以毕业时，学校就决定让他留城分配工作。但就在这时，赵四海却突然主动提出要下乡插队，为了表示决心甚至还写下了血书。集体户里有人向陈主任证实，赵四海在当时之所以这样做，正是因为王鸥。赵四海在学校时一直喜欢与王鸥接近，但王鸥的家庭出身不好，而且按条件，她自知毕业后肯定会去农村插队，所以也就一直和赵四海保持着不远不近的距离。不过这一次，赵四海的下乡要求最终还是得到学校的批准，就这样，他就和王鸥一起来农村插队了。

陈主任了解到这个情况，也就终于确信这件事是真的了。

我听说这件事以后，立刻决定去看一看赵四海。我想当面问问他这究竟是怎么回事。不管怎样说，我决不相信赵四海会做出这样的事。首先赵四海从不喝酒。其次，就算他喝了酒也不可能干出强奸的事，更不可能去强奸王鸥。赵四海一直追求王鸥，这件事我是早就知道的，但是凭着我对赵四海的了解，就算王鸥不同意，他可以一直这样坚持不懈地追下去，也不会干出如此极端而且下作的事来。所以，我怀疑这中间是不是还有什么别的事情。

也就在这时，赵四海却突然来找我了。

那是一个傍晚，我刚刚结束村里的工作从广播室回集体户，走到村口时，发现有一个人正在路边徘徊。走近一看，竟是赵四海。我当时见到他立刻吓了一跳。他的脸色发暗，在夕阳的余晖里显得很难看，而且面容枯槁，看上去像瘦了一圈。我让他到集体户里去，他却摇摇头，我立刻明白了，他在这种时候自然不想见到任何人。

他踟蹰一下说，也许……我不该来你这里。

我立刻说，你当然应该来，我正要去找你。

他看看我，嗫嚅了一下，你……相信我吗？

我问，这究竟是怎么回事？

他的嘴动了动，又摇摇头。

我说，我当然不相信这件事是真的，但是，我要让你亲口告诉我。

他看着我说，我告诉你，你就会相信吗？

我说对，只要你告诉我了，我就会相信。

可是……他摇摇头说，我自己……也不知道这究竟是怎么一回事……

在这个傍晚，赵四海告诉我，他真的不知道这究竟是怎么回事。事情是发生在中秋节的晚上。在那个晚上，他原本和我约好，要来我这里喝酒，但就在要出门时他们村里的牛书记突然来找他，说是要在村边他家的新房里请他吃饭。牛书记刚刚在村边盖了几间青砖瓦房，还没有搬过去。牛书记对赵四海说，今天过节，你来新房这边吃饭，也算是帮我试一试灶。当时赵四海听了犹豫了一下，但还是跟随牛书记到他家来。他来到新房时才发现，王鸥竟然也在。牛书记连忙解释，说你们两个现在可都是咱们村，甚至是咱们公社的大红人，一下争回来这样多的荣誉，如今就连公社的陈主任对你们都要高看一眼呢。牛书记这样说着就将他两人拉到桌边坐下来。这时桌上已经摆好了菜。牛书记一边斟着酒一边说，今天一来过节，二来也是为你们庆功。王鸥坐在桌边始终不说一句话，只是闷着头不停地喝酒。赵四海看了有些奇怪，问她，你平时不是不喝酒吗？牛书记立刻说，平时不喝酒，过节可以喝一点。一边说着就端起酒杯，跟赵四海碰了一下喝下去，接着又斟了一杯，碰一下又喝下去。赵四海是从来不喝酒的，甚至闻一闻酒味都会头晕。但是这天晚上，在牛书记的热情劝说下就还是连着喝了几杯酒。这时他很快感到浑身发热，心里像有一团火似的燃烧起来，接着就有些天旋地转，渐渐地似乎牛书记说话的声音越来越远。这时牛书记就站起来，好像说，让赵四海和王鸥先慢慢喝，他去村里处理一些事，一会儿就回来。赵四海连连摆手，他想告诉牛书记，他不能再喝了，但只是张一张嘴却已经说不出话来，然后就趴到桌上什么都不知道了。

赵四海告诉我，他真的不知道这以后究竟发生了什么事情。

我问，后来呢？

赵四海木然地摇摇头，说，后来他就醒了。这时已是半夜，他发现牛书记正脸色难看地坐在桌边。牛书记见他醒过来就冷冷地说，你怎么可以做出这种事来？当时赵四海感到头很痛，两个眼皮也很重，他用力眨一眨眼说，我做……什么事了？牛书记哼一声说，你自己干的好事，自己舒坦了，现在还要装糊涂么？你不会连自己做过的事都不承认吧？赵四海真的有些糊涂了，他问，我究竟……做什么了？牛书记立刻点点头说，好啊好啊，看来你真的不想承认啊。牛书记说，人家可还是没结婚的黄花闺女，你对人家干出这种事，让人家以后还怎样见人？牛书记一边这样说着，一边还愤愤地用手指敲了敲桌子。也正是牛书记的这几句话，才让赵四海有些明白了。他立刻愣了一下，睁大眼说，我……怎么可能干出这种事？牛书记冷笑一声说，是啊，这就要问你自己了，你自己干出的事，自己还不清楚吗。牛书记又说，眼下事已出来了，你还是先想一想咋解决吧。赵四海立刻说，王鸥在哪，我要当面问问她。牛书记摇摇头说，发生了这样的事，村里还能让你再见她吗，如果她出了意外怎么办？

赵四海说到这里，又看看我，他说，我……真的不知道这究竟是怎么一回事……

他这样说罢，就转身跌跌撞撞地走了。

无论怎样说，我还是无法相信这件事是真的。

我知道，赵四海是一个极要面子的人，他一向很在意自己的名誉。当初在学校时，我们班里曾有一个同学，一次拿来一个很精致的笔记本。这笔记本是红色的塑料封皮，看上去很小，只有一本《毛主席语录》那样大，但印刷和装帧都很精美，而且其中有很多彩色插页，画的是革命样板戏中各种英雄人物的肖像。当时赵四海很喜欢这个笔记本，拿过来翻来覆去地看着几乎爱不释手，于是就提出，用自己的一本带彩色插图的《毛主席诗词》和一套革命现代京剧《智取威虎山》的明信片与这个同学交换。但这个同学没有同意。后来过了不久，这个同学的笔记本突然丢了，他怀疑是被赵四海偷去了，于是就告诉了我们的班主任老师。我们的班主任老师当然不相信赵四海会做出这样的事，但还是将他找去，很含蓄地向他了解情况。当时赵四海听了老师的问话先是有些摸不着头脑，当他终于明白，是那个同学怀疑自己偷了他的笔记本，所以才来告诉老师时，他没说任何话，转身就去找那个同学。他找到那个同学之后仍然没有说话，径直走到他的跟前，迎面一拳就打在他的脸上。那个同学的鼻血立刻汹涌地流出来，但赵四海仍不肯罢休，又揪住这个同学的衣领将他摔倒在地上，然后骑上去拳头像雨点似的落到他身上，直到老师闻讯赶来，才将他从那个同学的身上拉起来。这件事让我们的班主任老师非常生气，她不相信赵四海这样一个一向在班里积极要求进步的同学，而且还是一个班干部，竟然会对同学这样动粗，于是当即要求他向那个同学道歉。但赵四海却坚决地拒绝了。赵四海说要道歉的应该是这个同学，他竟然这样随意污辱别人难道还不该道歉吗？赵四海甚至说，如果这个同学仍坚持认为是自己偷了他的笔记本，他还会这样揍他。当然，事后这个同学终于还是找到了他的笔记本，而赵四海也因此受到学校的一次严重警告处分。可是赵四海表示，他决不会因为此事后悔。所以，我想，赵四海是这样一个爱惜自己名誉的人，他怎么可能干出那样令人不耻的事来呢？

这一次赵四海回去，很快就被村里控制起来。

据说在此期间，他曾经多次向村里提出要见王鸥，但都被牛书记拒绝了。牛书记的理由是，王鸥因为这件事受到强烈刺激，村里要对她负责，所以，在这种时候不能让她见任何人。接着又有消息传来，说是赵四海被送到县里去了。

我们公社的陈主任并没有将此事告之县里，但县里的知青办还是很快就知道了。据说县知青办得知此事也很震惊。赵四海毕竟不是一个普通知青，为他申报“上山下乡先进个人”的材料刚刚送上来不久，县里的有关领导正在开会酝酿，不料在这个时候竟就出了这样的事情。县知青办当即决定，介入调查此事。但县知青办的人毕竟对这类事有些经验。他们考虑到，如果直接去莲花村调查恐怕会受到一些不必要的干扰，这可能使事情的真实性受到影响。经过研究，就通知我们公社，让村里派人将赵四海送来县里接受调查。于是就这样，牛书记让他的小儿子牛蛋开着拖拉机，自己亲自带领两个基干民兵将赵四海送来县里。据说县知青办对这件事的处理非常谨慎。他们在向赵四海进行调查之前，先提出让牛书记回避，但立刻遭到牛书记的拒绝。牛书记说，赵四海是他们莲花村的知青，而这件事又是发生在他们村里的事，所以，他作为村里的大队书记有权知道事情的所有真相，况且他也要对赵四海的人身安全负责，在这种时候，要确保他不发生任何意外。县知青办的人一听牛书记说得这样理直气壮，也就只好让他在一边旁听。县知青办的这次调查进行得很顺利，赵四海很配合，几乎对每一个问题都是有问必答，回答也很认真。他承认，他早在学校时就对王鸥很有好感，而且一直在暗暗地追求她，而王鸥也知道他的心思，只是出于各方面的原因才一直与他保持着不远不近的距离。赵四海还承认，他原本确实是可以不下来插队的，他来农村完全是因为王鸥，关于这一点王鸥自己也很清楚。赵四海说到这里，还主动向县知青办的人交代了一个细节。他说，来农村以后，他曾在那一年春节的时候明确向王鸥表露过自己的心迹。当时集体户里别的知青都回家过年去了，只有王鸥，由于父母都在“五七干校”，她就是回去了家里也没有人，于是就决定留在集体户过年。赵四海得知此事当即决定也不回去了，留下来陪王鸥。他特意向王鸥解释，让她不要多想，他留下来陪她只是出于工作上的考虑，他作为集体户的户长，有义务也有责任关心集体户里的每一个知青，既然王鸥在这个春节留下来，他留下来陪她也是应该的。但是，就在这一年的除夕之夜，赵四海和王鸥一起吃了简单的年夜饭之后，他还是忍不住将自己的想法对王鸥说出来。他说得很直接，也很坦率，几乎让王鸥无法回避他的问题。他先是告诉了王鸥自己对她的看法，同时也表示了对她的爱慕之情，然后就问王鸥，她对他是如何看的？在这个晚上，王鸥面对赵四海这样直截了当又热烈火辣的问题，没有回答，也没有不回答，她只是说，她此时的各方面条件还不允许让她考虑这方面的问题，她没有资格被别人爱，也没有资格爱别人，一切的一切都只能留待以后再说。但是，赵四海对县知青办的人说，尽管干鸥在那个除夕之夜没有正面回答他，但她在他的心目中一直是圣洁的，至高无上的，他怎么可能对她干出那种事来呢。这时县知青办的人就又问赵四海，你平时是不是从不喝酒？赵四海说是，他从不喝酒。县知青办的人立刻又问，那么，你是不是喝一点酒就会醉呢？赵四海说是，他在那个中秋节的晚上只喝了几杯酒很快就醉了。县知青办的人说，你刚才所说的那些事，还有那些想法，都是在你头脑清醒的状态下，而如果你喝醉酒是不是就是另外一回事了呢？县知青办的人说，比如，你是不是在酒醉之后就会做出平时在潜意识当中想做，而又不可能做的事情呢？赵四海立刻说这不可能，他在这一点上还是相信自己的，尽管人在酒后容易乱性，但他在清醒的时候不会做的事情，无论醉成什么样也绝不会做。那么，县知青办的人又问，你在那天晚上喝醉之后的事情还记得多少呢？赵四海老老实实地答，什么都不记得了。县知青办的人点点头说，这就是问题了，你既然什么都不记得了，又凭什么说自己做了什么，没做什么呢？赵四海张张嘴，立刻哑口无言了。接着，县知青办的人就又问了一个极专业的问题，男人在干了那种事之后，而且对方又出了血，自己下身总会有些异样的感觉，县知青办的人问赵四海，你在清醒之后，下身是不是有什么感觉呢？赵四海一向是一个很诚实的人，他点点头说是，他在酒醒之后，下身确实有些异样的感觉。他说关于这个问题他也一直感到奇怪，他搞不清楚这究竟是怎么回事。但是，事情调查到这一步，无论赵四海自己清楚不清楚，县知青办的人却认为他们已经清楚了。

从赵四海的回答可以得出结论，这件事已经没有什么可怀疑的了。

事情显然是这样的，赵四海对王鸥心存好感，一直追求而又求之不得，于是在酒醉之后，一时冲动就对她做出了这样的事情。尽管这件事是赵四海在酒醉之后做的，但并不等于酒醉之后做的事就可以不负责任。县知青办的人当即向牛书记宣布，赵四海这个人他们不能带回去了，县知青办要将他留在县里，接下来还要同其他有关部门对他作进一步调查。牛书记听了当即表示同意，并说，如果县里还有什么要求，村里也一定会尽力配合。

这时只有赵四海，一下不知所措了。

赵四海原以为来到县里，自己就可以将这件事说清楚了，却没有想到反而被县知青办的人一下子就给定了性，而且还要将自己留在县里。他当然明白将自己留在县里意味着什么，于是，在这个上午，他想一想就对县知青办的人说，他还要回村里去一下。县知青办的人问，回村去干什么？赵四海说，由于自己出来得匆忙，没有带日用品，更没有带换洗的衣服，所以要回村去取。县知青办的人考虑了一下，觉得这件事毕竟还没有最后定案，于是也就同意了，但还是叮嘱牛书记说，现在这件事的性质已经变了，所以，你们押他回去取东西，一定要严加看管，千万不要出什么意外。牛书记听了立刻表示，决不会出任何问题，然后就让一起跟来的两个基干民兵将赵四海结结实实地捆起来。这时已是中午，牛书记顾不上吃饭，跟县知青办的人约好，傍晚以前将赵四海送回来，然后就让小儿子牛蛋开上拖拉机走了。

接下来就发生了让人意想不到的事情。

在这个中午，牛书记和两个基干民兵押着赵四海往回走时心情很好。当时他们是坐在拖拉机后面的拖斗里，牛书记和两个基干民兵坐成一个三角形，让赵四海蹲在中间。牛书记卷起一根旱烟，一边抽着一边对赵四海说，俗话说酒要少喝，事要多知，年轻人真的不应该多喝酒，酒喝多了不仅伤身，也误事，而且还很容易干错事。所以，他平时经常教育他的小儿子牛蛋，叮嘱他在外面千万不要胡乱喝酒，他的小儿子牛蛋也很听话，从不在外面乱喝酒。赵四海被捆绑着两手，始终垂着头蹲在那里。这时，他忽然抬起头对牛书记说，他要尿尿。牛书记想一想，点点头说也好，他也觉得有尿。于是就让前面的牛蛋将拖拉机停下来。这时赵四海又说，把绳子松开。牛书记看一看赵四海的样子，觉得他这样捆着确实没办法尿尿，于是就让旁边的一个民兵为他松开绳索。但是，就在赵四海被松开绳索的一瞬，他突然纵身一跃就跳起来。他这一下跳得很猛，也很高，接着在半空一拧身就朝拖斗的外面蹦下去。牛书记和两个基干民兵一下都愣住了，待他们反应过来时，赵四海已经朝路边的水沟跑去。但牛书记的小儿子牛蛋反应还是快一些，他立刻跳下拖拉机朝赵四海扑过来，一把抓住他的胳膊。可是赵四海一路蹲在拖拉机的拖斗里，已经被晒得浑身是汗，牛蛋抓住他的胳膊只觉一滑，他就已经跳过水沟朝农田里跑去。当时的情形可以想见，赵四海当年在学校时很爱体育运动，尤其喜欢跳高和跳远，如果他这样跑出去一般人是不可能追上的。所以，牛书记他们只能眼看着他头也不回地消失在田野深处……

第三章

我是在赵四海逃跑的第二天上午才知道这件事的。

在这个上午，我正在村里的广播室赶写一个关于抗洪防汛的紧急通知。就在这时，大队长来找我，让我立刻到大队办公室那边去一下。我播完了通知就来到大队办公室，一进门看到两个人正坐在那里。大队长介绍说，这两个人是公社武装部的，来向你了解一些情况。这时我立刻有一种预感，这两个人来找我，应该与赵四海的事有关。果然，其中一个黑脸的中年人看看我，然后问，你认识赵四海吗？

我说认识，我和赵四海是中学时的同学，后来又一起下乡插队。

黑脸的中年人说，听说，你们关系很好？

我点头承认，说是，我们关系确实很好。

这个中年人又问，赵四海最近来找过你吗？

我想一想说，是来找过我。

什么时候？

就在，前不久。

前不久是多久？

大约，几天前。

他对你说了什么？

他说……

我说到这里忽然停住了，看一看这个黑脸的中年人问，你们来找我，究竟有什么事？

这时坐在旁边的黄脸中年人说，赵四海最近出的事，你应该听说了？

我说是，听说了。

黄脸的中年人问，你是怎样看这件事的？

我说，我不相信赵四海会干出这样的事。

黄脸的中年人笑一笑说，我们猜到了，你会这样看的。

这时黑脸的中年人说，我们可以告诉你，赵四海跑了。

我立刻一愣，他……跑了？

黑脸的中年人点点头，说对，就是昨天中午跑的。

黄脸的中年人盯着我问，他，没来找过你吗？

我没说话，只是看一看这个黄脸的中年人。

这时，我已经明白了这两个人的来意。

黑脸的中年人显然想从我这里了解到更多的情况，于是就耐心地将赵四海如何被送到县里，回来的路上又是如何逃脱的整个过程都对我讲了出来。我听了暗暗松了一口气。我可以猜到，赵四海一定不是真的想逃脱，他也没理由逃脱，他不过是急于想找到王鸥，当面问一问她这究竟是怎么回事。在这种时候，也只有王鸥能告诉他，在那个中秋节的晚上究竟发生了什么事。我当然也能猜到，凭着赵四海的体能，公社和莲花村的那些人要想抓到他肯定是不容易的。果然，这个黑脸的中年人说，从昨天中午赵四海在回村的路上逃脱，公社一得到消息立刻就派人会同莲花村的基干民兵一起去田野里围追堵截，可是却一直没有抓到他。凌晨曾有人在大堤的水闸旁边发现了他，但抓捕的民兵闻讯赶过去时，却早已不见了他的踪影。

这时，黄脸的中年人看看我问，你觉得，赵四海会跑到哪去呢？

我笑着摇摇头说，你们都不知道，我又怎么可能知道呢。

黄脸的中年人突然问，他上次来找你，究竟都说了什么？

我说，他让我相信他。

相信什么？

相信他没干这种事。

那你相信吗？

我当然相信。

我说得很坦然。我接着又说，我了解赵四海，他是不可能干出这种事的。

黄脸的中年人盯着我，问，这样说……如果他来找你，你会把他藏起来？

我点点头，很诚实地说，他如果真来找我，我想，我会这样做的。

黑脸的中年人立刻在一旁说，你如果真这样做了，肯定会后悔的。

我转过头来看看他，笑笑说，我凭什么后悔，你们能把我怎么样？

黑脸的中年人瞪起眼，嘴动了动却没说出话来……

我这时还并不知道，公社的陈主任已经为这件事发起火来。陈主任并不知道最近发生的这些事，所以，当他听说县里已经知道了此事，而且牛书记已将赵四海送去县里接受调查，而赵四海在回村的路上又竟然已经逃脱时，立刻就气得拍了桌子。

陈主任当即将牛书记叫来公社。

陈主任沉着脸质问牛书记，县里知道了这件事，而且让你将赵四海送去接受调查，这样大的事你为什么不向公社汇报。陈主任又对牛书记说，现在好了，县里已经介入调查，而赵四海又逃跑了，这样大的责任看你怎样向县里交代。牛书记只几天的时间已经累得疲惫不堪，他垂头丧气地说，他也没有想到这个赵四海会在回村的路上逃跑。这时陈主任突然问牛书记，这究竟是怎么回事，这个赵四海是不是真的强奸了那个王鸥？

牛书记立刻说，这件事……应该已经确实了。

然后，牛书记就将赵四海在县里接受调查的过程和结果对陈主任讲了一遍。陈主任听了想一想，摇摇头说，可是……这中间还缺少一个环节。牛书记问什么环节，陈主任说，我怎么一直没有见到这个王鸥，她本人是怎样说？牛书记连忙说，这件事当初就是王鸥自己说出来的，如果她不说，别人怎么会知道。陈主任说，可她毕竟是当事人，在这个时候要站出来说话才行，否则县里根据什么定案？陈主任想一想又说，王鸥现在哪里，我要当面问问她这件事。牛书记稍一迟疑，支吾了一下说，王鸥……王鸥……是这样，她自从出了这件事就不愿再见人，一向她问起这件事只是不停地哭，再问，就眨着眼发愣，而且一个人时总是念念叨叨地不知说些啥，村里怕她出事，只好每天派几个妇女轮流看着她。

陈主任听了有些意外，问，她现在……已经这样了？

牛书记点点头，说是啊，村里真怕她再出啥事呢。

陈主任哦一声，点点头说，那就先不要惊动她了。

也就在这时，又有消息传来，说是赵四海找到了。

赵四海是在莲花村外水渠边的一个泵房里被找到的。他将上衣搭在房梁上，然后像穿衣服一样地系上纽扣，又将垂下来的两根衣袖系在一起，就将自己吊上去了。抓捕的民兵找到他时，他的身上已经像石头一样硬，也像石头一样冰冷。人们将他放下来之后，又在泵房的角落里发现了一块啃了一半的生红薯，还有一只破瓦罐，里面有些凉水，这显然是他生前的最后一点食物。可以想象，赵四海最后之所以选择了这样一个方法了结自己，是因为已经走投无路。这几天公社动员了周围几个村庄的所有民兵，像拉网一样地在田野里搜来搜去，几乎连一只野兔也不放过，赵四海想找王鸥当面对质这件事显然已经不可能。这时已进入晚秋，他没有食物，又没有衣服，到了夜里饥寒交迫，一定很难再坚持下去。而更重要的是，他是一个如此爱惜自己名誉的人，又是莲花村集体户的户长，现在却背负了"强奸"这样一个令人不耻的罪名。可是他又实在无法解释这件发生在自己身上的事情，他是接受不了这个现实，又忍受不了这种耻辱，最后才不得不走上这条绝路的。可是，我也很清楚，正因为我了解赵四海，所以才能理解他在死前是怎样的一种心理状态。但别人呢，又有谁能这样理解他？可以肯定，在别人看来，赵四海就是在走投无路之下畏罪自杀的。

赵四海这样一死，强奸的罪名也就更加背定了。

但尽管如此，随着赵四海的自杀，这件事还是不了了之了。这一次牛书记接受了教训，没再擅自做主，而是先向公社的陈主任作了汇报。然后又请示陈主任，赵四海的后事该如何处理？陈主任听说了这件事先是感到很意外，接着与公社的有关领导商议之后，就做出明确指示，第一件要做的事情自然是通知赵四海的家里。牛书记接着又请示，关于赵四海的具体死因该如何向他的家里说明。陈主任经过慎重考虑，认为这件事还是如实告诉他的家里比较稳妥。因为赵四海毕竟是自杀死的，既然是自杀，当然就要有一个合理的而且是站得住脚的原因，否则一个人好端端的怎么会去自杀呢。然而，让公社陈主任和牛书记都没有想到的是，当牛书记通过长途电话将这个消息告诉了赵四海的父亲，并说明了详细情况之后，赵四海的父亲竟立刻在电话的那一头发起怒来。赵四海的父亲是一个炼钢工人，而且是炉前工，多年来在炼钢炉前已经养成一种沾火就着的火爆脾气，他一听说自己的儿子竟然是因为做了这样的事才自杀的，不仅没有悲伤反而立刻发起火来。他当即在电话里说，既然他干出这种禽兽不如的事来，当然应该死，他就是不死也已经没有脸面再活在这个世上。赵四海的父亲咬着牙硬硬地说，他死得好！这一来牛书记反而无话可说了。牛书记原本还想劝慰赵四海的父亲几句，然后征求一下他的意见，看赵四海的遗体是运回城里去，还是在农村就地掩埋，不料赵四海的父亲竟主动提出，他儿子的尸体就不要弄回去了，他也不会来农村看他。

他说，村里找个不碍事的地方，随便一埋也就算了。

赵四海的父亲这样说罢就将电话挂断了。

事情到了这一步反而简单了。

牛书记立刻又向公社的陈主任作了汇报。陈主任原本也觉得这件事毕竟不是什么好事，如果宣扬出去不仅会给知青工作造成不必要的负面效应，甚至还会影响到自己的前程，他也正希望将这件事大事化小，听了牛书记的汇报也就点点头说，既然赵四海的父亲这样通情达理，我们就尊重家属意见，尽快将赵四海的尸体埋掉也就是了。

这时赵四海的尸体仍还停放在莲花村外水渠边的泵房里，虽然已是深秋季节，但尸体放了几天也已经散发出异味。牛书记自然也想尽快了结此事，一听陈主任这样说，立刻就着手处理赵四海的后事。当时在农村土葬虽然仍很普遍，上级却已经发出了火葬的号召，但牛书记想了想，还是决定为赵四海厚葬一下，于是就让村里的几个木匠用很厚的木板做了一口像样的棺材，将赵四海的尸体装殓起来。可是在为赵四海选择下葬地点时，莲花村的人们却发生了分歧。牛书记原想将赵四海就埋在水渠边的泵房附近，但村里上年纪的老人却不同意，认为水渠边的泵房附近是村里最好的一块水浇田，而赵四海是自杀死的，又是因为这种事才自杀的，将他埋在这块农田的旁边很不吉利。于是又有人提议，说是埋到村西一块叫西高坡的地方去，可是这个建议也遭到很多人的反对。因为西高坡是一片坟茔地，莲花村里很多人家的祖坟都在那里，村里的人们认为，将赵四海这样一个外乡人埋到那里，会坏了自家祖坟的风水。牛书记没有想到赵四海竟然会死无葬身之地，一下也没了主意，于是跟村里的几个干部反复商议之后，只好决定将赵四海埋到村东一块很远的叫柳树洼的地方去。

柳树洼虽然叫柳树洼，却并没有柳树，只是一片开阔而且贫瘠的农田。那是一个下午，牛书记带着村里的几个民兵将赵四海的棺木抬去柳树洼，挖了一个很深的土坑就埋掉了。牛书记还特意将自己家的两只母鸡杀掉，作为陪葬品也装进赵四海的棺木里。据说牛书记是在前一天的晚上做了一个梦，梦到赵四海面黄肌瘦地来找他，说是自己饿坏了，让牛书记给他一些吃的东西。牛书记问他想吃什么，他说想吃鸡。但是，牛书记却矢口否认有这样的事。牛书记说，赵四海毕竟是来村里插队的知青，他之所以杀这两只鸡只是想尽一点心意。牛书记说，咱贫下中农虽然不信神鬼，但杀两只鸡祭奠一下总没有坏处。牛书记将这两只鸡处理得很仔细，他特意让家里人洗得干干净净，掏去内脏，然后放了葱姜在大锅里慢慢炖熟。所以，尽管这两只鸡埋得很深，仍然能从松软的土里散发出诱人的香气。

牛书记并不知道，就在他埋葬赵四海的时候，他的小儿子牛蛋那里也出事了。牛书记的小儿子牛蛋这时要到公社去工作，据说牛书记为他找了两个地方，一个是去公社农机站当修理工，另一个则是去公社的卫生院当会计。当然，在牛书记看来，还是去农机站更好，因为在那里可以学到一些技术。但牛书记的小儿子牛蛋经过了解，得知公社农机站里不过是一些肮脏的农业机械，然后就是一些身穿油腻腻的工作服的男人，而公社卫生院则是一个很干净的地方，里边也多是一些身穿白大褂的女医生和女护士，于是就毫不犹豫地选择了后者。不过牛书记也警告他，说你毕竟开了几年拖拉机，对机械方面的事情熟悉一些，所以去农机站当修理工应该更合适，而去卫生院当会计就是另一回事了，当会计要有文化，可是你只有小学的文化水平，这会很吃力。但牛蛋的决心却很大，也很自信。他跃跃欲试地说，当会计也没啥了不起，他从小就很喜欢算数，所以，应该没有太大问题。牛书记一听小儿子这样说，也就只好由他去了。但是接下来又有一个很具体的问题，村里毕竟只有牛蛋一个拖拉机手，如果他去公社卫生院当会计，就还要再找一个人来开拖拉机。于是牛书记就决定，让自己的一个本家侄子来接替牛蛋。牛书记的这个本家侄子叫牛囤，是一个很胖很矮的年轻人，而且脖子很短，因此回头也就很困难，每当想看一看身后发生的事情，总要将整个身体都转过来才行。牛书记刚决定让牛囤接替牛蛋开拖拉机时，村里曾有人提出异议，说牛囤这样的体形开拖拉机，如果往前开还可以，倘若后退就很困难，他没有脖子，无法回头，怎么能看到后面的事情呢。牛书记对这样的异议却不以为然，他说拖拉机都是往前开，有谁见过倒着开的呢，到了田里更不可能倒着耕地，就是偶尔倒退一下转过身去看一看也就可以了。于是牛囤开拖拉机的事就这样定下来。但让牛书记没有想到的是，就在牛囤开始学开拖拉机之后，村里人提出的异议竟然真的被印证了。牛书记的小儿子牛蛋为了可以尽快去公社卫生院上班，就起早贪黑地教牛囤开拖拉机。但牛囤的头脑虽然灵活，手脚却很笨拙，他由于太胖，身体的协调性就很差，而这也正是驾驶拖拉机的大忌，因此经常在牛蛋手把手的教导下，好端端的就将拖拉机开到路边的沟里去。在出事的那个下午，就在牛书记带领村里的几个民兵去村东柳树洼埋葬赵四海的时候，牛蛋和牛囤也将拖拉机开回到村里来。这时牛蛋已教了牛囤几天，累得筋疲力尽，所以在这个下午就想早一点收车休息一下。而此时牛囤虽然笨手笨脚，也已经基本掌握了驾驶技术，于是来到停放拖拉机的地方，牛蛋就跳下车，指挥着牛囤将拖拉机倒着开到一堵土墙的边上。当时牛蛋是站在土墙跟前，两手朝后挥着，嘴里喊着倒——倒——可是牛囤没有脖子，无法回头，而坐在驾驶座位上又无法转身，所以只能听着牛蛋的指挥慢慢向后倒。就这样，他突然听到车后发出啊呀一声惨叫，再站起来转过身去看时，才发现拖拉机已经倒到了牛蛋的身上。事后据看到的人说，当时的情形很惨，牛蛋是被挤在了拖拉机和那堵土墙之间，而拖拉机用来拖挂车斗的三角铁臂，也刚好从牛蛋的裆里穿过去。这样牛蛋站在那里，虽然头部上身和下身看上去完好无损，裆里却已经面目全非。这时正在附近的人们听到牛蛋的叫声立刻都跑过来，但是大家一看这情形，一下也都没了主意。有镇定一些的人提议，让牛囤把拖拉机朝前开一开，这样也就可以将挤在中间的牛蛋解救出来。但牛囤的驾驶技术本来就不熟练，这时又已经吓慌了手脚，情急之中不知怎么扳错了把手，拖拉机不仅没有朝前走，反而又向后面狠狠撞了一下。牛蛋立刻又发出一声尖利的像动物一样的惨叫。这时人们再朝下看去，才发现牛蛋的裤裆里已经涌出一股肮脏的黑血。再动车显然是不行了，人们经过商议，最后只好找来十几个壮汉，将拖拉机生生地向前抬了几步，这样才将牛蛋弄出来。牛蛋立刻被送去了公社卫生院。据说公社卫生院的医生用剪刀将牛蛋的裤裆剪开，一看里面的情形也吓了一跳。牛蛋的那一个命根子已经血肉模糊，看上去就像一团捣烂的猪肠子。卫生院的医生连连摇头，说公社卫生院的医疗条件有限，这样的伤情他们没办法处理，还是赶快送去县里的医院。

就这样，牛蛋就又被送去了县医院。

在这个下午，牛书记得到消息赶来县医院时，医生已经为牛蛋清洗了伤口。医生从手术室里出来征求家属的意见，说患者的伤势的确很严重，从目前情况看，他的外生殖部分受到严重的挤压伤，就是勉强保留也没有任何实用价值，已经完全丧失了应有的作用，所以，为了保住仅有的泌尿功能，就建议将外生殖部分全部切除。牛书记听了顿时目瞪口呆。他当然明白医生所说的将外生殖部分全部切除意味着什么，但是，为了保住小儿子的性命，也就只好忍痛割爱了。就这样，牛蛋再出院时，原本糙黑的皮肤就变得白皙起来，而且脸颊和腮边很光润，说话也细声细气，看上去俨然是一个有些斯文的年轻人了。

第四章

在这个深秋，我的情绪一直很低落。我当然知道，这是因为赵四海。我不相信发生在赵四海身上的所有事情，我甚至不相信他已经死了，就那样被装进一口厚厚的棺木，孤零零地埋到那片田野里了。我想，不管怎样，也许将来有一天我还有希望离开这里，但赵四海却不会了，他将永远留在这个地方，而且，他背负了这样一个名声，包括他的家人在内，甚至都不会有人来看他。我一想到这些就很难过。我想，也许我应该去他的坟上看一看。我们毕竟曾是同学，而且是朋友。我去为他烧一点纸，或许能让他的灵魂得到一丝慰藉。

但就在这时，又有消息传来，在赵四海的坟上发生了让人意想不到的事情。

柳树洼虽然是一片很贫瘠的农田，也仍然种了一些高粱。在我插队的这个地方，按农业耕作的习惯，高粱到秋收时一般是用镰刀放倒，这样在田里就会留下根部的茬子。秋收之后，再用镢头将这些高粱茬子刨出来，因为这些粗硬的根部可以当柴烧。在这个深秋，就在埋葬赵四海不久的一天下午，去柳树洼刨高粱茬子的人们突然看到一个很奇怪的景象。先是在赵四海的坟上有许多小动物到处乱窜，还不停地用爪子刨土。那是一种很灵巧的动物，身形细长，四肢短小，在相互追逐时还会发出吱吱的叫声。很快有人认出来，这是黄鼬，也就是人们常说的黄鼠狼，它们很可能是被那两只鸡的气味吸引来的，所以才会这样拼命地刨土。但接着人们也就开始担忧起来，倘若这些黄鼬一直这样刨下去，不仅会刨出那两只鸡，也会将赵四海一起刨出来，那后果就不堪设想了，于是立刻有人回村去报告了牛书记。牛书记正在为自己小儿子牛蛋的事闷闷不乐，一听说赵四海的坟上竟又出了这样的事越发心烦意乱，当即带了人来到柳树洼。也就在这时，牛书记看到一个更加令人惊愕的景象，在赵四海的坟墓上空不知什么时候飞来成群的乌鸦。这些乌鸦啊啊地叫着，在半空盘旋着越飞越低。突然，一只乌鸦俯冲下来，又一只乌鸦俯冲下来……它们飞向那些正在刨土的黄鼬，用翅膀猛地抽打它们。那些正忙于刨土的黄鼬立刻被这突如其来的袭击打懵了，它们连忙四散奔逃。但这些乌鸦仍然紧追不舍，还不停地用翅膀去用力抽打，这些细瘦的黄鼬每被乌鸦的翅膀抽打一下，就会滚出很远，但晕头转向地爬起来仍继续逃窜。就在这时，一只乌鸦抓起一只黄鼬就朝空中飞去，接着又是一只乌鸦抓起一只黄鼬，又一只乌鸦抓起黄鼬……这些乌鸦飞到半空，突然将爪子一松，黄鼬就纷纷地落下来。它们在空中挥舞着四肢，惊惶地吱吱叫着，就这样一只一只地落下来，摔死在田埂上。牛书记和正在农田里干活的人们都已看得目瞪口呆。这时，在赵四海坟墓上空盘旋的乌鸦已经越来越多，渐渐地几乎黑起半边天。也就在这时，这些乌鸦突然又成群地俯冲下来，用翅膀来抽打正在干活的人们。人们立刻被这些乌鸦搞得手忙脚乱，纷纷扔下手里的镢头抱头逃窜。牛书记刚要转身，突然一只乌鸦飞过来，横起翅膀狠狠地抽打了他一下。他一个趔趄险些栽倒，向前跑了几步，又有一群乌鸦朝他飞来。幸好这时牛囤开着拖拉机赶来，才将人们从柳树洼里解救出来……

这件事立刻在莲花村里引起恐慌，甚至有人议论，说是赵四海的魂灵不肯安宁，所以才将那些乌鸦招来。牛书记这一次也受到了惊吓，但他在家里想了一晚，第二天就召集全村社员开了一个大会。他在会上说，咱们贫下中农天不怕地不怕，更不相信神鬼，赵四海坟上的这件事完全是因为那两只母鸡，那两只母鸡引来了那群黄鼬，而那群黄鼬又引来了那群乌鸦，事情就这样简单，所以不要相信村里的一些谣传，更不要忘记绷紧阶级斗争这根弦，千万不能让坏人钻了空子。尽管牛书记这样说，但还是有一个很实际的问题，那就是村东的柳树洼已经不能去了。柳树洼虽是一片很贫瘠的农田，种的高粱产量也很低，却是村里人们烧柴的主要来源，每年秋天刨出的高粱茬子，几乎占莲花村全部柴草的三分之一。可是自从赵四海的坟上出了这样的事，村里也就没有人再敢去那里。有人看见说，在赵四海的坟墓附近，每天都落满数不清的乌鸦，只要有人走近，这些乌鸦立刻就会铺天盖地地飞过来。牛书记意识到，这样下去不是长久之计，田里的那些高粱茬子如果再不刨出来，几场秋雨过后就会烂在地里。牛书记同时还想到一个更严重的问题，这件事毕竟很离奇，估计很快就会传到公社去。但牛书记不希望这件事宣扬出去，所以，他要尽快想一个彻底解决的办法。

也就在这时，王鸥的问题终于解决了。

公社发下通知，王鸥可以选调回城了。

公社发下的这个通知很含蓄，并没有明确说是将王鸥作为受害者，所以才照顾她提前选调回城。通知上只是说，经莲花村的贫下中农推荐，公社有关领导开会研究，决定批准王鸥选调回城参加工作。这时王鸥已被借调到公社卫生院，说是借调，实际也就是将她暂时安置在那里。在卫生院没有人来打扰，也没有人与她接触，这样牛书记可以放心一些。牛书记在一天傍晚来到公社卫生院，给王鸥送来了这个通知，淡淡地说，这下你可以放心地走了。王鸥只是朝这张印着铅字的纸片看一眼，却并没有伸手去接。

她说，我现在……还不能走。

牛书记听了愣一下，看看她问，为啥？

王鸥说，赵四海的事，还没有一个结果。

牛书记说，赵四海已经入土为安了，你还想要啥结果？

王鸥说，他的确已经入土了，可他入土以后，真得到安宁了吗？

王鸥这样说着，眼泪就又流下来。

她说，他的灵魂，并没有得到安宁。

牛书记看她一眼说，好吧，你说吧，你还有啥……具体要求？

王鸥说，我要亲眼看着把赵四海的事彻底办好，然后才能走。

牛书记点点头，说好吧。

其实牛书记这时已经有了很具体的打算。牛书记对王鸥说，他这几天认真想过了，他在料理赵四海后事的这件事上，的确做得有欠妥的地方。牛书记说，赵四海毕竟是一个知青，现在上级提倡移风易俗，号召火葬，可是这一次他却将他土葬了，如果他真的在天有灵也不会同意这样做的，他一定希望响应上级号召，将自己火葬。所以，牛书记对王鸥说，他已经跟村里的几个干部商量过了，决定将赵四海的棺木挖出来，重新为他火葬。但是，牛书记又说，现在火葬毕竟还不普及，离这里最近的一个火化场也有几十里路，村里已经跟那边联系过了，火化场说路太远，他们不能来拉尸体，如果要火化只能这边把尸体送过去。

牛书记对王鸥说，他这两天正在安排这件事。

牛书记并没有对王鸥撒谎，那几天，他确实正在安排这件事。但牛书记这时又遇到了很棘手的问题，首先是运送尸体。如果村里要将赵四海的尸体送去火化场，只能使用拖拉机。但牛囤的驾驶技术还不纯熟，开不了这么远的路途，而牛书记的小儿子牛蛋一听说是送赵四海，竟然死活不肯去。他说自己的伤口刚刚痊愈，还不能开拖拉机。最后在牛书记的一再劝说下，牛蛋才勉强同意坐在另一辆牲口拉的大车上跟在拖拉机的后面，万一牛囤开拖拉机出了意外情况，他再去接替他。接着，在挖出赵四海的尸体这件事上，牛书记又遇到了麻烦，莲花村的人们都惧怕赵四海坟上的那些乌鸦，所以没有人敢去。牛书记最后没办法，只好向民兵连长下命令，让他带几个基干民兵去做这件事，但民兵连长苦着脸说，村里的民兵也没人敢去，他总不能一个人扛着铁锹去挖坟。牛书记听了想一想，只好在一个中午带上几个村干部，和民兵连长一起壮着胆子来到赵四海的坟上。在这个中午，赵四海的坟墓附近仍然落满乌鸦，但令人感到奇怪的是，在破土挖坟时，这些乌鸦只是静静地看着，并没有再飞过来。待将棺木挖出之后，就又发生了一件很奇怪的事情，原本晴朗的天气，突然从西面的天边飘来一片乌云，接着响起一声闷雷，就下起了瓢泼大雨。这场雨下得很猛，也很急，柳树洼很快就被一片白茫茫的水汽笼罩起来。牛书记和几个村干部在雨中跌跌撞撞地将赵四海的棺木抬上已经等在地头的拖拉机，然后就上了公路，朝火化场的方向开去……

这场大雨一连下了三天，到第四天上午才终于放晴。

在这个上午，牛书记亲自去将赵四海的骨灰取回来。牛书记特意选择了一只很精致的硬木雕漆骨灰盒，又用一块红绸布将骨灰盒小心地包裹起来。牛书记向莲花村的人们解释，用红绸布包骨灰盒是有讲究的，这样可以避邪。牛书记回村之后，又特意征求王鸥的意见，问她，将赵四海的骨灰埋在哪里合适。王鸥一看到这个用红绸布裹着的骨灰盒就又流下泪来，她想一想说，就把他埋在知青渠的岸边吧，他活着的时候很喜欢知青渠旁边的那片杨树林，就让他永远守着那片杨树林吧。知青渠就在莲花村的村南，由于这条水渠当初是由知青开挖的，而且为村里的菜园灌溉带来很大方便，所以在赵四海的提议下，村里就将这条水渠正式命名为知青渠。赵四海还带领集体户的知青在水渠边种起一片杨树，几年的时间，这些杨树已经长成一片茂密的杨树林了。当时牛书记听了王鸥的话有些犹豫，他觉得知青渠离村里太近，将赵四海的骨灰埋在那里，如果再闹起什么事来恐怕对村里的影响会更大。但牛书记实在找不到别的地方，而且，牛书记这时也想尽快了结此事，好让王鸥赶快离开这里。他觉得王鸥一天不走他的心里就不踏实，于是也就勉强同意了。

这一次埋葬赵四海，牛书记还特意举行了一个像模像样的骨灰安放仪式。由于知青渠在村南打麦场的附近，牛书记特意从外村请来一个专做红白喜事的鼓乐班子，让他们在打麦场上演奏。这个鼓乐班子虽然都是传统的乐手，却也已经学会演奏一些当时流行的革命歌曲。他们先是吹打了一段传统送葬的《上路曲》，然后又演奏了一段哀乐，接下来就传统与流行交替吹打演奏，当然主要是流行，先是《大海航行靠舵手》，然后是《革命人永远是年轻》，再然后是超度亡灵的《西方接引》《望乡台》和《断魂桥》，再接下来又是《革命青年志在四方》，将一个骨灰安放仪式搞得就像一场民族音乐会，就这样从早晨一直吹打到中午，牛书记看一看天色已经不早，就让人将赵四海的骨灰埋在那片杨树林里了。牛书记将王鸥拉到一边，向她解释，原本这个鼓乐班子还可以继续这样吹打下去，但是按这一带的民间说法，为亡者安葬不能拖到午时以后，否则对死者不吉利，对生者也不吉利，所以，就还是先让赵四海入土为安了。牛书记这样说罢又问王鸥，对赵四海的这个骨灰安放仪式是否满意？

王鸥听了没说任何话，当天下午就拎着行李离开了莲花村……

但是，让人意想不到的是，就在这天晚上又出事了。

先是有人听到，已经半夜时分，在村南那片杨树林里仍然传出鼓乐班的吹打演奏声，这声音时远时近，飘忽不定，但听上去笙管笛箫很热闹。听到的人先还以为是错觉，但拉了别的人来一起听，果然就听到了相同的声音。可是人们大着胆子朝村南的知青渠走过去，却又发现这里寂静无声，并没有人吹打演奏。接着，就在这天深夜，堆在打麦场边上的柴草垛突然着起了大火。这场大火很奇怪，似乎有一股看不到的风在不停地吹，人们刚刚将这里扑灭，那里很快又燃烧起来，直到将一个几千斤的柴草垛彻底烧成灰烬。

而且，从此以后，打麦场上的柴草垛就经常会莫名其妙地烧起来。

莲花村的人们一下又恐慌起来。有人说，这又是赵四海的魂灵在作祟，他的尸体虽然已被火化，但魂灵仍不肯安宁，也许他在生前还有什么想说的话没有说出来。可是也有人提出疑问，如果真是赵四海的魂灵作祟，那片知青渠旁边的杨树林为什么没有烧毁呢？

这的确是一个难以解释的问题。

这时，莲花村里一个懂些阴阳风水的村干部说，也许问题就出在赵四海的火化上。这个村干部说，像赵四海这样的知青原本阳气很盛，而将他火化之后，阳气就会更盛，所以才将麦场附近的柴草垛引燃起来。这个村干部说，如果真是这样也有一个办法。村里的人们连忙问什么办法？这个村干部说，既然赵四海被火化之后阳气更盛，不如就将他的骨灰埋到瘦龙河的大堤上去，这样阳气属火，而水能克火，火能克木，木又能克土，如此一来阴阳调和，赵四海的魂灵就可以安宁，大堤也更加安稳了。牛书记听了立刻觉得这是一个好办法。

牛书记这时已经焦头烂额。由于一连几天的大雨，瘦龙河水越发暴涨，大堤上已频频出现险情。公社的陈主任来电话责问牛书记，这段时间究竟在忙些什么，为什么莲花村派上大堤的民兵越来越少？陈主任甚至警告牛书记，如果在莲花村一带溃堤，公社就要拿牛书记是问。这时，牛书记一听这个村干部这样说，当即就派人去知青渠，将赵四海的骨灰又挖出来。这一次，牛书记特意让人将赵四海的骨灰装进一个瓦罐，然后亲自埋到瘦龙河的大堤上去了。

但是，也就在这天夜里，莲花村溃堤了。

据看到的人说，那个装了赵四海骨灰的瓦罐被河水冲出泥土，又冲下大堤，然后就像一只小船似的朝着远处的田野漂去……

后　记

我一向认为，我的知青题材小说，并不是对那段插队经历的书写，而是写由那段经历生发的故事。这与书写那段经历本身完全是不同的两回事。如果问一百个曾经插过队的人，也许只会有十种对那段生活的感触。这是因为，经过几十年的岁月打磨和记忆搅拌，关于这段极为特殊的人生经历，大家已渐渐形成一种公共话语。这种公共话语也影响了亲历者的自身。每当说起这段经历，绝大多数亲历者就会自觉不自觉地用这种公共话语来讲述当年的那段生活。于是渐渐的，那段生活也就成为一种集体经验和集体记忆。

其实这种现象很可怕。

在今天，如果问80后的年轻人，或许还会有人知道“插队”、“知青”这样的词，因为当年的知青如果年龄小或结婚晚，他们的孩子还有可能是80后。我的女儿就是这样的年龄。而如果问到90后的年轻人，则已经很少有人知道插队知青是怎么回事了。如果当年的亲历者再用一种集体记忆将这段生活的真相覆盖，也许就要真被历史尘封起来，直到若干年后变成化石被考古。幸好还有另外的百分之十。这极少的亲历者，他们还保留着极为珍贵的个体记忆和个体经验。我也正是寻找到了这种个体的记忆和经验，才生发出这样一些小说。

曾经有人说，真正书写那段知青生活的时代还没有到来，再过若干年，或许知青的第二代第三代乃至第四代，才有可能真正真实客观地将他们前辈的那段经历写出来。我不同意这种观点。知青插队这段独特的历史，不同于其他历史事件，可以借助间接的经验去了解。插队经历是无法想象的，只有亲历者才会知道当时最真实的感受。这种感受，没有经历过的人借助任何间接的手段都无法获取。我这样说似乎有些绝对，但确实如此。我们现在看到的一些所谓知青题材的小说或影视作品，作者显然从未插过队，有的作者甚至是当年知青大返城以后才出生的。不要说他们写的知青生活是否真实，他们笔下的知青，想的事情本身就不对，根本不是知青的思维方式。所以，这样的小说或影视作品一眼就可以看出来。我的一部小说曾被拍成胶片电影，后来虽然没有上院线，影响却很大，还获了一些国内和国际的大奖。但我看了这部影片，立刻就断定这个编剧没有插过队，其中添加的一些细节在当时是不可能发生的。所以我说，真正书写知青题材的小说，如果没有插队经历的人是很难完成的。当然，这并不是说，我们这一代有知青经历的作家将来有一天随风而去，就再也没有人能写知青小说了。至少，我觉得，应该将知青的这种独特的思维方式留给后人。

这也是我写知青题材小说的目的之一。

我还是比较偏爱中篇小说这种文体。相比之下短篇太短，而长篇又太长，中篇刚好适合我的心理尺度。我觉得，中篇小说可以从容地讲述一个故事，而且在故事中情节可以尽情伸展，像花一样地绽放开来。叙述语言也不必过于紧致，有一种超越时空的恣肆感。这种感觉很好，可以让我在讲述一个故事时，对小说语言的可能性进行如同探险的尝试。一位法国当代评论家曾说过，传统小说是对冒险的叙述，而现代小说是对叙述的冒险。我每当开始写一部新的中篇小说时，就会想起这句话。我感觉自己好像踏上一次新的冒险旅途。这种冒险经常让我兴奋不已，也痴迷于其中。这个集子里收入的都是我这几年创作的中篇小说，有评论家说，王松所写的知青题材的小说已经不是纯粹意义上的知青小说，在他的小说里，知青已是符码，而知青生活也已经只是一个载体。关于这一点，我不想多说，相信读者自会有各自评价。感谢武汉大学出版社。在当下，敢于出版这样一套集子是需要足够勇气的。原因不言而喻。也感谢张福臣先生以及这本书的责编聂勇军先生，感谢他们为这本书所做的工作。

王 松

2013 年 3 月 24 日 写于天津木华榭